AF398564

Bianca Magens liebt alles, was mit Büchern zu tun hat. Seit vielen Jahren hat sie deswegen einen eigenen Buchblog und ist leidenschaftliche Bookstagrammerin. 2018 hat sie ihren ersten Roman veröffentlicht, zwei weitere sind in den folgenden Jahren dazugekommen. Mit Mann, einer kuschelbedürftigen Französischen Bulldogge und ihrer kleinen Tochter lebt sie im schönen Frankfurt. Neben dem Schreiben und Lesen sind ihr Kleingarten, große Gassirunden und Ausflüge in die Natur das, was sie am liebsten in ihrer Freizeit tut. Und in den meisten Fällen ist dabei ein Kaffee in greifbarer Nähe!

BIANCA MAGENS

Neuanfang im kleinen Eiscafé

Ein berührender Wohlfühlroman
in gemütlicher Kleinstadtidylle

Überarbeitete Neuausgabe August 2024

Copyright © 2024 dp Verlag, ein Imprint der
dp DIGITAL PUBLISHERS GmbH
Made in Stuttgart with ♥
Alle Rechte vorbehalten

Neuanfang im kleinen Eiscafé

ISBN 978-3-98998-435-6
E-Book-ISBN 978-3-98998-367-0

Copyright © 2023, dp DIGITAL PUBLISHERS
Dies ist eine überarbeitete Neuausgabe des bereits 2023 bei
dp DIGITAL PUBLISHERS erschienenen Titels
Neuanfang in Melmoth Lakes (ISBN: 978-3-98778-100-1).

Covergestaltung: Fenja Wächter
Umschlaggestaltung: ARTC.ore Design
Unter Verwendung von Abbildungen von
adobe.com: © lovelyday12, © jon_chica, © AK082,
© katyamaximenko
depositphotos.com: © Radnatt, © xload
Shutterstock: © avian, © Krawczyk-A-Foto, © BergeImLicht, ©
Harry Beugelink, © Victoria P., © stockcreations, © tina7si, ©
Shawn Hempel
Lektorat: The Write Spirit
Satz: dp DIGITAL PUBLISHERS GmbH
Druck und Bindung: Books on Demand GmbH, Norderstedt

Vorwort

If you can dream it, you can do it. Und geträumt habe ich! Davon, meine eigenen Bücher zu schreiben und zu veröffentlichen. Und spätestens, seitdem es in der fünften Klasse bei einer unserer Hausaufgaben darum ging, eine eigene Geschichte zu schreiben und plötzlich jeder in der Klasse wissen wollte, wie meine Erzählung weitergeht, hatte ich das Gefühl, dass ich es eines Tages schaffen könnte.

Mein eigenes Buch im Schrank stehen zu sehen, macht mich immer wieder stolz. Jeden Tag auf ein Neues. Aber es erinnert mich auch immer wieder daran, dass es viel Arbeit war. Wie auf jedem Weg, den ein Mensch gehen kann, lagen auch auf diesem viele kleine und einige große Steine. Sie aus dem Weg zu räumen, dauert manchmal länger und manchmal kann man über sie springen, aber sie sind da.

Als der dp Verlag mich gefragt hat, ob ich bei einer Neuauflage meines Romans „Neuanfang in Melmoth Lakes" dabei wäre, musste ich nicht lange überlegen. Es war nicht meine erste Veröffentlichung, aber die erste außerhalb vom Self-Publishing. Und dass es da ein ganzes Team von Menschen gibt, die mit mir gemeinsam weiter daran arbeiten, dass ich meinen Traum leben

kann, erfüllt mich mit unheimlich viel Dankbarkeit!
Und auch, dass du nun dieses Buch, diese Zeilen liest,
ist immer noch etwas unwirklich und vor allem etwas
ganz Besonderes für mich.
Ich hoffe, du hast viel Spaß mit Romy, mit Ryan, mit
dieser kuscheligen Eisdiele, ein paar Geheimnissen und
dieser liebevollen Kleinstadt.
Und vor allem: Hör niemals auf zu träumen! Es lohnt
sich immer!

Kapitel 1

Romy

„Hast du es schon mitbekommen?", höre ich die junge Frau ihre Freundin fragen. In dem Moment, in dem ich ihren Milchkaffee auf den Holztisch vor ihr stelle, verstummt sie und wirft mir statt einer weiteren Ausführung ein breites Lächeln zu. Ihrer Begleitung serviere ich eine Waffel, erhasche ein leises *Dankeschön* und wende mich dann ab. Gerade rechtzeitig, um meine kleine dreijährige Cousine dabei zu beobachten, wie sie in den Mann rennt, der eben drei Kugeln Kürbiseis bestellt hat. Mr. Brown, mein alter Chemielehrer, lässt vor Schreck das Eis auf den rot gefliesten Boden fallen, wo es mit einem dumpfen Klatschen aufkommt. Im nächsten Moment tritt meine Cousine genau in die Eispfütze, was sofort für lautstarkes Geschrei ihrerseits sorgt. Das Chaos ist perfekt.

„Antonia!", schimpft meine Tante und kommt mit weit aufgerissenen Augen zu uns nach vorne. Sie ist gerade damit beschäftigt, eine neue Lieferung in unserem kleinen Lager zu verstauen. Ich bin mir sicher, dass sie sich in diesem Augenblick Vorwürfe macht, weil sie ihre Tochter für einen Moment unbeaufsichtigt gelassen hat. Mr. Brown starrt uns abwechselnd an. Antonia beginnt wegen des harschen Ausrufes ihrer Mutter zu weinen. Schlagartig wird es still im Eiscafé. Die Blicke der Gäste, die sich ein spätes Frühstück oder einen warmen Kaffee gönnen, landen auf Mr. Brown und machen ihn schnell zum Schuldigen, obwohl er rein gar nichts für Antonias Tränen kann. Innerlich wünsche ich ihm, dass er einen Moment länger in dieser unangenehmen Situation verharren muss. Bis zu seiner Rente war er einer dieser Lehrer, vor dem sich meine gesamte Klasse gefürchtet hatte. Jede Unterrichtsstunde hatte er sich ein neues Opfer ausgesucht, und es so lange mit unmöglich zu beantwortenden Fragen gelöchert, bis man kurz vor einem tränenreichen Nervenzusammenbruch war. Zwar hatte die ganze Klasse dadurch jeden Mittwoch wie wild Chemie gepaukt – was sicherlich der Hauptbeweggrund für seine schrecklich fiese Art war –, doch es ist noch heute Grund genug, dass ich Rachegelüste verspüre. Mr. Brown kann von Glück reden, dass diese Eisdiele kein Ort für Rache ist.

„Es tut mir wirklich leid. Meine Tochter ist ein Wirbelwind", beteuert meine Tante. Mr. Brown nickt mechanisch und nimmt damit die Entschuldigung an. Zu einer deutlicheren Gefühlsregung ist er nicht fähig, was ich in unzähligen trockenen und langweiligen Schulstunden am eigenen Leib erfahren musste. Lehrer wie Mr. Brown waren es, die dafür gesorgt haben, dass ich nach meinem Abschluss erst einmal keine Lust mehr hatte, zu studieren. Viel lieber habe ich das Pauken an den Nagel gehängt und begonnen, in der Eisdiele zu arbeiten. Erst recht, als bei Tante Sue Multiple Sklerose diagnostiziert wurde, und es nicht klar war, wie viel sie zukünftig würde arbeiten können. Zu diesem Zeitpunkt konnte niemand von uns ahnen, dass die Krankheit Sue zum Glück bei Weitem nicht so sehr im Griff halten würde wie befürchtet.

Und wer weiß, vielleicht ringe ich mich irgendwann in den nächsten Jahren doch noch dazu durch, ein Studium zu beginnen. Aktuell bin ich jedoch zufrieden. Endlich wieder zufrieden! Nachdem zwischenzeitlich alles danach aussah, als würde ich nie mehr auch nur in die Nähe eines guten Gefühls kommen können.

Ich löse mich aus meiner Schockstarre. Rasch wische ich meine klebrigen Finger an der bunt gepunkteten Schürze ab, die ich mir locker um die Hüfte gebunden habe, und umrunde den Verkaufstresen. Nicht allerdings, ohne vorher einen kleinen Stapel der geblümten Servietten mitzunehmen, der gefährlich nahe an einer Ecke der Theke liegt. Meine Tante hat in jeder Pore dieses Ladens bewiesen, dass sie ein Händchen für Inneneinrichtung hat. Die Farben passen alle zusammen und sogar die bunte Herbstdekoration, die das Eiscafé seit einigen Tagen komplettiert, wirkt schick statt kitschig.

Das *Sues* ist ein wahrer Wohlfühlort. Genau wie unsere komplette Heimatstadt Melmoth Lakes. Alles, was für das *Sues* gilt, gilt auch für unser Städtchen. Liebevoll. Riesiger Zusammenhalt. Hin und wieder laut. Und manchmal ganz leise. Ich bereue es keine Sekunde, dass ich hiergeblieben bin. Denn hier gibt es alles, was ich brauche.

Ich reiche Mr. Brown den dünnen Stapel Servietten. Langsam blicke ich an ihm herunter und verkneife mir ein Lachen. Meine Stimme klingt so ernst wie selten im Leben: „Sie haben einen kleinen Fleck mit Kürbiseis auf dem Schuh, Mr. Brown." Wie in Trance sieht er an sich hinab. Die Haare an seinem Hinterkopf werden bereits weniger, und die Art, wie er immer wieder skeptische Blicke auf meine schreiende Cousine wirft, macht deutlich, dass er selbst keine Kinder hat. Oder dass er Kinder hasst, wie er es uns stets in der Schule hatte spüren lassen.

Meine Tante versucht weiterhin, Antonia zu beruhigen, und zieht sie trotz des Lärms erstaunlich sanft mit sich in die Küche, die sich im hinteren Teil des Eiscafés direkt neben dem Lager befindet. Nur das Personal – unsere Familie – hat Zutritt zu diesen vollgestellten Räumen. Ich gehe zurück hinter die Theke, schichte drei neue Kugeln Kürbiseis aufeinander und laufe dann im Slalom um die Eisspuren herum, die Antonia hinterlassen hat.

„Entschuldigen Sie", sage ich und tausche seine benutzten Servietten gegen das frische Eis. „Aber Eis ist ja im Grunde nur Wasser, das den Aggregatszustand gewechselt hat", verkünde ich mit fester Stimme. Für einen Augenblick blitzt Erkennen in seinen Augen auf. Ich schenke ihm ein Lächeln, das alles andere als ernst gemeint ist. Diese kleine Spitze habe ich mir nicht verkneifen können. Oder wollen. Obwohl ich mir auch nicht vorwerfen lassen will, unsere Kunden unprofessionell zu behandeln. Hier und da verhalte ich mich jünger, als es meine neunzehn Jahre voraussetzen. Aber ich lebe für meinen Job im *Sues* und liebe im Grunde meines Herzens jeden, der den Weg zu uns findet. Nun ja, jeden außer Mr. Brown.

Ohne ein weiteres Wort tippt er sich an die Stirn, als wolle er sich an einem Abschiedsgruß versuchen, und verlässt mit lauten Schritten das Eiscafé. Kurz blicke ich ihm hinterher und hoffe, dass er wegen dieses Vorfalls nicht über das *Sues* schimpft. Die Leute in Melmoth Lakes lieben Klatsch und Tratsch und beweisen bei jeder Gelegenheit, dass sie meisterhaft darin sind, die Gerüchteküche brodeln zu lassen.

Bei aller Sorge um unseren Ruf wird mir klar, dass nur wenige Schritte entfernt eine Kürbiseispfütze darauf wartet, weggewischt zu werden. „Nach diesem Zusammentreffen habe ich mir einen Kaffee verdient", sichere ich mir selbst eine Belohnung zu.

Rasch durchquere ich die Eisdiele. Mit wenigen Handgriffen habe ich einen Lappen und einen kleinen Eimer mit Wasser befüllt aus dem Lager geholt. Die klebrigen Überreste des Eises sind rasch weggewischt. Meine Unsportlichkeit rächt sich in dieser gekrümmten Haltung jedoch besonders deutlich. Ein schmerzhafter Stich in meinem unteren Rücken erinnert mich daran, dass ich mal dringend ins Fitnessstudio gehen müsste. Zum Glück verdrängt mein Verstand diese Warnung schnell wieder und rasch kehre ich in die normale Betriebsamkeit zurück. Ich bringe einem jungen Pärchen die Rechnung für ihre beiden Eisbecher und nehme in der kommenden halben Stunde ein Dutzend weiterer Bestellungen an. Anfang Herbst wird die Nachfrage nach unseren Eisbechern zwar immer weniger, dafür backe ich wohlriechende Waffeln und dekoriere diese mit heißen Himbeeren. Das *Sues* hat nur fünfzehn Tische. Heute sind sie alle besetzt und ich komme einfach nicht dazu, meinen Belohnungskaffee zu trinken. Gerade räume ich die Spülmaschine aus, da spüre ich die Hand meiner Tante auf der Schulter. „Mach eine Pause, Romy.“

„Hat Antonia sich beruhigt? Soll ich erst nach ihr schauen?“, erkundige ich mich nach meiner Cousine. Sue schüttelt entschieden den Kopf. „Brauchst du nicht. Ich habe ihr ein Bilderbuch in die Hand gedrückt und gesagt, dass sie heute Abend noch etwas im Fernsehen schauen darf, wenn sie für einen Moment einfach sitzen bleibt und sich die bunten Seiten anschaut.“

„Wie gut, dass du keine Erziehungsratgeber schreibst“, necke ich meine Tante und ernte ein lautes Lachen. Tante Sue streicht sich eine ihrer blonden Strähnen aus dem Gesicht, von denen ich mir wünsche, ich hätte sie ebenfalls geerbt. Stattdessen wird meine Stirn von rotbraunen, unbändigen und äußerst lockigen Haaren umrahmt. Etwas, was mich vor dem Spiegel und beim Friseur schon zahlreiche Nerven gekostet hat. Mittlerweile habe ich akzeptiert, dass auch der obsessive Gebrauch eines Glätteisens niemals lange, glatte Haare zaubern wird.

Sue seufzt. „Wie kann es sein, dass Toni so ein Wirbelwind ist? Sowohl Ron als auch ich sind die Ruhe in Person.“

Innerlich stimme ich ihr zu. Meine Tante und mein Onkel führen das beschaulichste Leben, das ich kenne. In dem kleinen Fachwerkhaus, in dessen Anbau sich das *Sues* befindet, war es vor Antonias Geburt nie laut. Ich habe die meiste Zeit meiner Kindheit hier verbracht. Damals, als jede Tür in Melmoth Lakes für uns

Kinder offen stand, sind meine Freunde und ich trotzdem meistens bei Sue und Ron gelandet. Es war der heimeligste Ort, den es gab. Zugegeben, man hatte uns schon damals gerne vorgeworfen, dass unsere vielen Besuche am Eis liegen würde, aber es war vor allen Dingen die Herzlichkeit, die jeder an Sue und Ron geliebt hatte. An der Behaglichkeit, die einen in ihrer Nähe umfängt, hat sich bis heute nichts geändert. Nur gibt es seit drei Jahren eben einen kleinen, tollpatschigen Wirbelwind, der hin und wieder alles durcheinanderbringt und dem Haus eine Magie einhaucht, die einzig Kinder zu erschaffen vermögen.

Damals bei meinen Eltern war es meistens laut. Sie konnten ganze Abende damit verbringen, über die verschiedensten Themen zu debattieren. Jedenfalls bis zu jener Nacht, in der plötzlich alles auf den Kopf gestellt worden war.

„Mach dir endlich deinen Kaffee und setz dich einen Moment hin", unterbricht Sue mich. Innerlich bin ich ihr dankbar, dass sie mich davor bewahrt, meine Gedanken allzu weit kreisen zu lassen.

„Wieso bewirft Antonia unseren alten Chemielehrer mit Kürbiseis?" Die Stimme gehört Hanna. Meiner besten und engsten Freundin, die in diesem Moment durch die Tür des Sues stolpert. Grinsend schaue ich sie an. Die Klatsch-und-Tratsch-Bühne hat also schon ihren Vorhang fallen lassen.

„Ist das die Wahrheit? Oder wurden Sie hier gerade auf Glatteis geführt?", gebe ich mit verschwörerischem Unterton zurück.

„Wohl eher auf Kürbiseis", erwidert Hanna und lacht. Ein langer Schal hängt lose um ihren Hals und ihr grauer Mantel schwingt um ihren Körper. Um ihre Schulter baumelt eine Jutetasche, die schwer und ausgebeult aussieht. Ich bin mir sicher, dass sich vor allem Bücher und Unterlagen für ihr Studium in dem Beutel befinden. Sie studiert Literaturwissenschaften an der Clemson University. Dafür pendelt sie pro Weg eine knappe Stunde, aber sie hat sich in all den Monaten noch nie beschwert. Obwohl sie jedes Buch der Welt bereits zu kennen scheint und alle ihre Literaturwissenschaftskurse mit Bravour meistert, verlässt sie niemals ohne diese Utensilien ihre Wohnung. Sie ist die Person, die im Bus nachfragt, welchen Roman der Sitznachbar gerade liest oder die ungefragt Empfehlungen gibt, wenn sie jemanden Klappentexte studieren sieht. Sie sucht bei jedem Ausflug immer zuerst den nächstgelegenen Buchladen auf und gibt dort eine Menge Geld aus. Kurzum: Hanna ist der geborene Bücherwurm.

„Machst du mir einen Cappuccino, Süße?", bittet Hanna mich und lässt sich auf ihren Stammplatz fallen. Ich mache mich an der riesigen Maschine zu schaffen, bis dampfender Kaffee aus ihr herausquillt und in eine golden eingefärbte Emaille Tasse rinnt. Ich schnappe mir zwei Kekse, einen für mich und einen für meine beste Freundin und garniere damit die Untertassen, ehe ich sie auf dem Tisch vor Hanna abstelle. Die Sitzbank sieht schon knittrig aus von den vielen Menschen, die hier gesessen und ihre Eisbecher oder Kaffees genossen haben. Ich rutsche nah an Hanna heran und positioniere mich so, dass ich die restlichen Gäste des *Sues* im Blick habe. Zwar bedient meine Tante unsere Gäste während meiner kleinen Pause, aber ich beobachte schlichtweg zu gerne das Treiben um uns herum.

„Also noch mal: Wieso bewirft Antonia eure Kunden mit Kürbiseis?", will Hanna stirnrunzelnd wissen. „Oder haben unsere Tratschtanten die Situation mal wieder etwas überspitzt dargestellt?"

Wissend lächle ich sie an. „Welche Tratschtanten meinst du genau?"

„Na die, die mit ihren Kinderwagen vor dem *Sues* stehen und jede Bewegung analysieren, die hier drinnen vonstattengeht."

„Dann hätten sie etwas genauer hinsehen sollen. Es war ein Unfall. Antonia ist durch die Gegend gerannt und in Mr. Brown hineingerast."

„So ähnlich habe ich es mir gedacht. Er wirkte etwas verstrahlt. Genau wie damals im Unterricht." Hanna lacht leise und nimmt einen Schluck Cappuccino. „Genau so stelle ich mir übrigens Edward Rochester vor."

„Wen?"

„Edward Rochester. In meiner Vorstellung sieht er genau aus wie Mr. Brown."

„Nie gehört."

Hanna schnaubt laut. „Wie kann es sein, dass du meine beste Freundin bist? Wir haben –"

„Nichts gemeinsam?", beende ich ihren Satz und lasse es wie eine Frage klingen. Hanna hält inne. Sie denkt demonstrativ eine Spur zu lange nach und erntet dafür einen Stoß mit meinem Ellenbogen in ihre Rippen.

„Wer ist Edward Rochester?", lasse ich nicht locker. „Und meinst du das etwa als Kompliment?"

„Er wird beschrieben als Mann im mittleren Alter, mit schwarzen Haaren, einem strengen Gesicht und einer komischen Stirn. Kein besonders ansehnlicher Mann also, aber Jane Eyre scheint etwas an ihm zu finden. Komisch, wo sie doch nicht viel älter ist als wir. Ich werde es nie ganz verstehen."

„Und ich werde dich nie ganz verstehen. Egal, wie sehr ich es auch versuche", sage ich mit amüsierter Stimme und trinke endlich einen großen Schluck Kaffee. Das bittere Getränk weckt sofort neue Energie in mir. „Koffein ist die beste Erfindung der Welt."

Eine Weile beobachten wir das Kommen und Gehen in der Eisdiele. Sue rückt Stühle, bedient die Kunden, benutzt blind die Kaffeemaschine und räumt geräuschlos Geschirr hin und her. Versonnen zähle ich die Leute, die Kürbiseis bestellen – es sind sieben; Mr. Brown, der wie Edward Rochester aussieht, nicht mitgezählt –, und versuche, mir die Anzahl zu merken. Die Idee mit dem ausgefallenen Eis zu jeder Saison ist auf meinem Mist gewachsen. Und was würde sich besser anbieten als eine leckere Kugel Kürbiseis zur frisch begonnenen Herbstsaison? Sue hat mir versprochen, dass ich ab sofort zu jeder Jahreszeit eine neue Sorte kreieren darf, wenn die Sache mit dem Kürbis läuft. Dafür, dass das Eis erst seit vorgestern in der Auslage liegt, finde ich die Statistik super.

Hanna legt plötzlich eine Hand auf meinen Unterarm und ich zucke zusammen, weil meine Gedanken erneut abgeschweift sind. Normalerweise ist es nicht meine Art, immer wieder in die Welt meiner Gedanken zu verschwinden, aber heute scheint irgendetwas in der Luft zu liegen. „Was ist los?", möchte ich erschrocken wissen. Hanna hat ihre Augen aufgerissen wie jemand, der mir die wichtigste Neuigkeit der Woche erzählen muss. „Hast du gesehen, dass es einen Buchverkauf an der Schule gibt?"

„Wo? Auf der Lincoln High?", vergewissere ich mich skeptisch. Die Schule, die Hanna und ich selbst besucht haben.

„Ja, ich hatte einen Flyer im Briefkasten", antwortet Hanna.

„Meinst du nicht, dass du genug Bücher hast?", frage ich zögerlich. Ich habe schnell gelernt, dass man Hanna niemals raten sollte, erst einmal all die Bücher zu lesen, die sie schon besitzt, ehe sie sich neue kauft. Mein Vorschlag ist in einem handfesten Streit gemündet – und wir haben uns in unserer jahrelangen Freundschaft weniger als ein Dutzend Mal überhaupt gestritten.

Hanna schüttelt den Kopf. „Nein, das meine ich nicht. Jeder kann seine aussortierten Bücher spenden und dann werden sie dort gesammelt und anschließend verkauft. Jeder, der mitmachen möchte, kann sich einen Dienst zuteilen lassen, entweder zur Früh- oder zur Spätschicht. Der Erlös geht an das Kinderheim. Ich glaube, es wird auch Kuchen und Kaffee verkauft, vielleicht will deine Tante ja auch mitmachen? Was meinst du, sollen wir mithelfen?", fragt Hanna ungeduldig, die Hand nach wie vor auf meinem Arm abgelegt.

Ich habe Hunderte Erinnerungen an unsere Schulzeit auf der Lincoln High. Gute und schlechte. Mein erster Kuss mit Ted Olsson, der immer dachte, ihm würde eine große Basketballkarriere bevorstehen und der heute in einem Bekleidungsgeschäft arbeitet. Die

Sportstunde, in der ich mir meinen Fußzeh gebrochen hatte. Unzählige Pausen, die ich gemeinsam mit Hanna auf den Treppenstufen vor den Wissenschaftsräumen verbracht hatte, in der Hoffnung, dass ihr Schwarm endlich vorbeiläuft und sie ihm ein schüchternes Lächeln zuwerfen kann. Beim Gedanken daran grinse ich. Vielleicht ist es wirklich an der Zeit, den Erinnerungen eine neue hinzuzufügen. „Wäre bestimmt cool, mal wieder dort zu sein", murmle ich leise. Hanna quietscht freudig auf.

„Dann melde ich uns an. Wir können sicherlich ein Zweierteam bilden. Das wird super."

Ich kenne keinen Menschen, der so schnell euphorisch werden kann wie sie. Vor allem bei Themen, die entfernt etwas mit dem Lesen zu tun haben.

„Wann ist denn dieser Buchverkauf?", hake ich nach, als ich feststelle, dass Hanna meine Worte bereits als Zustimmung gewertet hat.

„Nächsten Sonntag."

„In weniger als einer Woche schon?"

„Jap."

„Na prima", murre ich und ärgere mich über mein vorlautes Mundwerk. „Vielleicht sollte ich die Eckdaten das nächste Mal vorher klären."

Hanna zuckt mit den Schultern. „Du kannst jetzt unmöglich noch ablehnen. Außerdem hast du selbst gesagt, dass es cool werden wird."

„Das ist im Grunde genommen auch schon alles, was ich dazu gesagt habe, Hanna."

Sie grinst mich breit an und isst den letzten Rest ihres Kekses, dann springt sie auf. „Verdammt, ich muss langsam los. Ich sollte heute dringend noch eine Hausarbeit fertigmachen."

„Da werde ich dich nicht aufhalten", sage ich und stehe auf, um sie zum Abschied zu umarmen. Ihr blonder Zopf wippt bei jeder Bewegung, die sie macht, um ihre Büchertasche so zu schultern, dass es nicht unbequem ist. Wir winken uns, wie es eine Tradition zwischen uns geworden ist, sobald unsere Wege sich trennen.

„Ach, und Romy?", ruft Hanna, als sie schon fast durch die Tür der Eisdiele getreten ist. In der Hand hält sie ihre gestrickte Wollmütze mit Hahnentritt-Muster und ist im Begriff, diese auf den Kopf zu ziehen.

Fragend schaue ich sie an, gespannt auf die Worte, die so wichtig sind, dass sie sich noch einmal umdreht.

„Man kann nie genug Bücher besitzen."

Ryan

Cole rast in seinen Rollerblades an mir vorbei. Für den Bruchteil einer Sekunde sieht es so aus, als würde er hinfallen. Doch er fängt sich wieder und lacht schallend, als er im nächsten Moment gegen den Zaun knallt, der das Grundstück umgibt.

„Jetzt komm schon, Ryan", ruft mir mein kleiner Bruder zu und winkt theatralisch.

„Bitte nicht", murmle ich so leise, dass nur ich es hören kann. Das Lachen meiner Mutter neben mir beweist allerdings, dass sie meine Worte genauso vernommen hat.

„Hast du Angst?", ruft Cole. So laut, dass man es ganz sicher in der ganzen Stadt hört. Ich verdrehe die Augen.

„Große Brüder haben keine Angst", gebe ich zurück und stoße mich vom Geländer unserer Veranda ab. Sofort rolle ich los, rudere mit den Armen und sehe in diesem Moment einen Stein, der direkt vor mir liegt. Und dem ich mit diesen verfluchten Rollerblades an den Füßen nun irgendwie ausweichen muss.

In der nächsten Sekunde höre ich, wie sowohl Cole als auch meine Mum schallend lachen. Direkt darauf folgt ein Schlag und ich lande mit dem Hintern auf dem feuchten Asphalt unserer Einfahrt.

„Nicht witzig", sage ich und schaue genervt zwischen den beiden hin und her.

„Fährt ohne Probleme 250 Sachen auf der Rennstrecke, aber mit seinem Bruder Rollerblades zu fahren ist dem Jungen zu viel", spottet in diesem Moment auch mein Dad, der hinter der Haube seines riesigen Chevrolets hervorschaut. Er grinst belustigt und klopft sich die Hände an seiner Arbeitskleidung ab. Meinem Dad gehört eine Dachdeckerfirma, die in dritter Generation in Familienbesitz ist. Er beschäftigt rund ein Dutzend Mitarbeiter, was mir persönlich zu viel Verantwortung wäre. Ich wusste schon immer, dass ich aller Wahrscheinlichkeit nach nicht in seine Fußstapfen treten würde. Mein Interesse ging bereits in jungen Jahren in eine ganz andere Richtung. Statt von ihm zu lernen, wie man Dächer baut, habe ich meine freie Zeit lieber auf der Kartbahn verbracht. Ich bin froh darüber, dass Dad mir die Entscheidung, einen anderen Weg einzuschlagen, niemals übel genommen hat. Deswegen sind meine nächsten Worte nicht ganz ernst gemeint, denn dafür liebe ich meine Familie viel zu sehr. „Fallt mir ruhig alle in den Rücken. Ich bin wie ein Elefant und merke mir alles. Eines Tages zahle ich es euch heim."

„Nach einem Elefanten sah es eben in der Tat aus", witzelt Mum und hält sich vor Lachen den Bauch.

Ich blicke in die Runde. In die Gesichter meine Familie. Es ist schön, sie alle um mich zu haben, auch wenn der Grund für meine Rückkehr in meine Heimatstadt alles andere als *schön* ist. Viel lieber wäre es mir, wenn ich nicht deswegen hier wäre. Nicht, um mich abzulenken von dem, was so tiefe Kerben in mein Vertrauen in mich selbst geritzt hat, weswegen ich verkrampft an etwas anderes zu denken versuche.

„Mum, was ist das eigentlich für ein Rauch, der da aus dem Küchenfenster kommt?"

Sofort reißt meine Mum ihre Augen auf. „Der Kuchen!", schreit sie und rennt in der nächsten Sekunde zurück ins Haus, aus dessen Küchenfenster nicht der Hauch einer Rauchwolke dringt.

„Du sollst deine Mutter nicht auf den Arm nehmen", sagt Dad, muss aber genauso über ihre Reaktion schmunzeln wie ich. Er lässt die Motorhaube zuschnappen und wischt sich die öligen Hände an seiner Hose ab. Das Tüfteln an Autos wurde ihm in die Wiege gelegt und nicht einmal bei seinem Firmenwagen kann er es lassen, am Motor herumzuwerkeln. Das Logo des Dachdeckerbetriebs nimmt die gesamte Fahrerseite ein, einzig die Telefonnummer ist vor lauter Staub nicht mehr zu erkennen.

„Wer hat denn hier wen auf den Arm genommen?", gebe ich zurück und schnalle mir, immer noch auf dem Boden sitzend, umständlich die Rollerblades von den

Füßen. Als meine geschundenen Füße endlich an der Luft sind, stöhne ich erleichtert auf. „Meine Güte, wie kann man sich so etwas freiwillig antun?"

„Ist doch cool", ruft mein kleiner Bruder, der im letzten Jahr einen ziemlichen Wachstumsschub für seine elf Jahre gemacht hat, und rast an mir vorbei. Ich schüttle den Kopf, dann stehe ich mühsam auf und folge meiner Mum ins Haus.

Natürlich rieche ich keinen Rauch. Stattdessen duftet es himmlisch nach Zitronenkuchen. Ich stelle die Rollerblades im Flur neben die Treppe, die ins Obergeschoss führt, und schleiche auf leisen Sohlen in die Küche. Mum hebt gerade die Kuchenform aus dem Ofen und verstärkt damit den himmlisch süßen Geruch.

„Es duftet wie im Himmel", lobe ich sie. Ich sehe ihr an, dass sie versucht, nicht zu grinsen und stattdessen böse dreinschauen will, aber es gelingt ihr nicht.

„Wenn du weiterhin so frech bist, wirst du niemals erfahren, wie der Himmel riecht", neckt sie mich. Ich greife mir theatralisch an die Brust, als würde mein Herz bei ihren Worten schmerzen. „Als Strafe dafür, dass du deine alte Mutter so in Hektik versetzen musstest, darfst du Peter jetzt ein Stück Kuchen vorbeibringen."

„Peter?", frage ich. Es ist lange her, dass ich so viel Zeit bei meinen Eltern und Cole war. Die letzten Jahre hatte ich damit verbracht, zu trainieren und mich auf die nächste Saison vorzubereiten. Es blieb keine Zeit für ausschweifende Familienbesuche oder Abstecher in die Nachbarschaft meiner Kindheit.

„Peter Prince. Unser einziger Nachbar, Ryan. Du kennst ihn bestimmt noch von früher", sagt Mum, als wäre das etwas, was ich wissen müsste. Dann scheint sie sich zu erinnern, dass meine einzige Nachbarschaft in den letzten Jahren die Formel-1-Rennstrecken dieser Welt gewesen sind und sie setzt zu einer Erklärung an. „Peter ist ganz alleine. Er lebt drüben in der alten Villa. Die, um die ich ihn schon seit Jahren beneide.“

„Da, wo wir früher immer Äpfel aus dem Vorgarten geklaut haben?“

Ich habe unser etwas abseits gelegenes Haus schon immer geliebt. Stundenlang konnten wir Verstecken spielen oder sind mit einem Ball bewaffnet durch die Felder gezogen. Meine Freunde und ich hatten jedes Jahr wieder den Sommer unseres Lebens, bis wir irgendwann alle von unseren Berufen oder einem Studium eingenommen wurden. Ich war der Erste von uns, der damals aus Melmoth Lakes weggezogen ist. Mit sechzehn, nicht einmal ansatzweise erwachsen, hatte ich endlich begonnen, meinen Traum zu leben. Den einzigen, den ich jemals hatte, nachdem mein Dad mich im zarten Alter von vier das erste Mal zu einer Kartbahn mitgenommen hatte. Seitdem wollte ich Rennfahrer werden. Am liebsten in der Formel 1, was meiner Mum viele schlaflose Nächte und meinen Dad viele lange Fahrten in die abgelegensten Ecken des Landes gekostet hatte. Später hatten sie mich nach Europa begleitet, hatten an jeder Rennstrecke gestanden und mich angefeuert. Ich habe erst als Testfahrer für eines der besten Teams fungiert und wurde schließlich zu einem der beiden Hauptfahrer. Ich erinnere mich noch heute daran, wie aufgeregt ich bei meinem ersten Rennen war. Daran, dass ich das Auto beinahe gegen die erstbeste Streckenbegrenzung gesteuert hätte. Kein

Rennen ging je so schnell vorüber wie dieses. Ich habe es auf Platz vier beendet, was einem kleinen Wunder gleicht, wenn man bedenkt, dass ich das erste Mal offiziell im Cockpit saß. Die harte Arbeit und das Training hatten sich in diesem Moment ausgezahlt. Aus einem Kart wurden richtige Rennwagen, aus kleinen Medaillen wurden hohe Preisgelder und Pokale.

„Ihr dachtet nur, ihr hättet diese Äpfel geklaut", reißt meine Mum mich aus meinen Gedanken. „Tatsächlich aber haben wir ihm dafür immer etwas von unserer Marmelade abgegeben."

„Er wusste es die ganze Zeit?"

Mum lächelt breit. „Natürlich, wo denkst du hin?"

„Du zerstörst meine Kindheit. Ich dachte, ich wäre ein Rebell gewesen."

„So schlimm kann deine Kindheit nicht gewesen sein", sagt Mum und drückt mir einen Teller in die Hand, auf dem ein dampfendes Stück Kuchen liegt. „Bis du drüben bist, ist das Stück genug abgekühlt, dass er es direkt essen kann." Mum scheucht mich aus der Küche, indem sie erneut das Geschirrhandtuch durch die Luft wirbelt. „Sag liebe Grüße von uns allen."

Kapitel 2

Romy

Dunkelheit hat sich über die Straßen gelegt, als ich die Tür der Eisdiele hinter mir zuziehe. Ich höre, wie Sue den Schlüssel im Schloss umdreht, dann höre ich sie gedämpft, wie sie etwas zu Antonia sagt. Die Taktik mit dem Bilderbuch hat nicht lange funktioniert, aber es hat auch keinen zweiten Kürbiseis-Unfall mehr gegeben. Stattdessen ist es beachtlich ruhig im *Sues* geblieben, sodass ich am Ende sogar eine Runde Karten mit den alten Damen gespielt und haushoch verloren habe. Was auch daran liegen könnte, dass die drei Frauen mich kontinuierlich abgelenkt haben, indem sie mir von der Affäre erzählt haben, die einer ihrer Enkel mit der Lehrerin seiner Tochter hat. Eine unangenehme Geschichte, die Mrs. Garcia so brühwarm und ernst erzählt hat, dass ich mich an meinem Wasser verschluckt habe. Ich liebe die Gespräche mit unserer Stammkundschaft und dass man nie den neusten Klatsch und Tratsch verpasst. Ich bin durch das *Sues* so vielen Menschen begegnet und habe über die Jahre zu schätzen gelernt, was es bedeutet, ein Teil dieser Gemeinschaft zu sein. Meine Heimat ist klein genug, um die meisten Gesichter zuordnen zu können. Man lebt hier nicht nebeneinander her, weiß aber auch nicht haargenau, welche Art von Blumen der Nachbar zwei Häuser weiter in seine Kübel gepflanzt hat. Es ist das unaufgeregte Miteinander, das ich so liebe. Wir haben unsere eigenen kleinen Feste und Traditionen in Melmoth Lakes und sind alle stolz darauf, Teil der Stadt zu sein. Und vor allem werden hier die Bordsteine nicht um vier Uhr am Nachmittag hochgeklappt, wie es in Kleinstädten manchmal der Fall ist.

Ich schlendere zu meinem Auto, das ich um die Ecke geparkt habe. Ich liebe den Herbst mit all seinen warmen Farben, aber dafür hasse ich es, im Dunkeln zu fahren. Und da dieser Teil des Jahres bekanntermaßen derjenige ist, in dem es immer früher dunkel wird, wird mir mein Weg nach Hause von nun an von Tag zu Tag unbehaglicher werden. Ich erinnere mich an die Erzählung von einem unserer Kunden. Angeblich hat es vor zwei Wochen einen Überfall gegeben. Zwar wurde nichts gestohlen und niemand verletzt, aber das ändert nichts daran, dass ich wenig Lust verspüre, ein ähnliches Erlebnis zu haben. Eigentlich bin ich kein ängstlicher Mensch, aber meine Gedanken schweifen automatisch zu diesem Thema. Ich versuche, mich von dem unguten Gefühl in meiner Magengegend abzulenken, indem ich darüber nachdenke, welchen Film ich mir heute Abend ansehen möchte. Die ersten herabgefallenen Blätter rascheln bei jedem meiner Schritte und meine braunen Stiefeletten hinterlassen eine Schneise im herbstlichen Boden.

Das Eiscafé liegt direkt in der Innenstadt von Melmoth Lakes. Ein Schuhgeschäft und ein Antiquariat befinden sich in der gleichen Gasse. Eine Seitenstraße weiter befindet sich ein kleines Lebensmittelgeschäft sowie ein Restaurant, bei dem man die besten Burger im ganzen Bundesstaat genießen kann.

Es mag nach wenig klingen, aber im Grunde ist das alles, was man zum Leben braucht. Ich liebe das beschauliche Städtchen mit seinen bunten Bewohnern. Man weiß, wer anzurufen ist, wenn man etwas braucht. Dank einer hervorragend funktionierenden Gerüchteküche wird man außerdem immer rechtzeitig vorgewarnt, wenn sich ein neues Drama anbahnt.

Ich schlüpfe auf den Fahrersitz meines Wagens und starte den Motor. Die Lüftung wirbelt mir die losen Strähnen meiner Haare durcheinander, die sich den Tag über mehr und mehr selbstständig gemacht haben. Mein Dad ist diesen alten Pick-up früher gefahren, doch nachdem das Schicksal uns mit voller Wucht getroffen hat, habe ich ihn zwangsläufig übernommen. Vielleicht wäre die Geschichte meiner Familie anders verlaufen, wenn Dad damals mit dem Pick-up gefahren wäre und nicht mit dem Kleinwagen meiner Mum. Hätte dieses große Auto vielleicht das Schlimmste verhindert? Oder wäre Dad dennoch so schwer verletzt worden? Ein weiterer Punkt, über den ich viel zu häufig grüble und der mir unruhige Nächte beschert. Das Auto ist zu groß, zu sperrig und eigentlich auch viel zu teuer im Unterhalt, aber ich bringe es nicht über mein Herz, es wegzugeben. Ich bin froh, dass die hiesige Werkstatt Chad gehört, der drei Stufen über mir in der Schule war und den ich schon jahrelang kenne.

Dafür, dass ich jeden Tag nur rund zehn Minuten zwischen meiner Wohnung und der Innenstadt pendele, ist ein Pick-up zu groß, da brauche ich mir nichts vormachen. Ich belüge mich hin und wieder gerne selbst und behaupte, dass ich damit viel besser die Einkäufe für die Eisdiele erledigen kann. Die Wahrheit ist, dass all das von verschiedenen Lieferanten übernommen wird. Ein Detail, das ich gerne ausklammere, um mich mit allen Mitteln an dem Gefährt festhalten zu können. Und damit an all den Erinnerungen.

Ich lenke den Wagen aus den engen Gassen unseres Städtchens heraus und gelange schon bald auf eine kurvige Landstraße, die die abgelegeneren Häuschen mit der Innenstadt verbindet. Ein paar alte Farmen stehen hier und es gibt sogar einen kleinen Reiterhof. Ansonsten sind vor allem massig Felder vorzufinden, auf denen momentan Kürbisse in allen Größen und in den verschiedensten Orangetönen wachsen. All das zieht an mir vorbei, während ich ein Lied von Linkin Park aus dem Radio mit summe, bis ein rotes Lämpchen an meinem Armaturenbrett mich mit einem Schlag verstummen lässt.

„O nein.“

Ich bremse um einiges stärker, als nötig gewesen wäre, und fahre rechts ran. „Bitte nicht jetzt, lieber Autogott! Es ist doch dunkel. Nur noch ein paar Meter, dann bin ich zu Hause.“ Ich stelle den Motor ab und versuche, ihn erneut zum Starten zu bringen. Es könnte sein, dass die rot leuchtende Lampe sich dadurch in Luft auflöst. Eine weitere Lüge, die ich mir selbst weismachen will. Schnell merke ich, was für eine ausgesprochen schlechte Idee das gewesen ist. Der Motor stottert ohrenbetäubend laut in der Stille um mich herum. Nur anspringen mag er nicht mehr.

„Verdammter Mist!", fluche ich stürmisch und schlage auf das Lenkrad ein. Als würde mir das in irgendeiner Form weiterhelfen. „Nicht jetzt, nicht hier. Einfach nein."

Soll ich Hanna anrufen? Meine buchverrückte Freundin, die das Autofahren noch weniger mag als ich? Geistesabwesend schüttle ich den Kopf und wähle stattdessen den Namen von Chad in der Kontaktliste des Handys. Es klingelt eine Ewigkeit. Dann meldet sich seine gehetzt klingende Stimme. „Romy?", fragt er, als wäre es nicht offensichtlich.

„Bist du bereit, mein Retter in der Not zu sein?", erwidere ich geknickt. Man hört mir deutlich an, wie sehr die Situation mich mitnimmt. Ich bin müde, mir ist kalt. Und eine ganz leise Angst zupft an meinem Gemüt.

„Was ist los?"

„Hast du einen Abschleppwagen?"

Chad seufzt. „Nicht mehr. Früher hatten wir einen, aber seitdem ich alleine bin, rentiert sich das nicht mehr. Ich komme auch so nur schwer mit den Aufträgen hinterher."

Nach dem Tod seines Dads vor drei Jahren hat Chad dessen Werkstatt kurzerhand übernommen. Wie ich hat er Melmoth Lakes nie verlassen.

„Das hilft mir leider nicht", stöhne ich verzweifelt. „Mein Auto ist liegen geblieben."

„Mist. Kann dein Onkel dich nicht irgendwie abholen?"

„Keine Ahnung. Ich habe noch nicht mit ihm gesprochen. Ich weiß gar nicht, was ich tun soll."

Am anderen Ende der Leitung ist es kurz still, dann höre ich es scheppern. „Ich habe keinen Abschleppwagen, aber ein Abschleppseil. Das müsste mit Rons Auto funktionieren. An meinem Wagen kann man kein Seil befestigen." Das Bild von Chads gelben Sportwagen taucht vor meinem inneren Auge auf.

„Dann rufe ich gleich Ron an." Meine Worte klingen wie eine Frage. Chad übergeht sie. Stattdessen fragt er: „Hast du schon ein Warndreieck aufgestellt?"

„Verdammt, nein. Ich möchte eigentlich nicht aussteigen." Ich spreche nicht an, dass ich insgeheim Angst davor habe, dass auch ich überfallen werden könnte.

„Glaub mir, noch weniger möchtest du, dass jemand dir ins Auto knallt." Chad setzt mit seinen Worten eine ganze Kette an Reaktionen in Gang. Die Erinnerung an das, was Mum und Dad passiert ist. Sofort wird mir heiß, im nächsten Augenblick fange ich zu frieren an. Ein dicker Kloß bildet sich in meinem Hals und macht es mir unmöglich, zu sprechen.

„Vielleicht sollte ich einfach noch einmal probieren, ob er nun anspringt", versuche ich mich aus der Situation zu befreien. Ich drehe den Schlüssel abermals im Zündschloss, doch mit demselben Ergebnis. Die Scheinwerfer flackern kurz, der Motor stottert, dann gibt er auf. Ich lege den Kopf auf das Lenkrad und seufze. Ich fürchte, dass meiner Mum die Ohren klingeln in ihrem meilenweit entfernten Wohnzimmer, wenn ich erneut einen Fluch ausspreche. Abgesehen davon muss Chad es nicht mit anhören, wo er so lieb ist und mir helfen will. Mir wird nichts anderes übrig bleiben. Ich werde auf ihn und Ron warten und dann nach Hause laufen müssen. Durch die kühle Dunkelheit. Meine Lust hält sich durchaus in Grenzen, aber es kommt auch nicht infrage, die Nacht im Gästezimmer von Ron und Sue zu verbringen. Das ist etwas, was ich wirklich nur in Ausnahmefällen in Anspruch nehmen möchte.

„Stell das Warndreieck auf, Romy. Und versuche, Ron zu erreichen. Ich mache mich auf den Weg zu ihm. Wir sagen dir Bescheid, wenn wir losfahren."

„Danke, Chad", entgegne ich voller Inbrunst. Genau das meine ich, wenn ich vom Zusammenhalt in unserer Nachbarschaft spreche. Chad hat das Gespräch beendet und das monotone Geräusch einer toten Leitung dringt an mein Ohr. Mit wenigen Handgriffen wähle ich die Nummer meines Onkels und erkläre ihm in knappen Sätzen, was geschehen ist und wo genau ich mich befinde. Ich fühle mich fast ein wenig schuldig, als er ohne zu murren erklärt, dass er schon vom Sofa aufgestanden und auf dem Weg zur Garage ist. Jeden meiner Anläufe, mich zu entschuldigen, blockt er gnadenlos ab. Mit dem Versprechen, in einer Viertelstunde bei mir zu sein und alles andere mit Chad zu klären, legen wir auf.

Plötzlich klopft es ans Fenster zu meiner Linken. Aufgeschreckt fahre ich hoch und erstarre. *Jetzt sterbe ich,* denke ich in einem Anflug von Irrationalität. *Ein verrückter Axtmörder oder ein Clown oder noch schlimmer: Ein axtschwingender Mörderclown versucht mich in seine Klauen zu kriegen, und ich werde nie wieder Kürbiseis verkaufen oder mit Hanna über Buchcharaktere sprechen oder am Buchverkauf auf der Lincoln High teilgenommen haben,* schießt es mir durch den Kopf, als es erneut klopft. „Kann ich dir helfen? Bist du verletzt?", fragt eine tiefe Stimme, die ich deutlich hören kann, obwohl es in meinen Ohren rauscht.

Herrje, Romy!, schimpfe ich mit mir selbst und beginne mich langsam aus meiner Schockstarre zu lösen. Ich sollte wirklich weniger Gruselstreifen ansehen. Aber gerade um Halloween herum gibt es praktisch nichts anderes auf Netflix zu finden. Und nach wie vor spukt mir die Erzählung über den Überfall im Kopf herum. Ob ich nun die Nächste bin?

„Ist alles in Ordnung?", fragt mich die Stimme wieder. Eine männliche, tiefe und … vertrauenerweckende Stimme? Die absolut nicht nach einem Axtmörder klingt. Natürlich nicht. Ich wende meinen Blick zu der Stimme und atme erleichtert auf. Kein Clown. Und auch kein axtschwingender Mörder.

Genau genommen gefällt mir das, was ich dort sehe, sogar ziemlich gut. Der Kerl in Sportklamotten ist durchaus ansehnlich. Ein dunkler Dreitagebart bedeckt sein Gesicht, das so aussieht, als würde es häufig ein Lächeln tragen. Unter der Kapuze seines grauen Hoodies kringeln sich schwarze Locken.

„Wenn du mir eine Antwort geben könntest, wäre das vielleicht ein Anfang." Seine Stimme setzt in meinem bescheuerten Herz etwas in Gang, was es augenblicklich schneller schlagen lässt. Ob das nur an meiner Nervosität liegt? Immerhin ist diese Situation alles andere als normal.

Ich bemerke, wie ich ihn durch die Scheibe anstarre, und wende schnell meinen Blick ab.

„Peinlich", murmle ich, ziehe die Handbremse an und bedeute dem Mann einen Schritt zur Seite zu gehen, damit ich aussteigen kann. Er tritt zur Seite, ich öffne die

Tür und komme mit wackligen Beinen zum Stehen. Meine kurzzeitige Panik hat seine Spuren hinterlassen.

„Hi", kommt es wenig einfallsreich aus meinem Mund. „Mein Auto hat schlappgemacht. Und ich sollte ein Warndreieck aufstellen."

„Das mit dem Auto habe ich mir gedacht", erwidert er und schmunzelt. Dabei beweist er, dass ich recht habe. Das Lächeln steht ihm ausgesprochen gut. An seinen Augen entstehen tiefe Lachfältchen, die sein Sympathielevel augenblicklich noch weiter in die Höhe schnellen lassen. „Hauptsache, dir ist nichts passiert."

Macht er sich etwa Sorgen um mich? Ich kann nichts daran ändern, dass mich seine selbstlose Fürsorglichkeit mit Wärme durchflutet. „Ich habe schon meinen Onkel angerufen, damit er mich abholt. Aber das dauert noch einen Moment und kannst du glauben, dass ich keine Ahnung habe, wie ich dieses blöde Warndreieck aufstellen muss? Wo ist das überhaupt? Ich habe das in der Fahrschule gelernt, aber wer merkt sich all diese Details?" Verzweifelt werfe ich die Arme in die Luft.

Ich merke nur am Rande, dass ich sinnloses Zeug rede, weil ich zu sehr damit beschäftigt bin, die Situation einzuordnen. Ein gut aussehender Mann, ein kaputtes Auto. Eine dunkle Landstraße und meine viel zu dünnen Klamotten, die überhaupt nicht für einen Marsch nach Hause gemacht sind. Alles in allem eine ungünstige Kombination. Ich bin mir sicher, dass Hanna schon mindestens fünf Thriller gelesen hat, die auf diese Weise beginnen. Meine Angst ist überzogen, immerhin sind wir hier in Melmoth Lakes. Trotzdem ist da eine leise Stimme in meinem Hinterkopf, die die

Möglichkeit eines Überfalls in Dauerschleife thematisiert.

Ob es auch Liebesromane gibt, die auf diese Weise beginnen? Der Gedanke erscheint einfach so, ohne dass ich ihn ausbremsen kann.

„Das Dreieck ist bestimmt im Kofferraum. Wenn du ihn öffnest, schaue ich nach. Und du kannst auch die Motorhaube aufmachen. Ich werfe einen Blick rein. Manchmal ist so ein Problem schnell gefunden."

Augenblicklich bin ich froh, dass ich mittlerweile genau weiß, an welchem Hebel ich ziehen muss, um die Motorhaube öffnen zu können. Ich benehme mich auch so schon peinlich genug, da muss ich nicht obendrein mit Unwissen glänzen.

„Du kennst dich mit Autos aus?", frage ich und folge seinen Anweisungen. In mir keimt das Gefühl auf, dass ich irgendetwas sagen sollte, um unsere Begegnung nicht noch kurioser zu gestalten. Der Fremde wirft mir einen Blick zu, den ich nicht deuten kann und der so wirkt, als mache sich dieser Mann aus einem mir verborgenen Grund über meine Frage lustig. Ich beschließe, lieber den Mund zu halten. Vielleicht gehören in seiner Welt Autos und Männer unweigerlich zusammen.

Mit wenigen Handgriffen hat er mein Warndreieck gefunden, ist einige Meter die Landstraße entlang gejoggt und hat es aufgestellt. Dann kommt er zurück und wendet sich der geöffneten Motorhaube zu, während ich nur ein krächzendes „Danke" verlauten lasse.

Er leuchtet mit der Taschenlampe seines Handys in den Motorraum. Es sieht so aus, als wisse er, wonach er schauen muss, während ich nutzlos daneben stehe und vom einen auf den anderen Fuß hüpfe, damit ich nicht zu frieren beginne.

„Scheint ein größeres Problem zu sein“, meint er schließlich. Meine Bewegungen scheinen ihn kaum zu interessieren, wenn er sie überhaupt wahrnimmt.

„Nicht gut“, sage ich entnervt und höre mit meiner Zappelei auf, weil er sich mir wieder zuwendet. „Also wirklich keine Chance, dass ich damit noch nach Hause komme?“

Er schüttelt entschieden den Kopf. „Heute nicht mehr, nein. Kommt dein Onkel dich abholen? Ich könnte jetzt einen unangebrachten Spruch darüber bringen, dass ich dich ansonsten abschleppe, aber das klingt mir eindeutig zu sehr nach Macho,“ ergänzt er mit einem Augenzwinkern.

„Einen Versuch ist es trotzdem wert“, kontere ich und grinse.

Moment. Habe ich das gerade ernsthaft gesagt?

In das Gesicht des Fremden mischt sich Belustigung. Über meine Worte oder vielleicht auch über den entrüsteten Blick, mit dem ich nun schnell in die Dunkelheit starre. Bloß nicht länger zu ihm sehen. Weil ich das Gefühl habe, irgendetwas tun zu müssen, ziehe ich erneut mein Handy aus der Hosentasche. Vielleicht hat Ron schon ein Statusupdate geschickt und teilt mir mit, dass er in wenigen Augenblicken da sein wird? Das Ergebnis meiner Handysichtung ist jedoch ernüchternd. Keine Nachricht. Kein Anruf. Nichts, was dafür sorgt, dass ich mich aus dieser Situation bald befreien kann.

Will ich das überhaupt?

Ich öffne den Chat mit Hanna. Sie kann mir nicht helfen, aber sie muss sich als meine beste Freundin wenigstens meine missliche Lage anhören.

Mein Auto ist liegen geblieben. Das ist die schlechte Nachricht. Ein gut aussehender Kerl hat mich gefunden. Das ist die weniger schlechte Information. Er kann mein Auto aber nicht reparieren. Freud und Leid liegen so nah beieinander!

„Wo wohnst du denn? Ist es weit von hier?"
Die Stimme des Fremden lässt mich von meinem Handy aufschauen.
„Kennedy Lane", sage ich sofort. „Aber nicht, dass du jetzt anfängst, mich zu stalken."
Er runzelt die Stirn. „Warum sollte ich das tun?", fragt er mir ehrlicher Neugierde in der Stimme.
„Ich weiß es nicht. Ich kenne dich nicht. Ich bin froh, dass du kein Clown bist."
„Kein ... Clown?", fragt er verwirrt.
Ich winke ab. „Eine blöde Angewohnheit, seitdem Hanna mir von diesem Buch von Stephen King erzählt hat."
„Du hast gedacht, ich wäre Pennywise?"
„Du kennst das Buch?"
„Hab den Film gesehen", gibt er zu.
„Ich bin beruhigt, dass du nicht rund 1000 Seiten über einen Clown gelesen hast, wenn ich ehrlich sein soll. Ich bin mir nicht sicher, ob man das tut, wenn man alle Sinne beisammen hat.

Er fängt an zu lachen. „Ich glaube, in diesem Buch geht es um mehr als nur um einen Clown." Wieder erscheinen diese Lachfältchen um seine Augen. *Ich muss sie mir dringend einprägen*, denke ich, dann klingelt mein Handy.

„Hi, Ron", melde ich mich. Erleichterung durchströmt mich. Auch wenn der Fremde weder ein Clown noch unfreundlich ist, bin ich nicht unbedingt erpicht darauf, länger in der Dunkelheit zu stehen und zu warten, bis ich meine Füße vor Kälte nicht mehr spüre. Ron versichert mir, dass er in drei Minuten da ist, dann höre ich den Motor aufheulen. Anscheinend besteht sein Mittel der Wahl darin, jegliche Geschwindigkeitsbegrenzungen zu missachten, um mich aus meiner Lage zu befreien. Er legt auf und lässt mich erneut mit dem Nicht-Axtmörder allein.

„Mein Onkel ist gleich da. Danke für die Hilfe", sage ich unbeholfen an den Fremden gewandt. Ich will ihn loswerden und gleichzeitig auch nicht. Eine seltsame Gefühlskombination, die sich da in mir zusammenbraut.

„Nicht dafür", sagt er mit tiefer Stimme. Alles an ihm wirkt auf eine irritierende Art vertraut auf mich, obwohl ich ihn noch nie gesehen habe. Vermutlich kommt er nicht aus der Gegend.

„Soll ich noch warten? Jetzt, wo du nicht mehr denkst, ich würde nach deinem Leben trachten?"

Es ist an mir zu grinsen. Mein Innerstes will laut *Ja* schreien. „Nicht nötig."

„Sicher?", vergewissert er sich. Mein Herz klopft bei seiner besorgten Nachfrage kurz ein wenig unregelmäßiger als zuvor.

„Ganz sicher", sage ich, obwohl es sich wie eine Lüge anfühlt. Nicht, weil ich Angst habe. Eher, weil ich den Eindruck habe, dass wir uns gut und gerne noch länger unterhalten könnten. „Es dauert nicht lange. Die Wege in Melmoth Lakes sind nie weit. Ich werde einfach nach Hause laufen. Das traust du mir ja wohl auch ohne Sportkleidung zu, oder?"

„Du wirkst einfach etwas ... ach, egal."

„Denkst du etwa, ich wäre ängstlich?", frage ich mit gespielter Empörung.

„Auf die Idee wäre ich niemals gekommen!", beteuert er. Wir lächeln uns für einen kurzen Moment an, der noch eine Ewigkeit andauern könnte, wenn es nach mir geht. Doch dann nickt der Fremde mir zu und der Moment ist vorbei. „Sorry, dass ich nicht helfen konnte", entschuldigt er sich.

Ich will gerne etwas erwidern. Schlau klingen oder wenigstens charmant, doch da hat er sich längst umgedreht und joggt zurück in die Richtung, aus der er gekommen ist. Dabei wirft er einen kurzen Blick zurück.

Mein Blick bleibt eine Weile auf seinem Rücken haften, bis der Ton einer eingehenden Nachricht mich auf dem Konzept bringt.

Hanna: Ich hoffe, du warst vorsichtig!

Romy: Er kennt Pennywise. Ist das gut oder schlecht?

Hanna: Buch oder Film?

Romy: Film!

Ryan

Sie hat mich nicht erkannt.

Der Badezimmerspiegel ist beschlagen und ich sehe nur meine Konturen. Fein perlt das Wasser an dem Glas herunter. Ich habe so heiß geduscht, dass Nebel im Zimmer steht. Es hat lange gedauert, bis meine durchgefrorenen Knochen wieder warm wurden und ich mich daran erinnert habe, dass ich auch noch Fußzehen besitze. Verdammt, es wurde schnell kalt! Und dunkel. Zugegeben: Es ist nicht die beste Idee gewesen, in diesem vermaledeiten Ort erst so spät abends joggen zu gehen. In Los Angeles ist es selten eisig. Eine weitere Sache, an die ich mich gewöhnen muss. Wie an so vieles. Es ist ungewohnt, wieder meine Familie um mich herum zu haben. Sich das Badezimmer und den Kühlschrank zu teilen, wo ich doch auf eine vermeintlich erwachsene Art und Weise überzeugt davon war, diese Zeiten hinter mir gelassen zu haben.

Mein Besuch bei unserem Nachbarn Peter hat länger gedauert als erwartet. Er hat darauf bestanden, das Stück Kuchen mit mir zu teilen – und mich beschleicht der Verdacht, dass Mum das gewusst und mir deswegen ein so großes Stück mitgegeben hat. Schon auf dem Weg zu Peters Haus sind die Kindheitserinnerungen nahezu greifbar auf mich eingestürmt und spätestens, als ich in seinem Wohnzimmer gesessen bin, habe ich mich wieder wie ein kleiner Junge gefühlt. Dass ich an meinem persönlichen Tag X aus Melmoth Lakes verschwunden bin, heißt nicht, dass ich hier keine gute Zeit hatte. Ich habe dieses Städtchen nie abgeschrieben, aber schlichtweg auch nicht mehr damit gerechnet, zurückzukommen.

Die Eindrücke des Tages haben mir stechende Kopfschmerzen bereitet, die auch die heiße Dusche nicht nehmen konnte. Seit einer Woche bin ich zurück. Eine Woche, in der vor allem mein kleiner Bruder Cole aufgeblüht ist und mir um das ein oder andere Mal ein schlechtes Gewissen verpasst hat. Es ist mir nicht bewusst, wie sehr er mich vermisst. Dabei hätte ich wissen müssen, dass es einem Elfjährigen nicht reicht, seinen Bruder nur hin und wieder auf einer Rennstrecke zu sehen. Ihn nur zu umarmen, wenn er in seinem Rennanzug steckt. Der Club der miesen Geschwister hat mich aufgenommen. Dabei habe ich doch nur meinen Traum gelebt. Jedenfalls bis vor Kurzem.

Jemand donnert mit der Faust an die Badezimmertür.

„Ryan? Du vergisst hoffentlich nicht, dass das hier das einzige Badezimmer im Haus ist?"

„Gut, dass du mich dran erinnerst, Dad", rufe ich eine Spur zu laut. Ich hätte nichts dagegen gehabt, mich noch eine Weile mit meinen trüben Gedanken im Bad verbarrikadieren zu können. Und mit dem schlechtesten Gewissen der Welt, das vor einer guten Stunde neu dazugekommen ist. Der Grund dafür ist niemand geringeres als ein rothaariges Mädchen, das neben ihrem Pick-up mit Motorschaden gestanden hat. Und die ich wie den letzten Vollidioten habe stehen lassen. Wie habe ich allen Ernstes hinnehmen können, dass sie alleine nach Hause läuft? Ich hätte sie begleiten müssen.

Doch statt ihr das Angebot zu machen, sie bis zu ihrer Wohnung zu geleiten, habe ich den Rückzug angetreten. Und das nur, weil sie in mir ein seltsames Gefühl der Verwirrung und der Faszination gleichermaßen ausgelöst hat.

Sie hat mich nicht erkannt, wiederholt sich mein Gedanke. Finde ich das gut oder schlecht? Ich bin mir ziemlich sicher, dass sie wirklich keinen Schimmer gehabt hat, wer ich bin. Ich kann mittlerweile zwischen gespielter und echter Unwissenheit unterscheiden. Bei ihr war sie alles, aber nicht gespielt.

Aus meiner Kehle dringt ein entnervtes Stöhnen, das einzig und allein mir selbst gilt. Die Jahre in Los Angeles haben mich wohl zu einem Arschloch werden lassen. Vielleicht tut es meinem Ego gut, wieder auf den Boden der Tatsachen gedrückt zu werden. Es wäre nicht schlecht, wenn die Wucht des Aufpralls weniger heftig gewesen wäre, aber nötig scheine ich es zu haben.

„Ryan?", ertönt ein weiterer auffordernder Ruf meines Dads. Er klingt schon um einiges genervter. Schnell rubbel ich mir die Haare trocken und schlüpfe in frische Klamotten. Den Hoodie und die Jogginghose stopfe ich in den Korb für die Schmutzwäsche und trete mit nackten Füßen in den Flur.

„Hast du versucht, eine Sauna in unserem Badezimmer zu eröffnen?", fragt Dad mit Blick auf die warmen Nebelschwaden, die hinter mir auftauchen.

„Würde das Haus doch ziemlich aufwerten, meinst du nicht?"

„Du bist ein Spinner", kommentiert Dad, schlägt mir freundschaftlich auf die Schulter und schließt sich im Bad ein. Lächelnd trete ich den Rückzug in mein altes

Jugendzimmer an, das Mum und Dad in all den Jahren nie verändert haben. Selbst nach einer Woche zu Hause bin ich jedes Mal überrascht, wie all die Gefühle meines jugendlichen Ichs hier konserviert sind. Ich durchlebe den ersten Liebeskummer noch einmal, wenn ich auf den Schreibtisch blicke, an dem ich, statt Hausaufgaben zu machen, Liebesbriefe verfasst hatte. In einem kleinen Glas liegen Münzen, die ich sparen wollte, um eines Tages mit meinen Freunden in den Urlaub zu fliegen. Unser Traum war Europa. Wir wollten die Welt sehen, hübsche Mädchen kennenlernen, hatten geglaubt, dass wir uns das alles irgendwann würden leisten können. Die traurige Wahrheit ist, dass wir diesen Träumen nie nachgegangen sind. Mittlerweile weiß ich nicht einmal mehr, was meine besten Freunde von damals machen. Ob sie bis heute hiergeblieben sind? Haben sie schon geheiratet? Kinder? Mich durchzuckt ohne Vorwarnung ein Stich der Eifersucht. Zur Ablenkung lasse ich meinen Blick weiter durch den Raum schweifen.

Die Bettwäsche mit den Autos darauf ist der eindeutige Beweis dafür, dass ich schon früh wusste, dass das meine Welt ist. Sogar die Poster von bekannten Rennfahrern hängen unverändert an den Wänden. Sie sind das Einzige, was ich an diesem Raum nicht leiden kann. Früher waren sie die beste Motivationsquelle, doch heute verspotten sie mich. Kurzerhand hänge ich sie alle ab. Um sie wegzuschmeißen, bin ich dennoch nicht in der Lage. Stattdessen rolle ich sie zusammen und lege sie in meinen Bettkasten, bevor ich mich rücklings auf die Matratze fallen lasse. Das Quietschen erinnert mich einmal mehr daran, dass ich mittlerweile keine sechzehn mehr bin und von dem schlaksigen Jungen nichts übrig geblieben ist. Seitdem ich für meine Karriere von zu Hause weggegangen bin, hat sich so viel verändert. Ein Glück ist die Liebe, mit der mich meine Familie empfängt, unverändert geblieben. Es ist genau das, was ich im Moment brauche.

Der Wecker neben mir zeigt an, dass es erst halb acht ist, doch draußen sieht es viel eher nach Mitternacht aus. Durch das breite Fenster aus meinem Zimmer kann ich sehen, wie Blätter vom Wind davongetragen werden und in der Dunkelheit verschwinden. Nieselregen hat eingesetzt und hinterlässt kleine Punkte auf der Glasscheibe, die langsam von der Schwerkraft nach unten getragen werden. Von dem goldenen Herbsttag scheint nichts mehr übrig geblieben zu sein und ich bin heilfroh, meine Joggingrunde beendet zu haben.

Ich hätte es wissen müssen, dass es mir nicht lange gelingen würde, die Gedanken an das Mädchen zu verdrängen. Mit aller Wucht kehren sie nun, da ich in die Dunkelheit hinausschaue, zurück. Die Landstraße, auf der ihr Wagen liegen geblieben ist, ist keine Meile von unserem Haus entfernt. Ich bin auf dem Rückweg von meiner Laufrunde gewesen, als ich sie gesehen habe und noch einmal umgekehrt bin. Es ist meine Pflicht gewesen, wenigstens nach ihrem Wagen zu sehen, auch wenn mir schon klar gewesen ist, dass ich ihr vermutlich nicht helfen kann. Aber da ich mein Geld mit Autos verdiene ...

Ich sehe sie genau vor mir. Ihre rotbraunen, störrischen Haare. Die Sommersprossen, die ihre Wangen zieren. Und die grünen Augen, die in dem wenigen Licht, das uns umgeben hat, beinahe golden wirkten.

Ihr helles Lachen und die Art, wie sie auf meinen Witz reagiert hat, haben es mir mehr angetan, als ich zugeben möchte. Beim Rückweg sind meine Knie sicherlich nicht vor Anstrengung weich gewesen, sondern aus einem ganz anderen Grund.

Ich bin ein Idiot.

Wenigstens nach ihrem Namen hätte ich fragen können. Oder mir ihr Handy schnappen, um meine Telefonnummer einzuspeichern. Und auf alle Fälle hätte ich nachdrücklicher anbieten sollen, sie zu begleiten. Mein Dad würde wütend auf mich sein, wenn er erfährt, dass sein Sohn die gute Erziehung zu einem Gentleman innerhalb weniger Minuten in den Wind geschossen hat. Stöhnend reibe ich mir über das müde Gesicht. Meine Haare sind feucht vom Duschen, und hinterlassen einen Abdruck auf dem Kopfkissen. Ich kann nicht hier liegen und mich diesen wirren Gedanken hingeben. Ich fürchte, dass ich sonst bis zum Morgengrauen mürbe geworden bin. Wie so oft in letzter Zeit ist an Schlaf nicht zu denken, also stehe ich auf, ziehe mir ein paar dicke Socken an, die meine Mum vor Jahren einmal gestrickt hat, und gehe hinunter ins Wohnzimmer. Aller Wahrscheinlichkeit nach findet sich ein Bier im Kühlschrank und ein schlechter Film im Fernsehen. Dieses Programm ist mir lieber, als mich hier in Mitleid zu suhlen und an ein gewisses rothaariges Mädchen zu denken, für das ich – egal, wie ich es drehe und wende – in meinem Leben überhaupt keinen Platz habe.

Kapitel 3

Romy

Der Morgen startet viel zu früh. Nach einer aufgewühlten Nacht hätte ich nichts dagegen gehabt, bis 10 Uhr zu schlafen, aber Ron hat andere Pläne. Das hat er mir schon gestern Abend unmissverständlich klar gemacht. Noch kurz bevor Chad die Werkstatt öffnet, habe ich einen Termin bekommen, damit wir klären können, was repariert werden muss. Was für Chad bedeutet, dass er schon mindestens eine Stunde früher aufgestanden ist und meinen alten Pick-up begutachtet hat. Ich hingegen liege noch wie erschlagen in meinem Bett und würde mich am liebsten weigern, unter der warmen Decke hervorzukriechen.

Ich habe meinem Onkel gleich mehrfach beteuert, dass ich gut daheim angekommen bin, nachdem ich sein Angebot, mich nach Hause zu bringen, mehrfach abgetan habe. Er hat schon seinen Feierabend mit dem Abschleppen meines Autos verbringen müssen. Ganz allein aus diesem Grund habe ich so getan, als sei ein spätabendlicher Spaziergang nach all der Aufregung genau das, was ich brauche. Ron gehört zu den fürsorglichsten Menschen der Welt. Meine Zusammenkunft mit dem Jogger habe ich ihm vor allem aus diesem Grund vorenthalten. Ich möchte keinen Vortrag darüber hören, dass ich auf mich aufpassen soll. Meinem Kopf hingegen ist das Zusammentreffen nicht so schnell auszuschlagen gewesen. Stattdessen habe ich jeden Satz, den ich gesagt habe, zu Tode analysiert. Seinen Spruch, dass er mich abschleppen könnte. Abschleppen in *diesem* Sinne. Er hat sich in meine Erinnerung gebrannt. Er und das definierte Muskelspiel unter seinen Sportklamotten, als er mein Warndreieck aufgestellt hat und wieder zurück zu mir gelaufen gekommen ist. Sein Lächeln, das definitiv der Höhepunkt seiner beeindruckenden Erscheinung war. Ein Blick auf die Uhr verrät mir, dass ich dringend los sollte, wenn ich nicht auch noch zu meiner Werkstatt-Sonderbehandlung zu spät erscheinen will. „Juhu", murmle ich voller Sarkasmus, die Stimme von meinem Kopfkissen erstickt. Der ursprüngliche Plan bestand darin, dass ich ein bisschen sticken wollte, mit einer guten Tasse Kaffee neben mir auf dem Couchtisch. Entspannt in den Tag starten.

Himmel, ich hasse diese Tage, die nicht nach Plan verlaufen.

Es wird langsam hell, während ich mich anziehe und schminke. Ich reiße alle Fenster auf und ziehe mir die kuscheligste Strickjacke an, die ich finden kann. Der erste Kaffee des Tages wird gerade frisch von meiner Maschine aufgebrüht. Ich brauche am Morgen die kühle Luft in meiner kleinen Wohnung. Sie besteht aus einem großzügigen Wohnbereich, einem winzigen Schlafzimmer, in das gerade so mein Bett und ein Schreibtisch passen, und einer Küche mit Essbereich.

Kleine Bilder und bunte Accessoires machen diese vier Wände zu meinem ganz persönlichen Rückzugsort. Nachdem meine Eltern weggezogen sind, habe ich nicht alleine in unserem alten Haus bleiben wollen und mich auf die Besichtigung jeder freien Mietwohnung gestürzt, als hinge mein Leben davon ab. Mein Elternhaus wäre nicht nur zu teuer geworden, vor allem hätte ich in jeder Ecke das gesehen, das ich beinahe verloren hätte. Sue und Ron haben mir angeboten, bei ihnen einzuziehen, doch der Schritt, eigene vier Wände zu beziehen, hat sich damals richtig angefühlt.

Ich liebe es, den frischen morgendlichen Duft einzuatmen und mir zeitgleich die Finger an der Tasse zu wärmen. Neue Energie flutet meinen Geist und kurz denke ich, dass der Tag Potenzial dazu hat, gut zu werden.

Ich will gerade meine Stiefel anziehen, da höre ich ein leises Schnurren, das vom Wohnzimmerfenster kommt.

„Pippa", murmle ich und werfe einen Blick auf die getigerte Katze, die es sich zwischen meinen bunten Sofakissen bequem gemacht hat. Das Haustier meiner Vermieterin Tracy, die unter mir wohnt, hat das Ritual entwickelt, jeden Morgen durch eines der offenen Fenster zu klettern, nachdem sie den Balkon erklommen hat. „Ich darf den Bus nicht verpassen", sage ich zu ihr, als könne sie dadurch verstehen, warum die Streicheleinheit heute etwas kürzer ausfällt. „Aber ich schicke Tracy eine Nachricht, dass du dich hier bei mir häuslich eingerichtet hast, damit sie weiß, wo sie nach dir suchen muss. Okay, meine Hoheit?"

Sie schaut mich mit schief gelegtem Kopf an, der meinem Kosenamen alle Ehre macht. Will sie mir damit ein Okay geben? Ein letztes Mal streichle ich ihr über den Rücken, ehe ich mir meinen Schlüssel nehme und aufbreche.

Ryan

Ich werde von einem stechenden Schmerz in meinem Rücken wach und sehe im nächsten Moment, wie Mum eine dampfende Tasse Kaffee neben mich auf den Couchtisch stellt.

„Ich frage dich besser nicht, wie deine Nacht war, Spatz", sagt sie. Der alte Kosename lässt Wärme in mir heraufsteigen. Jedenfalls bis sie mit den nächsten Worten alles wieder zunichtemacht. „Du siehst schrecklich aus."

„Oh, danke Mum", murre ich. Sie lacht laut, viel zu laut für meine müden Ohren, und entfernt sich wieder von mir.

Ich setze mich auf. Ohne Decke und nur mit einem der vielen Zierkissen, die mit fürchterlich hässlichen Herbstmotiven bestickt sind, habe ich die Nacht im Wohnzimmer verbracht. Das Kissen unter meinem Kopf ist rau und mit einem Fliegenpilz bedruckt. „Auf Fliegenpilzen schläft es sich schlecht", stelle ich mit mieser Laune fest. Mein Körper scheint das schon vor Stunden gemerkt zu haben, denn als ich mich aufrichte, fährt mir wieder ein Schmerz durch den Rücken. Es fühlt sich an, als würde mich jemand erstechen.

„Heilige Sch-", beginne ich, unterbreche mich aber selbst. Cole stürmt noch in seinem Schlafanzug gekleidet und mit einer Schale Cornflakes bewaffnet in den Raum. Er grinst das breite Lächeln, das die Leute begeistert, seit er ein Kleinkind ist, und setzt sich auf die andere Ecke des Sofas. In seinem Gesicht steht geschrieben, dass er meinen Beinahe-Ausruf eben mitbekommen hat. „Was hast du da eben gesagt?"

„Heilige ... Schwefelsäure", rede ich mich heraus, als wäre diese Alternative genauso wirksam. Natürlich weiß Cole genau, welches Wort ich ursprünglich sagen wollte, doch im Haus der Bakers ist schimpfwörterfreie Zone. Und jeder, der sich nicht daran hält, muss fünf Dollar in ein Sparschwein werfen, dessen Inhalt dann jährlich zur Weihnachtszeit gespendet wird. Jeder weiß, dass Mum, die die Nettigkeit in Person ist und in diesem Haus die Einzige, die nicht flucht, alljährlich einen großen Betrag obendrauf legt.

Cole lacht leise und löffelt seine Cornflakes in atemberaubender Geschwindigkeit. Ich sehe ihm grinsend dabei zu. „Holst du beim Essen auch mal Luft?"

„Nö. Mum sagt, ich muss noch wachsen", gibt er schlagfertig zurück. Wann hat mein kleiner Bruder aufgehört, ein Baby zu sein? Ich weiß, dass es ungewöhnlich ist, dass zwischen uns ein so großer Altersunterschied liegt. Zehn Jahre bin ich älter, aber so kommt es mir nicht vor. Cole geht erst seit diesem Jahr in die Middle School. Wofür er mit dem Bus fahren muss, wie mir gerade siedend heiß einfällt. Ich selbst war nach der Grundschule auf einer Privatschule und kenne die Middle School nur von Erzählungen. Natürlich hatte ich trotzdem den Hauptteil meiner Freunde hier in meiner kleinen Heimatstadt, aber da ich schon früh bei Kart-Wettkämpfen teilgenommen habe, war das Modell dieser privaten Ganztagsschule einfach perfekt für mich. Sie war bekannt dafür, viele angehende Sportler bestmöglich zu unterstützen und trotzdem genug Freiraum für die Wettkämpfe zu lassen. Meine Eltern hatte das zwar eine Menge Geld gekostet, aber ich weiß, dass jeder andere Weg beschwerlicher gewesen wäre. Meine Familie und ich wissen, wie sehr es sich gelohnt hat. Und obwohl Mum und Dad es nie wollten, habe ich ihnen all die Kosten, die sie für mich auf sich genommen hatten, mittlerweile zurückgezahlt. Ich brüste mich damit nicht gerne, aber ich hätte schon mit meinem normalen Gehalt genug Geld, um es wieder gut zu machen. Obendrauf kommen die beiden gewonnen Meisterschaften, die Werbeverträge und die Sponsoren. Meine Eltern müssen sich längst keine Gedanken mehr darum machen, am Ende des Monats möglicherweise nicht genug Geld auf dem Konto zu haben.

„Solltest du nicht langsam los?", frage ich mit Blick auf seinen Schlafanzug. Kleine Raketen sind darauf abgebildet, die davon zeugen, dass er eben doch noch ein Kind ist. Sofort schießt das Bild meiner Auto-Bettwäsche vor mein inneres Auge. Ich habe gut reden.

„Dad sagt, dass du sicher Lust hast, mich heute zur Schule zu fahren."

Mein Herz fängt augenblicklich an zu rasen. „Woher will Dad das so genau wissen?"

„Keine Ahnung", nuschelt Cole, den Mund voller Cornflakes. „Aber wenn du es nicht tust, dann komme ich auf alle Fälle zu spät."

„Heilige Schwefelsäure. Das ist Erpressung", rufe ich so laut, dass auch Dad es hören kann, dessen gedämpfte Stimme ich aus der Küche vernehme. Meine Eltern wissen, dass ich seit dem Vorfall nicht mehr als ein paar Mal hinter dem Lenkrad eines Autos gesessen habe. Und dass dieser Umstand meiner Meinung nach noch eine Weile andauern könnte. Aber mein Dad weiß, dass ich Coles Bitte niemals ausschlagen würde. Er scheint ein großer Verfechter von Konfrontationstherapie zu sein.

Ich bin vielleicht ein Idiot, was Frauen angeht, aber ich liebe meine Familie abgöttisch. Und wenn es bedeutet, über meinen Schatten springen zu müssen, um jemanden von ihnen glücklich zu machen, dann ist es eben so.

„Mach dich fertig, kleine Rakete", sage ich mit ergebenem Unterton zu meinem Bruder und trinke meinen Kaffee mit wenigen Schlucken leer.

Das ist nicht die Art von Morgen, die ich mir vorgestellt habe, aber was bleibt mir anderes übrig? Ich ergebe mich meinem Schicksal.

***

Cole wirft seinen schweren Rucksack auf die Rückbank, ehe er neben mich auf den Beifahrersitz klettert.

Ich verfluche mein Leben, meinen Dad, diese Stadt und alles, was dazugehört. Warum bin ich nicht in der Lage, Nein zu sagen und meine Ängste zuzugeben? Wann bin ich derart zu einem wandelnden Klischee

51

von einem Mann geworden, der sich keine Unsicherheiten eingestehen kann? Mein Herz pumpt unaufhörlich in meiner Brust.

„Was trägst du da mit dir im Rucksack rum? Backsteine?"

„Nee, Bücher. Das sind Seiten, die zusammengebunden werden und die –"

„Ich weiß, was Bücher sind", versuche ich auf seinen Scherz einzugehen, doch es klingt verstellt. Falsch. Nun täusche ich schon meinen Bruder, damit er nicht merkt, dass ich angespannt bin. Nicht die Art von Vorbild, die ich sein möchte. Und ich würde so gerne über diese Situation lachen. Aufrichtig lachen. „Alles okay bei dir?", fragt Cole, der sofort merkt, dass etwas nicht stimmt. „Wenn es nicht geht, fahre ich doch mit dem Bus. Ich kann auch laufen."

„Mit dem Rucksack laufen? Auf keinen Fall. Und mit dem Bus kommst du zu spät. Außerdem ... mein Gott, ich werde ja wohl noch Dads Chevrolet fahren können. Wie viel fährt das Ding? Höchstens hundert Sachen, oder?"

„Keine Ahnung. Dad fährt nie besonders schnell."

„Das liegt an seiner gemütlichen Ader."

Unser Geplänkel klingt locker, aber wir beide wissen, was für eine enorme Anstrengung mich die Situation kostet. In diesen Dingen ist Cole viel zu erwachsen für sein Alter. Ich will nicht die Nerven verlieren, darf es schlichtweg nicht, aber die Erinnerungen drohen mich jeden Moment einzuholen. Dabei ist alles anders. Das Innere des Chevrolets lässt sich kaum mit dem Cockpit eines Formel-1-Wagens vergleichen. Ich bin hier sicher. Ich fahre weder schnell, noch ist die Strecke zur Schule ein Wettbewerb. Ich brauche niemandem etwas beweisen, am wenigsten mir selbst. Aber tun wir nicht alles genau deswegen? Um uns selbst etwas zu beweisen? Fest steht, dass ich einen enormen Respekt davor habe, das Gaspedal zu treten.

Verdammt. Ich habe sogar Scheißangst.

Dennoch starte ich den Motor. Es wäre doch ein Witz, wenn ich das nicht hinbekommen würde.

„Erzähl mir von der Schule", bitte ich Cole. Ich traue mich. Fahre von unserem Hof, auf dem wir gestern mit den bescheuerten Rollerblades herumgealbert haben. Er versteht sofort, dass meine Bitte ein stummer Wunsch nach Ablenkung ist. Und es hilft ungemein, seinen Erzählungen zu lauschen. Von seiner Mathelehrerin, von der ich mir wünschen würde, sie hätte auch mich in der Middle School unterrichtet. Er erzählt mit unverhohlenem Stolz in der Stimme, dass er der beste seiner Stufe ist. Und dass er vor zwei Wochen beim Probetraining für das Footballteam seiner Schule mitgemacht hat.

Mein rasender Puls wird langsamer. Normaler. Ich bin erschrocken, wie stark mich die Anspannung über die ungeplante Fahrt hierher mitgenommen hat. Zwischen Coles Erzählungen muss ich mir immer wieder vergegenwärtigen, dass das hier keine Rennstrecke ist. Dass mir – dass uns – nichts passieren kann. Die Sorge, ich könnte meinen Bruder verletzen, ist riesig. Ich hatte schon alles Glück der Welt auf meiner Seite. Kein Schutzengel kann erneut solch eine gute Arbeit leisten.

Mir fällt ein regelrechter Brocken vom Herzen, als ich endlich vor der Middle School halte. Das enorme Gebäude sieht alt aus. Ein großes Plakat kündigt das nächste Footballspiel an und jede Menge Schüler wuseln umher. Mütter und Väter halten vor und hinter mir, um ihre Kinder aus den Autos zu werfen. Es ist laut, voller Leben und Lachen. Und es ist so wahnsinnig normal. Meine Kehle kommt mir für einen Moment wie zugeschnürt vor.

Normalität war das Letzte, was ich in den vergangenen Jahren hatte. Stattdessen war ich quer um die Welt gereist und sah Orte, von denen andere nur träumen. Es tut gut, diese Alltäglichkeit zu spüren.

„Danke", sagt Cole. Er spricht die Worte mit einer solchen Ernsthaftigkeit aus, dass ich mich zum zweiten Mal an diesem Morgen frage, wann zum Teufel er so erwachsen geworden ist.

„Es war nicht so schlimm, wie ich dachte", gebe ich zurück und bringe ein schiefes Lächeln zustande.

Cole lächelt zurück, dann fixiert er einen Punkt hinter mir. „Ich glaube, du solltest lieber weiterfahren. Es sei denn, du hast Lust darauf, dass dich gleich jemand erkennt. Die Mädels schauen schon."

„Das ist in Tat das Allerletzte, was ich will." Reflexartig ziehe ich die Kapuze meines Hoodies hoch, sodass niemand so leicht mein Gesicht erkennen kann. Mag sein, dass ich keine absolute Berühmtheit bin, weil die Formel 1 nicht wie andere Rennserien wie zum Beispiel die Indycar-Rennen in Amerika einfach nicht derart beliebt und präsent ist. Dennoch kennen mich einige in Melmoth Lakes, gerade unter Coles Schulkameraden. Und jeder hier weiß, was vor meiner kleinen Zwangspause passiert ist. Weswegen ich wieder zurück bin. Die Leute können hier besser tuscheln als überall sonst und ich will nicht der Grund dafür sein. Will ihre mitleidigen Blicke nicht sehen, will nicht hören, wie sie sich lautstark fragen, wie es mir geht. Es ist das Beste, Coles Rat zu befolgen.

„Lern schön!", rufe ich meinem Bruder nach und schaue ihm einige Sekunden hinterher. Ich sehe, wie er mit einer Gruppe Jungs abklatscht und dann die Treppen zum Schulgebäude hinauf geht. Durch das geöffnete Fenster höre ich, wie einer seiner Freunde lautstark zu Cole sagt „Wow, er ist wieder da?"

Schnell merke ich, dass der Ausruf auch andere Kinder dazu bewegt, in meine Richtung zu starren. Ich ducke mich umständlich im Inneren des Wagens und trete die Rückfahrt an.

Die Angst fährt mit, so sehr ich auch versuche, sie auf die Rückbank zu verdrängen.

***

Snoop Dogg tönt in voller Lautstärke aus dem Autoradio und lässt mich einen Augenblick vergessen, dass ich falsch gefahren bin. Es muss meinem Unterbewusstsein geschuldet sein, dass ich auf die Landstraße abgebogen bin, auf der gestern noch ein bestimmter Pick-up gestanden ist. Schon von Weitem erkenne ich die Stelle, an der ich in den Motorraum gestarrt habe. Kurz bevor ich meine Arschloch-Qualitäten ausgepackt habe. Dort steht kein Wagen mehr. Kein rothaariges Mädchen.

Das bedeutet immerhin, dass sich jemand um den Wagen kümmert. Ob ihr Onkel ihn doch noch zum Laufen gebracht hat? Es würde mein Gewissen beruhigen, aber dafür müsste ich sie erst einmal finden. Und dann danach fragen.

Ich komme an einer Kreuzung vorbei, die mir die beste Gelegenheit bietet, umzukehren und nach Hause zu fahren, doch stattdessen biege ich rechts in Richtung Stadtkern ab.

Der krasse Kontrast zu Los Angeles erstaunt mich mit voller Wucht. Dort bin ich von meiner Penthousewohnung direkt in den Stau gestolpert, egal zu welcher Tages- oder Nachtzeit. Es findet immer irgendwo im Wohnkomplex, in dem ich lebe, eine Party statt. So etwas wie Ruhe gibt es da schlichtweg nicht. Die gönne ich mir dann, wenn ich für ein Rennen in andere Städte fliege. Ich hatte nie so recht hinterfragt, warum ich mir Los Angeles als Wahlheimat ausgesucht habe. Vermutlich lag es vor allem an dem kompletten Gegensatz zu meiner Heimat, den ich mit sechzehn Jahren zweifelsfrei gesucht habe. Raus aus dem Alltag, weit weg von denen, die nicht verstehen konnten, dass man für seine Träume manchmal Risiken eingehen muss. Und dass man gezwungen ist, die Tränen seiner Mum beim Abschied zu vergessen. Das war eine der schwersten Prüfungen in meinem bisherigen Leben gewesen.

Ich bin froh, dass meine Eltern und Cole mich nie in meiner Wohnung in Los Angeles besucht haben. Sie ist schick, luxuriös und teuer und vor allem immer unordentlich. Dabei bin ich nicht einmal der Typ für dieses Leben. Zwar läuft die Wohnung noch auf meinen Namen, aber eigentlich gedenke ich schon jetzt nicht mehr, dahin zurückzukehren. Einen genauen Plan für mein Leben habe ich nicht, aber in der vergangenen Woche habe ich begriffen, dass Familie alles ist, was man zum Glücklichsein braucht. Ohne sie könnte ich nicht heilen. *Leider kommt diese Erkenntnis eine Spur zu spät,* denke ich bitter. *Und beinahe hätte ich nicht mehr die Gelegenheit zur Einsicht gehabt.*

Kopfschmerzen pochen dumpf in meinem Schädel und zeugen davon, dass ich mir schon wieder zu viele Gedanken mache. Ich sollte dringend lernen, mich auf das Hier und Jetzt zu konzentrieren. Wie zum Beispiel auf den Kreisel, in dessen Mitte einige Riesenkürbisse thronen und an dem ich gerade vorbeifahre. An den herbstlichen Girlanden. Und den hübschen Schaufenstern, die allesamt geschmückt sind. Wirklich verändert hat der Ort sich seit meinem Weggang nicht. Vor allem nicht, wenn es um saisonale Dekoration geht.

Ich bin es, der sich verändert hat.

Als ich das Schild der hiesigen Werkstatt sehe, bremse ich ab. Wenn ich mich recht erinnere, gehört der Laden dem Dad von meinem damaligen besten Freund Chad. Und wenn ich mich doppelt recht erinnere, dann ist es weit und breit die einzige Werkstatt, in die der Pick-up der hübschen Rothaarigen abgeschleppt worden sein kann.

Bevor ich es mir überhaupt richtig überlegen kann, setze ich den Blinker und fahre auf den Hof.

Kapitel 4

Romy

Unsere kleine Stadt liegt vollkommen verlassen da. Herbstlicher Nebel hängt über den Feldern. Nur äußerst selten kommt dem Bus, in dem ich sitze, ein Auto entgegen. Einige Reihen hinter mir sitzt ein älterer Herr, der in seine Tageszeitung vertieft ist. Die fünfzehn Fahrminuten verbringe ich mit einem Hörbuch auf den Ohren. Hanna wäre entrüstet, wenn sie wüsste, dass ich schon zum dritten Mal den ersten Harry-Potter-Band höre, anstatt endlich einer ihrer Empfehlungen zu folgen.

Der Bus erreicht die Innenstadt, sodass ich gezwungen bin, mich von meinem Platz zu erheben. Wehleidig trenne ich mich von meinen Kopfhörern. Von hier sind es nur wenige Minuten bis zur Werkstatt und die lege ich ohne die Zeremonie des *Sprechenden Hutes* aus meinem Harry-Potter-Hörbuch zurück.

Schließlich nähere ich mich der Werkstatt und sehe meinen Pick-up auf Chads kleinem Hof stehen. Die Motorhaube ist offen, so wie gestern. Ein trauriger Anblick.

„Chad?", rufe ich und betrete zeitgleich das Büro. Eine Topfpflanze, die dringend gegossen werden muss, ragt aus ihrem zu großen Übertopf aus einfachem Metall. Auf Chads Schreibtisch stapeln sich Unterlagen, Mappen und ungeöffnete Briefe, aber alles daran wirkt dennoch ordentlich. Jeder Zentimeter sieht nach Arbeit aus, aber er scheint sie penibel zu führen. In einem der Ordner wird vermutlich meine Kundendatei versteckt sein. Inklusive der vielen Rechnungen, die Chad schon für mich geschrieben hat. Beim Gedanken an die erneuten Kosten bricht mir der kalte Schweiß aus.

„Chad?", rufe ich abermals und drehe mich einmal um die eigene Achse. Niemand antwortet mir. Kurz ziehe ich in Erwägung, mir an dem billig wirkenden Automaten einen Kaffee zu holen. Doch schon eine Sekunde später bilde ich mir dessen faden Geschmack auf der Zunge ein und entscheide mich dagegen. Bald fängt meine Schicht im Eiscafé an, da gibt es besseren Kaffee. Den besten der Welt, wenn man mich fragt.

Jemand tritt durch die geöffnete Eingangstür. Chads zu Rastazöpfen geflochtene Haare stecken unter einer Kappe, der Blaumann ist voller Ölflecken. Zwischen seinem Pulli und den Handschuhen, die er sich gerade abstreift, blitzt ein Streifen seiner dunklen Haut hervor. Auf dem Handgelenk sehe ich ein Tattoo, kann aber nicht genau erkennen, was das kleine Kunstwerk darstellt. „Hi, Romy. Ich hab mir deinen Wagen schon angesehen." Er verliert keine Worte an eine unnötige Gesprächseinleitung.

„Und?", wage ich einen zaghaften Vorstoß und schaue ihn traurig an. „Stirbt er jetzt den endgültigen Pick-up-Tod?"

Chad lacht über meinen müden Witz und entblößt eine Reihe makellos weißer Zähne. Er ist zwei Jahre älter als ich und ich erinnere mich zu gut daran, dass er in der Highschool jahrelang eine fiese Zahnspange tragen musste. Seitdem hat er einiges an Attraktivität gewonnen, stelle ich erneut fest. Muskeln zeichnen sich überdeutlich unter seiner Kleidung ab. Die fleckige Kleidung und das leicht verschwitzte Gesicht schaden seinen hübschen Zügen nicht.

„Ich denke nicht. Aber er wird nicht jünger", beantwortet Chad meine Frage. „Ich mache dir einen guten Preis, aber ganz günstig wird das nicht, vermute ich."

„Na prima", nuschle ich und fühle mich in meiner Befürchtung bestätigt.

Chad schaut mich unsicher an. „Ich kann dir erst mal einen Kostenvoranschlag machen und dann entscheidest du, okay?"

Zustimmend nicke ich. Das klingt fair. Ich bin nicht bereit, mich schon von meinem Pick-up zu trennen. Sein Vorschlag hört sich zu vernünftig an, um ihn in den Wind zu schlagen. Dad würde das blöde Auto auch wieder und wieder reparieren lassen, wenn er denn noch in der Lage wäre, es zu fahren.

„Du müsstest den Wagen allerdings für ein paar Tage hier lassen. Ich habe noch einige Aufträge, die ich zuerst fertigmachen muss. Die Reifen wechseln sich nicht von selbst und die kalte Jahreszeit kommt, wie es scheint, jedes Jahr ganz plötzlich." Chad zwinkert mir zu, um zu verdeutlichen, dass der letzte Teil seines Satzes nicht ernst gemeint ist.

„Kein Problem", erwidere ich und ernte einen skeptischen Blick. „Wirklich. Ich komme klar. Wir leben ja schließlich nicht in einer Metropole."

„Hast du noch was im Wagen, was du brauchst?", fragt Chad, schaut dabei jedoch abwesend auf sein Handy, auf dem in dieser Sekunde ein Anruf eingeht.

„Glaube nicht, aber ich schaue lieber noch einmal nach. Nicht, dass da noch eine Packung Toastbrot liegt, die plötzlich anfängt zu leben."

Chad nickt mir zu. „Ist nicht abgeschlossen", sagt er und nimmt den Anruf entgegen. Ich bedanke mich leise, obwohl Chad mich schon gar nicht mehr hört, dann schlüpfe ich aus dem Büro und trete hinaus auf den Hof.

Verlassen und einsam steht mein Auto da. Ich sollte definitiv aufhören, ihn immerzu zu vermenschlichen, dann wäre es weniger schlimm, mich eines Tages von ihm zu trennen. Aber die Erinnerungen, die an das Auto geknüpft sind, sind einfach noch zu lebendig.

Ich spähe auf die Rückbank und auf die Ladefläche, finde allerdings nichts, was ich mitnehmen sollte. „Na dann", sage ich in die Stille hinein. „Wir sehen uns in ein paar Tagen."

„Meinst du, dein Auto bekommt Heimweh?", höre ich hinter mir eine amüsierte Stimme.

Röte schießt mir ins Gesicht.

Ups.

„Ich dachte, du telefonierst noch. Das war eigentlich nicht für deine Ohren bestimmt", sage ich peinlich berührt und drehe mich um. Doch vor mir steht nicht Chad.

Vor mir steht der Fremde von gestern Abend. Der Kerl, den ich fälschlicherweise für einen axtschwingenden Mörder gehalten habe. Er schaut mich mit belustigtem Gesichtsausdruck an. Verständlicherweise. Er sieht bei Tageslicht sogar noch besser aus. Eine Erkenntnis, die es mir nicht gerade leichter macht, mich auf intelligente Worte zu besinnen.

„Ich habe nicht telefoniert", spricht er das Offensichtliche aus. Vermutlich weiß er längst, dass ich ihn nicht gemeint habe, aber trotzdem komme ich in Erklärungsnot.

„Ich ... also, ich habe ... dich verwechselt", stammele ich.

„Das habe ich mir gedacht", erwidert er und zeigt dabei seine schönen Lachfältchen. „Dann solltest du das nächste Mal nicht ... ach egal." Aus dem Lächeln wird ein Lachen, bevor er schließlich wieder ernst wird. „Und, kann man ihn noch retten?"

„Chad denkt ja, aber es wird wohl teuer."

Warum zum Teufel erzähle ich ihm das? *Vermutlich, weil er gefragt hat, du Dummerchen*, schießt es mir durch den Kopf. Ich bin nicht bei der Sache.

Als ich Chads Namen in den Mund nehme, verzieht er sein Gesicht für den Bruchteil einer Sekunde. Er kommt nicht dazu, sich zu erklären, weil in dem Moment eine weitere Stimme über den Hof schallt.

„Ryan Baker ist zurück in der Stadt? Kneift mich mal einer?"

Unauffällig schaue ich hinter den Fremden. Chad kommt aus dem Büro gelaufen. Die beiden kennen sich? Und was heißt das: *zurück in der Stadt?*

„Chad?", fragt der Mann, dessen Name offensichtlich Ryan lautet. Seine Frage ist unverkennbar rhetorischer Natur. Kurz darauf umarmen die beiden sich brüderlich. Mir fällt auf, dass sie nicht nur in etwa gleich groß sind, sondern dass sie das gleiche Alter haben müssen. Oder wirkt es nur so, weil Ryans Bart ihn älter erscheinen lässt?

Die ganze Situation ist so skurril, dass ich nur wie angewurzelt dastehe und schweige.

„Ich habe dich Ewigkeiten nicht gesehen. Na ja, zumindest nicht hier", sagt Chad. Er zieht einen Mundwinkel nach oben. Mir schießt durch den Kopf, dass er einen Witz gemacht hat, den ich nicht verstehe. „Was machst du hier? Besuchst du deine Familie?" Ryan wird wohl ein alter Freund sein, sonst wäre Chad weder herausgekommen, noch hätte er ihn auf dieser Art begrüßt. Mit Schrecken stelle ich fest, dass mich seine Frage brennend interessiert. Mehr als sie sollte. Ryan nickt, aber es wirkt ein wenig befangen. Wieso? Findet er es etwa schlecht, bei seiner Familie zu sein? Das wäre definitiv etwas, was ihn augenblicklich um einiges unsympathischer machen würde.

„So sieht's aus", erwidert er. „Und du? Arbeitest du hier? Was macht dein Dad?"

Autsch, Fettnäpfchen, denke ich, doch Chad scheint die Nachfrage mit Fassung zu nehmen.

„Er ist vor drei Jahren gestorben. Herzinfarkt. Seitdem darf ich mich hier Chef nennen."

Ryan wirkt betroffen. „Scheiße, Mann", sagt er.

Das Gespräch ist nicht für meine Ohren bestimmt und ich fühle mich überflüssig, aber ich kann auch nicht einfach fortgehen und so tun, als würde ich nicht zuhören. Dafür ist es zu spät, schätze ich. Und dazu müsste ich erst einmal aufhören, die beiden abwechselnd anzustarren.

„Es ist, wie es ist. Am Anfang war es hart, aber das Schicksal interessiert sich eben nicht so sehr für Gefühle, was?“

Ryan erwidert nichts, aber seine Züge sprechen Bände. Er sieht verletzlich aus, als hätten Chads Worte einen empfindlichen Nerv in ihm getroffen.

Dem jedoch scheint entgangen zu sein, was eben in den Zügen seines alten Freundes passiert ist. „Auf alle Fälle cool, dich mal wieder zu treffen. Hast bestimmt eine Menge zu erzählen. John hat mich eben angerufen, er macht heute Abend eine kleine Party. Wie schaut es aus, willst du nicht auch vorbeikommen? Wir sprechen auch keine unangenehmen Themen an.“

Was meint er mit unangenehmen Themen? Es ist anstrengend, einem Gespräch zu folgen, wenn einem alle möglichen Hintergrundinfos fehlen.

„Ich weiß nicht“, erwidert Ryan zurückhaltend.

Derweil bin ich damit beschäftigt, meinen Pick-up zu mustern. Ist ja nicht so, als würde ich nicht jeden Quadratzentimeter an ihm kennen. Vielleicht sollte ich einfach gehen, aber ich kann mir nicht helfen – ich *muss* einfach mithören.

„Komm schon, Alter. Er wird sich bestimmt auch freuen, dich zu sehen. Er wird dich feiern wie ein Star“, lässt Chad nicht locker.

„Bist du auch dabei?“

Ich schmunzle, weil die Frage so bescheuert ist. Chad hat ihn schließlich eingeladen, natürlich ist er dann selbst auch von der Partie. Erst als keine Antwort kommt, bemerke ich meinen Denkfehler. Ryan hat nicht mit Chad gesprochen. Seine Frage ist an mich gerichtet.

„Ja, komm auch vorbei, Romy. Das lenkt dich vielleicht von deinen Beinahe-Verlustängsten wegen des Pick-ups ab", sagt Chad.

Eigentlich habe ich nicht die geringste Lust auf eine Party, aber ich bin schlecht darin, Einladungen abzulehnen. Oder einfach Nein zu sagen.

„Ich kenne dort niemanden", weiche ich mit dem ersten Argument aus, das mir einfällt. Eine schamlose Lüge, denn sicherlich werden alte Bekannte von der Schule dort sein. Nur eben niemand, mit dem ich wirklich noch befreundet bin. Alles, was ich ernte, sind verwunderte Blicke von gleich zwei Augenpaaren.

„Du kennst Ryan, du kennst mich. Reicht das nicht? Komm vorbei, es wird lustiger, wenn mehr Leute da sind. Kannst auch gerne jemanden mitbringen, wenn es nicht gerade eine Katze ist. Gegen die bin ich allergisch." Damit setzt Chad mein Argument außer Kraft. Es ist eine bescheuerte Idee gewesen, der Einladung auf diese Art ausweichen zu wollen. Ich hätte sagen müssen, dass ich *leider* schon etwas anderes vorhabe und nicht kommen kann. Statt es geradezubiegen, verziehe ich nur das Gesicht bei Chads seltsamer Antwort mit der Katze.

„Dann ist es nur allzu verständlich, weshalb gerade das nicht geht. Aber ein Wellensittich wäre okay?", plänkele ich weiter, doch innerlich fühle mich überhaupt nicht so selbstsicher, wie ich mich gebe.

„Du hast einen Wellensittich?", fragt Chad mit hochgezogenen Augenbrauen. Ich schüttle lachend den

Kopf, ehe ich erwidere: „Nein, aber die Vorstellung, mit einem Vogel auf der Schulter zu einer Party zu kommen, gefällt mir.“

Die nächsten Worte kommen von Ryan. „Das heißt, du kommst vorbei?“ Es blitzt in seinen Augen. Plötzlich ist meine Abneigung gar nicht mehr so überdeutlich spürbar. Wer weiß … vielleicht ist es ja wirklich witzig.

Ohne eine Antwort abzuwarten, spricht Chad weiter. „John wohnt direkt neben der Tankstelle, kurz bevor es auf die Landstraße geht. Da kommst du auch ohne Auto hin, Romy.“ Chad zwinkert mir zu.

„Vermutlich“, murmle ich unverständlich und damit ist mein Abend besiegelt.

„Perfekt, wir freuen uns“, antwortet Chad und strahlend stößt er Ryan den Ellenbogen in die Rippen, damit dieser zustimmt.

Freue ich mich auch? Die Art, wie Ryan seinen Mund zu einem erneuten Lächeln verzieht, lässt mich für einen Moment glauben, dass ich alles richtig gemacht habe.

„Okay, dann gehe ich besser Mal. Du meldest dich, wenn du weißt, was mich der Spaß hier kostet, ja?“

Schon wieder fange ich an, wie wild drauf los zu plappern. Wie immer, wenn ich nervös bin.

„Mach ich“, versichert mir Chad. „Bis später, Romy.“

Ich wende mich ab und gehe mit schnellen Schritten vom Hof. Bloß weg hier. Überdeutlich nehme ich Ryans Worte wahr, die er mir hinterherruft. „Bis später, Romy“, wiederholt er genau die Worte, die Chad genutzt hat. Nur läuft mir beim Klang meines Namens aus seinem Mund ein Schauer über den Rücken, der

nichts mit dem kühlen Herbstwind zu tun hat. Die Wirkung, die er auf mich hat, erwischt mich kalt.

Kapitel 5

Romy

„Rote-Beete-Walnuss-Eis? Mein Gott Romy, du spinnst ja völlig", ruft Sue laut aus. Ihr entgeisterter Blick macht es mir schwer, ernst zu bleiben.

„Dann etwas mit Pflaumen. Pflaumen-Crumble-Eis?", ist mein zweiter Vorschlag. Nachdenklich beiße ich mir auf die Unterlippe.

„Und wie willst du das mit dem Crumble machen? Außerdem hast du deine Wette noch lange nicht gewonnen!"

„Ich finde Rote Beete super", mischt Ron sich ein und erntet einen bösen Blick von seiner Frau. „Fall mir nicht in den Rücken, Ron."

Mein Onkel hebt abwehrend die Hände und flüchtet in die Küche der Eisdiele, um sich um das Geschirr aus der piepsenden Spülmaschine zu kümmern.

Der Laden öffnet in wenigen Augenblicken und da ich um einiges zu früh dran gewesen bin, haben wir ein bisschen gequatscht. Ich bin jedoch nicht ganz bei der Sache. Mir geistert das Gespräch zwischen den beiden Jungs im Kopf herum. Die Einladung zu der Party, bei der ich nach wie vor unsicher bin, ob ich wirklich hingehen möchte. Gehe ich nur, um Ryan noch einmal zu sehen? Irgendetwas hat er an sich, auf das ich reagiere. Und mein Körper. Seit ich von Chads Hof gegangen bin, grüble ich darüber nach, wie er seine Worte gemeint haben könnte. Was sollte die Frage danach, ob Ryan wieder zurück in der Stadt sei? Ich wundere mich, dass mir weder Ryans Gesicht noch der Name bekannt vorkommen. Ich würde Stein und Bein darauf schwören, die Leute aus der Schule zu kennen oder zumindest schon einmal entfernt von ihnen gehört zu haben. Selbst wenn sie ein oder zwei Stufen über oder unter mir waren. Ich nehme mir vor, heute Abend etwas darüber herauszufinden. Auf der Party, auf die ich nicht gehen will. Fast unhörbar gebe ich ein entnervtes Seufzen von mir und reibe mir die Augen. Das wird die anstrengendste Schicht seit Langem werden und gleichzeitig wünschte ich, dass sie nie endet. Und wenn meine Laune weiterhin nur deswegen so rapide sinkt, sollte ich darüber nachdenken zu kneifen.

„Romy? Alles okay? Hörst du mir überhaupt zu?“

„Was?“, schrecke ich hoch. Tante Sue schaut mich verunsichert an.

„Ist alles okay bei dir?“

„Ja“, krächze ich und räuspere mich. „Alles bestens.“ Und weil meine Tante mich besser kennt, als ich mich selbst, merkt sie sofort, dass meine Worte unwahr sind. Sie errät den Grund jedoch falsch.

„Liegt es am Auto? Hör zu, wir können dir wegen dem Geld helfen, du musst nicht –“

„Nein“, unterbreche ich sie, lasse sie aber in dem Glauben, dass es daran liegen würde. „Ich nehme kein Geld von euch an. Du zahlst mir einen Lohn. Und mit 19 sollte ich langsam in der Lage sein, damit auch wie ein erwachsener Mensch umzugehen."

„Rede keinen Unsinn, Romy. Wir sind eine Familie. Und du weißt, dass du woanders mehr Geld verdienen könntest. Im Grunde genommen bist du wegen mir hier. Ich fühle mich schlecht deswegen. Du könntest auch studieren oder in die Welt hinausziehen, stattdessen verkaufst du Eis, Kaffee und Waffeln mit heißen Früchten und Schokosoße."

„Die Sache ist nur die, dass ich woanders nicht gerne arbeiten würde. Weil du nämlich meine Lieblingstante bist. Ich helfe euch liebend gerne und es gibt keinen Grund, deswegen ein schlechtes Gewissen zu haben. Außerdem mag ich mir keinen Tag vorstellen, an dem ich nicht sehe, wie Antonia ihre kleinen Finger in einen der Eiscremevorräte tunkt." Demonstrativ richte ich meinen Blick auf die Theke, damit Sue merkt, dass diese Situation in diesem Moment genau so stattfindet.

„Du – was?" Augenblicklich springt meine Tante auf. Im nächsten Moment liefert sie sich ein Wettrennen mit meiner Cousine, das Sue gnadenlos schnell gewinnt. Die Kleine lacht lauthals und leckt sich Schokoladeneiscreme von den Fingern.

Ich blicke auf die Eingangstür und sehe Hanna davor warten. Mit eiligen Schritten gehe ich zu ihr und drehe bei der Gelegenheit das Ladenschild um, um offiziell zu öffnen. Hinter mir höre ich, wie Sue meinem Onkel zu verstehen gibt, dass sie das Schokoladeneis austauschen müssen, weil Antonia mit ihren Fingern darin gewühlt hat.

„Möchte ich wissen, was schon wieder passiert ist?“, fragt Hanna mich beim Eintreten.

„Nein, nicht wirklich“, antworte ich noch immer lächelnd. „Aber du möchtest einen Kaffee?“

„Hast du mich eben gefragt, ob ich Kaffee will, als gäbe es darauf mehr als eine Antwort?“ Hanna runzelt die Stirn. „Ich will nicht nur Kaffee, ich *brauche* ihn.“ Meine Freundin hakt sich bei mir unter und führt mich zur Theke und damit näher zur Kaffeemaschine. „Und dann erzählst du mir von dem mysteriösen, gut aussehenden Retter“, raunt sie.

Warnend schaue ich sie an. „Könntest du das beim nächsten Mal vielleicht noch ein bisschen lauter sagen, damit Sue und Ron gleich alles mitbekommen?“

„Entschuldige. Ich dachte, du hättest erzählt, dass jemand versucht hat, dein Auto zu reparieren.“

„Nein“, gebe ich zu. „Ich habe Chad und Ron angerufen, damit sie mein Auto abschleppen. Der Kerl ist wenige Momente nach meinem Anruf aufgetaucht. Wenigstens hat er so getan, als kenne er sich mit Autos aus und hat in den Motorraum geleuchtet. Im Grunde war unsere Begegnung kurz genug, um sie ignorieren zu können.“

„Nun ja“, sagt Hanna und ergänzt ihre Worte mit einem Seufzen. „Immerhin war er Gentleman genug, um dir Hilfe anzubieten. Hat er dich nach Hause begleitet? Weiß er jetzt, wo du wohnst?“

„Er hat mich nicht begleitet.“ Meine Stimme ist noch eine Spur leiser geworden.

„Moment, was? Du willst mir sagen, dass Pennywise einfach abgehauen ist?“

„Sein Name ist nicht Pennywise", nuschle ich. „Und ich habe ihn weggeschickt." Hanna verfolgt mich bis zur Kaffeemaschine und bleibt dann dicht hinter mir stehen, damit ich nicht so laut sprechen muss.

„Das ist egal", sagt sie streng. Ich schlucke.

„Was ist egal? Dass er gegangen ist?"

„Nein, es ist egal, dass du ihn weggeschickt hast. Er hätte trotzdem seinen Hintern bewegen müssen, um dich nach Hause zu begleiten." Hanna braust auf. Sie redet automatisch lauter und schneller. Ich reiche Hanna ihren Kaffee. Sie wirft mir einen Blick zu, der sowohl Dankbarkeit als auch unverhohlenen Tadel enthält. „Wieso hast du ihn überhaupt weggeschickt?"

„Ich ... weil ich keine Hilfe brauche?", sage ich und merke erst beim Aussprechen, dass es wie eine Frage klingt. „Und vielleicht hat er mich nervös gemacht. Die ganze Situation hat mich verunsichert. Es gab da doch letztens diesen Überfall, außerdem kannte ich den Kerl nicht. Würdest du mit diesem Wissen im Hinterkopf wollen, dass ein Fremder dich nach Hause begleitet?"

„Okay, okay", antwortet Hanna und lacht. „Ich denke, ich könnte verstanden haben, was du meinst. Trotzdem ist es eine Enttäuschung. Wo sind die Edward Cullens dieser Welt?"

„O Hanna, das ist endlich mal ein Charakter, mit dem ich etwas anfangen kann! Und der zweite Edward in Folge! Gestern war es noch Edward Rochester!"

„Du lenkst ab."

„Du hast diese Angewohnheit mit den Vergleichen zu Buchcharakteren!"

„Nur, weil ich seinen echten Namen nicht kenne. Wenn er nicht Pennywise und nicht Edward heißt, wie heißt er dann?"

„Ryan."

In Hannas Kopf scheint es zu rattern. „Kennen wir ihn?"

„Bei mir hat die automatische Bürgererkennung versagt", gebe ich schulterzuckend zu. Dann erzähle ich ihr von der Situation in der Werkstatt, während ich ihr in gemächlichem Tempo zu unserem Stammplatz folge. Von dem Gespräch mit Chad und von der Einladung zu der Party.

„Eine Party?", ruft Hanna laut.

„Psst", zische ich.

„Du gehst doch hin?", fragt sie dann zum Glück etwas leiser, und grinst dabei breit.

Ich seufze. „Was soll ich da?"

„Pennywise sagen, dass er Mist gebaut hat."

Meine Augen verdrehen sich von allein. „Er heißt nicht Pennywise, Hanna."

„Dann halt Ryan, wie auch immer. Ihr könntet euch aussprechen. Du könntest dich versichern, dass er nett ist und obendrein herausfinden, warum du ihn nicht kennst. Oder sieht er nicht gut aus? Lohnt es sich überhaupt?"

„Für eine Studentin der Literaturwissenschaften bist du aber ziemlich oberflächlich", werfe ich Hanna vor. Ich ernte hochgezogene Augenbrauen und einen fragenden Blick. „Du könntest mitkommen zur Party", schlage ich vor.

„Oh, ich kann leider nicht, ich sollte dringend lernen. Heute sind alle Vorlesungen ausgefallen, die freie Zeit eignet sich prima, um mich auf die Klausuren vorzubereiten." Hanna sieht kein bisschen enttäuscht aus. Sie liebt ihr Studium, für das sie mehrmals die Woche mit dem Zug in die nächstgrößere Stadt fährt. Ihr Stiefvater neigt dazu, mit Geld die fehlende Zeit auszugleichen. Er und Hannas Mum haben schon vor über zehn Jahren geheiratet, doch statt Hanna ein paar Mal jährlich einzuladen oder vorbeizukommen, bezahlt er ihr lieber eine teure Penthousewohnung am Rande der Stadt und finanziert ihr Studium. Trotzdem jobbt Hanna nebenbei in einem Buchladen, was wohl mehr Berufung als Beruf ist.

In diesem Moment kommt eine junge Mutter mit Kinderwagen ins Eiscafé.

„Drückeberger", grummle ich in Hannas Richtung, dann erhebe ich mich. „Ich würde das Thema gerne weiter mit dir diskutieren, aber da kommt eine Frau, die sehr danach aussieht, als würde sie einen großen Kaffee brauchen!"

„Du entkommst meinen Fragen nicht!", ruft Hanna, aber aus dem Augenwinkel sehe ich, wie sie eines ihrer Bücher auspackt und zu lesen beginnt. Ich habe das Gespräch über Ryan erfolgreich auf einen späteren Zeitpunkt verschoben. Innerlich versuche ich mir einzureden, dass alles dazu gesagt ist.

Das heißt jedoch nicht, dass ich nicht den ganzen Tag darüber nachdenken werde. Meine Schicht im *Sues* dauert normalerweise acht Stunden, unterbrochen von einer Mittagspause, die ich selten zeitlich ausschöpfe. An manchen Tagen kommt Erin, eine gute Freundin meiner Tante. Auch sie hat sich nach der Diagnose von Sues Krankheit sofort angeboten und hilft neben ihrem normalen Job stundenweise aus, weswegen wir keinen Ruhetag einlegen müssen. Im Sommer haben wir deutlich länger geöffnet, doch nun schließen wir um achtzehn Uhr, weil danach selten jemand den Laden betritt. Trotzdem ist auch im Herbst und Winter genug Betrieb. Sue und Ron kommen nicht nur über die Runden. Das *Sues* wirft genug Gewinn ab, dass sie sich monatlich etwas zur Seite legen können.

Nach drei Stunden, in denen Sue und ich unsere Kunden zuverlässig mit Kaffee und Kuchen versorgt haben, verabschiedet sich Hanna. Ich bin mir ziemlich sicher, dass sie ein ganzes Buch beendet hat, und frage mich ernsthaft, wie ein Mensch so schnell lesen kann.

Siebzehn weitere Kunden bestellen Kürbiseis. Im Kopf aktualisiere ich meine Statistik. Dafür, dass es erst Freitag ist und das Eis erst seit drei Tagen angeboten wird, bin ich zufrieden. Der Abend rückt mit Monsterschritten auf mich zu. Schließlich versichere ich meiner Tante, dass ich die restliche Schicht auch ohne sie schaffe. Sie verabschiedet sich nur widerwillig und nur, als ich ihr verspreche, dass ich dafür am nächsten Tag später komme. Eine Steilvorlage, um auf eine Party zu gehen. Die letzte halbe Stunde vor Ladenschluss verbringe ich mit dem Putzen jeglicher Tische und Torschlusspanik setzt ein. „Ich werde nicht auf diese Party gehen, dafür bin ich viel zu müde", murmle ich. Aber wenn ich ehrlich zu mir selbst bin, dann könnte ich mich sehr wohl ohne schlechtes Gewissen zu dieser Party begeben. Ich bin eingeladen. Ich bin erwachsen. Und ich habe es nicht weit bis zu mir nach Hause. Wieso sträubt sich alles in mir dagegen hinzugehen? *Du wirst es vermasseln*, sagt eine unfreundliche

Stimme in meinem Kopf. *Du wirst es vermasseln und dich danach in Grund und Boden schämen, weil ein hübscher Kerl dir beim Blamieren und Versagen zugesehen hat. Außerdem trägst du keine partytaugliche Kleidung.*

Wenn Hanna meine Gedanken hören könnte, würde sie vermutlich die Faust triumphierend in die Höhe recken. Sie würde rufen, dass sie ja längst gewusst habe, dass hinter meiner Unsicherheit der Gedanke an das hübsche, aber unbekannte Gesicht von Ryan steckt.

„Ich benehme mich wie ein Kleinkind", flüstere ich, sodass nur ich es hören kann. „Anstatt Chancen zu nehmen, wie sie kommen, denke ich so lange über sie nach, bis nichts mehr von ihnen übrig ist."

Ich wringe den Putzlappen mehrmals aus und will gerade alle Lichter löschen, als sich die Eingangstür öffnet. Ein leises Klingeln vom Glöckchen über der Tür kündigt einen späten Besucher an. Ich drehe mich um, dann stockt mir der Atem.

Ryan steht vor mir. Dieses Mal trägt er keinen Trainingsanzug. In seinem dunkelblauen Langarmshirt und der grauen Jeans sieht er anders aus. Die dicke Weste, die er sich übergeworfen hat, verdeckt rein gar nichts von den definierten Muskeln seiner Arme und unter seiner Kappe kringeln sich die Locken.

Er sieht so viel besser aus als gestern.

„Habt ihr noch geöffnet?", fragt er, obwohl die Antwort offensichtlich ist.

Ich werfe einen Blick auf die Uhr, die hinter mir an der Wand hängt. „Nur bis achtzehn Uhr. Also noch vier Minuten und zwanzig Sekunden. Aber bitte setz dich nicht an einen der Tische, ich hab schon überall gewischt."

„Dann hätte ich gerne ein Eis zum Mitnehmen."

„Sorte?"

Zum Teufel, warum bin ich so unfreundlich zu ihm? Doch Ryan lässt sich nicht beirren.

„Was kannst du mir denn empfehlen?"

„Das Kürbiseis soll gut sein. Und wenn du es bestellst, dann habe ich bald meine Wette gewonnen."

„Dann nehme ich eine Kugel davon."

Ich gehe hinter den Tresen, froh darüber, Abstand zwischen Ryan und mich zu bringen. Und ebenso froh bin ich darüber, dass er nicht fragt, was es mit besagter Wette auf sich hat, denn das ist eigentlich eine Information, die er nicht zu wissen braucht. Wir sind keine Freunde.

Wäre ich gerne mit ihm befreundet?

Ich forme eine große Kugel und halte ihm die Waffel hin. Er zückt sein Portemonnaie, doch ich winke ab.

„Lass. Das ist dafür, dass du mir gestern geholfen hast."

„Ich habe dir nicht wirklich geholfen", sagt er ehrlich betrübt.

Ich versuche mich an einem Lächeln. „Du hast mich nicht umgebracht, also bin ich zufrieden."

Entweder weiß er nicht, was er darauf erwidern soll, oder aber er ist ebenso sehr damit beschäftigt, die seltsame Situation einzuordnen wie ich. Auf alle Fälle schweigt Ryan so lange, bis es unangenehm wird. Verzweifelt versuche ich, die Stille zu durchbrechen. „Kann ich noch etwas für dich tun? Noch etwas zum Mitnehmen?"

„Ja. Dich.“

Seine Antwort kommt wie aus der Pistole geschossen – und überrascht mich mindestens genauso wie eine echte Kugel es getan hätte.

„Bitte was?“

„Ich bin hier, um dich abzuholen. Bei John steigt eine Party und ich meine mich zu erinnern, dass du auch eingeladen bist.“

„Oh, ich, ähm … ich wollte nicht hingehen.“

„Wieso nicht?“

„Weil ich … leider keine Zeit habe.“ Ich weiche schon wieder aus. Erzähle Lügen. Ich bin eine Idiotin.

„Ich dachte, du hast in …“, Ryan schaut verstohlen auf die Uhr, „etwa zwanzig Sekunden Feierabend?“

Ich drehe mich um, als müsse ich mich vergewissern, dass er recht hat. Dabei ist mir das längst bewusst. Er hat mich in der Hand.

„Ich bin müde“, versuche ich es ein weiteres Mal. Ryan lächelt nur leicht.

„Ich hole dir sofort eine Cola, sobald wir dort sind.“

„Es ist nicht diese Art von müde. Cola hilft nicht.“

Ryan kneift ein winziges Bisschen die Augen zusammen. „Bist du sicher, dass es nicht einen anderen Grund gibt?“

„Ja.“

„Liegt es an mir? Bist du sauer?“, lässt er nicht locker.

„Ich habe doch gesagt, dass ich zufrieden bin, dass du mich nicht umgebracht hast.“

„Aber ich habe dich einfach stehen lassen. Das war … ganz schön scheiße.“

„Hat meine beste Freundin auch gesagt", gebe ich zu und merke erst, was ich damit preisgegeben habe, als es schon zu spät ist.

Ryan zieht die Augenbrauen hoch. „Du hast mit deiner besten Freundin über mich gesprochen?"

Ich seufze, verärgert von meinem eigenen vorlauten Mundwerk. „Ich finde nicht, dass wir das hier vertiefen müssen."

Ryan lächelt und verdammt, dafür hat sich meine Ehrlichkeit beinahe gelohnt.

„Finde ich schon. Es gibt eine Menge Dinge, die ich nur zu gerne von dir wüsste, Romy."

Vielleicht ist es die Art und Weise, wie er mich anlächelt. Oder wie er schon wieder meinen Namen ausspricht. Auf alle Fälle ist das der Moment, in dem ich nachgebe.

„Na gut", höre ich mich sagen. „Lass uns auf diese Party gehen. Aber ich bleibe nicht lange."

Ryan

Keine Ahnung, was ich mir unter einer Party vorgestellt habe. Vermutlich ist es nicht die beste Idee gewesen, Partys in Los Angeles zum Vorbild zu nehmen.

Beim Drücken der Klingel an Johns Haustür holt mich eine neue Erinnerung an meine Jugend ein.

Hoffentlich werde ich nicht direkt angesprochen.

Als Romy bei der Einladung zu diesem Abend gezögert hat, war ich für einen Moment erleichtert. Ich wusste, dass ich herkommen würde, wenn sie es vorhat. Wusste, dass mir unser kurzes Zusammentreffen auf der dunklen Landstraße nicht reicht. Dafür hängen mir diese wenigen Minuten zu sehr nach. Die Sorge, dass ich gleich zum Mittelpunkt dieses Abends werde, liegt mir schwer im Magen. Es ist das Letzte, was ich will. Womöglich wäre es besser gewesen, wenn ich nicht hergekommen wäre.

Aber da ist Romy, die ich kennenlernen will. Romy, die anscheinend nicht weiß, wer ich bin. Ich hoffe, dass es sich nicht zu schnell ändert, denn mehr als einmal habe ich die Erfahrung gemacht, dass danach alles den Bach herunter ging. Ein weiterer Grund, weshalb ich mich für meine Wohnung in Los Angeles entschieden habe. Dort ist stets so viel Trubel, dass man leicht in der Menge verschwinden kann. Und die Formel 1 ist in Amerika bei Weitem nicht derart bekannt wie in Europa, weshalb es durchaus die ein oder andere Bekanntschaft gab, die nichts mit meiner Karriere anfangen konnte. Sobald sich das änderte, wurde ich jedoch häufig genug auf mein Geld oder meinen Beruf reduziert. Ein unschönes Gefühl, dass ich bei Romy unbedingt vermeiden möchte. Mich erschreckt es selbst ein wenig, dass ich mir bei ihr instinktiv wünsche, dass es anders läuft.

Ich erwarte, dass Johns Mum uns öffnet, so wie sie es damals immer tat. Ich war vielleicht nicht auf der gleichen Schule wie meine Freunde, aber wir kennen uns trotzdem schon eine sehr lange Zeit und haben schon im Kindergarten zusammen gespielt. Mit Chad und John hatte ich immer Basketball gespielt, weshalb uns eine gute Freundschaft verbindet. Eine, die dennoch in den letzten Jahren darunter gelitten hat, dass ich nie hier war. Die Tatsache, dass ich nicht einmal wusste, dass Chads Dad gestorben ist, nagt an mir.

Was bin ich nur für ein Freund geworden?

Statt Mrs. Callahan steht Chad vor uns, bewaffnet mit einem Becher.

„Hi, ihr zwei", grüßt er uns und grinst. Er hat seine Arbeitskleidung gegen ein weißes Hemd und ein paar Jeans getauscht. „Schön, dass du da bist, Romy." Mir nickt er zu und ich werde das Gefühl nicht los, dass es ihn ein wenig überrascht, mich tatsächlich mit Romy zusammen hier anzutreffen. Vielleicht überträgt sich aber auch nur mein eigenes Erstaunen auf ihn.

Wir durchqueren einen langen Flur, der mit hübschen kleinen Gemälden gesäumt ist, und legen unsere Jacken auf einen einsturzgefährdeten Haufen, der dort bereits errichtet wurde. Schließlich gelangen wir in eine minimalistisch eingerichtete Küche. Statt einer Menge junger Frauen in kurzen Klamotten, die mit den Hüften wackeln, sitzt hier und da eine kleine Gruppe von Menschen in unserem Alter. Manche plaudern, andere lachen laut. Es herrscht eine ausgelassene Stimmung, die zu diesem Ort passt.

Es ist schwer zu begreifen, aber sogar die Partys in Melmoth Lakes sind gemütlich. Jeder ist mit sich oder der kleinen Gruppe, in der er sich befindet, beschäftigt.

Insgeheim bin ich froh, dass wir uns unseren Weg nicht durch Betrunkene hindurch bahnen müssen. Es reduziert die Wahrscheinlichkeit, dass mich jemand anspricht. Dieser Abend steht eindeutig unter dem Stern Romy kennenzulernen. Bevor ich eine weitere unruhige Nacht auf dem Sofa verbringe, weil ich mich von ihr ablenken muss, ergreife ich lieber die Initiative.

Aus Lautsprechern im Wohnzimmer tönen leise Hip-Hop Klänge. Ich nehme mir ein Bier und halte Romy eine Flasche Cola hin, bereit, ihr einen Becher vollzuschenken. Ob es auf sie seltsam wirkt, dass ich noch immer meine Kappe trage und sie tief in die Stirn gezogen habe? Ob sie merkt, dass ich diese ganz leicht geduckte Haltung habe, damit mich niemand anstarrt? Oder sind das alles Dinge, die von außen überhaupt nicht auffallen und nur für mich offensichtlich sind?

„Oder auch lieber ein Bier?", frage ich und tue so, als wäre das hier alles fürchterlich normal für mich. Sie nickt stumm.

„Sie trinkt also Bier", kommentiere ich das Offensichtliche und reiche Romy das Getränk. Verwundert schaut sie mich an. „Wieso betonst du das so?"

„Es ist die erste Sache, die ich heute über dich in Erfahrung bringe", erkläre ich und merke selbst, wie bescheuert es klingt. „Dann bist du nicht sehr gut im Kombinieren. Du müsstest schon erfahren haben, dass ich in der Eisdiele arbeite. Und dass ich manchmal ein Angsthase bin."

„Die allzu eindeutigen Sachen klammere ich aus", sage ich mit ironischem Unterton und handle mir dafür einen Schlag auf den Oberarm ein.

„Sei nicht so frech", kommentiert Romy meine Worte. Abwehrend hebe ich die Hände in die Luft. „Ich will dir nur die Chance geben, es mir gleichzutun und auch Informationen über mich zu sammeln."

„Willst du ... dich irgendwo hinsetzen?", fragt Romy. Der unsichere Unterton ist süß.

Ja, irgendwo, wo sonst niemand ist.

Ihre Unsicherheit steht in einem so krassen Kontrast zu dem, wie sie eben noch selbstsicher gegen meinen Arm geschlagen hat. Außenstehende müssen denken, dass wir uns schon jahrelang kennen. Ich bin mir immer noch ziemlich sicher, dass sie wirklich nicht weiß, wer ich bin. Seit unserer ersten Begegnung spukt mir dieser Gedanke im Kopf herum. Oder spielt sie ihre Rolle am Ende doch so gut? Bin ich blind? Oder hat sie tatsächlich keinen Schimmer und all meine Sorgen sind umsonst? Ich nehme Romy am Arm und führe sie in den angrenzenden Raum, von dem ich von meinen früheren Besuchen weiß, dass es sich dabei um das Wohnzimmer handelt. Auf einer Ecke des großen Sofas ist ein Platz, der wie gemacht für uns beide ist. Die meisten Gäste tummeln sich in der Küche und dem angrenzenden Essbereich, der zu einer Bar umfunktioniert wurde. Beim Vorbeigehen habe ich gesehen, dass dort wie in alten Zeiten Beer-Pong gespielt wird.

Zielsicher steuere ich auf die Sitzecke zu und bedeute Romy, sich zu setzen. Ist es zu übergriffig, sie zu berühren? Mache ich in meiner Arschlochmanier dort weiter, wo ich bei unserem ersten Aufeinandertreffen begonnen habe?

„Danke", sagt sie. Von Ärgernis keine Spur. Ich nicke nur, dabei weiß ich nicht einmal, wofür sie sich bedankt. Himmel, dieses Mädchen macht mich verrückt. Ist das normal? Es ist, als würde sie mich zu Verhaltensweisen verleiten, an die ich bei anderen Frauen nicht einmal denken würde.

Ich ziehe mir die Kappe vom Kopf und fahre mit den Händen durch meine Haare.

„Na dann los“, fordert Romy mich auf. Ihre grünen Augen funkeln im gedämpften Licht. „Was willst du wissen?“

„Was ist deine Lieblingsfarbe?“, frage ich, ohne darüber nachzudenken. Romy wirkt überrascht.

„Ich habe mit vielem gerechnet, aber nicht damit“, gibt sie lachend zu. „Aber in Ordnung. Hellblau. Leider steht es mir nicht. Hanna sagt, ich würde darin noch blasser aussehen. Das ist eigentlich Unsinn, aber …“ Romy bricht ab, schaut mich verunsichert an. „Merkst du das?“

„Was?“, hake ich nach, verwundert, warum sie aufgehört hat, von sich zu erzählen, wo das doch genau das ist, was ich möchte.

„Ich rede zu viel. Das passiert mir immer, wenn ich nervös bin.“

„Wieso bist du nervös?“

„Darf ich auch Fragen überspringen?“, will sie wissen und fummelt an dem Etikett der Bierflasche herum.

Ich denke kurz nach. „Sagen wir jeder von uns hat drei Joker.“

„Dann löse ich einen ein!“, antwortet sie. „Bin ich an der Reihe eine Frage zu stellen?“

Stumm nickend stimme ich ihr zu. Einen kurzen Moment überlegt sie. „Kommst du von hier?“ „Ja“, sage ich, vertiefe meine Antwort aber nicht, was ihr ein Schnauben entlockt. Gleichzeitig bin ich erstaunt, dass sie mich wirklich nicht zu kennen scheint. Meine vielen Gedanken sind umsonst gewesen. Ich habe gedacht, dass jeder von dem Vorfall Wind bekommen hat. Stand es nicht in den Zeitungen? Wobei, wenn sie sich nicht für Rennsport interessiert, wird sie wohl kaum Artikel darüber lesen.

„Mehr bekomme ich nicht?", will sie schmollend wissen, was schon wieder viel zu süß aussieht.

„Dein Lieblingseis?", stelle ich anstelle einer Antwort ihr die nächste Frage.

In gespielter Empörung reißt sie die Augen auf. „Die Spielregeln gefallen mir definitiv nicht", murmelt sie leise, aber doch so laut, dass ich es hören kann. „Nun gut. Merk dir meine Worte, sie werden eines Tages große Berühmtheit erlangen! Mein Lieblingseis ist Rote-Beete-Walnuss."

Ich breche in schallendes Gelächter aus. „Klingt schrecklich", bringe ich zwischen zwei Lachanfällen hervor.

„Was ist deins?", hakt sie nach. Ich muss nicht lange überlegen. „Seit heute vermutlich Kürbiseis. Es klingt nach einem Unfall, ist aber erstaunlich gut gewesen."

Irre ich mich, oder errötet Romy ein klein wenig?

„Was ist das für eine Wette, von der du vorhin gesprochen hast?", vertiefe ich das Thema.

„Oh, das ist so ein Ding zwischen meiner Tante Sue und mir. Ich habe sie überredet, dass wir immer ein saisonales Eis anbieten. Das Kürbiseis ist sozusagen der Prototyp. Und wenn das gut läuft und wir mehr als 100 Kugeln in einer Woche verkaufen, dann darf ich weitere Kreationen in den Laden bringen."

Aufgeregt wackelt sie mit den Augenbrauen. Freut sie sich wirklich so sehr über diese Möglichkeit?

„Süß", kommentiere ich und merke erst reichlich spät, dass ich es laut ausgesprochen habe. Nun sehe ich deutlich, wie sich Romys Wangen rötlich verfärben.

Sie will schnell das Thema wechseln und fragt: „Was ist dein Lieblingsfilm?“

„Der Pate“, sage ich und sehe, wie Romy die Augen verdreht. „Was stimmt damit nicht?“

„Nur, dass das der langweiligste Film auf Erden ist. Aber jedem das Seine.“

Schon wieder muss ich lachen. Mir gefällt es, dass sie ehrlich ist, weswegen ich mir eine besonders gemeine Frage ausdenke. „Welche Eigenschaft darf dein zukünftiger Mann nicht haben?“

Romy schaut lange Zeit die Bierflasche in ihrer Hand an und ich bin sicher, dass sie einen Joker ziehen wird, da antwortet sie: „Ich wollte erst sagen, dass er nicht schnarchen darf und dass er Katzen mögen sollte. Aber das ist eigentlich Schwachsinn, oder? Es geht doch dabei um mehr als diese oberflächlichen Dinge. Der perfekte Mann sollte einfach mit dem Herzen denken.“

Ich schlucke. Ich habe mit einer lustigen Antwort gerechnet oder mit einem Klischee. Aber Romys Worte sind so ehrlich und echt, dass ich kurz nicht weiß, was ich darauf erwidern soll. Je länger ich schweige, desto verunsicherter schaut Romy mich an und legt den Kopf schief, sodass ihre Haare über der Stirn zur Seite fallen. Sogar dort hat sie Sommersprossen, stelle ich fest. Das bringt mich mehr aus dem Konzept, als es sollte. Kurz fühle ich mich wieder wie ein Teenager.

„Das war … erstaunlich tiefgründig“, sage ich leise, doch sie versteht meine Worte trotz der Lautstärke um uns herum. Dann lächelt sie und verdammt, es ist ein wirklich schönes Lächeln.

„Wieder eine meiner brillanten Eigenschaften aufgedeckt. Glückwunsch!“, sagt sie.

Ich beiße mir auf die Innenseite meiner Wange, um mich zu besinnen. Wie gerne würde ich nach ihrer Hand greifen. Oder sie berühren, ihr zeigen, dass sie etwas in mir bewegt, auch wenn es vollkommen abwegig scheint. Wir kennen uns gerade einmal knappe 24 Stunden, aber in mir macht sich ein vertrautes Gefühl breit. Unterhalten wir uns wirklich zum ersten Mal? Einen Moment schauen wir uns direkt in die Augen. Mein Herz schlägt eine Spur schneller, mein Puls wird plötzlich auf eine wunderbare Art unregelmäßig. Wäre das hier ein Kinofilm, wäre das der Moment, in dem der Saal leise aufseufzt, weil die Szene so ergreifend ist.

Doch anstatt etwas Romantisches zu sagen, erwidere ich etwas Pragmatisches und hasse mich augenblicklich dafür. „Du bist dran", erinnere ich sie. Ich könnte mir dafür gegen die Stirn schlagen, denn der Moment löst sich in Luft auf. Romy wendet den Blick ab.

„Okay", sagt sie dann mit Enthusiasmus in der Stimme. „Welche Angewohnheit würdest du am liebsten ablegen?"

Ich schnaube leise und versuche auszuweichen. „Das ist eine schwierige Frage für eine Party."

„Komm schon, deine Frage war auch nicht gerade einfach."

„Touché", murmle ich und nehme einen Schluck von meinem Bier. Kurz denke ich nach, ehe ich sage: „Meinen Perfektionismus."

„Das ist eine Eigenschaft", tadelt Romy. Dann werden ihre Augen groß und sie hält sich eine Hand vor den Mund. „Gott, ich klinge wie ein Besserwisser!"

„Nur ein bisschen", gebe ich schmunzelnd zurück, „aber gut. Dann meinen übermäßigen Kaffeekonsum."

„O wirklich?", fragt Romy erstaunt. „Aber Kaffee ist doch super!"

„Finde ich auch, aber trotzdem trinke ich zu viel davon."

„Ich weiß nicht, ob wir unter diesen Umständen wirklich Freunde werden können", sagt Romy und schüttelt empört den Kopf.

Diese witzige, ironische Ader von ihr, die sich zwischen den Zeilen immer wieder zeigt, gefällt mir. Mehr, als sie sollte.

„Wer redet von Freundschaft?", wage ich einen Vorstoß, den ich sofort bereue. So kenne ich mich gar nicht.

Romy sagt eine ganze Weile gar nichts, stattdessen ist da wieder einer dieser Blicke von ihr, von denen ich mir wünsche, dass sie nicht aufhören. „Ist das schon deine Frage an mich?", lenkt sie erneut vom Thema ab. Vehement schüttle ich den Kopf. „Du bist eine faire Gegenspielerin, das muss man dir lassen."

Achselzuckend fordert sie mich stumm zum Sprechen auf. „Okay", überlege ich laut und ziehe das Wort unnötig in die Länge.

„Hast du einen Freund?"

Romys Augenbrauen wandern in die Höhe. Bin ich zu forsch? Auf alle Fälle hat sie nicht mit dieser Art von Frage gerechnet, aber ich sollte dringend so früh wie möglich klären, woran ich an ihr bin. Es fühlt sich an, als vergingen Stunden, ehe Romy den Kopf schüttelt. „Kein Freund. Und du?"

„Auch kein Freund", wiederhole ich ihre Worte. Romy sieht mich eindringlich an, weshalb ich ein Zwinkern hinzufüge, damit sie meine Worte wirklich als Scherz auffasst. „Auch keine Freundin", ergänze ich schließlich. Romy lächelt kurz, beißt sich auf die Unterlippe und senkt dann den Blick. Sie fixiert ihre Hände. Eine Strähne ihres Haares fällt ihr ins Gesicht.

Was als Nächstes geschieht, kann ich am besten als Reflex beschreiben. Ein Reflex aus den Tiefen meines Herzens. Ich hebe die Hand und streiche ihr die Locke aus dem Gesicht. Dabei berührt meine Hand ganz leicht ihre Wange. Sie erstarrt, dann treffen sich unsere Blicke.

Kurz setzt meine Atmung aus. Romy ist wunderschön. Unsere Umgebung rückt in weite Ferne. Ich bin sicher, dass die Welt einfach stehen geblieben ist. Irgendwann spüre ich mein Herz so heftig in meiner Brust schlagen, dass ich wieder in die Gegenwart katapultiert werde. Ich lasse meine Hand, die noch immer an Romys Wange verharrt hat, sinken. Greife nach der Flasche, die Romy festklammert, nehme sie ihr ab und stelle sie auf den Couchtisch neben uns. Sie ist so perplex, dass sie mit den Augen nur stumm meinen Bewegungen folgt. Ich kann mir nicht erklären, was in mich gefahren ist, aber es fühlt sich richtig an, als ich schließlich nach ihrer Hand greife und aufstehe.

„Komm mit." Meine Stimme ist ein Raunen, aber deutlich genug für Romy. Sie folgt mir tatsächlich.

Was tue ich? Und warum fühlt es sich so verdammt richtig an?

„Wohin gehen wir?", will Romy wissen. Ja, wohin? Ich werde mehr von meinem Instinkt als von einem greifbaren Plan geleitet und dieser führt mich in den angrenzenden Flur und dann in den nächstbesten Raum. Innerlich bete ich, dass er nicht zugeschlossen ist. Oder dass dort keine andere Überraschung auf uns wartet. Wir platzen in ein kleines Zimmer, das als Büro eingerichtet ist. Ich finde einen Lichtschalter, doch die Deckenlampe ist zu hell. In der Ecke steht eine weitere Lampe, die ich stattdessen einschalte und die den Raum kurz danach in goldenes Licht taucht. Es ist penibel aufgeräumt. Vermutlich wird dieser Teil der Wohnung nur selten genutzt.

„Alles okay bei dir?" Meine Frage klingt völlig aus dem Zusammenhang gerissen. Ich will mich irgendwie vergewissern, dass das hier okay ist. Immerhin habe ich sie einfach hinter mir hergezogen und in diesen Raum geschleppt. Die Tür hinter uns verschlossen.

Romy nickt. „Ich glaube schon."

„Du glaubst?"

„Kann nicht so gut denken gerade."

„Da geht es mir ähnlich", flüstere ich. Ich trete einen Schritt näher an Romy heran. Sie ist einen Kopf kleiner als ich und muss ein wenig zu mir heraufschauen. Ihre grünen Augen scheinen mit mir zu sprechen. Sie sagen, dass sie das hier genauso will wie ich. Dass sie auch diesen Wirbelsturm zwischen uns spürt.

„Darf ich dich küssen?", flüstere ich. Ein Schleier legt sich über ihre Augen. Sie sagt nichts, aber ich sehe ihr leichtes Nicken. Es verkörpert all das, was ich selbst gerade fühle. Unsicherheit, Faszination. Wir beide sind sicher, dass das hier funktionieren kann. Das mit uns.

Unsere Lippen treffen sich und aus dem Wirbelsturm wird ein Orkan. Noch nie habe ich so intensiv gefühlt. Ich hebe Romy hoch und trage sie durch den halben Raum, bis sie schließlich auf dem Schreibtisch sitzt.

Der Schreibtisch, der weder ihr noch mir gehört und auf dem wir das hier nicht tun sollten.

Wir tun es dennoch.

Unsere Küsse werden stürmischer und intensiver und in einer Atempause höre ich Romy leise keuchen. Ich kann selbst kaum glauben, was ich tue. Wie konnten wir uns innerhalb eines Tages von Fremden in das hier verwandeln? Zwei Menschen, die ein fremdes Büro kapern, um sich zu küssen?

Neben uns fällt ein massiver Stiftbehälter voller Kugelschreiber auf den Boden und wir beide schrecken synchron auf. Lösen uns voneinander. Die Stifte liegen auf dem Teppichboden verstreut. „Mist", flucht sie mit Blick auf das Chaos, dann sieht sie wieder zu mir auf.

Romy ist hektisch. Suchend blickt sie sich um. Dann beginnt sie, mit fahrigen Bewegungen die Kugelschreiber einzusammeln, um sie wieder auf dem Schreibtisch zu platzieren.

Was passiert hier gerade?

„Romy, warte. Lass mich dir helfen", sage ich und hocke mich neben sie. Wir greifen zeitgleich nach dem letzten verbliebenen Stift und unsere Finger berühren sich. Ich bin mir sicher, dass sie das Knistern zwischen uns fühlt. Ich kann unmöglich alleine mit all diesen Empfindungen sein. Wir haben uns *geküsst*. Dabei kennen wir uns gar nicht.

Verdammt, wie kann sich so etwas trotzdem so richtig anfühlen?

„Das war keine gute Idee."

Mir gefriert das Blut in den Adern. „Was war keine gute Idee?"

Romy macht eine ausladende Geste. „Das hier. Das alles." Sie schluckt sichtbar. „Ich muss gehen."

„Nein, warte. Wieso –"

Weiter komme ich nicht. Romy reißt die Tür auf und
ist verschwunden, bevor ich meinen Satz beenden
kann.

Und lässt mich mit eisigem Herzen stehen.

Kapitel 6

Romy

Ich spüre kleine Hände auf meinem Gesicht. Etwas kitzelt mich an der Nase, dann auf einmal ein Druck auf meiner Brust, der mir kurzzeitig die Luft nimmt. Ich öffne erschrocken meine Augen und sehe Antonia auf mir sitzen und mich angrinsen.

Alles fällt mir wieder ein. Der katastrophale Abend. Meine Reaktion, mit der ich vieles gemacht habe, mich aber nicht mit Ruhm bekleckert habe. Dabei hat es mir doch gefallen. Oder? Ich bin völlig durcheinander.

Geendet hat der Abend im Gästezimmer von Sue und Ron, weil ich nicht mehr nach Hause gehen wollte. Ich wollte nicht alleine in meinem Bett liegen, denn ich wusste, dass ich sonst alles bis zur Unkenntlichkeit zerdenken würde. Dass meine Cousine mich weckt und damit von meinen verwirrenden Gefühlen ablenkt, ist genau das, was ich brauche.

„Endlich bist du wach", sagt Antonia mit ihrer niedlichen Piepsstimme.

„Ja. Wobei ein bisschen mehr Schlaf nicht schlecht gewesen wäre", sage ich und hoffe sogleich, dass sie mir meine Worte nicht übel nimmt.

Ich, die größte Zicke auf dem Planeten, habe mal wieder alles vermasselt. Ich habe gewusst, dass es eine schreckliche Idee sein würde, auf diese Party zu gehen. Ich wusste, dass ich es kaputtmachen würde, bevor es überhaupt angefangen hat. Die Erinnerungen an den gestrigen Abend kehren mit voller Wucht in meinen Geist zurück. Das Gespräch zwischen Ryan und mir. Wir haben uns gut unterhalten. Es ist unbeschwert und bemerkenswert leicht, mit ihm zu reden. Noch besser aber ist der Kuss gewesen. Der Kuss, der nicht so schnell aufgehört hätte, wenn dieser bescheuerte Stiftbehälter nicht heruntergefallen und mich zur Vernunft gebracht hätte.

Ich muss gehen.

Ich aber habe alles gegen die Wand gefahren. Man könnte meinen, dass ich schon genug schnulzige Liebesfilme gesehen habe, um zu wissen, dass dieser Spruch niemals ernst gemeint ist. Dass er mich zickig und hochnäsig und bescheuert dastehen lässt.

Nicht einmal die Decke, die ich mir über den Kopf zu ziehen versuche, kann mich aus diesem Schlamassel befreien. Nichts kann diese Aktion mehr rückgängig machen, auch nicht, wenn ich versuche, mich vor der Welt zu verstecken. Antonia legt sich zu mir ins Bett und starrt gemeinsam mit mir an die Zimmerdecke.

„Romy traurig?“, fragt sie mich mit der kindlichen Stimme, die nur Dreijährige hervorbringen.

„Ein bisschen“, gebe ich zu. Die Umarmung, die Antonia daraufhin auszuführen versucht, lenkt mich wenigstens kurz von meinem Selbstmitleid ab. Ihre Arme umfassen gerade einmal einen Bruchteil von mir, aber die Liebe, die sie mir damit schenkt, ist umso größer und mächtiger.

„Warte", sagt Antonia dann und flitzt aus dem Zimmer. Nur eine Minute später kehrt sie mit einem braunen Teddybären in der Hand zurück und wirft sich neben mich auf das Bett. „Der macht glücklich", sagt sie und drückt mir den Teddy auf die Brust. Er ist am Rücken schon so abgenutzt, dass das Futter an manchen Stellen sichtbar ist. Antonia hat ihn zur Geburt geschenkt bekommen und seitdem überall hin mitgenommen.

Ich muss mich stark beherrschen, nicht wie ein kleines Kind loszuheulen. Das ist der Grund, weshalb Familie so wertvoll ist. Es ist der Beweis, dass es nichts Wichtigeres auf der Welt gibt.

„Danke", flüstere ich mit erstickter Stimme und drücke Antonia einen Kuss auf die Wange.

„Bitteschön", sagt sie fröhlich. Sie ist das absolute Gegenteil von mir. *Wenn sie mir doch nur etwas von diesem sorgenlosen Glück abgeben könnte*, denke ich, und sehe ihr nach, wie sie erneut aus dem Zimmer flitzt.

Mein Magen grummelt. Ich habe das Abendessen gestern sausen lassen und nur das halbe Bier auf der Party getrunken. Nicht unbedingt das, was man eine vollwertige Mahlzeit nennt. Und der Duft nach frischen Pancakes, der durch die offene Zimmertür weht, lässt mir das Wasser im Mund zusammenlaufen.

Sue und Ron sitzen am Küchentisch. Ich habe gestern kurzerhand bei den beiden geklingelt und mich ohne viele Worte ins Gästezimmer verzogen. Froh darüber, dass niemand so genau nachgefragt hat, was ich in ihrer Wohnung zu suchen habe, bin ich ins Bett gefallen und bald eingeschlafen. Sich zu ärgern kann wunderbar müde machen, wenn man es nur lange genug durchhält.

„Fragt nicht", murre ich, ziehe mir einen Stuhl zurecht und lasse mich auf ihn fallen.

Ron und Sue tauschen einen Blick. „Wir waren auch mal jung, weißt du. Und da gab es auch Partys, die nicht so gelaufen sind, wie man sich das gedacht hat."

„Woher wisst ihr von der Party?", will ich wissen, denn ich kann mich nicht daran erinnern, die beiden in meine Pläne eingeweiht zu haben. Ron seufzt. „Meinst du, wir bekommen es nicht mit, wenn die gesamte Jugend zu einem bestimmten Haus marschiert?"

„Seid ihr schon so alt, dass ihr aus dem Fenster blickt und Leute beobachtet?", necke ich ihn, doch mein Grinsen fühlt sich aufgesetzt an.

„Wir beobachten auf jeden Fall genug, um festgestellt zu haben, dass Ryan Baker dich gestern Abend in der Eisdiele abgeholt hat."

Das habe ich nicht erwartet. *Gar nicht peinlich*, denke ich.

„Ihr kennt ihn?" Mein Erstaunen ist keineswegs gespielt.

Sue und Ron wechseln erneute Blicke. Etwas daran ist seltsam, aber ich kann nicht beschreiben, was genau mir aufstößt. „Ja, ich weiß", winke ich dann ab. „Ihr kennt immer alle Menschen, weil ihr schon so lange das *Sues* führt."

Mein Onkel nickt, aber es wirkt nicht ernst. Meine Augenbrauen wandern in die Höhe.

„Na ja, war eine einmalige Sache", versuche ich das Thema zu beenden.

Will ich überhaupt, dass es eine einmalige Sache gewesen ist?

Wieder werden Blicke getauscht, diesmal mit einem Ausdruck, der nicht mehr bloß skeptisch, sondern irgendwie ... *wissend* ist. „Hört auf, euch immer so anzuschauen. Ich sehe das!", beschwere ich mich und pikse mit der Gabel so fest in meine Pancakes, dass sie beinahe mitsamt Ahornsirup vom Teller rutschen. Sue murmelt etwas, das verdächtig wie „werden wir ja sehen" klingt und Ron tut tatsächlich so, als sei das Thema vom Tisch. Ungewöhnlich für ihn.

Trotzdem flutet mich Dankbarkeit. Sie haben mich anscheinend genug verstanden, um mich wegen Ryan Baker in Ruhe zu lassen. Wozu auch ein Thema vertiefen, dass es gar nicht wert ist?

Antonia klettert ungelenk auf meinen Schoß. „Na, kleine Prinzessin", sage ich zu ihr und streiche ihr die Haare aus dem Gesicht. Sie nimmt sich kurzerhand meine Gabel und isst das letzte Stück meines Pancakes. Der böse Blick, den Sue ihr zuwirft, sieht sie entweder nicht oder ignoriert ihn gekonnt.

„Haare flechten, Romy?" Meine Cousine spricht mit vollem Mund, woraufhin sie sich nun auch von Ron einen genervten Blick einfängt. Da ich nur wenig Lust auf eine Diskussion am Frühstückstisch habe, gebe ich Antonia schnell eine Antwort, bevor tadelnde Worte den Raum einnehmen können.

„Da hast du aber Glück, dass ich heute erst später arbeite. Also kann ich dir deine Haare flechten", stimme ich zu. „Aber nur, wenn du auch meine Haare machst!"

Antonia strahlt bis über beide Ohren bei meinem Vorschlag, lässt die Gabel unsanft neben den Teller fallen, sodass es laut scheppert, und rennt in ihr Kinderzimmer.

„Friseursalon Romy öffnet gleich, falls ihr Lust habt?", verabschiede ich mich mit wackelnden Augenbrauen vom Frühstückstisch. Dabei werfe ich vor allem Ron einen Blick zu, der mit seiner Glatze nur ein müdes Lächeln zur Antwort übers Herz bringt.

„Ich glaube, das hier ist ein Irrenhaus", höre ich Sue mit verzweifeltem Unterton in der Stimme sagen, während ich gut gelaunt in Antonias Zimmer schlendere.

Ein bisschen kindgerechte Ablenkung kann mir heute sicherlich nicht schaden.

Ich befinde mich in dem typischsten Mädchenzimmer, das es gibt. Seitdem Antonia eine eigene Meinung zu entwickeln beginnt, hat sich der Raum in ein Paradies in Pink verwandelt. Prinzessinnenposter kleben an den Wänden, Puppen liegen überall verteilt. Und die ehemals beigen Schränke strotzen nur so von Stickern, auf denen Disneyfiguren abgebildet sind.

Antonia hält erstaunlich still beim Flechten ihrer Haare. Nachdem sie mit ihren kleinen Fingern daraufhin in meinen Haaren herumgezogen hat, ohne dass dabei etwas Brauchbares zustande gekommen wäre, überredet sie mich zu einem äußerst einseitigen Spiel mit ihren Kuscheltieren. Sie erzählt die ganze Zeit etwas und ich verstehe zugegebenermaßen nur die Hälfte ihrer Kleinkindsprache. Als sie aus dem Zimmer rennt, um ihren Lieblingsteddy aus dem Gästezimmer zu holen, schnaufe ich einen Moment durch. Es ist wunderschön, aber ohne Zweifel auch ziemlich anstrengend, den Vormittag mit diesem quirligen Mädchen zu verbringen. Mir ist nach einem Kaffee, stelle ich fest. Vielleicht kann ich Antonia zu einem Kaffeekränzchen mit ihren Plüschtieren überreden.

Erneut wandern meine Gedanken zurück zu Ryan. So lange Antonia mich abgelenkt hat, sind die Erinnerungen so weit im Hintergrund geblieben, dass ich sie sogar kurz vergessen konnte. Doch seine Aussage, dass er am liebsten seine Sucht nach Kaffee abstellen würde, wenn es denn möglich wäre, geistert mir nun im Oberstübchen herum.

„Das würde mir nie in den Sinn kommen", versuche ich mich selbst davon zu überzeugen, dass wir keinerlei Gemeinsamkeiten haben. Dann aber fällt mir das Gespräch davor ein. Die Art, wie wir uns den Ball hin und her geworfen haben. Wie ehrlich er gewesen ist und wie gerne ich ihm zugehört habe. Wie ich zwischendurch sogar das Gefühl gehabt habe, dass wir uns länger als vierundzwanzig Stunden kennen. Dieser Kokon aus leiser Vertrautheit um uns herum.

Mir fällt mein schneller Herzschlag ein, als er plötzlich vor mir in der Eisdiele gestanden hat.

„Romy?" Sue kommt ins Zimmer. Ich drehe mich zu ihr um, da erkenne ich, dass sie mir das Telefon entgegenstreckt. „Deine Eltern."

Ich reiße die Augen auf und greife nach dem Hörer. „Mom? Dad?"

„Hi, Liebes", sagt meine Mutter. Sofort schießt Wärme durch mich hindurch.

„Wie schön von euch zu hören!"

Meine Mutter lacht leise. „Wir haben doch erst vor einer Woche miteinander gesprochen", erinnert sie mich. Mir kommt es um einiges länger vor. Seitdem Mum und Dad nicht mehr in Melmoth Lakes wohnen, habe ich stets das Gefühl, dass eine Ewigkeit zwischen unseren Gesprächen liegt.

„Ihr fehlt mir eben“, sage ich und kann nichts daran ändern, dass meine Stimme ein wenig weinerlich klingt.

Mum seufzt. „Du uns auch. Aber es ist am besten so.“

Ich kenne ihre Worte in- und auswendig. Sie spult immer wieder die gleichen Phrasen ab, die mich zwar in einem guten Gefühl wiegen sollen, die ich aber dennoch nicht hören will. Obwohl ich weiß, dass sie der Wahrheit entsprechen.

Es ist besser so. Für Dad war es das Richtige. Wir sind glücklich hier. In unserem Haus wäre das alles nicht gegangen. Das sind für gewöhnlich Mums Worte.

„Weiß ich doch“, sage ich. Ich hätte ihnen folgen können. Hätte mit ihnen umziehen können. Doch ich habe mich dagegen entschieden. Wollte ihnen und mir beweisen, dass das Leben normal weitergehen kann, auch wenn plötzlich alles anders ist. Und dann kam Sues Diagnose und mein Angebot, ihr unter die Arme zu greifen, stand fest. Ich habe es getan, weil ich sie liebe, aber auch weil ich vor der Alternative zu viel Angst hatte. Jeden Tag zu sehen, an was ich Schuld trage? Das hätte mein Herz nicht verkraftet.

Ich möchte das Telefonat auf ein angenehmeres Thema lenken. „Was treibt ihr so?“

„Dad schläft noch. Er hat gestern sein neues Spielzeug ausprobiert.“ Mum macht eine Pause, dann spricht sie mit einem hörbaren Grinsen weiter. „Er hat sich ein Teleskop gekauft und die halbe Nacht versucht, Sterne zu finden.“

Bei der Vorstellung, wie mein Vater im Garten sitzt und durch ein weißes Teleskoprohr in den Abendhimmel schaut, muss auch ich lachen. „War er wenigstens erfolgreich?"

„Er sagt, er habe total viel sehen können, aber ich bezweifle das."

„Wenn das Wetter bei euch nicht elementar besser ist als hier, dann denke ich, dass er dir eine glatte Lüge aufgetischt hat."

„Es ist schon seit Tagen neblig", gibt Mum zu. In das Lachen, das folgt, stimme ich nur zu gerne mit ein. „Und heute Abend muss er auf sein neues Hobby verzichten, es soll einen Sturm geben."

„Armer Dad", sage ich bedauernd.

Ich quatsche noch ein bisschen mit meiner Mutter, sie diktiert mir das Rezept eines Kuchens, den sie gebacken und für gut befunden hat, und schließlich verabschieden wir uns voller Herzlichkeit. Ich liebe das Verhältnis zu meinen Eltern. Es war nicht immer so, vor allem während meiner Pubertät war ich oft genug ein richtiges Biest, wenn man Mum Glauben schenken mag. Aber spätestens seit mein Dad im Rollstuhl sitzt und unser aller Leben von jetzt auf gleich umgekrempelt wurde, sind wir uns näher als je zuvor. Und das, obwohl wir noch nie so weit voneinander entfernt gewohnt haben, wie es aktuell der Fall ist.

Und obwohl das alles allein meine Schuld ist. Wir reden nicht über den Unfall, der damals passiert ist. Stattdessen versuchen wir, ihn mit guter Laune und Belanglosigkeiten zu vergessen. Mir gelingt das meistens nach außen hin, aber auch heute spüre ich dennoch eine zentnerschwere Last auf meinen Schultern. Wie gerne würde ich die Zeit zurückdrehen.

Ich schlucke hart. Ablenkung. Ich brauche unbedingt Ablenkung von dem, was meine Familie damals beinahe zerrissen hat. Was mich jeden Tag daran erinnert, dass Familie das Wichtigste auf der Welt ist. Denn wenn man einmal kurz davor war, sie zu verlieren, dann weiß man das umso mehr zu schätzen.

Ich stehe ungelenkig auf und mache mich auf die Suche nach Antonia. Müsste sie nicht längst wieder zurück sein? Oder hat Sue sie abgelenkt, damit ich in Ruhe telefonieren kann? Schnell werde ich fündig. Meine Cousine liegt schlafend im Bett des Gästezimmers, alle viere von sich gestreckt. Der Teddy, den sie holen wollte, direkt neben ihrem kleinen Gesicht.

Mit einem Lächeln gehe ich auf Zehenspitzen hinein und decke sie zu, bevor ich ihr einen Kuss auf die Stirn gebe und mich leise wieder aus dem Zimmer schleiche.

Ryan

Meine Wangen sind rot. Aufregung, Scham und Adrenalin rauschen durch mich hindurch.

Der Name meines Managers auf dem Display kann so vieles bedeuten. Gerade heute. Als wären meine Gedanken nicht schon chaotisch genug.

Innerlich gehe ich bereits alle Katastrophenszenarien durch. Dennoch melde ich mich mit erstaunlich fester Stimme und versuche dabei zu lächeln. „Hey, Marc.“

Sofort werde ich mit einem Vorwurf bombardiert, der zu allem Überfluss gezwungen freundlich klingt.

„Weißt du eigentlich, was auf deinem Instagram-Profil los ist, Junge?“

Die Angewohnheit, mich „Junge“ zu nennen, ist neu.

„Hab die App gelöscht“, sage ich ausweichend, aber wahrheitsgemäß. In dem Moment, in dem ich am Flughafen auf meinen Dad gewartet habe, der mich mitsamt meinen Koffern abgeholt hat, habe ich das kleine Icon auf meinem Smartphone verschwinden lassen, genauso wie alle anderen Social-Media-Apps.

„Dann liest du wenigstens die Nachrichten in der Presse über dich?“, hakt Marc nach, die Stimme schon etwas weniger freundlich.

„Ich bin hier, um mich zu erholen, Marc. Also lautet die Antwort auch darauf nein.“

„Die ganze Welt spekuliert darüber, ob du deine Karriere beendest.“

„Aha“, ist alles, was ich hervorbringe. Ich habe damit gerechnet, dass so etwas passiert. Dass die Gerüchteküche zu brodeln beginnt, wenn ich mich nicht zu dem Unfall äußere.

„Das wirst du doch nicht, oder?“

Marcs Stimme klingt verunsichert. Er hat innerhalb weniger Sätze von überheblich zu ängstlich gewechselt. Er kann nicht wissen, dass er mich heute ohnehin an einem Tag voller schlechter Laune trifft, aber er scheint es zu merken. Das ist der Grund, weshalb er so ein hervorragender Manager ist. Er ist wie ein Chamäleon. Ich weiß, was ich an ihm habe und dass er sich mehr sorgt, als er in Worte fassen kann. Marc ist loyal. Und im Grunde seines Herzens hat er Verständnis für meine Situation. Er ist so von Erfolg verwöhnt, dass er nur schwer damit umgehen kann, dass plötzlich etwas

Negatives passiert. Das kann ich ihm nicht einmal zum Vorwurf machen.

„Im Moment weiß ich es nicht, Marc. Lass mir noch ein paar Tage Zeit."

Am anderen Ende der Leitung herrscht Stille. Ohrenbetäubende Stille, die die Sekunden zu Minuten werden lässt. Damit habe ich zugegeben, dass ich nicht sicher bin, ob ich weitermachen will. Wobei das nicht stimmt. Ich will weiter meinem Traum nachjagen, besser werden. Schneller, weiter. Größer. Doch ich weiß nicht, ob ich es noch kann.

„Brauchst du irgendetwas?", fragt Marc in die Stille hinein. Zwischen den laut ausgesprochenen Buchstaben liegen Fragen, die er nicht laut sagt. Er fragt nicht bloß nach irgendwas. Er fragt nach professioneller Hilfe, nach einem offenen Ohr. Vielleicht – aber das mag ich mir selbst nicht eingestehen – fragt er sogar nach Geld. Ich weiß, dass meine Karriere immer noch vielversprechend ist und ich das Zeug dazu habe, etwas zu erreichen. Wir alle brauchen uns nichts vormachen. Mein Manager verdient mit, wenn ich es tue. Aber ich spüre, dass ihm mehr als das Monetäre an mir liegt. Ich bin nicht sein Goldesel, sondern jemand, den er persönlich schätzt und um den er sich sorgt. Andersherum wäre es genauso.

„Auch das weiß ich noch nicht", gebe ich leise zurück. „Marc, sei mir nicht böse. Im Moment will ich einfach nur hier sein. Im Hier und Jetzt leben. Dumme Scherze mit meinem Bruder machen, so viel Kuchen von meiner Mum essen, bis mir davon übel wird. Ich will keine anstrengende Vorbereitung durchlaufen, keinen Sport jeden Tag. Es fühlt sich immer noch komisch an, überhaupt in ein Auto zu steigen. Es geht, aber ich brauche noch etwas Zeit."

Ich will noch einmal Romy küssen, ergänze ich still auf der Liste, die ich eben heruntergerasselt habe.

„Das ist in Ordnung. Ich denke, das versteht jeder", lenkt Marc ein. Die Wärme in seiner Stimme ist nicht gespielt. „Tut mir leid, dass ich manchmal etwas unsanft bin. Ich habe dich bloß als einen sehr ehrgeizigen Mann kennengelernt. Und als jemand, der so schnell nicht aufgibt. Darüber habe ich vielleicht vergessen, dass du auch nur ein Mensch bist."

„Danke", sage ich, ein wenig verwundert. „Ich habe nicht damit gerechnet, dass du so viel Verständnis hast."

„Ich bin doch kein Unmensch, Ryan. Das, was du erlebt hast", er macht eine lange Pause, als müsse er sich sammeln. „Das ist nicht so leicht zu verdauen, fürchte ich."

Ich schlucke, habe plötzlich einen dicken Kloß im Hals. „Nein, ist es nicht", murmle ich leise. Sofort schießen Bilder in meinen Kopf. Alles dreht sich, laute Stimmen um mich herum. Besorgte Worte, Schreie. Und dann die Gewissheit, dass ich zwar lebe, aber dass mein Leben nie mehr wie vorher sein wird.

„Gib mir noch eine Woche", sage ich und klinge dabei zuversichtlicher, als ich es bin.

Ich bin noch nie gut darin gewesen, Entscheidungen zu treffen. Und diese hier wird vielleicht die schwierigste in meinem ganzen Leben.

Kapitel 7

Romy

Ein dampfender Teller Lasagne steht vor mir auf dem Tisch. Als Sue mich gefragt hat, ob ich mit ihnen zu Abend essen mag, wollte ich erst zaghaft verneinen und habe mich schon in bequemer Jogginghose auf meiner Couch liegen sehen. Dann hat jedoch das Kopfkino eingesetzt. Was wird aus mir, wenn ich alleine zu Hause bin, wo es doch schon hier nur unter Anstrengung gelingt, meine Gedanken an Ryan zu bremsen.

Ich nehme den ersten Bissen und bin aus einem weiteren Grund froh darum, doch geblieben zu sein. Es ist ein unangenehmer Sturm aufgezogen, der es nicht gerade komfortabel macht, durch die Gegend zu fahren. Sue würde mich sicherlich kutschieren, aber ich will nicht, dass sie sich bei diesem Sauwetter ins Auto setzt. Zu viele Szenarien darüber, was passieren könnte, haben sich vor meinem geistigen Auge abgespielt.

Ich versuche, die toxischen Gedanken zu vertreiben. „Schmeckt himmlisch, Ron", sage ich an meinen Onkel gewandt, dem man das Kochen deutlich ansehen kann, denn er hat gleich mehrere daumengroße Tomatenflecken auf dem Oberteil.

„Danke, Kleine", sagt er sichtlich erfreut.

Grinsend mischt Sue sich ein. „Siehst du, Romy. Das passiert, wenn man eine Wette gegen mich verliert." Lächelnd erinnere ich mich an den Grund, weshalb Ron mittlerweile am Herd steht. Die beiden haben vor einiger Zeit darum gewettet, dass Ron es nicht schaffen würde, eine Woche komplett ohne Handy zu verbringen. Für seine fünfunddreißig Jahre ist er erstaunlich süchtig nach dem Ding. Und weil er verloren hat, musste er einen Monat lang jeden Abend kochen. Zwischen meiner Mum und Sue, ihrer jüngeren Schwester, liegen zehn Jahre Altersunterschied. Meine Tante hat lange versucht, schwanger zu werden und Antonia kam zu einem Zeitpunkt, an dem keiner mehr damit gerechnet hatte. Seitdem ist die Ehe der beiden noch eine Spur inniger geworden.

„Ihr habt einen großartigen Koch bekommen", lobt Ron sich selbst. Tatsächlich hat er so viel Spaß daran gefunden, dass er einfach weitergemacht hat und nun selbst jeden Abend schnippelt und rührt, den Herd anschmeißt und den Tisch mit köstlichen Gerichten deckt.

Auffordernd blicke ich zu Sue. „Wie viele Kugeln Kürbiseis hast du verkauft?"

Sie schweigt lange, ehe sie leise etwas nuschelt.

„Ich hab dich leider nicht verstanden, liebste Tante", sage ich feixend.

„Neunzehn", murrt Sue und sticht eine Spur zu fest mit der Gabel in die Lasagne.

„Und da kommst du derart siegessicher um die Ecke?", sagt Ron entrüstet und schaut zu seiner Frau, die Augen weit aufgerissen. Antonia neben mir lacht, obwohl sie wohl kaum versteht, um was es genau geht.

„Wir sind jetzt schon bei … neunundzwanzig!"

„Es sind nur noch vier Tage bis zum Ablauf der Wette."

„Dann werde ich wohl noch ein bisschen Werbung für dieses fantastische Kürbiseis machen müssen!"

„Es wird knapp, Romy!"

„Ich werde es schaffen", sage ich selbstsicher, obwohl ich mich nicht wirklich so fühle. Ich war nie gut in Mathe, aber das bekomme sogar ich hin. Es wird knapp, sehr knapp, aber es macht Spaß, meine Tante mit meiner Sicherheit aufzuziehen. Ich kenne keinen Menschen, der so viel und gerne um Kleinigkeiten wettet wie sie, aber genauso kenne ich niemanden, der es so sehr hasst, zu verlieren.

Plötzlich gibt es einen lauten Schlag und wir alle fahren synchron zusammen. Antonia schreit leise, dann beginnt sie zu weinen. Mit einem Satz, den nur Mütter auf diese Weise hinbekommen, ist Sue bei ihrer Tochter und hat sie in den Arm genommen.

„Was war das denn?", frage ich schockiert, obwohl ich weiß, dass niemand eine Antwort darauf haben wird. Stattdessen bekomme ich eine klare Anweisung von Ron. „Bleib hier, ich gehe nachsehen."

Es hat eine absurde Ironie, wie er mit seinem ernsten Gesichtsausdruck und dem fleckigen Oberteil hinaus aus dem Zimmer läuft. Und seine Aufforderung ist lächerlich, denn obwohl sich leise Angst in meinem Inneren meldet, weiß jeder am Tisch, dass ich keinesfalls einfach hier sitzen bleiben werde und weiter meine Lasagne genieße, während mein Onkel den Weltretter spielt.

Ich habe Angst, aber der Drang, meine Familie zu beschützen, ist größer. Ein irrationaler Gedanke, doch in diesem Moment setzt jegliche Logik bei mir aus.

Ich schäle mich aus meinem Sitz und folge Ron ins Treppenhaus, von dem aus man den besten Blick hinaus hat. Was sich mir bietet, sieht für einen Moment surreal aus. Durch die breite Fensterfront erkenne ich die Straße vor dem Haus. Es ist längst dunkel, aber am Himmel zeigen sich schwarze Gewitterwolken, die so düster sind, dass sie sich dennoch deutlich abzeichnen. Hin und wieder zuckt ein Blitz in der Ferne, aber ich höre keinen Donner, was wohl bedeutet, dass das Gewitter weit entfernt von uns ist. Doch ein Teil des Unwetters ist schon bei uns angekommen, denn es stürmt so sehr, dass sich die Äste und Büsche im Wind beugen und es so aussieht, als würde alles jeden Moment einfach davonfliegen. Die Luft ist voll von herumwirbelnden Blättern. Die Dunkelheit hat die sonst so bunten Herbstfarben geschluckt. Sie fliegen am Fenster vorbei, wirbeln sich auf dem Boden zu kleinen Kreisen zusammen. Ich bin derart abgelenkt von dem Schauspiel, das sich mir bietet, dass es einen Moment dauert, bis ich Rons Gefluche bemerke. Und dann endlich sehe, was den Schlag verursacht hat. Die große Fichte vor dem Haus liegt dort, kalt und völlig unpassend. Wie ein Streichholz, das man nach Benutzung in zwei Teile gebrochen hat, ist der obere Teil des Baumes einfach zur Seite gestürzt.

Ron flucht erneut, nun lauter. „Verdammter Mist. Das darf doch nicht wahr sein." Seine Stimme gleicht einem Heulen und verwundert mich so sehr, dass ich lange brauche, um zu erkennen, warum er so aufgelöst ist. Ich trete näher an ihn heran. Er scheint meine Anwesenheit überhaupt nicht wahrzunehmen. Und dann sehe ich, was ihn so aufgebracht hat.

Der Baumstamm liegt nicht nur einfach auf dem Boden. Er ist direkt in die Eisdiele im Nebenhaus gekracht und hat dort nichts als Verwüstung hinterlassen.

Mein Herz rutscht in die Hose, dann rufe ich meine Verzweiflung heraus.

Ryan

Die vergangene Nacht als schrecklich zu beschreiben wäre noch untertrieben. Die ständigen Sirenen und die verzweifelten Anrufe, die bei meinem Dad eingegangen sind, haben Schlaf unmöglich werden lassen. Der Sturm hat an den Fensterläden gezerrt und mir keine ruhige Minute gegönnt. Er ist überraschend und vor allem heftig gekommen, doch wir haben mitten in der Nacht nichts ausrichten können, außer abzuwarten. Es wäre zu gefährlich gewesen, rauszufahren, so lange die Feuerwehr die zerstörten Häuser nicht gesichert hat. Der Nieselregen und die düsteren Wolken sind das letzte Überbleibsel der Nacht. Kaum zu glauben, dass das alles ist, was vom Sturm übrig geblieben ist. Zwischenzeitlich habe ich das Gefühl gehabt, dass er nie wieder enden würde.

Noch vor dem ersten Kaffee habe ich Dad versprochen, ihn heute zu begleiten. Ich kenne mich nicht gut genug aus, um selbst eine Bestandsaufnahme zu machen. Zwar war ich als kleiner Junge oft mit ihm auf Baustellen und habe zwangsläufig mitbekommen, wie man ein Dach repariert. Doch früh wusste ich, dass ich keiner dieser Söhne sein würde, die das Familienunternehmen, in das sie hineingeboren wurden, übernehmen würden. Heute rächt sich das, denn wenn ich mehr Ahnung hätte, könnten Dad und ich uns aufteilen. So bleibt mir nur übrig, ihn wenigstens zu begleiten und zu unterstützen, wo es nur geht. Die kommenden Wochen werden für Dad und seine Mitarbeiter anstrengend werden.

Die Radiosprecher haben den ganzen Abend über nichts anderes als den Sturm gesprochen, der für andere Teile des Bundesstaates angekündigt gewesen ist und unsere Gegend deswegen besonders überraschend getroffen hat. Wobei ein Sturm dieses Ausmaßes ohnehin alles mit sich reißt, egal, ob man darauf vorbereitet ist oder nicht.

„Wohin fahren wir zuerst?", will ich von Dad wissen. Mit Kraft ziehe ich die Beifahrertür zu. Das Sitzpolster ist kühl und klamm und sofort wünsche ich mir, den verloren gegangenen Schlaf der letzten Nacht aufzuholen und meine Glieder wieder aufzutauen. Dad legt den Gang ein und fährt los. „In die Hauptstraße", sagt er knapp. Mechanisch. In Momenten wie diesen merke ich, wie fokussiert mein Dad sein kann. *Die Hauptstraße* ist schon seit meiner Kindheit unsere eigene Bezeichnung für die Straße der Stadt, in der sich alle Geschäfte und Restaurants angesiedelt haben. Genauer wird Dad nicht und ich frage nicht nach. Die restliche Fahrt über schweigen wir und ich bin froh, dass sie nur zehn Minuten dauert. Hin und wieder werfe ich einen Blick hinüber und sehe, wie mein Vater hinter seiner Brille konzentriert auf die Straße schaut. Der Nieselregen setzt schließlich ganz aus. Zurück bleibt nur ein leichter Wind.

Dad lenkt den Wagen in die einzige Parklücke, die wir finden. Ein Mann, der mir vage bekannt vorkommt, eilt auf uns zu. Er trägt eine Regenjacke, deren Kragen möglichst weit nach oben geschlagen ist. Seine Hose ist an den Knien eingerissen. Und dass das keineswegs schon so war, als er sie gekauft hat, erkennt man an den blutigen Stellen darunter. Er sieht reichlich mitgenommen aus und in mir breitet sich Mitleid aus. Ich muss schlucken. Dem verzweifelten Ausdruck, in seinen Zügen nach zu urteilen, hat der Sturm einen Teil seiner Existenz mit sich gerissen.

Im nächsten Augenblick sehe ich, weshalb man uns hierher gerufen hat. Aus meinem Mitleid wird ein waschechter Kloß im Hals. Wie habe ich die Gegend nicht sofort identifizieren können? Der wenige Schlaf und die kreisenden Gedanken haben mich so sehr abgelenkt, dass mich die Erkenntnis nun mit voller Wucht trifft.

Die Eisdiele ist als solche nicht mehr zu erkennen. Der Eingangsbereich liegt in Trümmern. Das kleine Vordach ist eingestürzt, als bestünde es aus Pappe. Und auch das eigentliche Dach hat einiges abbekommen. Auch mit meiner ungelernten Einschätzung erkenne ich, dass wohl mindestens die Hälfte des Daches zerstört ist. Dachziegel liegen in dem kleinen Vorgarten und auf dem Weg vor dem Geschäft verteilt. Ebenso einst liebevoll ausgesuchte Dekorationsstücke, die schlammbespritzt und kaputt sind. Der Wind hat sie durch die Gegend getragen.

„Heilige Scheiße", fluche ich. Normalerweise würde Dad als Antwort einen Spruch bringen, dass er mich an Mum verpetzt, doch gerade sind wir beide zu beschäftigt damit, unsere eigenen Emotionen zu ordnen. Fluchen ist in diesem Augenblick mehr als angemessen.

Zu meinem Entsetzen gesellt sich eine eindringliche und deutliche Erinnerung. An den Moment, in dem ich in einem Anflug von heiler Welt in der Eisdiele gestanden bin, ein Kürbiseis in meiner Hand und Romy vor mir. Bevor alles den Bach runtergegangen ist.

„Heilige Doppelscheiße", stöhne ich, weil sich nun auch noch die Erkenntnis in meinen Magen gräbt. Ich werde Romy wieder sehen. Hoffentlich. Oder leider? Ist sie überhaupt hier? Wie wird sie reagieren, wenn sie mich sieht? Ich bekomme keine Gelegenheit, weiter zu grübeln, denn ich folge meinem Dad aus dem Wagen.

„Sie haben angerufen?", höre ich meinen Vater sagen und steige aus. Der Wind ist immerhin noch stark genug, meine Haare zu verwirbeln, weswegen ich rasch eine Mütze aufziehe. Dad schüttelt dem Mann die Hand. „Ron Luck. Aber bitte nur Ron." Mein Dad stellt uns vor. „Sieht übel aus", ergänzt er dann.

„Das ist es", gibt Ron mit unverhohlener Traurigkeit in seiner Stimme direkt an meinen Dad gerichtet zu. „Es ist … ich weiß nicht einmal, was ich denken soll. Ich funktioniere einfach nur. Der Baum vor dem Grundstück ist vom Sturm so stark beschädigt worden, dass es ihn buchstäblich umgeworfen hat und er auf die Eisdiele geknallt ist. Die Feuerwehr hat zwei Stunden gebraucht, um alles zu entfernen. Wir können wohl trotzdem noch von Glück reden, dass nur die Spitze des Baumstammes das *Sues* getroffen hat. Ansonsten wäre mehr passiert als das hier. Wenigstens die Fassade hat nichts abbekommen."

Ich mustere das *Sues* eingehend. Zwei der breiten Fensterfronten sind komplett zerstört. Das Vordach und die kleine Terrasse ebenfalls. Überall liegen Scherben, Stücke der Baumrinde und Äste. Man sieht regelrecht, wo der Baumstamm gelegen und eine Kerbe in das Dach geschlagen hat.

„Geht es allen gut?"

Ron nickt langsam. „Meine Nichte war zu Besuch, wir saßen gerade beim Abendessen. Es ist einfach schrecklich. Ich muss die ganze Zeit daran denken, was passiert wäre, wenn der Ast nur ein paar Meter weiter rechts heruntergefallen wäre.

Mein Herz setzt einen Moment aus. Seine Nichte? Romy? Hat sie nicht erzählt, dass sie diese Wette mit ihrer Tante macht? Dann ist der Mann ihr Onkel. Ohne etwas daran ändern zu können und zu wollen, fegt mein Blick von links nach rechts. Ich suche nach ihr, stelle ich fest. Finden kann ich sie jedoch nicht. In mir lodert das Bedürfnis, mich zu vergewissern, dass es ihr wirklich gut geht. Wahrscheinlich ist sie mindestens genauso bestürzt über das, was passiert ist. Bestürzt. Das ist kein angemessener Ausdruck für das, was sich uns hier bietet.

Je näher wir kommen, desto deutlicher wird die Verwüstung. Oft schon kann Dad mit kleinen Handgriffen der gröbsten Zerstörung entgegenwirken. Anweisungen geben, was getan werden muss, damit ein Dach nicht einstürzt oder weiter beschädigt wird. Doch hier erkenne selbst ich, dass man eher eine ganze Woche als einen ganzen Tag arbeiten muss, um alles wieder in den Griff zu bekommen.

„Du kannst da auf keinen Fall mehr rein, Ron“, sagt mein Dad mitfühlend.

„Aber die ganzen Möbel und Geräte, irgendwie müssen wir sie doch da raus holen.“

„Das Dach könnte jeden Moment einstürzen.“

„Die Feuerwehr hat es mir auch schon verboten. Aber da drin ist alles, was ich habe“, versucht er erneut, meinem Dad eindringlich zu widersprechen. In Rons Augen schimmern Tränen. Mit seinen schlammbespritzten Händen fährt er sich durch das Gesicht. Ihm ist es völlig egal, dass er mit dieser Geste dreckige Schlieren über seine Wangen zieht. Mein Dad hat recht und das weiß er. Er ist die gewissenhafte Stimme. Das personifizierte Verbot. Ron wirkt wie ein Kind, dem die Sandburg am Strand von einer riesigen, herannahenden Welle zerstört wurde. Zu dritt stehen wir an unser Auto gelehnt und wissen, dass es keine Wunderlösung gibt. Es wird einige Tage dauern, ehe die Aufräumarbeiten richtig starten können. Bis dahin kann nur das Chaos um die Eisdiele herum beseitigt werden.

Meine Gedanken wabern umher wie Nebel, wie etwas, das ich nicht recht greifen kann, was sich aber genauso schlecht ignorieren lässt. Es vergehen Minuten, in denen wir bloß schweigend dastehen. Ich erlaube mir hin und wieder einen Blick auf die Fenster des Wohnhauses neben der Eisdiele. Doch hinter den schwach beleuchteten Scheiben kann ich nichts ausmachen. Nach einer ganzen Weile höre ich zu, wie Dad erklärt, dass er noch weiteren Kunden einen Besuch abstatten muss, er aber im Laufe des Tages seine Mitarbeiter schickt, die mit den Arbeiten beginnen. Ich verstehe Rons Antwort nicht, aber ich erkenne die Müdigkeit und die Verzweiflung in den Augen beider Männer.

Im Wagen klingelt das Diensthandy von Neuem und kündigt den nächsten Anrufer an, der unsere Hilfe braucht.

Das wird für alle von uns ein langer Tag.

Kapitel 8

Romy

Ich habe kein Auge zugetan, habe nicht einen Hauch von Ruhe finden können. Sues aufgebrachtes Schluchzen aus dem Wohnzimmer, das sich mit Rons Stimme abgewechselt hat, haben mein Herz jedes Mal auf ein Neues ins Stolpern gebracht. Die Szene, wie Ron mit zitternden Fingern nach dem nächsten Dachdeckerbetrieb gesucht hat, hat sich in meinem Geist eingebrannt. Er wirkte so hilflos und zeitgleich so ungeduldig, dass es mir mein Herz gebrochen hat.

Nun, da ich auf dem Gehweg vor der Eisdiele stehe, brennt eben dieses Herz gefährlich in meiner Brust. Es ist ein Albtraum, aus dem es kein Entkommen gibt. Denn hier kann man nicht aufwachen.

Überall auf den Straßen ist reger Betrieb. Sowohl die Schulen als auch die meisten Läden bleiben heute geschlossen. Statt dem täglichen Geschäft sorgen an diesem Vormittag alle dafür, dass ein bisschen Normalität zurückkehrt. Menschen mit Schaufeln, mit Schubkarren und Gummistiefeln bis über die Knie oder mit Säcken voller Schutt und Müll wuseln umher. Eine völlig surreal wirkende Betriebsamkeit hat sich breitgemacht, doch in mir drin fühlt sich alles erschreckend leer an.

Mich juckt es in den Fingern. Ich will helfen, will alles wieder aufbauen, was der Sturm uns genommen hat, aber die Feuerwehr hat uns verboten, die Eisdiele zu betreten. Erst wird das Dach stabilisiert. So verständlich und logisch das ist, so schrecklich ist es auch.

Hinter mir höre ich einen lauten Motor, der immer näher kommt und dann direkt neben mir zu brummen aufhört. *Ein neuer Helfer, der mit seinem riesigen Auto Schutt wegbringen will,* fährt es mir durch den Kopf. Ich bin drauf und dran, mich umzudrehen und dem Neuankömmling zu sagen, dass wir seine Hilfe nicht mehr brauchen. Wir haben den gesamten Vormittag damit verbracht, die gröbste Unordnung zu befreien. Haben die kleinen Äste eingesammelt und die Scherben zusammengekehrt. Mit Schweiß auf der Stirn haben wir die heruntergefallenen Dachziegel am Rand gestapelt, sodass sie keine potenzielle Stolperfalle mehr sind. Es sieht noch immer chaotisch aus, aber den Rest schaffen wir auch noch. Mein Herz hängt am *Sues*, deswegen würde ich alles dafür geben, die Eisdiele zu reparieren. Ich drehe mich um. Kein Ton kommt über meine Lippen.

Ein Gefühl, das ich genau so vor gar nicht allzu langer Zeit schon einmal hatte, überkommt mich.

Ryan steigt aus dem Auto aus, auf dessen Seitentür das Logo der hiesigen Dachdeckerfirma abgebildet ist.

„Das ist ein schlechter Scherz", murmle ich halblaut und bin mir im nächsten Moment sicher, dass er es gehört hat.

„Hey, Romy", sagt er, aber es klingt eher wie eine Frage, nicht nach einer richtigen Begrüßung. Muss er erst herausfinden, ob es okay ist, mich direkt anzusprechen?

Ich starre ihn an. Wie gerne würde ich eine lässige Antwort geben, ihm ein fröhliches „Guten Morgen" hinschmettern. In einer anderen Dimension hätte ich das vielleicht getan. Doch in diesem Leben kann ich nur starren und das, was zwischen uns passiert ist, wieder und wieder vor meinem geistigen Auge abspielen lassen.

Der Kuss. Das Büro. Die Art, wie er mich berührt hat und mich mit einer Leichtigkeit auf den Schreibtisch gehoben hat.

Ich schlucke. Nein. Das schaffe ich nicht. Nicht, nachdem ich Hals über Kopf geflohen bin, ohne ihm eine Erklärung zu geben.

Ron hat uns versichert, dass Mitarbeiter der Dachdeckerfirma im Laufe des Tages kommen würden. Und augenscheinlich gehört Ryan dazu. Wieso konnte das Universum mich nicht darauf vorbereiten?

Diesmal rettet nicht Chad mich aus dieser Situation, sondern mein Onkel. „Dem Himmel sei Dank konnte dein Vater dich schon entbehren", höre ich ihn hinter mir rufen. Nur Sekunden danach steht er neben mir und hält Ryan seine Hand hin.

Sein Vater? Unglaube breitet sich in mir aus. *Wie viele Zufälle will mir das Universum eigentlich noch bescheren?*

Einen männlichen Handschlag später fühle ich mich erstaunlich fehl am Platz. Auf der anderen Seite gibt es mir die Möglichkeit, zu fliehen. Erneut.

Ich benehme mich feige und wenig erwachsen.

Ohne zu zögern, trete ich meinen Rückzug an. Ich laufe zur Tür des Wohnhauses und spüre Ryans Blick im Rücken. Wie gerne würde ich mich umdrehen und vergewissern, dass ich damit recht habe, doch meine Feigheit fällt nicht von mir ab. Stattdessen ziehe ich die Tür auf, trete vollkommen verunsichert hinein und bleibe direkt dahinter im Hausflur stehen.

„Mein Gott, was ist das hier, ein Kindergarten?“, höre ich mich selbst sagen. Ich schließe die Tür hinter mir und sperre die Szene aus. Ich ärgere mich über mich selbst und schäme mich für mein Verhalten. Ryan ist gekommen, um uns zu helfen. Egal, was da zwischen uns gewesen ist, ich sollte dankbar sein. Natürlich kann Mr. Baker sich nicht um alles alleine kümmern. Dass er seinen Sohn schickt, der wahrscheinlich seit seiner Kindheit immer wieder mitbekommen hat, wie die Firma seines Vaters läuft, ist nur logisch.

Zu meiner Verzweiflung über das, was vergangene Nacht passiert ist, gesellt sich nun auch noch Scham. Nein, schlimmeres sogar. Ich fühle mich wie die größte Zicke der Welt. Eine, wie man sie nur aus schlechten Teenie-Filmen kennt. Ein Wunder, dass Ryan mich nach meinem Abgang überhaupt noch begrüßt.

Unsicher knete ich meine Hände. Im Grunde habe ich nur eine Möglichkeit, wenn ich nicht für den Rest des Monats alleine im Treppenhaus stehen möchte. Ich sollte wieder hinaus gehen, Ryan wie ein normaler Mensch Hallo sagen. Bis das Dach repariert ist, sollte ich wenigstens versuchen, mich zusammenzureißen.

Danach kann ich ihn immer noch ignorieren.

„Na dann los", spreche ich mir selbst Mut zu, reiße die Tür mit Schwung auf und trete wieder in den feuchten Morgen hinaus.

Ron steht mit Ryan direkt vor dem Sues. Außerdem sind drei weitere Männer hinzugekommen. Ich sehe, wie sich die Lippen eines blonden Mannes mit einer orangefarbenen Mütze bewegen, höre aber nichts von dem, was er sagt.

In meiner sicheren Nische des Vorgartens, eingezwängt zwischen einem Rhododendronbusch und der Eingangstür, beobachte ich, wie die Männer sich dem Haus nähern. Sie begutachten die Schäden, zeigen auf diverse Stellen. Ron nickt hin und wieder betreten. Schließlich klatscht einer der Männer in die Hände und zeigt auf einen Transporter, den er auf der Straße vor dem Haus geparkt hat. In wuseliger Betriebsamkeit setzen sich die Männer in Bewegung und holen Werkzeug und die Utensilien, um das Gerüst aufzubauen. Ron unterhält sich wild gestikulierend mit Ryan. Wenn ich jetzt nicht zu ihnen gehe, traue ich es mich wahrscheinlich gar nicht mehr. „Guten Morgen", raune ich heiser. Mein lautes Räuspern danach ignorieren die beiden Männer geflissentlich. „Das Gerüst wird jetzt gebaut", beschreibt mein Onkel das Geschehen. „Und dann legen die Jungs los. Erst wird das Dach stabilisiert und im Anschluss können die Reparaturarbeiten beginnen."

„Damit hast du alles ziemlich perfekt zusammengefasst", versichert Ryan. Er schaut mich an. Ich kann seine Miene nicht deuten, traue mich aber auch nicht, ihm lange in die Augen zu blicken.

Er führt Rons Erklärung weiter aus. „Ich schätze, dass wir bis morgen Mittag alles stabil haben werden.“

„Nur so kurz?“, frage ich erstaunt, obwohl ich mir doch geschworen habe, den Mund zu halten. Ryans Blick streift mich. Darin ist nichts von einem Vorwurf erkennbar. Bilde ich es mir ein oder wirkt er stattdessen verletzt? Ist er nicht nur hübsch, sondern auch gut erzogen und nicht nachtragend? Das wäre zu viel des Guten.

„Ja. Das Gerüst ist schnell gebaut und immerhin sind wir zu viert. Und wenn es erst einmal so weit ist, könnt ihr aufräumen und renovieren, während wir das Dach fertigmachen. Dad und seine Mitarbeiter sind sich ziemlich sicher, dass wir in zwei Wochen mit allem fertig sein dürften.“

„Das klingt gut“, beteuert Ron glücklich. Ich weiß, wie sehr es ihm zu schaffen macht, dass er nicht sofort seinem Tatendrang nachgehen kann, denn da gleichen wir uns schlichtweg zu sehr. Für mich ist es genauso schrecklich, die Füße stillhalten zu müssen.

„Ihr habt Glück im Unglück, was das Dach angeht. Es sieht schlimmer aus, als es ist. Ich will euch nicht mit Fachbegriffen auf die Nerven gehen, aber der Baum ist quasi gut gefallen.“

Ich werfe ihm einen stechenden Blick zu. Gut? Was erzählt er da? Ryan wendet sich direkt an mich. „Ich weiß, das klingt ziemlich bescheuert, wenn man es so vor sich sieht. Aber es scheinen nur Arbeiten zu sein, die verhältnismäßig schnell erledigt sind. Auf euch kommt der harte Teil zu. Durch die zerstörte Fassade, den Sturm und das eingedrungene Wasser ist innen wohl viel mehr Schaden entstanden.“

„Es wird eine Heidenarbeit", kommentiert Ron. Mein Onkel scheint unseren Blickwechsel ausnahmsweise nicht mitbekommen zu haben. „Ich habe schon ein paar Gutachter angerufen. Wir müssen schauen, wie viel Schaden das Wasser angestellt hat. Und dann planen, mit was wir anfangen. Aber um eine Renovierung kommen wir nicht herum."

Rons Stimme hat einen traurigen Unterton angenommen, den ich nur zu gut verstehen kann. In mir sieht es ähnlich aus, aber für ihn muss es am schlimmsten sein. Es ist sein Lebenswerk, das da in Trümmern liegt. Rasch trete ich neben meinen Onkel und umarme ihn. „Wir helfen dir, Ron. Das schaffen wir schon."

Er wirft mir einen erleichterten Blick zu. „Danke, Romy. Ich wusste schon immer, dass du meine Lieblingsnichte bist."

„Und du mein Lieblingsonkel", sage ich und drücke ihm einen Kuss auf die Wange. Ryan beobachtet uns dabei verstohlen.

Ich löse mich von Ron. Er klatscht lautstark in die Hände. „An die Arbeit!", ruft er.

***

„Ihr habt *was* gemacht?"

„Uns geküsst." Ich klinge kleinlaut.

„Und du kommst erst jetzt auf die Idee, mir davon zu erzählen?"

Ein schlechtes Gewissen nagt an mir. „Du hast ja recht, aber ich habe einen Tag gebraucht, um mich in Mitleid zu suhlen. Und dann ist das mit dem Baum passiert."

Ich habe Hanna in den vergangenen zwanzig Minuten alles haarklein erzählt. Angefangen bei Ryans Besuch in der Eisdiele. Den Kuss, der nur von den herunterfallenden Kugelschreibern unterbrochen wurde. Und dann von dem Baumstamm, der nicht nur mitten in das *Sues*, sondern auch in unsere Herzen gekracht ist. Die beiden vergangenen Tage als aufwühlend zu beschreiben, ist noch untertrieben.

„Ich weiß gar nicht, was ich zu all dem sagen soll. Was für ein krasses Schicksal ist es bitte, dass ihr innerhalb so weniger Tage so oft aufeinandertrefft? Und hast du mal daran gedacht, dass ihr vielleicht einfach füreinander bestimmt seid?"

„Du übertreibst es, Hanna."

„Warum? Erst bleibt dein Auto liegen und er hilft dir. Dann gehst du zusammen mit ihm auf eine Party. Du gehst nie auf Partys, Romy Wilson! Und du küsst niemals fremde Männer. Irgendwas hat er an sich, was einen Kurzschluss in deinem Gehirn verursacht hat."

„Das trifft es ziemlich gut", sage ich ergeben.

„Und von allen Menschen, die euer verdammtes Dach reparieren könnten, ist es gerade er, dessen Dad die Firma gehört? Bei so viel glücklichem Zufall solltest du vielleicht mal anfangen, Glückspiel zu spielen."

„Ich würde es nicht unbedingt Glück nennen, was hier passiert ist", grummle ich.

Hannas Stimme wird weicher. „O Süße, ich weiß. Tut mir leid. Du hast recht." Kurz schweigen wir, ehe Hanna fortfährt. „Kann ich euch irgendwie helfen?" Unsicher starre ich einen Punkt im Wohnzimmer an, ohne dabei wahrzunehmen, auf was ich da blicke.

„Wir werden so viele helfende Hände wir möglich brauchen können", gebe ich etwas ausweichend zurück. Meine beste Freundin hat meist selbst alle Hände voll zu tun. Neben ihrem Studium jobbt sie – wo auch sonst – im *John-Sandoe-Bookshop*, dem kleinen Buchladen um die Ecke.

„Ich habe noch einige Tage Urlaub. Und wenn du mich während des Renovierens vielleicht ein wenig abfragst, dann bekomme ich das hin."

„Wie soll ich dich abfragen, wenn ich all diese Bücher, um die es geht, nicht einmal beim Namen kenne?"

Hanna überlegt lange und sagt dann mit einem Grinsen, das ich durch mein Handy hindurch hören kann. „Na gut, dann erzähle ich dir eben davon. Dann lernst du auch noch etwas."

Ich traue mich nicht, ebenfalls eine schnippische Bemerkung zu machen, weil ich so froh über Hannas Vorschlag bin.

„Es wäre fantastisch, wenn du helfen würdest. Aber ich möchte dich nicht zwingen, oder so."

„Komm schon, Romy. Du würdest andersherum dasselbe machen. Ich liebe eure Eisdiele, ich liebe dich. Und ich könnte wirklich mal wieder etwas körperliche Anstrengung gebrauchen. Uuuund", sagt sie unnötig in die Länge gezogen. „Vielleicht lerne ich deinen Traummann dann ja kennen."

„Du spinnst", sage ich und verdrehe die Augen. „Du bist der einzige Mensch auf der Welt, der aus einem Kuss gleich einen Heiratsantrag macht."

„Jetzt tust du so, als würdest du nicht selbst die ganze Zeit über ihn nachdenken."

„Erwischt", gebe ich zerknirscht zu. Etwas anderes zu behaupten wäre eine zu offensichtliche Lüge. Schnell wechsle ich daher das Thema. „Vielleicht kann ich Sue dazu überreden, zum Dank für deine Hilfe eine der Eissorten nach dir zu benennen", werfe ich ein und ernte ein lautes Lachen.

„So etwas wie Himbeer-Hanna? Oder Hanna-Haselnuss?"

„Das ist so schlecht, es ist beinahe wieder witzig. Wir sollten es ihr vorschlagen", sage ich lächelnd, fühle mich dessen ungeachtet aber nach wie vor bedrückt.

Wir vereinbaren, dass ich Hanna Bescheid gebe, wenn die Renovierung startet. Wir verabschieden uns, bevor einer von uns weitere schlechte Wortwitze machen kann. Oder noch ein Wort über Ryan verliert.

Hin und wieder höre ich vereinzelt Rufe von draußen. Die Arbeiter haben sich überall breitgemacht. Statt des Gehwegs sieht man seitdem nur Werkzeug und verschiedenstes Material, das auf dem Boden verstreut liegt. Das Gerüst wächst rasend schnell in die Höhe.

Ich gestehe es mir nur ungern ein, aber ich habe in Ermangelung einer besseren Aufgabe einen großen Teil des Vormittags damit verbracht, die Männer zu beobachten. Und es könnte sein, dass mein Blick dabei immer wieder wie automatisch zu Ryan gewandert ist.

Man erkennt seine definierten Muskeln selbst unter dem grauen, etwas zu weiten Hoodie deutlich, was eindeutig nicht fair ist. Viel lieber wäre es mir, wenn er nicht so ... gut aussehen würde. Dass er nicht ständig mit einer Geste, die ihm selbst wohl kaum bewusst ist, durch seine lockigen Haare fährt. Und noch viel lieber wäre es mir, wenn die Laune der Männer nicht so gut wäre. Sicherlich drehe ich durch, wenn ich Ryan länger dabei beobachte, wie er lacht.

„Romy?", höre ich aus der Küche meinen Namen rufen.

„Sue?", gebe ich ebenso laut zurück, stecke mein Handy in die Hosentasche und folge dem Ruf. In der Tür zur Küche verharre ich. Sue steht vor der Kaffeemaschine. Antonia hängt ihr wie ein kleines Äffchen am Rücken und lacht lauthals, während meine Tante abgekämpft aussieht.

„Würde es dir etwas ausmachen, wenn du den Bauarbeitern Kaffee rausbringst?", fragt sie. Ihre Stimme klingt müde. So müde, dass ich mich nicht traue, die Wahrheit zu sagen, die darin besteht, zuzugeben, dass mir das sehr wohl etwas ausmachen würde. Ich habe wenig Lust, Ryan einen Kaffee zu bringen. Immerhin wird er dafür dankbar sein. Eine völlig verschrobene Situation.

„Kann ich machen", erwidere ich stattdessen und der Dank, der in Sues Augen aufblitzt, ist Bestätigung genug, dass ich über meinen Schatten springen sollte.

Keine Minute später befinde ich mich mit einem Tablett in den Händen auf dem Weg nach unten. Fünf Tassen dampfenden Kaffees stehen darauf, eine kleine Milchpackung und Zuckertütchen, die wir sonst in der Eisdiele haben. Ich bin geübt genug im Kellnern, sodass ich nichts verschütte, aber dafür lässt mich meine Stimme im Stich, als ich nahe an das Gerüst herantrete.

„Zeit für eine Kaffeepause", sage ich, und es klingt wie ein Krächzen. Dennoch drehen sich alle Männer zu mir herum und ich höre dankbare Worte, als sie einer nach dem anderen von dem Gerüst herabsteigen und sich das Tablett leert. Zuletzt tritt Ryan neben mich. Mein Mund ist trocken und die sonst so schlagfertige Region meines Gehirns lässt mich eiskalt im Stich.

„Du hilfst mir also nicht dabei, meine Laster abzulegen", sagt Ryan und greift nach der letzten Tasse. Sofort setzt er sie an die Lippen und trinkt einen Schluck.

„Ich denke, wenn es schon so weit ist, dass du den Kaffee schwarz trinkst, ist ohnehin jeglicher Versuch zwecklos."

Ryan lacht leise. Dann schaut er mir in die Augen. Etwas zu lange und etwas zu intensiv. Erneut verlerne ich innerhalb kürzester Zeit alle Worte, die ich je kannte, und schweige beharrlich.

Wieso verhalte ich mich so? Auf der Party war es mir doch auch möglich, ein normales Gespräch mit diesem Mann zu führen?

Das war, bevor du ihn erst geküsst und dann einfach abgehauen bist, fällt es mir wieder ein.

Ich will irgendetwas sagen, etwas Entschuldigendes oder immerhin etwas Intelligentes. Doch Ryan ist es, der spricht.

„Ich weiß nicht, ob ich etwas falsch gemacht habe. Deswegen kann ich mich nicht entschuldigen. Aber das Schicksal hat uns anscheinend erneut zusammengeführt. Erst habe ich dich stehen lassen, dann habe ich dich anscheinend vergrault. Vielleicht schaffe ich es ja bei diesem Mal, dich nicht zu enttäuschen."

Es dauert lange, bis seine Worte vollständig bei mir angekommen sind. Bis ich begriffen habe, was er da von sich gegeben hat.

Der erneute Wunsch, etwas Charmantes zu sagen, regt sich in mir. Stattdessen fange ich an zu stammeln, weil in diesen Situationen nie alles so läuft wie im Film. „Ähm. Ja. Also nein. Ich meine, du musst dich auch nicht entschuldigen. Dazu das Nein. Und das Ja zu dem Rest und der Sache mit dem Schicksal. Also weißt du, eigentlich bin ich ein netter Mensch, ich war bloß etwas überfordert mit dem … Kuss."

Jetzt habe ich es ausgesprochen.

„Vergiss nicht zwischendurch zu atmen", sagt Ryan und bringt mich zum Verstummen. Er versteckt sein Lächeln gekonnt hinter der Kaffeetasse.

„Oh, danke für die Erinnerung. Das vergesse ich regelmäßig", sage ich. Es hätte schnippisch klingen können, doch in meiner Stimme schwingt Belustigung über mich selbst mit. Ich habe es erneut getan. Habe angefangen zu quasseln, weil ich aufgeregt bin. Demonstrativ atme ich ein und aus, bevor ich weiterspreche. „Na ja, ich schätze, wir werden uns in den nächsten Tagen häufiger mal über den Weg laufen. Also wäre es vielleicht nicht schlecht, wenn wir es einfach noch einmal versuchen. Ohne dass ich mich kindisch benehme."

Ryans Augen glitzern. „Klingt genau nach dem Plan, den ich auch vorgeschlagen hätte."

„Prima, dann wäre das geklärt", sage ich und klinge dabei übertrieben euphorisch, was ich sofort bereue. Ich sollte aufhören, allzu viel Emotionen in alles zu legen, was ich tue, sobald ich diesem Mann gegenüber stehe. Um mich nicht mehr zu blamieren, fliehe ich erneut aus der Situation. Im Weggehen sage ich: „Lass dir deinen Kaffee schmecken!" Kurz bevor ich jedoch wieder zurück am Haus bin, drehe ich mich noch einmal zu ihm um. Er hat mich mit seinem Blick bis hierher verfolgt und sich keinen Zentimeter von der Stelle gerührt.

„Es tut mir leid", sage ich laut und bin selbst erstaunt, wie deutlich es klingt.

Ryan schenkt mir ein Lächeln.

Zittern etwa meine Knie? Schnell wende ich mich ab, gehe hinein und schiebe das Zittern auf den Kaffeeduft, der mir eben in die Nase gestiegen ist.

Ich bin auf alle Fälle sehr gut darin, mich selbst zu belügen.

Kapitel 9

Romy

Eine riesige Pfütze hat sich im Verkaufsraum ausgebreitet und ich stehe mittendrin. Unter der Schicht aus Wasser und Schlamm lässt sich der einst karmesinrote Fliesenboden nicht mehr erkennen.

„Es ist sogar noch schlimmer als vermutet."

Hanna steht neben mir. Ihre knallgelben Gummistiefel mit rosa Punkten machen bei jedem ihrer Schritte ein knatschendes Geräusch und ich vermute, dass sie zwar lustig aussehen, aber keine Spur dichthalten. Auch ich habe bereits kalte Füße, weil meine Schuhwahl geradezu erbärmlich ist. Von den fünf Paar Sneakern, die ich besitze, habe ich nach dem Paar gegriffen, das schon am ramponiertesten ausgesehen hat und diese kurzerhand zu Arbeitsschuhen deklariert.

„Es ist schlimmer als schlimm. Doppelt und dreifach schlimm", stimme ich meiner besten Freundin zu. Über uns hört man die Reparaturarbeiten am Dach. Seit gestern Abend dürfen wir endlich wieder in die Eisdiele hinein. Als ich beim Abendessen erzählt habe, dass Hanna uns helfen wird, haben in Sues Augen Tränen der Rührung gestanden.

Seit dem Sturm habe ich nicht mehr in meiner eigenen Wohnung geschlafen. Das Bett im Gästezimmer ist bequem genug und ohne mein Auto bin ich ohnehin froh, dass ich auf die Busfahrten verzichten kann. Zwischendurch bin ich aber doch einmal hingefahren, um neue Klamotten und meine Schuhe zu holen und nachzusehen, ob der Sturm auch dort einen Schaden hinterlassen hat. Meine Vermieterin Tracy hat lediglich ein paar heruntergefallene Blumenkästen zu verkraften, was ihr nicht besonders wehgetan hat. Abgesehen von einem kleinen Fellknäuel, das ihre Katze Pippa hinterlassen hat, war in meiner Wohnung alles wie immer. Sogar das Wohnzimmerfenster war noch gekippt, was sich die freche Katze natürlich zunutze gemacht hat.

Der Sturm hat sich eben vor allem hier ausgetobt, denke ich bitter, *und hat uns diesen Scherbenhaufen hinterlassen.*

„Wo beginnen wir?", fragt Hanna in den Raum hinein. Ihre Stimme hallt auf eine seltsame Art und Weise. Erneut wird mir bewusst, wie viele der Möbel darauf warten, wieder zum Einsatz kommen zu können.

Ron hat die letzten Nächte damit verbracht, sich im Internet Videos über Möbelrestauration anzusehen und sich im Baumarkt eine kleine Schleifmaschine sowie Holzlacke in mindestens sieben verschiedenen Farben gekauft. Seit acht Uhr steht er vor der Eisdiele und rettet all das, was mit ein bisschen handwerklichem Geschick zu retten ist. In seinem alten Holzfällerhemd und der zerrissenen Jeans, die in der Sturmnacht zum Opfer gefallen ist, sieht er aus die ein waschechter Handwerker, obwohl er das eigentlich nicht ist. Sue hat

Antonia zu einer Freundin gebracht und sorgt für unsere Verpflegung, hat aber schon angekündigt, dass sie später neue Tapeten kaufen wird.

„Ich würde sagen, wir kehren erst einmal alles auf einen Haufen. Das, was in den Müll kommt, auf einen Stapel. Und das, was man vielleicht noch retten kann, auf einen anderen." Mein Vorschlag stößt auf ein Nicken von Hanna und jeder von uns schnappt sich einen Besen. Das Teil, das ich in den Händen halte, hat vermutlich schon meine Urgroßmutter genutzt, denn die Borsten sind verbogen und an allen möglichen Stellen splittern kleine Holzstückchen ab, aber es erfüllt seinen Zweck. Nach einer halben Stunde stehen wir unentschlossen vor zwei Häufchen, die elendig aussehen.

Allerhand zerbrochene Vasen, Tassen und Eisbecher liegen rechts von uns. Unter dem Gerümpel, das wir direkt in den Müll wandern lassen werden, sind außerdem völlig verbogene Löffel, Plastikverpackungen von Keksen und deren ungenießbare Überreste, ausgelaufene Sirupflaschen und aufgeweichte Servietten, die sich zu kleinen Kugeln geformt haben.

Der deutlich kleinere Haufen daneben beinhaltet schlammige Trockenblumen, eine auf wundersame Weise heil gebliebene Etagere, zwei Teppiche und Rattankörbe.

„Mal schauen, ob man das alles wieder sauber bekommt", sagt Hanna zweifelnd und hebt eine Tischdecke auf.

„Sue bekommt Antonias Kleidung sauber, dann wird sie das auch schaffen", sage ich. „Am besten packen wir alles, was in die Spülmaschine kann, in einen Korb. Und alles für die Waschmaschine in einen anderen.

Das, was dann übrig bleibt, schauen wir uns noch mal an.“

„Aye-Aye“, salutiert Hanna. „Aber sollten wir nicht erst den Müll loswerden?“

„Du meinst erst die Drecksarbeit, ehe wir das machen, wo wir vielleicht einen Erfolg sehen könnten?“

Hanna nickt langsam. „Das hier wird kein Spaßausflug. Das haben wir gewusst.“

Die nächsten beiden Stunden arbeiten wir Hand in Hand. Hanna erzählt mir lang und breit die Handlung von Goethes Faust. Ich habe schon nach den ersten Sätzen den Faden verloren, was ich nicht zugebe. Mephisto scheint allerdings eine coole Socke zu sein. Jedenfalls ist er so raffiniert, dass ich mir von ihm gerne einmal eine Scheibe abschneiden würde. Meine Freundin verliert sich in endlosen Deutungen und Interpretationen. Passend zur Stimmung in diesem komplizierten Klassiker tragen wir Schutt in einen Container direkt vor der Eisdiele. Hanna ist mit ihren Erzählungen beschäftigt und achtet nicht mehr länger auf Ryan. Sie hat ihn zu Beginn so lange eingehend gemustert und dann ein „Nicht schlecht“ fallen lassen, dass es mir beinahe unangenehm gewesen ist. Ich habe ihr erzählt, dass zwischen ihm und mir alles okay ist und wir darüber gesprochen haben. Was nur teilweise stimmt, denn sicher hätte es noch mehr gegeben, was wir hätten thematisieren können. Doch es reicht aus, um nebeneinander her zu arbeiten, ohne permanent ein schlechtes Gewissen zu haben. Dennoch hängt unser Kuss in der Luft zwischen uns. Ron hat einige Nachbarn zusammengetrommelt und in Beschlag genommen. Zusammen wird wie verrückt an unsern Möbeln geschliffen und lackiert. Ein paar andere haben zwischenzeitlich geholfen, den Boden vom gröbsten Schmutz zu befreien oder haben ebenfalls Müll weggebracht.

Gerade schrubbe ich eine schlammige Kruste vom sonst zum Glück unversehrt gebliebenen Tresen, hinter dem ich normalerweise Kunden bediene, da platzt Sue herein. Und hinter ihr eine Horde Männer mit schwieligen Dachdeckerhänden. Unter ihnen – wie sollte es anders sein – Ryan.

„Zeit für Mittagessen", ruft meine Tante gut gelaunt. Sie stellt zwei riesige, silberne Tabletts auf den Tresen, an dem ich zugange bin. Den Blick, den sie mir zuwirft, kann ich nur schwer deuten. Soll ich das Feld räumen? Wahrscheinlicher ist es jedoch, dass sie mit Absicht hier drin das Essen serviert, sodass Ryan und ich uns wieder über den Weg laufen. Draußen zeigt sich der Herbst von seiner besten Seite und es wäre ohne Probleme möglich, dort zu essen statt im unordentlichen Inneren der Eisdiele. Meiner aufmerksamen Tante kann nicht entgangen sein, dass ich bisher alles gegeben habe, ein erneutes Aufeinandertreffen zwischen ihm und mir zu verhindern.

Nach und nach sucht sich jeder einen mehr oder weniger bequemen Platz. Ich scanne den Raum und will sehen, was Hanna macht, doch Julia Abbott, die ebenfalls zum Helfen hergekommen ist, hat sich meine beste Freundin geschnappt und in ein Gespräch verwickelt. Wir waren drei früher gut befreundet gewesen, aber mit der Zeit haben wir uns auseinandergelebt wie ein Ehepaar, dass sich schließlich ohne viele Worte scheiden lässt.

So ein Mist, dass sie gerade jetzt hier auftaucht.

Still warte ich ab, was Ryan macht. So lange schrubbe ich weiter die Theke, als hinge mein Leben davon ab. Was es tut. Ryan wird sich hoffentlich zu seinen Kollegen setzen, schnell ein Sandwich verdrücken, und dann wieder zurück an die Arbeit gehen. Doch stattdessen sehe ich ihn plötzlich wie einen Schatten über mir aufragen – und mich angrinsen.

„Du solltest auch eine Pause machen", sagt er. In seiner tiefen Stimme schwingt ein wenig Besorgnis mit, aber vor allem etwas, was ich deutlich als neckenden Unterton identifizieren kann.

„Oh, ich habe zwischendurch etwas gegessen", tische ich ihm die erste Lüge auf, die mir in den Sinn kommt. Wir haben zwar kurz über das gesprochen, was zwischen uns gewesen ist. Geblieben ist aber definitiv die Unsicherheit, die mich in Besitz nimmt, wenn er vor mir steht. Er hat irgendetwas an sich, was mich dazu zwingen will, ihm zu gefallen. Und das Wissen darum sorgt dafür, dass ich nervös werde.

Ryan hält mir eine Hand hin. „Komm hoch und iss etwas", sagt er, als habe er meine Lüge enttarnt. Demonstrativ führt er mit der anderen Hand eines der Käse-Sandwiches zum Mund und beißt übertrieben genüsslich hinein.

„O wow, deine Tante versteht was von Sandwiches", sagt er mit vollem Mund.

„Ich weiß", höre ich mich sagen. Ehe ich mich bremsen kann, greife ich nach seiner Hand und ziehe mich hinauf. „Und wenn du das Käse-Sandwich gut findest, dann hast du noch nicht das mit Truthahn probiert. Ich sage dir, sie macht da irgendwas drauf, das lässt dich in den Sandwichhimmel katapultieren. Aber sie verrät mir einfach nicht, was es ist. Ich würde –"

Abrupt höre ich auf zu sprechen. Ich seufze und werde mir meines Gequassels bewusst. „Ich tue es schon wieder, was?"

„Ich werde dich nicht unterbrechen. Vermutlich sollte ich froh sein, dass du überhaupt mit mir sprichst."

Unsicher, was ich darauf erwidern soll, blicke ich auf den Boden. Hinab an meiner dreckigen Latzhose aus Jeansstoff, die ich mir vor Jahren einmal auf einem Flohmarkt gekauft und seither nie getragen habe. Das gelbe Shirt, das ich darunter angezogen habe, sieht ebenso mitgenommen aus.

„Ich glaube, Sue hat gar keine Truthahn-Sandwiches gemacht", nuschle ich. Mein Finger schwebt über dem Tablett. „Ich sehe Thunfisch und Salami. Und Käse. Aber kein Truthahn."

Ich zucke mit den Schultern. „Sie schmecken alle."

Beherzt beiße ich in das Brot und habe im nächsten Moment einen laut lachenden Ryan vor mir.

„Süß, wenn du nervös bist", kommentiert er und lässt den letzten Rest seines Brotes im Mund verschwinden.

„Wie meinst du das?", hake ich nach, will die Antwort aber gar nicht wissen. Ryan hingegen tut so, als müsse er die ganze Zeit über kauen und entkommt so einer Antwort.

„Kein Mensch kaut so lange auf Toastbrot herum", tadele ich ihn, doch das Verschmitzte in seinem Gesichtsausdruck sorgt dafür, dass ich ihm nicht wirklich sauer sein kann. Wir haben uns einen Neuanfang versprochen und meinen überstürzten Abgang aus der Welt geschafft. Von nun an können wir uns wie normale Menschen unterhalten. Na ja, beinahe jedenfalls.

„Ihr seid schon ziemlich weit gekommen", sagt Ryan und nimmt sich ein zweites Sandwich. Es scheint niemanden zu stören, dass wir uns direkt neben dem Buffet positioniert haben. Hanna ist immer noch in das Gespräch mit Julia vertieft.

„Ja, wir kommen gut voran. Es ist mühsam, aber man sieht immerhin ein Ergebnis. Was macht das Dach?" Ich lasse mich neben ihn gegen den Tresen fallen, sodass ich angelehnt dort stehe. Mein Rücken zwickt ein wenig von der Anstrengung der letzten Stunden und die Entlastung tut erstaunlich gut.

„Wir kommen auch gut voran. Es geht sogar schneller, als ich dachte. Vieles lässt sich schnell wieder richten. Ich glaube, durch die zerstörten Fenster und den starken Wind ist es hier drin viel schlimmer."

Er lässt seinen Blick einmal quer durch den Raum schweifen. „Erschreckend zu was die Natur fähig sein kann", kommentiert er das, was er sieht.

Kurz schweigen wir, ehe ich versuche, unser Gespräch aufrechtzuerhalten. „Und du arbeitest bei deinem Dad?

Ryan antwortet nicht sofort, was mich dazu veranlasst, ihn anzuschauen. Seine Augen wirken mit einem Mal ein wenig glanzloser. Beinahe betrübt.

„Ich helfe ihm nur aus", sagt er ausweichend. Er sieht mich eindringlich an. „Ich wollte den Betrieb nie übernehmen. Jeder andere Sohn hätte vielleicht entsprechend studiert oder wenigstens gelernt. Ich weiß nur das, was Dad mir damals als Jugendlicher beigebracht hat. Aber keine Sorge, ich hab es trotzdem drauf."

„Es wirkt so, als hättest du viel Ahnung von dem, was du tust."

Ryan schweigt lange. Ich wundere mich darüber. Wieso ist er so reserviert? Ist er so unglücklich mit seiner Situation, dass er es nicht laut aussprechen will? Steckt am Ende mehr dahinter? Habe ich ein blödes Thema angesprochen?

Vielleicht sind wir noch nicht auf dem Level, uns von allem zu erzählen.

„Sorry, ich will nicht zu sehr nachbohren. Ich habe einfach den Eindruck, dass ich dich nicht richtig kenne."

Etwas blitzt in seinen Augen auf. „Das ließe sich ändern."

„Das letzte Mal, als wir uns kennenlernen wollten, hat es anders geendet als erwartet." Die Worte haben meinen Mund verlassen, ehe ich sie bremsen konnte.

„Du wolltest mich also kennenlernen?" Seine Frage wird von einem spitzbübischen Grinsen gekrönt und ich erröte.

„Ich dachte, das wäre der Sinn von unserem Frage-Antwort-Spiel gewesen."

„Ich mochte das Ende." Ryan flüstert mir diese Information zu, wofür ich dankbar bin. Es ist unangenehm genug, dass wir schon wieder darüber sprechen. Hoffentlich belauscht uns niemand und zieht die richtigen Schlüsse.

Ich schlucke.

Wäre es wirklich so schlimm, wenn jemand davon erfahren würde, dass es zwischen Ryan und mir knistert?

Oder will ich nur nicht als diejenige abgestempelt werden, die scheinbar wahllos Kerle auf Partys küsst? Das ist nicht der Ruf, den ich anstrebe. „Man sollte niemanden küssen, von dem man so wenig weiß wie ich von dir. Am Ende verschweigst du mir etwas Elementares und ich ahne nichts."

Als mein Blick ihn erneut streift, habe ich für einen Moment das Gefühl, dass seine Miene einfriert. Der Moment ist wieder vorbei, bevor ich etwas dazu sagen kann. Um uns herum kommt Bewegung in die anderen Helfer.

„Wir machen uns wieder an die Arbeit", ruft einer der Dachdecker Ryan zu. Er hat kurz geschorene Haare und derart muskulöse Arme, dass ich mir sogar auf die Entfernung winzig vorkomme. Die anderen Männer folgen ihm.

„Schätze, ich kann mich nicht drücken", sagt Ryan an mich gewandt. Elegant stößt er sich vom Tresen ab. Die definierten Muskeln an seinen Armen fangen meinen Blick ein. Dabei lächelt er, als würde die bevorstehende Arbeit ihm sogar Spaß machen, dabei habe ich eben noch das Gefühl gehabt, er spräche nicht gerne über das, was ihn dazu bewegt, seinem Dad unter die Arme zu greifen.

Ich werde nicht schlau aus Ryan Baker, stelle ich verwundert fest. Er berührt mich kurz am Arm, ein Prickeln fährt durch meinen Körper. Ich frage mich, ob er das ebenfalls gespürt hat, dann ist er verschwunden.

„Also werde ich wohl auch mal weitermachen", spreche ich mir selbst zu und mache genau da weiter, wo ich aufgehört habe, bevor ein ziemlich gut aussehender Mann mich aus dem Konzept gebracht hat, während

meine Gedanken auffällig oft zurück an diese winzige
Berührung zwischen uns wandern.

Ryan

Der Ball trifft das Tor und ich juble übertrieben. Cole
steht daneben und lässt die Schultern hängen. „Fußball
macht keinen Spaß", murrt er und schießt den Ball zu
mir zurück.

„Das sagst du nur, weil du gegen mich keine Chance
hast." Ich lache, dribble um ihn herum und schieße den
alten Lederball erneut in das winzige Tor, das in unserem Garten steht, seit ich ein kleiner Junge war.

Mir schmerzt von der ungewohnten Arbeit jeder
Muskel in meinem Körper. Das bisschen Bewegung mit
Cole ist aber genau das, was ich brauche. Als Rennfah-
rer besteht ein großer Teil meiner Freizeit aus Sport.
Körperspannung trainieren, um die enormen Kräfte
im Cockpit auszuhalten und gleichzeitig intensives
Muskeltraining.

Ich habe vergessen, wie unheimlich anstrengend es
ist, auf einem Dach herumzuturnen und es dabei möglichst schnell zu reparieren. Habe vergessen, wie ermü-
dend es sein kann, den ganzen Tag immer wieder die
gleichen Bewegungen auszuführen. Doch genauso
habe ich nie realisiert, was für eine Genugtuung es ist,
wenn die Schufterei sich nach und nach auszahlt. Mit
Dads Mitarbeitern zusammenzuarbeiten ist, als würde
ich schon immer dazugehören. Die meisten von ihnen
sind bereits angestellt gewesen, bevor ich überhaupt
geboren wurde. Und sie alle waren erstaunt, wie viel

von meinem Wissen übrig geblieben ist, das ich mir in den Ferien und beim gelegentlichen Aushelfen angeeignet habe. Immerhin bin ich bereits weggegangen, bevor ich überhaupt eine richtige Ausbildung hätte bekommen können.

„Da kommt Dad!", ruft Cole und lenkt mich damit so erfolgreich ab, dass er das erste Tor erzielt. Sein übertriebener Jubel übertrifft meinen um Längen. Von Dad ist weit und breit keine Spur und ich bin auch noch darauf hereingefallen. „Na warte!", rufe ich und rase auf ihn zu. „Für dieses Manöver gibt es eine Kopfnuss!"

Wir jagen durch den Garten und weichen mit einiger Mühe Mums Gartenskulpturen aus, die in der einsetzenden Dämmerung nicht immer ganz leicht zu erkennen sind. Schließlich hole ich Cole ein und hebe ihn mühelos hoch, werfe ihn über die Schulter und lasse ihn mit seinen Beinen zappeln, während er mich lachend dazu bringen will, ihn wieder herunterzulassen. Eine Weile laufe ich in gemächlichem Tempo im Kreis durch den Garten und sauge dabei jedes weitere Lachen meines Bruders in mich auf.

Es tut gut, Blödsinn mit ihm zu machen, und ich merke abermals, wie sehr mir solche Momente gefehlt haben.

Ich sehe, wie Mum in ihren ausgetretenen Hausschuhen an das Tor im Garten läuft, um den Postboten zu begrüßen. Dieser drückt ihr lächelnd ein Paket in die Hand, das nicht nur groß, sondern vor allem schwer zu sein scheint.

„Glaube, Mum braucht Hilfe", sage ich zu Cole und deute auf die Szene, die sich uns bietet. Ich setze meinen Bruder ab, der sofort losstürmt. „Das müssen die Flyer sein!", ruft er.

„Flyer?", frage ich halblaut und folge ihm mit schnellen Schritten. Ich stoße zu den beiden. Mum streicht Cole über die Haare. „Was hab ich nur für gut erzogene Jungs", sagt sie dann liebevoll und schaut uns nacheinander an. Jetzt erst sehe ich, dass zwei weitere Kartons neben dem Gartentor stehen. Es prangt der Name einer Druckerei auf dem Etikett. Ich helfe, indem ich mir die Kisten nehme und sie ins Haus trage.

„Himmel, aus was bestehen diese Flyer? Aus Backsteinen?", will ich auf halber Strecke wissen. Mum lacht leise und gibt mir im Vorbeigehen einen Klaps auf die Schulter. „Du bist so ein Spinner, Ryan", sagt sie, doch ihre Worte triefen vor Zuneigung.

Ich schleppe die Kartons ins Wohnzimmer, wo es nicht lange dauert, bis Cole sich mit einer Küchenschere bewaffnet an den Klebestreifen zu schaffen macht. Ich stehe direkt daneben, die Arme vor dem Körper verschränkt. Ohne den blassesten Schimmer, was das für Flyer sein sollen, sehe ich nur, wie Cole und Mum gleichermaßen aus dem Häuschen sind.

Rasch schnappe ich mir einen der handtellergroßen Zettel. Sie sind quadratisch und kleiner, als ich erwartet habe, dafür sehen sie in der Tat schick aus. Ein aus abstrakten Formen gebildeter Kreis ist der Rahmen für einen geschwungenen Schriftzug.

„Der 16. Oktober?", bringe ich verdutzt hervor. Ich
drehe und wende den Flyer, als würde ich so dafür sorgen können, dass sich das Datum ändert. „Wenn ihr
lieb fragt, drucken sie euch die Dinger noch einmal
neu."

Ich habe keine Ahnung, was sich meine Mum wieder
für ein Projekt angelacht hat. Sie kann einfach nicht
Nein sagen. Es gibt ehrenamtliche Arbeit? Sie ist dabei!

„Warum sollten sie?", fragt Mum mit hochgezogenen
Augenbrauen. Ihre Verwunderung ist echt.

„Na, weil das falsche Datum aufgedruckt ist. Der 16.
ist schon übermorgen."

„Das ist aber richtig", mischt sich ein verwegen wirkender Cole ein.

„Wofür benötigt ihr so viele Flyer, wenn dieses Charity-Ding schon in zwei Tagen ist?"

„Das ist kein Charity-Ding, Ryan", tadelt meine Mum
mich, ohne auf meinen Einwand einzugehen. „Das ist
eine tolle Aktion, die –"

„Mum, es ist *übermorgen*", rufe ich ihr ins Gedächtnis
und unterbreche sie damit etwas unsanfter, als nötig
gewesen wäre.

„Das weiß ich, aber Cole wollte morgen gerne noch
mehr Flyer verteilen."

„Morgen?", frage ich. Erst als der enttäuschte Blick
meines Bruders mich trifft, fällt mir ein, dass ich wohl
etwas vergessen habe.

„Morgen ist das Schulfest", sagt er leise, aber seine Stimme beinhaltet so viele unausgesprochene Emotionen, dass mir beinahe schwindlig wird.

Das Schulfest. Ich frage mich, wie ich das vergessen konnte. Er hat so oft davon erzählt. Das größte und wichtigste Fest, wenn man mitten in der Middle School steckt und ich habe nicht mehr daran gedacht. Die Kids haben alle irgendetwas vorbereitet. Und mein Bruder hat augenscheinlich etwas mit dieser Aktion am Sonntag zu tun.

„Sorry, Kumpel. Ich habe nicht mehr daran gedacht."

„Schon okay", sagt Cole. Er tut so, als wäre es ihm gleichgültig, doch ich merke, dass dem nicht so ist.

„Du hast mir gar nicht erzählt, was für eine Aktion du geplant hast", sage ich und versuche, die Situation irgendwie zu retten. Aber dafür ist es schon zu spät. Ich hätte ihn früher fragen können – nein, ich hätte ihn fragen müssen.

Das Schulfest ist ein riesiges Ding für jeden Schüler der Middle School. Auch für meinen Bruder, denn sein enttäuschtes Gesicht spricht Bände. Ich hatte diese Art von Festen auf meiner spießigen Privatschule nicht und heute merke ich, wie gerne ich sie gefeiert hätte. Aus diesem Grund tut es mir gleich doppelt leid, dass ich diese wichtige Information verdrängt habe.

„Vielleicht", mischt meine Mum sich ein, „kannst du Cole dabei helfen, die Flyer schon einmal ins Auto zu laden. Und ich mache euch eine heiße Schokolade und er kann dir danach erzählen, was er und seine Freunde geplant haben."

Mum schafft es, jede Situation zu entschärfen. Ich vergesse hin und wieder, dass Cole zwar schon reichlich reif für sein junges Alter ist, der aber dennoch manchmal den verletzten Stolz eines Kindes hat. Unser großer Altersunterschied macht es mir nicht immer leicht, die richtigen Worte zu treffen. Mum hingegen kann diesen Spagat ausführen wie keine zweite Frau auf dieser Welt. Coles Gesicht erhellt sich.

„Das ist ein guter Plan, oder, Kumpel?"

Coles begeistertes Nicken ist Antwort genug.

Kapitel 10

Romy

Es gelingt mir nicht, mich zu konzentrieren. Neben mir liegt ein Stapel Bücher, die Hanna mir ausgeliehen hat. Jedes davon ist mit den begleitenden Worten „Das musst du unbedingt lesen" in meine Handtasche gewandert. Ich glaube meiner Freundin, ehrlich. Aber ich bin im Gegensatz zu ihr niemand, der so schnell und viel lesen kann. Anstatt mich in den Geschichten zu verlieren, starre ich in mein Wohnzimmer, als läge darin ein geheimer Schatz begraben, den es aufzuspüren gilt. Auf die bunten Kissen, auf den Teppich, in dessen Fransen sich Staub angesammelt hat. Den ich gekonnt ignoriere. Auf die Bilder an der Wand, die ich mir schon vor Ewigkeiten im Internet bestellt habe und die irgendwelche Pflanzen abbilden. Ich starre auf die Trockenblumen und auf den Stapel Briefe auf meinem Couchtisch, die ich dorthin gelegt habe, weil ich keinen besseren Platz gefunden habe.

Schließlich stehe ich mit einem Seufzen auf. Es hat keinen Sinn, hier zu hocken. Obwohl meine Muskeln müde sind vom Arbeiten in der Eisdiele, kann ich nicht sitzen bleiben und darauf hoffen, mich doch zum Lesen hinreißen zu lassen.

Ich fülle einen großen Thermobecher voll mit Tee, bevor ich mir meine Jacke überziehe und hinaus an die frische Luft gehe.

Die Natur ist schon immer der Ort, an dem ich am besten alle Gedanken schweifen lassen kann. Mich auf das besinnen, was wirklich wichtig ist.

Kurz bereue ich, dass ich nicht doch noch bei Ron und Sue geblieben bin und stattdessen mit dem Bus zurück in meine eigene Wohnung gefahren bin. Alleine zu sein, wirft an diesem Abend einen unangenehmen Schatten auf meine Stimmung. Kurz denke ich darüber nach, meine Eltern anzurufen, aber Mum würde sich sofort um mich sorgen, wenn ich mich zu dieser untypischen Uhrzeit melde. Mum und Dad wissen noch nicht, dass das *Sues* dem Sturm zum Opfer gefallen ist. Ich möchte nicht nur anrufen, um schlechte Neuigkeiten zu überbringen. Davon hat es schon mehr als genug in unserem Leben gegeben.

Beim ersten Schluck Tee verbrenne ich mir die Zunge und ziehe eine deutliche Grimasse. Hin und wieder fliegt ein Vogel knapp über meinen Kopf hinweg und verschwindet kurz darauf im angrenzenden Wald. Kühle Luft peitscht durch die Äste und Blätter wirbeln mir um die Nase.

Der Herbst ist für mich schon immer der intensivste Teil des Jahres. Die meisten Farben, die meisten Wetterumschwünge. Der Herbst ist kuschelig und voll mit Schals und dicken Wollsocken. Mit heißer Schokolade. Lauter Dingen, die ich liebe.

Ich bin derart versunken in die Umgebung, dass ich einen Moment brauche, um das plötzliche Klingeln, das die Stille durchbricht, zuzuordnen. Erst nach einer Weile greife ich nach meinem Handy in meiner hinteren Hosentasche und schaue auf das Display. Chads Name leuchtet darauf auf und ich habe trotz meiner langsamen Reaktion genug Zeit, den Anruf anzunehmen.

„Hey?", melde ich mich fragend. Seit dem Vorfall mit meinem Dad gehe ich nicht mehr dazu über, Anrufe zu ignorieren. Mir hängt immer im Hinterkopf, dass etwas Schlimmes passiert sein könnte. Ich würde mir nie verzeihen, wenn ich einen wichtigen Anruf verpassen würde.

„Hi, Romy. Hier ist Chad", spricht er das Offensichtliche aus. „Wo bist du?"

Ich runzle verwundert die Stirn. „Wieso willst du das wissen?", frage ich und kann meine Skepsis kaum verbergen. Chad lacht ein tiefes Lachen, das sogar durch das Handy hindurch melodisch klingt.

„Dein Auto ist fertig. Ich dachte, ich bringe es dir vorbei. Aber als ich geklingelt habe, hast du nicht geöffnet."

Ich brauche einen Moment, um diese Information zu verarbeiten und kann dennoch nur mit weiterer Skepsis antworten. „Und womit habe ich diesen Bring-Service verdient? Stellst du mir den auch in Rechnung?"

„Wow, bist du immer so misstrauisch?", fragt er mich, doch es klingt nicht wie ein Vorwurf, sondern nach einer Feststellung.

„Sorry", murmle ich. „Das ist natürlich ... sehr lieb von dir. Also das mit dem Auto, meine ich."

Seine Antwort besteht aus einem weiteren Lachen. Stumm schüttle ich den Kopf über meine Worte, dann drehe ich endlich um. Die Schritte, die mich zurück zur Wohnung tragen, sind bedeutend schneller als zuvor. „Ich bin gleich da", sage ich in den Hörer.

„Ich werde mich nicht wegbewegen", versichert mir Chad, dann lege ich ohne eine Erwiderung auf.

In meiner Magengegend macht sich etwas breit, das sich gefährlich nach Aufregung anfühlt.

Was ist nur los mit mir? Ist die Aussicht auf einen charmanten Mann vor meiner Haustür so schwer zu verkraften? Chad tut das lediglich, weil er ein gut erzogener, netter Mensch ist. Da steckt nichts weiter dahinter, rede ich mir selbst gut zu. „Ich dachte eigentlich, dass ich die Pubertät überstanden habe", denke ich laut und schmunzle trotz allem ein bisschen über mich selbst. Erst küsse ich einen nahezu Fremden, jetzt bin ich nervös wegen Chad, den ich doch eigentlich zu meinen Freunden zähle?

Das Wohnhaus kommt in Sicht. All die seltsamen Gefühle werden von sofort einsetzender Freude übertönt. Endlich habe ich mein Auto wieder! Und zwar in einem Zustand, in dem ich es benutzen kann.

„Hi", sage ich zu Chad, der ein paar Meter weiter mit dem Rücken zu mir wartet. Er fährt herum und lässt dabei meinen Autoschlüssel fallen.

„Kein Grund, mich so zu erschrecken", sagt er.

Ich ziehe belustigt die Augenbrauen hoch. „Ich konnte ja nicht wissen, dass du so schreckhaft bist. Immerhin bist du derjenige, der sich an meine Haustür angeschlichen hat."

Er wirkt mit einem Mal etwas schuldbewusst. „Sorry, je länger ich darüber nachdenke, desto mehr wird mir bewusst, dass das ein bisschen seltsam wirkt." Er zuckt mit den Schultern. Tatsächlich habe ich mein Auto sonst immer bei ihm abgeholt, immerhin liegt die Werkstatt nur wenige Minuten von der Eisdiele entfernt. „Und ja, ich bin schreckhaft, man könnte eigentlich meinen, dass wir alles voneinander wissen müssten, so oft, wie ich dein Auto schon von innen gesehen habe."

Seine Worte lassen den Klumpen in meinem Magen etwas größer werden, aber ich schiebe die Empfindung beiseite. Das hier ist ein reiner Freundschaftsdienst, rufe ich mir erneut in Erinnerung. Dennoch zwinge ich mich dazu, das Gespräch wieder in Gefilde zu lenken, in denen ich besser klar komme.

„Hast du die Rechnung dabei? Oder soll ich sie noch irgendwo abholen?"

„Liegt auf dem Beifahrersitz", sagt er knapp. Ich versuche, die Situation mit einem Lächeln angenehmer zu machen. Dennoch kommen die nächsten Worte nur stockend über meine Lippen. „Danke. Auch fürs Vorbeibringen. Das ist ... lieb."

„Keine Ursache", winkt Chad ab. Erst in diesem Moment wird mir bewusst, dass er hier festsitzt.

„Wie kommst du nach Hause?", frage ich ihn stirnrunzelnd. Immerhin steht das Auto, mit dem er gekommen ist, nun in meiner Einfahrt. Chad fixiert mich mit einem Blick, als wolle er meine Reaktion genau aufsaugen, ehe er die nächsten Worte sagt. „Ich gehe noch zu Ryan. Wenn ich ihn lieb frage, bringt er mich vielleicht heim. Er ist ja immerhin ein guter Fahrer." Chad zwinkert. Er zwinkert tatsächlich. Macht man das überhaupt noch?

„Oh, ja. Okay. Alles klar", stammle ich, als wäre damit wirklich alles klar. Als würde es mir überhaupt nichts ausmachen, dass Chad meine Gedanken nun wieder einmal auf Ryan gebracht hat, wo ich doch gerade ausnahmsweise so gut darin bin, sie außen vor zu lassen. Ryan wohnt also fußläufig von hier? Das Gedankenkarussell startet automatisch.

Ich möchte hier weg, denke ich verzweifelt. Solche Situationen wirken in Filmen immer so leicht zu meistern, wieso kann ich keine schlagfertige Antwort parat haben? Eine, die mich cool und selbstsicher wirken lässt. Stattdessen schaue ich auf den Boden.

„Tja, ich gehe dann mal wieder rein", sage ich undeutlich und zeige auf die Eingangstür. „War ein anstrengender Tag."

Chad hebt meinen Schlüssel auf und reicht ihn mir. Unsere Finger berühren sich für den Bruchteil einer Sekunde. Ein Schatten huscht sein ebenmäßiges Gesicht. Und erneut verdränge ich es. Ignoriere es.

„Viel Spaß", sage ich zu Chad, der mich nur stumm anschaut. Dann bewege ich mich mit schnellen Schritten in den Hausflur wie ein kleines Kind und vergrabe mein Gesicht in den Händen, als ich sicher bin, dass mich niemand sehen kann.

Den zweiten Tag in Folge flüchte ich vor einer Situation, mit der ich nicht umgehen kann. Dieses Erwachsenwerden ist nicht mein Ding.

Kapitel 11

Romy

„Ich bin so aufgeregt", ruft Hanna und springt voller Elan in mein Auto. Zum Glück ist es rechtzeitig fertig geworden, damit wir gemeinsam zur Lincoln High fahren können. Zwischen uns stehen zwei dampfende Becher Kaffee im Getränkehalter, die Sue mir beim Weggehen in die Hand gedrückt hat. Was sonst sollte einen gemeinsamen Ausflug komplettieren?

„Warum bist du aufgeregt?", frage ich sie mit ernst gemeintem Interesse. Meine beste Freundin schaut mich an, als wäre ich nicht ganz richtig im Kopf.

„Wir werden den ganzen Tag von Büchern umgeben sein!", sagt sie mit grenzenloser Selbstverständlichkeit.

„Bist du das nicht immer?", will ich amüsiert wissen und reihe mich in den Stau ein, der die Hauptstraße von Melmoth Lakes verstopft.

„Du verstehst es nicht", kommentiert Hanna. Ich lache über den enttäuschten Unterton in ihrer Stimme und sie erdolcht mich mit einem fiesen Seitenblick, der seine Wirkung gnadenlos verfehlt und mich noch mehr lachen lässt.

„Wie lange habt ihr gestern noch gearbeitet?", erkundigt sich Hanna.

„Bis neun Uhr abends. Ich habe Muskelkater an Stellen, von denen ich nicht einmal wusste, dass ein Mensch dort Muskeln hat."

Hanna kichert. „Dann kannst du ja froh sein, heute einmal Pause zu haben."

„Klingt es scheußlich, wenn ich sage, dass ich das bin?", gebe ich zurück. So gerne und bereitwillig ich Sue und Ron helfe und so wunderbar es ist, erste Erfolge zu sehen, so froh bin ich auch über eine kurze Auszeit. Ich habe drei volle Tage hintereinander damit verbracht, Schutt wegzuräumen, zu putzen und zu reparieren. Und Ryan anzustarren, wenn ich mir sicher gewesen bin, dass er mich nicht dabei erwischen kann.

Obwohl ich zu Beginn wahrlich nicht begeistert war von dieser Bücherverkaufsaktion, so ist es ein kleiner Lichtblick gewesen. Den ganzen Nachmittag mit Hanna verbringen, ein paar blöde Witze machen, lachen. Oder, wenn es sein muss, nebeneinander sitzen und schweigen.

„Wie lange dauert unser Dienst?", will ich von meiner Freundin wissen, die alles organisiert und uns für die Charity-Aktion angemeldet hat.

„Von eins bis um fünf. Danach wird noch aufgeräumt und dann ist Schluss."

„Du verschweigst, dass wir dann noch eine Ewigkeit deine erbeuteten Bücher zum Auto schleppen müssen", wende ich ein. Hanna zuckt mit den Schultern. „Ich möchte keine falschen Hoffnungen in dir wecken, indem ich dir jetzt widerspreche." Aus dem Augenwinkel nehme ich ihren Blick wahr, der sehr, dem eines Welpen gleicht.

Die Fahrt dauert etwa zwanzig Minuten und ich drehe drei Runden über den Parkplatz, bevor ich mich letztendlich doch in ein Halteverbot stelle. Heute werden hoffentlich keine Strafzettel verteilt werden und die Polizei wird alle verfügbaren Augen zudrücken.

Von jeder Seite strömen Menschen herbei, die von der Charity-Aktion mitbekommen haben. Girlanden und Luftballons sind an den Straßenlaternen befestigt und überall sind Flyer aufgehängt. Alles wirkt wie ein riesiges Fest. Musik wummert leise vom Schulhof zu uns herüber und die bunten Herbstblätter, die der sanfte Wind durch die Luft wirbelt, trägt sein Übriges dazu bei, dass ich mich sofort wohlfühle.

Obwohl ich es erst für eine Schnapsidee gehalten habe, war es die richtige Entscheidung, herzukommen. Hanna neben mir atmet geräuschvoll aus.

„Geht es dir damit auch ein bisschen komisch?", will sie wissen. Ich bin mir unsicher, was sie meint, und schaue nur fragend zu ihr. „Ich meine, wieder hier zu sein. Es ist, als kommen alle Erinnerungen gleichzeitig hoch. An die Jungs, die mich damals immer gehänselt haben, weil ich eine Brille trug und immer über einem offenen Buch gesessen habe. Die Lehrer, die mir sogar gute Noten gegeben haben, wenn ich eigentlich nichts dafür getan habe. Das hat es nicht unbedingt besser gemacht. Mir ist damals alles zugeflogen. Und dafür wurde ich gehasst."

Ich schweige einen Moment zu lange. Das hatte ich verdrängt, aber Hanna hat recht. Sie wurde damals behandelt wie der typische Streber. Die Tatsache, dass es ihr bis heute etwas ausmacht, war mir nicht bewusst. Augenblicklich fühle ich mich als Freundin ungenügend, weil ich dieses entscheidende Detail nicht mehr auf dem Schirm hatte.

„Ach, nicht so wichtig", sagt Hanna und schüttelt übertrieben den Kopf.

„Mir war nicht klar, dass es so schlimm für dich war", sage ich leise und greife nach Hannas Hand. Wir tauschen einen Blick, in dem mehr liegt, als Worte sagen könnten.

„Schau, wo du heute bist", versuche ich ihr Mut zuzureden. Versuche, all das Ungesagte der Vergangenheit in etwas zu verwandeln, was sie mit Stolz erfüllt.

„Ich habe das Beste daraus gemacht, denke ich", sagt sie leise. Ich meine, einen Rest ihrer Traurigkeit herauszuhören, aber Hanna lässt mir keine Gelegenheit, es anzusprechen. Schon schüttelt sie in einer bestimmten, aber liebevollen Geste meine Hand ab und blickt auf die beiden Gebäude vor uns.

Die Middle School und die Highschool von Melmoth Lakes sind nur einige hundert Meter voneinander entfernt, dazwischen liegt ein riesiger Hof. Einzig getrennt von einem Zaun, der noch niemanden davon abgehalten hat, hinüberzusteigen. Viele unserer ehemaligen Klassenkameraden haben direkt nach der Highschool fluchtartig die Gegend verlassen und das College gewählt, das am weitesten von der Heimat entfernt ist.

Manchmal sind es ebenso die Eltern, die flüchten, denke ich betrübt. Als Familienmensch fällt es mir nach wie vor schwer, sie nicht mehr in meiner Nähe zu wissen. Dabei habe ich immer gedacht, dass ich hier bleiben und in Melmoth Lakes alles haben würde, was ich brauche, Mum und Dad eingeschlossen. Ich hätte mit ihnen gehen können, doch ich hätte die Schuldgefühle nur schwer ertragen können. Und Sue braucht mich.

Hanna reißt mich aus meinen Gedanken. „Heute ist der Tag des sentimentalen Erinnerungsschwelgens, fürchte ich."

„Ich bin mir nicht sicher, ob es dieses Wort wirklich gibt."

„Ich bin von uns beiden Grazien, diejenige die Literaturwissenschaften studiert. Du musst mir glauben", witzelt sie. Genau diese Sprüche sind es, wegen denen ich gedacht habe, dass meine beste Freundin ihre Vergangenheit mit den Hänseleien in der Schule längst hinter sich gelassen hat. Aber vielmehr wird es eine Art Abwehrmechanismus sein. Witze zu machen über das, was andere als Angriffsfläche genutzt haben. Das war schon immer das beste Mittel, um alle bösen Worte verstummen zu lassen. Wer keine Fläche für Mobbing bietet, der wird nicht so schnell zum Opfer. Mir wird schlecht bei dem Gedanken daran, wie falsch diese Art des Selbstschutzes ist.

„Lass uns lieber reingehen. Unser Dienst beginnt in zehn Minuten", werfe ich ein. Wir sollten aufhören, über unsere Schulzeit zu grübeln.

„Liebe Bücher, ich komme", bemerkt Hanna euphorisch und hat die Erinnerungen in diesem Moment erfolgreich abgeschüttelt.

„Diese Aussicht ist für dich wirklich die beste der Welt, nicht wahr?"

„So was von", beteuert Hanna und reckt einen Daumen in die Höhe.

***

Wir laufen an meinem alten Spind mit der Nummer 134 vorbei und ich bin kurz gewillt, ihn aufzubrechen. Wer wohl heute sein halbes Leben in diesem hässlichen grünen Metallschrank verstaut? Meine Erinnerung daran, wie ich Fotos und meine ersten selbst gestickten Sachen hinein geklebt und aufgehängt habe, sind noch taufrisch. In jeder Pause habe ich mich darüber gefreut. Einmal hatte ich sogar einen Liebesbrief in der Tür stecken, nur um festzustellen, dass er nicht für mich war.

Hanna hat recht damit, dass es nicht leicht werden würde, den geistigen Rückblicken zu entkommen. Wir laufen mit einem Strom voller Menschen durch die Lincoln High und gelangen in den Innenhof, in dem zahllose Tische eng aneinandergereiht sind. Man sieht die Tischplatten vor lauter Büchern kaum und an der Hauswand sind weitere volle Umzugskartons mit Nachschub gestapelt.

„Wow, gefühlt jeder in Melmoth Lakes hat etwas gespendet", sagt Hanna. Ihre Stimme klingt ehrfürchtig. Kein Wunder, für sie ist es das Paradies auf Erden.

„Ich hoffe, du hast genug Geld dabei."

„Ja. Und es ist ein Geschenk des Himmels, dass du einen Pick-up hast", erwidert sie und strahlt. Ich lache. Von einer kleinen Bühne kommt Musik von einem DJ, der sich hinter seinem Mischpult verborgen hält. Eine Mütze ist ihm tief in die Augen gezogen. Wenige Meter entfernt von uns ist ein weißer Pavillon aufgebaut. Auf dessen Dach haben sich Herbstblätter angesammelt.

Ein gestresst wirkender Mann steht hinter einem Tisch und hat massenweise Zettel vor sich liegen.

„Ich glaube, Mr. Vollmer weist uns den Tisch zu", sagt Hanna in dem Moment. Sie scheint meinem Blick gefolgt zu sein.

„*Das* ist Mr. Vollmer?", frage ich erstaunt nach, doch jetzt, wo ich es weiß, erkenne ich eindeutig unseren alten Mathelehrer. Ich würde nicht behaupten, ihn gehasst zu haben, aber meine Freude, ihn wiederzusehen, ist nicht groß.

Wir reihen uns in die kurze Schlange vor dem Pavillon ein und beobachten die Menschen um uns herum. Jeder scheint jeden zu kennen. Und auch ich sehe gleich mehrere bekannte Gesichter. Ein paar Meter entfernt steht meine alte Klassenlehrerin, noch ein Stück weiter erkenne ich Susie, neben der ich in fast allen meinen Kursen gesessen habe. Sie war die Freundin, mit der ich immer kleine Zettelchen ausgetauscht habe. Nach der Schule haben wir uns aus den Augen verloren, was ich bedauere. Ich erkenne Gesichter ohne Namen, die regelmäßig in der Eisdiele einkehren. Und an einem Tisch in der Ecke erspähe ich Chad. Unsere Blicke treffen sich kurz und er wirft mir ein Lächeln zu. Ein langes Lächeln. Bevor meine Wangen sich rot färben können, schaue ich zur Seite und versuche angestrengt, ihn zu ignorieren, bis Hanna und ich endlich an der Reihe sind. Mr. Vollmer nennt uns unsere Tischnummer und überreicht und einen klimpernden Beutel mit Kleingeld zum Wechseln. Hanna nimmt es beinahe feierlich entgegen. Sie ist eben schon immer diejenige, die die Dinge buchstäblich in die Hand nimmt.

„Wenn euch die Bücher ausgehen, nehmt euch einfach neue aus den Kisten dort drüben", sagt unser ehemaliger Lehrer in der mürrischen Art, in der er früher immer komplizierte Formeln erklärt hat. Kein Wunder, dass ich nie verstanden habe, was er von uns will. Die Langeweile springt einen nur so an, wenn Mr. Vollmer den Mund öffnet. Wir nennen ihm unsere Namen und er hakt sie auf einer Liste ab, damit ist die Sache geregelt. Bevor er zur Sprache bringen kann, dass er uns doch noch von früher kennt, wenden wir uns ab und bahnen uns unseren Weg zum Tisch mit der Nummer fünfundzwanzig. Dieser liegt schräg neben der Bühne. Der DJ spielt einen Mix aus verschiedenen Songs, die genauso gut im Radio laufen könnten. Wenn es so bleibt, kann ich damit leben.

Wie zu erwarten, beäugt Hanna zuerst die Bücher, die auf unserem Tisch liegen.

„Stolz und Vorurteil? Wer zum Henker sortiert dieses Buch aus? Und hier liegt Dorian Gray, das kann man doch nicht verramschen!"

„Hanna", setze ich warnend an. Sie ignoriert mich geflissentlich. Ich habe die Befürchtung, dass sie die Bücher alle selbst mitnimmt, obwohl sie sie schon besitzt, nur damit sie nicht unter Wert verkauft werden.

„Das war auch ein gutes Buch", schwärmt Hanna und nimmt ein rot eingebundenes Exemplar in die Hand.

„Warum liest du den Klappentext, wenn du das Buch schon kennst?", will ich ratlos wissen. Hannas Blick ist strafend.

„Damit ich noch mal fühle, was ich beim Lesen gefühlt habe."

Ich ziehe meine Augenbraue hoch. „Verstehe ich nicht."

„Dann liebst du Bücher nicht."

„Habe ich nie behauptet."

„Ich sage ja: Keine Ahnung, warum du meine beste Freundin bist."

Ich seufze gespielt theatralisch und zeige dann an die Wand mit den Umzugskartons voll Nachschub. „Ich gehe mal rüber und hole ein paar neue Bücher für unseren Tisch." Hanna nimmt mich kaum wahr, sondern redet weiter leise vor sich hin. Ob es den restlichen Nachmittag genau so ablaufen wird?

Alles in allem bin ich erstaunt, wie viele Menschen hier sind. Es ist wie ein riesiger Flohmarkt nur für Bücher, und obwohl manche Exemplare gleich mehrere Male ausliegen, schauen sich die Besucher alles ganz genau an. Leises Gemurmel kommt aus allen Richtungen und überall wird fleißig gekauft.

„Ich wusste gar nicht, dass du auch hier bist."

Ich wirble herum und sehe Chad direkt hinter mir stehen.

„Und ich wusste nicht, dass du nebenberuflich gerne arme junge Frauen erschreckst", gebe ich zurück. Chad lacht und fährt sich mit der Hand durch die Rastalocken.

„Sorry", gibt er etwas zerknirscht zu. „War keine Absicht. Aber jetzt sind wir quitt."

„Das weiß ich", beschwichtige ich.

„Ich hoffe, du bist noch gut heimgekommen am Freitag."

„Hast du dir Sorgen gemacht?" Chad grinst.

In Wahrheit habe ich viel zu viel Zeit damit verbracht, an Ryan zu denken, aber ich werde einen Teufel tun und ihm das unter die Nase reiben. Ich zucke mit den Schultern und überlasse es Chad, sich seinen Teil zusammenzureimen.

„Hast du auch einen Tisch?", versuche ich ein unverfänglicheres Thema anzusprechen.

„Ja, hinten direkt neben den Toiletten", sagt er und verzieht dabei das Gesicht. „Ich wurde überredet." „Genau wie ich. Aber wir sind wenigstens neben der Bühne."

„Klingt viel besser."

„So was von", gebe ich zu und wir stehen einvernehmlich nebeneinander, während ich mich an einer der Kisten zu schaffen mache. Chad ist ein angenehmer Zeitgenosse. Und er sieht unverschämt gut aus. Dennoch wird da niemals mehr als eine Freundschaft zwischen uns sein.

„Soll ich dir helfen?", will er wissen und greift nach der Kiste, ohne meine Antwort abzuwarten.

Hilfsbereit ist er auch.

„Das wäre lieb", verkünde ich. Chad hebt den Karton an und folgt mir zu unserem Tisch, wo er ihn ohne Anstrengung abstellt. „Vielen Dank", sage ich. Hanna spricht mit einer jungen Frau und verkauft ihr das Exemplar von Stolz und Vorurteil, wobei sie es sich nicht nehmen lässt, gleich mehrmals zu betonen, wie oft sie es schon gelesen hat und wie meisterhaft es ist.

„Keine Ursache", gibt Chad zurück und lächelt mich erneut an. Dann winkt er und wirft ein „Wir sehen uns" hinterher. Ich schaue ihm nach, wie er zu seinem Tisch zurückkehrt.

„Habe ich etwas verpasst?" Hanna ist direkt neben mich getreten. „Noch einer, den du geküsst hast?"

„Hanna!", sage ich eine Spur zu laut und sehe sie entgeistert an. „Herrgott, wir sind befreundet."

„Wenn du meinst." Sie zuckt mit den Schultern. Gerne würde ich etwas sagen, was ihr das Grinsen aus dem Gesicht wischt, da werden wir von der Rückkopplung eines Mikrofons aus der Unterhaltung gerissen.

„Hallo zusammen", ruft unsere Bürgermeisterin in das Gerät und spätestens jetzt hat sie die ungeteilte Aufmerksamkeit aller Anwesenden. Sie ist mit dreißig Jahren die wohl jüngste Bürgermeisterin, die wir jemals hatten und das genaue Gegenteil von allem, was man sich vorstellt. Martha Kingston war früher Eiskunstläuferin und ist wegen einer Verletzung zurück in ihre Heimat gekommen. Ein Jahr später hat sie sich als Bürgermeisterin aufstellen lassen und ist seitdem nur schwer aus Melmoth Lakes wegzudenken. Sie trägt ein langes Kleid mit grünen Steifen, das ihre gertenschlanke Figur gleich doppelt zu einem Hingucker macht. Darüber eine Jeansjacke und zwei lange goldene Ketten.

„Ich freue mich sehr, dass ihr alle so zahlreich zu unserer zweiten Schicht hergekommen seid! Wir haben schon den ganzen Morgen Bücher verkauft und es läuft wirklich toll. Dafür liebe ich unser Städtchen. Wenn es etwas zu helfen gibt, seid ihr alle da."

Klatschen ertönt, in das ich sofort mit einstimme. Martha könnte stundenlange Reden halten und es würde nicht langweilig werden. Sie hat diese Art von melodischer Stimme, die sofort fesselt.

„Im Foyer der Schule gibt es Kaffee für alle, die ihre Energie zwischenzeitlich aufladen müssen. Außerdem haben einige Helferinnen und Helfer Kuchen gebacken. Wir haben uns im Festkomitee dazu entschlossen, den Erlös unter denjenigen aufzuteilen, die dem Sturm vor einigen Tagen zum Opfer gefallen sind und größere Reparaturen vor der Brust haben."

Aus der Menge kommt lautes Jubeln, in das ich ebenfalls einfalle. Eine wirklich tolle Idee, die mir einen Kloß im Hals beschert.

„Ich möchte aber heute nicht nur auf Essen und Trinken aufmerksam machen, sondern noch etwas anderes ansprechen. Denn was einige vielleicht noch nicht wissen: Dieses Event hier wurde nur von Schülern auf die Beine gestellt. Im Rahmen der Projektwochen wurde alles vorbereitet. Verschiedene Gruppen haben sich um die Flyer oder um das Sammeln der Bücher gekümmert. All den Kids gebührt großes Lob! Und sie haben dabei nicht an sich selbst gedacht, sondern an die Kinder, denen es nicht so gut geht. Vielleicht habt ihr es auf den Flyern schon gesehen. Der Erlös des heutigen Events geht zu hundert Prozent an das Kinderheim hier bei uns in Melmoth Lakes. Ein paar der Kinder, die dort leben, sind heute auch hier, das freut mich sehr!"

Erneut ertönt Klatschen aus der Menge, diesmal weitaus lauter. Nun, da die Bürgermeisterin noch einmal den guten Zweck dieser Aktion vor Augen geführt hat, bin ich gleich doppelt und dreifach froh darüber, hier zu sein.

„Und es gibt noch jemanden, den ich heute ganz besonders begrüßen möchte. Wahrscheinlich ist es ihm unangenehm, aber da kommt er nicht mehr drum herum. Wir haben zusätzlich zu den Einnahmen von den verkauften Büchern nämlich noch eine sehr großzügige Spende bekommen, die ich nicht unerwähnt lassen möchte. Ihr kennt ihn sicherlich alle, denn er ist in Melmoth Lakes aufgewachsen und hat unser wunderbares Städtchen nur verlassen, weil er eine wahnsinnige Karriere in der Formel 1 gemacht hat. Und eine wahnsinnig Gefährliche noch dazu. Ich muss nur daran denken, in ein schnelles Auto zu steigen, und mir wird bereits übel." Martha kichert und ich lausche gebannt, was als Nächstes kommt. Ohne zu wissen, dass ich nur Sekunden davon entfernt bin, dass mein Körper in Flammen steht.

„Er ist eben nicht nur einer der besten und bekanntesten Rennfahrer des Landes, sondern vor allem ein echter Teil von unserer Gemeinde. Ryan, komm doch bitte auf die Bühne!"

Sein breites Lächeln, die wild gelockten Haare, die lässige Art, wie er zu Martha auf die Bühne steigt. Der blaue Pullover unter der Jacke und die helle Jeans. Die Kombination, die etwas in mir auf eine angenehme Art rumoren lässt. Zeitgleich bin ich mir sicher, dass das alles ein Scherz ist. Eine Fata Morgana. Ein Traum.

Der tosende Applaus und die vielen Leute, die seinen Namen rufen, sind fraglos nur schwer zu ignorieren. Genauso wie ich mein polterndes Herz nicht mehr ausblenden kann.

Der Mann, an den ich ständig denke und der sich mit diesem Kuss in mein Leben geschlichen hat, scheint eine richtige Berühmtheit in unserer Stadt zu sein.

Und ich bin die Einzige, die keinen blassen Schimmer davon gehabt hat.

Ryan

Ich reiche Martha das Mikrofon, nachdem wir kurz ein wenig Small-Talk gehalten haben. Ich wäre an jedem Ort lieber als auf dieser Bühne, aber ich habe unserer Bürgermeisterin gerne den Gefallen getan, weil sie mir im Gegenzug versprochen hat, keine Fragen zu meinem Unfall zu stellen. Zu dem Grund, aus dem ich wieder hier bin, anstatt die Saison zu Ende zu bringen.

Ich erkenne die Verwunderung darüber, dass ich wieder in meiner alten Heimat bin, in den Augen der Anwesenden. Entdecke Erstaunen und weit aufgerissene Münder von Kindern. Es ist schwer vorstellbar, dass ich für viele von ihnen ein Star bin. Dabei fühlt es sich nicht so an. Es ist eine Rolle, die zu meinem Leben dazugehört.

Aus dem Augenwinkel entdecke ich Romy. Ich will ihr gerade ein Lächeln zuwerfen, dieser Person, die zwischen den vielen bekannten Gesichtern die Einzige ist, die ich wirklich wahrnehme. Da wendet sie sich ab, sagt etwas zu der Blondine neben sich und bahnt sich einen Weg durch die Menge. Nein, es sieht vielmehr aus, als würde sie vor etwas flüchten.

Oder vor jemandem.

Die Szene scheint sich wie in Zeitlupe vor meinen Augen abzuspielen. Ihre roten Haare sind zu einem unordentlichen Knoten zusammengebunden und einzelne Strähnen lösen sich daraus, fallen ihr auf den Rücken. Sie zieht sich in einer unbewussten Geste die Ärmel ihres Pullovers bis über die Fingerkuppen, möchte sich darin verstecken. Es wirkt nicht nur so, als wolle sie weglaufen, anscheinend will sie sich am liebsten auflösen.

Marthas Abschiedsworte nehme ich nur gedämpft wahr, dann winke ich in die Menge, rufe: „Viel Spaß euch allen!“. Dann springe ich von der Bühne herunter. Ich weiß, dass mein Bruder neben ihr wartet. Dort, wo meine Eltern stehen und mit Stolz in den Mienen zu mir aufsehen. Nachdem ich schon den halben Tag hier verbracht habe, wollte ich nach dieser Ansprache endlich heim. Unter die Dusche und auf die Couch. Aber all die Pläne wurden gerade von einem hübschen rothaarigen Mädchen über Bord geworfen.

Ich muss mit Romy sprechen. Denn es ist mir schlagartig bewusst geworden, dass ich der Grund für ihre Flucht bin.

Meine Beine tragen mich erst durch die Menge, wo ich ab und an meinen Namen höre, dann hinein in das Schulgebäude. Die schwere Tür knallt hinter mir ins Schloss. Die Musik und das laute Gemurmel ebben schlagartig ab. Sofort werde ich von dem unvergleichlichen Geruch in Empfang genommen, den nur eine Schule haben kann. Es riecht nach Träumen, Schulbüchern und alten Sportklamotten.

„Romy?“, rufe ich. Meine Stimme hallt lautstark durch den Gang. Ich fühle mich, als würde ich eine Szene für einen Teeniefilm drehen, doch die Emotionen, die in meiner Brust wirbeln, sind zu echt für eine Komödie.

Ich erspähe sie nirgendwo. Überhaupt sehe ich hier drinnen niemanden mehr. Ich kenne mich hier nicht aus. Stattdessen folge ich meinem Instinkt und wandere durch die Gänge.

„Romy?", rufe ich erneut und biege um eine Ecke. An der Wand links von mir beginnen die Spinde. Und in der Mitte des Ganges sehe ich sie.

„Romy", wiederhole ich zum dritten Mal. Sie hockt auf dem Boden, die Beine an die Brust gezogen, wo sie sie umklammert hält. Sie schaut nicht einmal zu mir auf. Ich brauche nur wenige Schritte, bis ich endlich bei ihr bin und mich, ohne eine Sekunde zu überlegen, direkt neben sie auf den Boden sinken lasse. Im Gegensatz zu ihr strecke ich meine Beine aus und blockiere damit den halben Gang, doch ich habe ohnehin die Hoffnung, dass in den kommenden Minuten keine Menschenseele hier vorbeilaufen möchte.

Angespannt warte ich, dass sie etwas sagt, doch meine Suchaktion wird nur mit Schweigen belohnt.

„Alles okay?", sage ich deswegen nach einigen Momenten der Stille. Ich hasse es, wie meine Stimme hallt. Romy fixiert einen Punkt auf dem Boden vor ihr.

„Ich werde das Gefühl nicht los, dass ich angelogen wurde. Fühlt sich beschissen an."

Ich schlucke hart. Ihre Stimme klingt eisig.

„Ich habe dich nicht angelogen", beteuere ich.

„Wie lange wolltest du dir dann noch anschauen, wie ich zu blöd dafür bin, zu merken, wer du bist?", fragt sie und wirft mir ihr Handy in den Schoß. Ich werfe einen Blick darauf und sehe mich selbst. Sie hat meinen Namen in die Suchmaschine eingegeben.

„Ryan Baker, einer der bekanntesten Rennfahrer des Landes", sagt sie, aber es klingt wie ein Schnauben.

„Und Romy, das Blödchen, das ihn stattdessen mit Pennywise vergleicht.“

Unwillkürlich grinse ich.

„Vielleicht ist genau das der Grund, weshalb ich es nicht gesagt habe. Das zwischen uns war so normal und zwanglos. Du hast etwas in mir bewegt, sonst hätte ich dich nicht geküsst. Es war genau das, was ich gebrauchen konnte. Einmal jemand anderes sein, nicht immer daran erinnert werden, was passiert ist. Wer ich bin.“

Es dauert lange, bis Romy antwortet. „Und ich habe all die Situationen, in denen es mir seltsam vorkam, dass die Leute dich so gut zu kennen scheinen, falsch eingeschätzt. Hättest du es mir irgendwann gesagt? Oder hast du dich darauf verlassen, dass ich es selbst herausfinde?“

Diese Frage beinhaltet so viel mehr als das, was sie ausgesprochen hat. Denn um sie zu beantworten, müsste ich erst einmal wissen, wohin die Sache zwischen ihr und mir überhaupt hätte führen sollen. Natürlich habe ich oft an sie gedacht. Nach dem Kuss. Der Kuss, der vielleicht zu noch mehr geführt hätte, wenn sie nicht aus dem Büro geflohen wäre, bevor ich es herausfinden konnte. Ich wollte es anfangs nicht zugeben, aber diese junge Frau, die da verloren in ihrem kaputten Pick-up saß, hatte von Beginn an etwas an sich, was sich nur schwer ignorieren lässt.

„Was wäre gewesen, wenn ich mich gleich am ersten Abend offenbart hätte? *Hi, ich bin Ryan Baker, Rennfahrer, und kenne mich deshalb ganz gut mit Autos aus. Lass mich mal unter deine Motorhaube schauen.* Was hättest du getan?“

Das sanfte Lächeln auf Romys Lippen ist nur schwer zu erkennen, aber es ist da. „Dir gesagt, du sollst bloß abhauen und dir das nächste Mal einen besseren Anmachspruch ausdenken."

„Und das mit gutem Recht. Ich habe erwartet, dass du mich irgendwie erkennst, mich aber nicht gleich zuordnen konntest. Dass du noch am selben Abend meinen Namen im Internet suchst und mich fortan behandelst wie die meisten Menschen. Nicht mehr als der, der ich wirklich bin, sondern als Star. Du hättest irgendwann ein Bild von meinem Apartment in Los Angeles gesehen und hättest mich als Angeber abgestempelt. Du hättest mich wie alle anderen mitleidig angesehen. Videos angeschaut. Expertenmeinungen gelesen. Sie alle haben etwas über mich zu sagen, dabei kennen sie mich nicht." Jetzt schaue ich Romy direkt an und erkenne an ihrem Gesichtsausdruck, dass sie versteht, was ich ihr mitteilen möchte. Es ist aber noch mehr darin zu lesen. Schock. Verwunderung. Tausende Fragen.

„Wie auch immer es passiert wäre, wir wären auf jeden Fall anders miteinander umgegangen. Und deswegen bereue ich es nicht, dass ich nichts gesagt habe. Dass ich dir die Wahrheit verschwiegen habe. Wenn du mich dafür hasst, dann habe ich das wohl verdient. Aber könnte ich die Zeit zurückspulen, würde ich es erneut genauso machen."

Romy sieht mir eindringlich in die Augen. Ich kann nicht anders und greife nach ihrer Hand, die noch immer mit dem Saum ihres Pullovers beschäftigt ist. Sanft drücke ich zu, nur für den Hauch eines Momentes. Dann ziehe ich meinen Arm zurück, weil ich besorgt bin, einen Schritt zu weit gegangen zu sein. Dabei sind wir doch schon viel weiter gegangen. Aber ist es deswegen okay? Entweder hat sie das Friedensangebot angenommen, oder aber sie zieht sich jetzt völlig von mir zurück. Verdient hätte ich es allemal, aber ich wünsche mir einen guten Ausgang aus dieser Szene meines ganz eigenen Films. Der Film, der erst ein Drama gewesen ist und langsam immer mehr wie ein Liebesfilm wirkt.

„Könntest du mit diesem Lächeln aufhören? Wie soll man dir so wütend sein?" Romys Worte klingen leise, unsicher. Ich habe viele Reaktionen erwartet, aber nicht diese.

„Tut mir leid", flüstere ich und lasse mein Lächeln noch eine Spur schiefer werden.

„O ja, prima", sagt sie mit voller Ironie in der Stimme, verdreht die Augen und wendet demonstrativ den Kopf von mir ab. Mein leises Lachen hallt im Gang wider und es lässt ihren Blick zu mir zurückwandern.

„Tut mir auch leid", höre ich schließlich ihre Stimme, leise und zart wie Seidenpapier.

„Ich bin nicht sauer. Und es gibt nichts, wofür du dich entschuldigen musst, Romy."

Ihren Namen zu sagen, soll meine Worte unterstreichen, aber dennoch wirkt sie nicht überzeugt. „Bist du enttäuscht? Traurig? Irgendwas anderes?", hakt sie nach. Ich schüttle langsam den Kopf. „Nichts davon. Und du?"

„Nichts davon. Und auch nichts anderes. Höchstens ein bisschen nervös."

„Ich habe dich schon nervös erlebt und da warst du definitiv anders drauf als jetzt."

„Es ist ein anderes Nervös-Sein", sagt Romy und spricht dabei so leise, dass ich sie nur schwer verstehe.

So viele unausgesprochene Fragen liegen mir auf den Lippen. Es ist nicht der richtige Moment dafür, sie zu stellen. Stattdessen sauge ich das ein, was sich mir bietet. Die kleinen Details an Romys Gesicht. Die Sommersprossen und die dezenten Grübchen auf ihren Wangen. Die langen Wimpern und die vollen Lippen. Der Leberfleck links neben ihrer Nase. Ich weiß nicht, wie lange wir uns einfach nur ansehen. Wie sich etwas Magisches zwischen uns aufzubauen scheint, bis eine laute Stimme uns beide gleichermaßen erschreckt. Eine davon gehört definitiv Cole.

„Mach dich bereit", sage ich zu Romy, führe meine Worte jedoch nicht weiter aus.

„Für was?", will sie erschrocken wissen. Sie ist noch nicht in der Realität zurück und scheint noch immer damit beschäftigt, das zu verarbeiten, was da eben zwischen uns gewesen ist. Sie muss es so deutlich gefühlt haben wie ich.

„Warum verschwindest du einfach?", ruft mein Bruder. Neben ihm läuft einer seiner Freunde, mit denen er das Schulprojekt auf die Beine gestellt hat.

„Erwachsenen-Sachen", gebe ich vage zurück. Normalerweise ist das der Code dafür, dass er keine weiteren Fragen stellen soll, weil ich ihm später alles erkläre. Diesmal scheint es Cole sichtlich schwerzufallen, nicht sofort nachzuhaken.

„Hi, ich bin Cole", sagt er dann an Romy gewandt. Er bringt seine Vorstellung mit einer Selbstverständlichkeit über die Lippen, die nur Kindern auf diese Art gelingt. Dann knufft er seinen Freund in die Seite, als müsse er ihn an seine guten Manieren erinnern.

„Ich bin Timothy", sagt dieser daraufhin leise. Er ist, was die Selbstsicherheit dieser Vorstellung angeht, das Gegenteil meines Bruders.

„Hi, Cole. Hi, Timothy", begrüßt Romy die beiden.

„Wir wollten Kuchen holen", sagt Cole an uns beide gewandt. „Kommt ihr mit uns?"

Dass mein Bruder sofort uns beide fragt, ist ein Sinnbild seines Charakters. Wenn er dieser offenherzige Mensch bleibt, wird aus ihm einmal ein beneidenswerter Erwachsener. Dann aber wird mein brüderlicher Stolz von etwas anderem überschattet. Denn so gerne ich mit Romy zum Kuchenstand laufen würde, bin ich mir nicht sicher, ob sie sich damit wohlfühlen würde.

„Ich bin bei Kuchen immer dabei. Was ist mit dir, Romy?" Ich versuche all das Verständnis, das ich aufbringen kann, in meinen Blick zu legen. Hoffentlich versteht sie es genau so und bekommt nicht den Eindruck, dass ich sie nicht dabeihaben möchte. Fragend füge ich hinzu: „Ich weiß nicht, ob deine Freundin dich schon vermisst?"

Romy bekommt erst große Augen, dann schlägt sie sich die Hand vor den Mund. „O nein, Hanna!" Ihre Pupillen wandern von links nach rechts. „Seid ihr böse, wenn ich Nein sage? Ich habe eigentlich Dienst und meine Freundin wartet bestimmt schon auf mich."

Ich will ihr sagen, dass das selbstredend kein Problem ist, da mischt sich Cole ein. „Nur, wenn du dafür ein anderes Mal mit uns Kuchen isst. Meine Mum backt den besten Kuchen der Stadt."

Romy lächelt breit. Mein Herz geht auf.

„Da kann ich unmöglich ablehnen", erwidert sie. Sie steht auf, winkt in die Runde und bleibt mit ihrem Blick lange an mir hängen, bevor sie zurück in den Innenhof läuft.

Ich blicke ihr nach. Weiß nicht, welches der vielen Gefühle in meinem Inneren am stärksten ist. Aufregung? Bewunderung? Oder dieses Kribbeln, das so eindeutig ist und das ich doch zu verdrängen versuche?

„Bitteschön", sagt Cole neben mir. Ein freches Grinsen begleitet seine Worte. Er hat recht. Ich sollte mich bei ihm bedanken. Denn mein kleiner Bruder hat soeben so etwas wie ein Date für mich organisiert.

Kapitel 12

Romy

„O Himmel."

Ich ziehe mir die dünne Wolldecke bis ans Kinn und lasse fast mein Handy fallen. Meine Hände zittern und ich muss mich auf eine regelmäßige Atmung konzentrieren, damit ich nicht durchdrehe. Oder hyperventiliere.

Es grenzt an ein Wunder, Ryan überhaupt kennengelernt zu haben. Die Bilder, die mein Handy mir zeigt, lassen das eigentlich nicht mehr vermuten. Natürlich habe ich nach dem Unfall gesucht. In meiner Kurzschlussreaktion vorhin im Schulgebäude haben mir nur ein paar Sekunden gereicht, um zu bestätigen, was ich zu diesem Zeitpunkt ohnehin wusste. Ich behaupte immer, die meisten aus Melmoth Lakes zu kennen. Es hat sich herausgestellt, dass es eine Lüge ist, denn augenscheinlich habe ich den bekanntesten Mann nicht erkannt.

Den Formel-1-Fahrer in unseren Reihen.

Dass Martha sich nicht bloß irgendetwas ausgedacht hat, hat meine kurze Recherche schnell widerlegt. Ich liege auf dem Sofa und sitze wie eine Besessene vor den

Bildern und Artikeln von Ryans schrecklichem Unfall. Ich kann gar nicht mehr damit aufhören. Normalerweise kann ich mir Leid und schlechte Nachrichten nicht unbegrenzt lange ansehen. Aber hier ist es ... etwas anderes. Alles an mir ist auf eine morbide Weise fasziniert. Ist es, weil ich weiß, dass Ryan es wie durch ein Wunder aus diesem völlig zerstörten Autowrack geschafft hat?

Beim Rennen in Italien ist sein Reifen durch einen Schaden geplatzt und hat ihn direkt in einen seiner Konkurrenten fahren lassen, den er gerade überrunden wollte. Durch den Aufprall wurde sein Auto in die Luft geschleudert, hat sich überschlagen und ist schließlich in einer der Begrenzungen am Rand der Rennstrecke geknallt. Ein absoluter Horrorcrash, wie die Artikel im Netz es bezeichnen. Eine Überschrift, die ich genau so unterschreiben kann.

Die Realität zieht an mir vorbei. Es ist durchaus möglich, dass ich morgen früh aufwache und all das nur ein langer Traum gewesen ist. Ein schöner Traum, wenn ich an den Kuss zurückdenke. An all die Blicke zwischen uns. Ein aufregender Traum. Einer, in dem Schmetterlinge in meinem Bauch vorkommen.

Zitternd atme ich aus, dann zwinge ich mich, das Handy zur Seite zu legen. Ich sollte es wie Hanna machen und nach einem Buch greifen. Sie hat mir in der kurzen Zeit, in der ich mit Ryan im Gang gesessen bin, gleich vier Klassiker erstanden und sie mir beim Abschied in die Hand gedrückt. Von schlechtem Gewissen getrieben, habe ich sie angenommen und versprochen, sie bald zu lesen. Mein ganz persönliches Gedankenkarussell hat leider andere Pläne.

Die Wanduhr an der gegenüberliegenden Seite des Zimmers zeigt Mitternacht an. Seit ich vor vier Stunden nach Hause gekommen bin, bin ich bloß ein einziges Mal aufgestanden, um mir ein Sandwich zu machen, das seitdem unangetastet neben mir auf dem Sofa liegt. Ich beiße beherzt hinein. Sofort wird mir übel. Der restliche Nachmittag bei der Charity-Aktion ist dank Hanna gut verlaufen. Sie ist genauso erschrocken wie ich über die Information, die unsere Bürgermeisterin uns mitgeteilt hat. Mit großen Augen und den Worten: „Erzähl mir bitte noch einmal alles von Anfang an!", hat sie mich in Empfang genommen. Immer, wenn gerade niemand unser Gespräch hätte belauschen können, habe ich ihr ein Update gegeben. Als sie jedoch direkt vor Ort nach Ryan googeln wollte, habe ich ihr das Handy abgenommen. „Nicht hier", habe ich panisch erwidert und sie dann gebeten, das Thema zu wechseln. Etwas, was sie meisterhaft beherrscht, wie ich auf ein Neues feststellen durfte. Den restlichen Tag hat sie kein Wort mehr über Ryan verloren. Oder über das, was da jetzt zwischen ihm und mir ist. Die Wahrheit ist, dass ich das selbst nicht weiß.

Ich brauche Ablenkung. Zeit ohne mein Handy. Die einfachste Möglichkeit wäre es, ins Bett zu gehen, aber ich werde keinen Schlaf finden. Dafür schreien die Dinge in meinem Kopf zu sehr nach Aufmerksamkeit.

Einer plötzlichen Eingebung folgend stehe ich umständlich vom Sofa auf und laufe zum Schreibtisch, der in der Ecke meines Schlafzimmers steht. Er ist unaufgeräumt. Ich bin ein Mensch, der schlecht in all diesen Bürodingen ist. Meistens bin ich froh, wenn ich meine Rechnungen rechtzeitig bezahle und überhaupt einen

Stift und einen Notizzettel finde, wenn ich mir bei einem Telefonat etwas notieren will. Der ordentlichste Ordner in meinem Schrank ist zweifelsohne der mit den Rechnungen meines Autos, aber nur, weil Chad in diesen Belangen anscheinend das genaue Gegenteil von mir ist. Er hat alles feinsäuberlich zusammengeheftet, getackert und mir in einer Folie überreicht.

Was ich suche, finde ich ohnehin nicht im Regal mit den Ordnern, sondern in der Schublade darunter. Beim Öffnen klemmt sie ein wenig, dann fallen sie mir alle auf die Füße. Die Tagebücher, die ich vollgeschrieben habe, seit ich mit neun Jahren das erste Exemplar von meiner Mum geschenkt bekam. Es ist rosa, hat einen glitzernden Delfin auf dem Cover und ist nach meiner heutigen Betrachtung das Hässlichste, was ich je gesehen habe. Aber damals war es die Welt für mich. Darauf folgten weitere bunte Bücher und schließlich erst eines in Leder gebunden, auf das ich besonders stolz bin. Dann kam die Phase der schwarzen Notizbücher, die ich teilweise wenigstens mit Aufklebern verziert hatte. Ich greife nach dem Erstbesten. Es sieht am wenigsten ramponiert aus und sofort weiß ich wieder, wieso. Ich habe damals vom einen auf den anderen Tag aufgehört, es zu befüllen. Weil ich plötzlich das Gefühl hatte, dass keine Worte der Welt mehr das ausdrücken können, was ich tief in meinem Inneren fühle. Dabei hatte es mir zuvor über so viele Jahre geholfen, mein Leben und Gedanken zu ordnen.

Ich schlucke benommen und klappe es auf. Der erste Eintrag ist auf einen Tag im Sommer vor drei Jahren datiert. Damals war ich sechzehn und mitten in meiner Highschool-Zeit, an die ich nun erneut erinnert werde, als hätte der Nachmittag in der Lincoln High nicht schon genügt.

Mein damaliges Ich wusste nicht, was dieses Jahr noch hervorbringen würde. Die ersten Seiten erscheinen so fröhlich und voller Hoffnungen. Ich blättere hindurch und werde dann immer mehr von meiner eigenen Schrift in den Bann gezogen. Ich hatte Pläne für das College geschmiedet. Hatte Bilder ausgedruckt und sie eingeklebt, meine Noten berechnet. Ich erinnere mich gut daran, welch massiven Teil meiner Freizeit ich ins Lernen gesteckt hatte. Wie ich damals unbedingt etwas Großes werden wollte, aber beim besten Willen nicht wusste, wie genau ich das anstellen könnte.

Es folgte ein Sommer voller Erlebnisse und Spaß, bei dem die Einträge immer kürzer und seltener wurden. Die Vorfreude auf das Festival. Das größte Abenteuer, das mein jugendliches Ich sich nur ausmalen hatte können.

Eine Gänsehaut überkommt mich.

Ich hätte niemals dort hingehen sollen.

Seitdem habe ich mich in meinen Kokon verzogen. Habe meine Komfortzone hier errichtet, ohne dass ich auch nur weiter als bis zur nächstgelegenen Stadt muss. Wer sich nicht von der Heimat entfernt, dem kann weniger passieren.

Ich hasse Abenteuer, weil eines davon mir beinahe meine Eltern genommen hatte.

Wie automatisiert blättere ich weiter. Als ich das Datum des letzten Eintrages sehe, brennen Tränen in meinen Augen. Der erste August. Ein schöner Sommertag. Der Tag nach dem Festival.

Mein letzter Tagebucheintrag besteht aus sechs Wörtern, aus denen so viel Schmerz spricht, dass ich ihn augenblicklich wieder in meinem Herzen fühlen kann.

Mein Dad wird sterben wegen mir.

Heiße Tränen laufen mir über die Wangen und ich versuche nicht einmal mehr, sie aufzuhalten. Ich weiß, dass es nicht so kam, wie ich es damals prophezeit hatte. Dad war wochenlang im Krankenhaus, aber er ist nicht gestorben. Er ist nun an einen Rollstuhl gefesselt, weil seine angetrunkene Tochter von einem beschissenen Festival abgeholt werden wollte. Weil er in einem plötzlichen Regenschauer von der Fahrbahn abgekommen und gegen einen Baum geknallt war, wenige Minuten nachdem er gemeinsam mit meiner Mum aufbrach.

Ich hatte nur ein einziges Mal ein Bild von der Unfallstelle gesehen, aber es hat Spuren hinterlassen. Jede Berichterstattung über Autounfälle lässt mich augenblicklich schwitzen. Bilder von Autowracks setzen mir so sehr zu, dass ich vergesse, wie man atmet. Es hat eine Ewigkeit gedauert, bis ich selbst wieder in ein Auto gestiegen bin und es kostet mich heute noch Kraft, nicht daran zu denken, was alles passieren könnte.

Wieso muss der Mann, der sich das erste Mal seit langer Zeit einen Bruchteil meines Herzens zu schnappen droht, ausgerechnet Rennfahrer sein?

Ich lasse mich rücklings auf mein Bett fallen. Warum kann das Leben manchmal so schrecklich kompliziert und erbarmungslos sein? Wieso macht das Herz manchmal Dinge, die der Kopf nicht versteht? Und weshalb hat niemand herausgefunden, wie man die vielen Gedanken abstellen kann?

„Grundgütiger", rufe ich und springe wieder auf. Ich kann heute nicht schlafen. Stattdessen nehme ich mir einen Kugelschreiber vom Tisch und blättere eine Seite im Tagebuch weiter.

Ich setze das heutige Datum in die obere Ecke und fange an zu schreiben.

Ryan

Meine Mum stürmt völlig aufgelöst ins Haus und sofort weiß ich, dass etwas passiert ist.

„Was ist los?", frage ich sie, bevor sie mich auf der Couch hinter einer Zeitung versteckt überhaupt wahrgenommen hat.

„Peter Prince. Er ist gestürzt und liegt schon seit ein paar Stunden mit Schmerzen in seinem Flur." Aus der Kehle meiner Mutter kommt ein Schluchzen. „Zum Glück habe ich ihm heute Morgen ein bisschen Obst gebracht, sonst hätte niemand ihn entdeckt und dann –"

In einer schnellen Bewegung stehe ich auf und trete zu ihr. Ich lege ihr meine Hand auf die zierliche Schulter, um sie am Weitersprechen zu hindern. „Hey, hör auf damit. Das ist nicht passiert. Du warst dort und hast ihn gefunden. Und jetzt können wir ihm helfen."

Ungeweinte Tränen schimmern in den besorgten Blick meiner Mum. Aufgelöst fährt sie sich durch die Haare, die genauso wild gelockt sind wie meine. „Ich hoffe, man kann ihm helfen."

„Wir fahren zum Krankenhaus. Vergiss deine Tasche nicht und schreib Dad einen Zettel. Oder eine Nachricht, was auch immer er am schnellsten liest. Ich fahre das Auto schon mal aus der Garage.“

Weil ich weiß, dass Mum gerne in ihren Emotionen versinkt, versuche ich, der Pragmatische zu sein. Ich habe unter Stress schon immer am besten funktioniert und es gelingt mir meistens erstaunlich gut, die Ruhe zu bewahren, wenn andere schon durchdrehen. Dennoch durchzuckt mich Aufregung, als ich nach Mums Autoschlüssel greife. Mein schlimmster Albtraum, nie wieder in ein Auto steigen zu können, hat sich nicht bewahrheitet. Aber ich kann auch nicht leugnen, dass ich immer noch ein bisschen daran zu knabbern habe.

Mums Mercedes ist groß genug, um unseren Nachbarn darin zum Krankenhaus zu bringen, wirkt neben dem Auto meines Dads aber dennoch klein. Beim Blick auf das Logo von Dads Firma durchzuckt mich schlechtes Gewissen. Wie gerne hätte ich Romys Handynummer, um ihr Bescheid zu geben, dass ich heute nicht komme. Stattdessen wird mein Vater auf der Baustelle vorbeischauen und diesen Punkt seines ohnehin schon stressigen Arbeitstages hinzufügen. Gerade sitzt er im Büro im Obergeschoss unseres Hauses und macht einen Plan für die nächsten Tage, schreibt erste Rechnungen.

Ich schüttle den Kopf, um die Gedanken loszuwerden. Ich möchte Peter helfen. Meiner Mum liegt viel an ihm und auch in meiner Erinnerung nimmt er so viel Platz ein, dass ich es nicht einfach ignorieren kann, dass es ihm schlecht geht. Wie schon vor ein paar Tagen frage ich mich erneut, wieso er so alleine in diesem riesigen

Haus lebt. Warum gibt es niemanden, der sich um ihn kümmert?

Meine Mum stolpert aus der Eingangstür und reißt die Beifahrertür auf. Ich fahre los, bevor sie Gelegenheit hat, sich anzuschnallen. Über die schlecht asphaltierte Straße, die unsere Häuser am Rande von Melmoth Lakes verbindet, sind es keine zwei Minuten, bis wir vor Peters Einfahrt stehen. Das Haus als groß zu bezeichnen, wird ihm nicht einmal ansatzweise gerecht. Es ist gigantisch. Und wunderschön. Ein gepflegter Garten, um den sich vermutlich ein ganzer Trupp kümmert, rahmt das alte viktorianische Haus ein. Alles wirkt wie aus einem Katalog, gepflegt und einzigartig hübsch. Wir laufen den schmalen Weg bis zur Eingangstür hinauf und kommen dabei an einer Reihe duftender Rosen vorbei.

Der Anblick von Peter lässt mich das alles schlagartig vergessen. An die unterste Treppenstufe gelehnt sitzt er auf dem Boden, unter sich einen großen beigen Teppich. Er wirkt nicht so zerbrechlich, wie ich vermutet habe. Seine Augen blitzen weise unter dichten Augenbrauen hervor, wo einzelne Haare mittlerweile so lang sind, dass sie seine Stirn berühren.

„Ich hoffe, ihr habt Kuchen dabei", sagt er. Für einen Moment bin ich bestürzt. Ist er so verwirrt, dass er den Grund für unser Kommen gar nicht weiß? Doch dann breitet sich ein breites Lächeln auf seinem Gesicht aus. „Du machst einfach die besten Kuchen, Angela. Mir wäre es lieber, wenn wir statt eines Arztbesuches ein Tässchen Kaffee zusammen trinken würden."

„Das holen wir nach, Peter", sagt meine Mum und der alte Mann verdreht die Augen. Er wendet sich an mich.

„Können wir das dann jetzt hinter uns bringen? Ich möchte gerne zum Mittagessen wieder zurück sein."

Vorsichtig helfe ich Peter auf und wieder stelle ich fest, dass seine Verletzungen nicht so schlimm zu sein scheinen, wie ich befürchtet habe. Er humpelt und wirkt nun, da ich ihn stütze, etwas zittrig, aber als er erst einmal steht, kann er sich erstaunlich gut auf den Beinen halten. Langsam führe ich ihn zum Auto und achte dabei darauf, ihn nicht zu sehr wie einen gebrechlichen alten Mann zu behandeln. Während er vorne sitzt, nimmt meine Mutter auf der Rückbank Platz.

„Aber nicht so schnell fahren, Junge", kommentiert Peter. Ich starte den Motor, schmunzle trotz allem und trete aufs Gas.

Kapitel 13

Romy

Vor mir steht die vierte Tasse Kaffee, aber wach bin ich nicht. Drei Stunden habe ich geschlafen, nachdem ich nicht mehr habe aufhören können, zu schreiben. Es ist, als müsse ich fünf ganze Jahre aufholen und mir alle Gefühle endlich von der Seele schreiben. Sie auf den Seiten dieses Tagebuches zu wissen, hat mir unerwartet Erleichterung gebracht. Heute fühle ich mich nicht nur geordnet, sondern vor allem müde.

Ich habe noch eine halbe Stunde Zeit, ehe ich mit Ron im Eiscafé verabredet bin. Wir restaurieren heute ein paar weitere Möbel, außerdem kommt ein alter Freund meines Onkels vorbei, der sich die Elektrik einmal komplett ansieht.

Wenn alles weiterhin so gut läuft, dann können wir schon bald wieder öffnen. Im Laufe des Herbstes wird das Café immer mehr zu einem Wohlfühlort und ich wäre unheimlich traurig, wenn wir diese Saison komplett verpassen würden. Spätestens im Winter, wenn die Leute anstatt Eis lieber heiße Schokolade und Kaffee in rauen Mengen bestellen, möchte ich unbedingt wieder loslegen, glückliche vorweihnachtliche Stunden im *Sues* verbringen und den Raum gemeinsam mit meiner Tante festlich schmücken. Wir backen Jahr um Jahr weihnachtliche Torten und Plätzchen. Diese stechen wir in allen erdenklichen Formen aus und bieten sie in all den Geschmacksrichtungen an, die wir auch als Eis haben. Sie sind zu jedem Weihnachtsfest der Renner.

Unter der Dusche singe ich einen Song, dessen Titel ich nicht kenne, der mir aber im Kopf geblieben ist. Und kann es sein, dass ich mir beim Schminken heute besonders Mühe gebe, meine Haare extra ordentlich föhne? Trotz des wenigen Schlafes und der vielen Erinnerungen, die mich letzte Nacht heimgesucht haben, freue ich mich auf diesen Montag.

Möglicherweise könnte das an Ryan liegen.

Nein, ich bin mir sogar ziemlich sicher, dass es an ihm liegt.

Sein breites Lächeln ist heute genau das, was ich brauche. Aufregung kribbelt in meinem Bauch. Wird es komisch werden zwischen uns? Ob er mich anders behandelt? Vermutlich denkt er das gleiche über mich. Immerhin bin ich diejenige, die gestern erfahren hat, dass er nicht nur ein entfernter Nachbar ist, sondern ein in seinen Kreisen ziemlich berühmter Mann.

Wenn ich mich nicht plötzlich anders verhalte, wird sich nichts zwischen uns ändern. Er hat zugegeben, meine normale Art so sehr gemocht zu haben.

Ich schlüpfe in meinen senfgelben Lieblingspulli. In Gedanken bin ich bei Ryan und ich merke, wie sich ein deutliches Lächeln auf meinem Gesicht manifestiert. Es geht nicht weg, als ich zum Auto laufe und danach die

Strecke zum Eiscafé fahre, über die nasse Fahrbahn mit den Tausenden neuen Herbstblättern, die in der Nacht heruntergefallen sind. Nicht einmal, als die dritte Ampel hintereinander direkt vor meinen Augen auf Rot springt und mich zum Bremsen zwingt, verschlechtert sich meine Laune.

Himmel, ich benehme mich wie ein Teenie.

Ron ist schon am Arbeiten, als ich ankomme. Er schleift Tischbeine ab und würdigt mich beim Eintreten keines Blickes. Ich muss laut seinen Namen rufen, damit er mich bemerkt.

„Hi, Romy!", grüßt er überschwänglich, wirft das Schleifpapier zur Seite und kommt auf mich zu, um mich sofort in eine feste Umarmung zu ziehen. „Wie war euer Tag gestern?"

Aufwühlend.

„Gut", ist das Wort, was ich ihm nenne. „Hanna hat massenweise Bücher gekauft, ich habe massenweise Kuchen gegessen. Für alle ein gelungener Nachmittag." Wir lachen beide, dann bemerke ich, dass mein Onkel damit begonnen hat, die Geräte hinter dem Tresen aufzubauen.

„Wow, es sieht ja beinahe wieder aus wie vorher", stelle ich bewundernd fest. Tatsächlich ist der Verkaufsbereich fast fertig. Es fehlen die Behälter mit Eiscreme sowie die Kuchen und Stückchen, aber sowohl die Kaffeemaschine als auch die Container für die Eisportionierer stehen an Ort und Stelle. In den Hängeschränken müssen lediglich noch Teller, Tassen und Eisbecher eingeräumt und die Schubladen mit Besteck bestückt werden. Die Glasvitrinen, in der unsere Kuchen normalerweise stehen, sind noch nicht wieder an

Ort und Stelle. Eine ist dem Sturm zum Opfer gefallen und es muss erst das Glas ausgetauscht werden. Vielleicht lohnt es sich am Ende auch gar nicht und wir schaffen uns lieber eine Neue an. In Kartons verpackt, die wir im Flur von Sue und Ron zwischengelagert haben, stehen die Küchengeräte. Die schweren Waffeleisen und die Mikrowelle habe ich eigenhändig nach oben getragen und hoffe inständig, dass wir sie bald wieder benutzen können.

„Es sieht sogar ein bisschen schöner aus“, meint Ron. Er hat recht. Die Überschwemmung und Zerstörung haben dafür gesorgt, dass wir alles neu auf Hochglanz poliert haben. Kleine Dinge, die schon seit längerer Zeit ein Dorn im Auge waren, wurden repariert. Stellen, an denen Farbe abgeplatzt war, neu bemalt. Schabende Tischbeine leise gemacht, Polster mit kleinen Löchern darin gestopft. Es waren minimale Kleinigkeiten, die vermutlich nur uns selbst aufgefallen sind, aber wir haben sie nun einfach mit beseitigt.

„Ich freue mich schon, wenn wir wieder dekorieren können“, sage ich und strahle. Ron verdreht die Augen. „Sue fragt mich auch jeden Tag, wann sie endlich loslegen kann. Uns fehlen allerdings noch ein paar neue Tische und Stühle. Wir konnten nicht alle retten und restaurieren. Ein paar sind so sehr vom Wasser beschädigt, dass ich sie wegwerfen musste.“

„Kann man sie nachbestellen?“

Ron schüttelt den Kopf. „Nein, die werden nicht mehr hergestellt. Ich habe schon nachgefragt. Ich habe auch noch keine richtige Lösung gefunden. Vielleicht kannst du bei Gelegenheit noch einmal schauen, ob irgendjemand im Internet sie anbietet. Ansonsten kaufen wir andere Tische und andere Stühle. Vielleicht wird es ja sogar ganz schön, wenn nicht mehr alles so einheitlich ist."

„Dann schaue ich eben mal kurz. Funktioniert die Kaffeemaschine schon?"

Ron zieht die Augenbrauen hoch. „Meinst du wirklich, ich stelle eine funktionsunfähige Kaffeemaschine in meinen Laden?"

„Sorry, wie dumm von mir", bestätige ich amüsiert. „Sobald ich noch ein bisschen Koffein intus habe, helfe ich dir."

Aus einem Umzugskarton nehme ich mir eine Tasse und brühe mir den stärksten Kaffee, den die Maschine hergibt. Dann lehne ich mich an den Tresen und öffne den Internetbrowser. Ich habe die Suche von gestern noch nicht gelöscht, geschweige denn die Bilder weggeklickt. Kurz stockt mir der Atem, als ich erneut Fotos von Ryans Unfall sehe. Angestrengt atme ich aus, dann öffne ich ein neues Tab. Es werden Hunderte alte Möbel verkauft, aber keine davon sehen denen im Eiscafé auch nur ansatzweise ähnlich. Ich scrolle durch mehrere Seiten voller Inserate. Fündig werde ich nicht. Ich will bereits aufgeben, da sehe ich einen Eintrag, der nicht so recht passen mag. Statt eines Fotos von einem Möbelstück erkenne ich ein abfotografiertes Plakat.

Antiquitätenmarkt in Arbortown.

Ich klicke darauf, um weitere Informationen zu sehen. Arbortown liegt nur eine knappe halbe Stunde von hier entfernt, bei schlechtem Verkehr etwas länger. Nächstes Wochenende soll dort ein Verkauf in der

Altstadt stattfinden, inklusive einiger Fahrgeschäfte, um es zu einem Event für die gesamte Familie zu machen. Bilder vom vergangenen Jahr zeigen große Pavillons, unter denen allerlei Möbelstücke stehen. In den Gängen dazwischen drängen sich Menschenmassen.

„Das ist perfekt", sage ich zu mir selbst und mache einen Screenshot, um ihn Hanna zu schicken.

Vielleicht gibt es auch Bücher

schreibe ich dazu und sende die Nachricht ab.

Gerade will ich Ron von meiner Entdeckung berichten, da betritt ein großgewachsener Mann die Eisdiele. Ich habe das Gefühl, ihn schon einmal gesehen zu haben. Sein kurzes Haar ist komplett ergraut, der buschige Bart hingegen noch an einigen Stellen schwarz. Er hat ein freundliches Gesicht, bei dem man auf den ersten Blick erkennt, dass er gerne und viel lacht. Erst vor Kurzem habe ich ihn schon einmal gesehen. Am Morgen nach der Sturmnacht.

Mr. Baker steht in unserer Eisdiele und schüttelt meinem Onkel beherzt die Hand. Ich verstehe nicht, was die beiden sagen, denn ein seltsames Rauschen in meinen Ohren hindert mich daran. Warum ist Ryans Dad hier? Wieso ist Ryan nicht selbst gekommen wie all die vergangenen Tage?

Die gute Laune fällt von mir ab, knallt schmerzhaft auf den Boden vor meinen Füßen. Die Vorfreude, die Erwartung, die Aufregung. Ich bin enttäuscht. Gestern habe ich noch den Eindruck gehabt, als würde ihm etwas an mir liegen. Seine Worte haben in mir Hoffnung auf *mehr* geweckt. Habe ich etwas falsch gemacht?

Mich am Ende doch verkehrt verhalten? Jetzt, wo ich weiß, wer er wirklich ist. Oder ist das alles nur ein Spiel für ihn? Hat er austesten wollen, wie lange ich es nicht merke und lässt mich nun fallen?

Schmerz breitet sich in meiner Brust aus, trotzdem erinnere ich mich aber doch noch an meine Manieren.

„Guten Morgen, Mr. Baker", sage ich und winke ihm aus einiger Entfernung zu.

„Du bist Rons Nichte, stimmt's?", fragt er. Ich nicke und nenne meinen Namen. Ob Ryan von mir erzählt hat? Oder Cole, sein Bruder? Immerhin hat er mich zum Kuchen-Essen eingeladen.

„Nenn mich Chris. Mr. Baker klingt nach Lehrer." Entgegen all der enttäuschten Gefühle in mir schmunzle ich dennoch.

„Ryan hat mir erzählt, dass das Dach fast fertig ist. Er muss heute etwas erledigen. Unser Nachbar ist gestürzt und er bringt ihn ins Krankenhaus, deswegen schaue ich mir noch einmal alles an. Aber ich denke, wir sind bald schon wieder weg." Er zwinkert und zu, als seien das gute Neuigkeiten. Als würde die Aussicht darauf, Ryan nicht mehr zu sehen, mich wirklich glücklich machen.

„Klingt großartig", nehme ich Rons Stimme wahr. Meine eigenen Worte hören sich nicht einmal halb so euphorisch an. „Super", sage ich und klinge nicht überzeugend. Distanziert trifft es eher.

Er hilft seinem Nachbarn?

Unter diesen Umständen fällt es mir schwer, sauer zu sein. Die Enttäuschung aber frisst sich in mich hinein. Vielleicht ist das egoistisch und unfair, aber ich habe mich wirklich gefreut, Ryan zu sehen. Mit ihm zu sprechen.

Er hilft seinem Nachbarn. Was bedeutet, dass ich nichts falsch gemacht habe. Er wird nicht sauer sein, nicht enttäuscht von mir.

Ich bin nicht der Grund, weshalb er nicht aufgetaucht ist.

Da habe ich gerade erst gedacht, ich hätte meine Gefühle geordnet, aber jetzt sind sie doch wieder verworren. Habe mir bewusst gemacht, dass es ein Wink des Schicksals sein muss, dass es ausgerechnet ein Rennfahrer ist, der sich in mein Leben geschlichen hat. Mit dem ich auf diese aufregende Art und Weise lachen kann und mit dem sich alles ein bisschen bunter anfühlt. Jetzt habe ich sogar noch die hilfsbereite Seite an diesem Kerl kennengelernt.

Himmel, meine Gedanken fahren Achterbahn. Ich habe eindeutig vergessen, wie aufwühlend es ist, sich langsam in jemandem zu verlieren.

Ron und Ryans Dad entfernen sich ein Stück von mir und verlassen schließlich die Eisdiele. Ich höre ihre gedämpften Stimmen und Chris' Erklärungen. Für mich klingt es nach wie vor wie Fachchinesisch.

Eine Weile starre ich noch auf die Tür und weiß nicht recht, was ich tun soll. Es gibt genug zu tun, aber ich bin wie gelähmt und hänge meinen Gedanken hinterher. Jedenfalls bis zu dem Zeitpunkt, in dem Chad in mein Sichtfeld platzt.

„Wie läuft's, Romy? Sieht ja schon ziemlich gut aus hier." Chad beißt in ein Brötchen und lässt den Blick anerkennend durch das *Sues* schweifen.

„Finde ich auch“, stimme ich ihm zu. „Was führt dich hierher? Ich kann dir höchstens mit einem Kaffee dienen.“

Mit dem Finger zeige ich auf die Maschine hinter mir, die ich selbst gerade erst benutzt habe. Chad schüttelt den Kopf. „Ne, danke. Ich wollte dich bloß was fragen.“

„Schieß los“, fordere ich ihn auf und setze mich auf die Theke. Er rückt ein Stück zu mir auf und lehnt sich lässig neben mich. „Aber nicht falsch verstehen. Ich frage nur als Freund.“

„Du machst mir Angst“, gebe ich zu und schaue ihn schief an.

Chad lächelt amüsiert. „So schlimm ist es auch nicht. Ich wurde versetzt. Hätte eigentlich morgen Abend ein Date gehabt und ich dachte, ich frage dich, ob du mitkommen willst.“

Ich schweige. Wahrscheinlich einen Moment zu lange, denn schnell ergänzt Chad: „Nur unter Freunden. Ehrlich. Ich habe bei diesem teuren Italiener reserviert und der Laden ist schon seit zwei Monaten ausgebucht. Es hat Ewigkeiten gedauert, bis wir endlich diesen verdammten Tisch bekommen haben. Nun einfach alles verfallen lassen? Das wäre doch bescheuert.“

„Schon morgen Abend? Und ich bin die Einzige, die dir eingefallen ist?“

„Wir sind Freunde, Romy. Wir kennen uns schon seit der Schulzeit. Ich könnte auch kurz tindern und mir jemanden aussuchen, aber wieso sollte ich den Abend nicht mit einer guten Freundin verbringen?“

Im Grunde hat er recht. Und vielleicht wäre es eine gelungene Ablenkung. Ich umgebe mich gerne mit Chad. Er ist unkompliziert und charmant und auch wenn ich hin und wieder sehr wohl das Gefühl habe, dass er in Zukunft vielleicht doch mehr als eine Freundschaft haben wollen würde, wird das niemals so kommen. Meinen Gefühlen wird es nicht wehtun, ihm zuzusagen. Meine Gedanken sind ohnehin schon vollkommen auf einen ganz anderen fixiert. Und ich würde mir selbst einmal mehr beweisen, dass ich sehr wohl spontan sein kann.

„Aber nur, wenn du nicht auf die Idee kommst, mich einzuladen. Das wäre mir dann doch zu datig."

Chad lacht. „Einverstanden. Ich gehe wieder rüber. Bin nur gekommen, um dich zu fragen." Dann verdreht er die Augen. „Muss jetzt meinen Steuerberater anrufen. Wir werden in diesem Leben keine Freunde mehr."

„Vielleicht hättest du ihn einladen sollen, damit sich das ändert."

Abwehrend hebt er die Hände. „Nur über meine Leiche."

Chad durchquert das Sues, steigt dabei über ein paar Werkzeuge auf dem Boden. Kurz bevor sich die Tür hinter ihm wieder schließt, ruft er: „Dann sehen wir uns morgen Abend. Ich hole dich ab!"

Ryan

Nach vier Stunden im Krankenhaus und einer weiteren, die ich auf Peters Sitzecke in seiner geräumigen Küche verbracht habe, schreit alles in mir nach Bewegung.

Ich ziehe meine Jeans und den Pullover aus und schlüpfe stattdessen in meine Sportklamotten. Es dauert nicht einmal fünf Minuten, bis ich am Waldrand angekommen bin, weil ich das Stück hierher gerannt bin. Der Wald umschließt Melmoth Lakes und hat gleich ein Dutzend ausgewiesener Wanderwege. Einer davon eignet sich perfekt zum Radfahren, ein anderer zum Joggen. Theoretisch könnte man jeden wählen, um laufen zu gehen, aber die Route drei hat sich als Sieger herauskristallisiert. Nach einer Runde ist man außer Atem, aber noch fit genug, um sich miteinander zu unterhalten. Ich dehne mich ein bisschen, merke die Unruhe in meinen Beinen und gehe schnell dazu über, weiterzulaufen. Die Strecke bin ich früher schon immer gelaufen und es kommt mir so vor, als handle es sich um eine alte Tradition, die ich aufleben lasse.

Ich schaffe zwei volle Runden, bis ich ein deutliches Brennen in meiner Lunge spüre und mich wieder auf den Heimweg mache. Kühle Luft bahnt sich durch mein Innerstes und lenkt mich vom Schmerz in meinen Beinen ab. Mit dem Kopf bin ich immer nur bei einer Sache. Bei einem Menschen. Ich bin absolut unfähig, die Gedanken abzuschalten oder auf etwas anderes als Romy zu lenken.

Wenn ich an sie denke, dann denke ich auch an all die kleinen Dinge, von denen ich sicher bin, dass ich sie mit aller Deutlichkeit gespürt habe. Ein leichtes Kribbeln bei den minimalen Berührungen. Das Knistern zwischen unseren Blicken. Und das Flattern in meinem Herzen, wenn ich es geschafft habe, dass sie wegen mir lächelt.

Ich hätte wenigstens heute Nachmittag zu ihr fahren
können. Zu ihr fahren müssen. Ich bin jedoch nach
dem Krankenhausbesuch so voller Anspannung, dass
ich es nicht einmal für nötig gehalten habe, meinen
Dad zu fragen, wie es auf der Baustelle aussieht. Oder
wie es in den kommenden Tagen weitergeht.

Ich beschließe, diese Sachen mit Romy zu klären. Und
vielleicht noch ein bisschen mehr.

Ich dusche in Rekordgeschwindigkeit und setze eine
Mütze auf, damit meine nassen Haare mir keine Erkäl-
tung einhandeln. Dann springe ich in Mums Auto, das
ich in der Einfahrt geparkt habe. Ich kann ihr später
eine Nachricht schicken und ihr sagen, dass ich ihren
Mercedes ausgeliehen habe. Jetzt fokussiert sich alles
in mir auf den Weg zu Romy, der so kurz ist und der
dennoch wie eine Tortur wirkt.

Ich muss sie dringend nach ihrer Handynummer fragen. Aber was, wenn sie das alles gar nicht möchte? Früher wäre das erste Attribut, das mir über mich selbst
eingefallen wäre, das Wort *selbstsicher* gewesen. Der
Teil meiner Persönlichkeit, der mich immer voll fokussiert bleiben lässt, wenn ich auf der Rennstrecke bin.

Ich drehe das Radio lauter, um meine kreisenden Gedanken damit zu übertönen, aber es gelingt mir nicht.
Nicht einmal als einer meiner Lieblingssongs gespielt
wird, kann ich abschalten. Meine Schultern spannen
sich an. Der Gedanke daran, dass ich Romy gleich sehe
und ihr irgendwie verständlich machen möchte, dass
sie mir etwas bedeutet, macht mich unruhig. Normalerweise bin ich kein besonders spontaner Mensch und
erst recht keiner, der zu großen Gefühlsausbrüchen
neigt. Im Grunde genommen bin ich mir selbst nicht

einmal sicher, was es ist, das mich hierhergeführt hat. Das Gefühl gleicht dem, das ich kurz vor einem Rennen habe. Der Moment, bevor ich den Wagen starte. Mit aller Kraft auf das Gas trete und weiß, dass es gleich kein Zurück mehr gibt. Normalerweise ist es ein Rennen, heute ist Romy mein Gewinn.

Ein paar Meter von der Eisdiele entfernt parke ich das Auto. Mein Herz pumpt aufgeregt in der Brust, doch dann steht es für Sekunden vollkommen still.

Jemand kommt aus dem Gebäude, das mein Ziel sein sollte. Erst sehe ich Chad, dicht gefolgt von Romy. Mein Freund lächelt breit, als er sich zu Romy umdreht und sie dann in eine feste Umarmung zieht. In eine, die vertraut und liebevoll wirkt. Ich schnappe nach Luft.

Irgendwas ist läuft gerade mächtig schief.

Durch die Tür, die ich schon geöffnet habe, wehen Wortfetzen zu mir herüber.

„Dann sehen wir uns morgen Abend. Ich hole dich ab." Chads Worte. Romy spricht zu leise, um sie aus der Entfernung zu verstehen, aber ihr Nicken ist deutlich genug.

Und es gleicht einem Stich in meinem Herzen. Das ist nicht Teil meines Plans gewesen. Ich wollte Romy beweisen, dass ich eine Chance verdient habe. Auch wenn unser Start ein wenig holprig gewesen ist und wir gestern nur knapp an einem Streit vorbeigeschlittert sind. Aber mir wird klar, dass ich vermutlich ohnehin keinen Erfolg gehabt hätte, denn dieses Rennen habe ich verloren.

Kapitel 14

Ryan

Fasziniert beobachte ich, wie Cole sich ein Brot mit Erdnussbutter schmiert, nachdem er eben bereits eine riesige Schale Cornflakes geleert hat.

„Wo geht das ganze Essen hin?", frage ich. Mein kleiner Bruder blickt nicht einmal auf. Meine Stimme klingt heiser. Von zu wenig Schlaf, von zu vielen ungesagten Worten. Von zu vielen Gedanken, die ich mir darüber gemacht habe, dass ich zu spät gewesen bin.

Mum steht Cole zur Seite. „Du hast in dem Alter genauso viel gegessen."

„Jetzt isst er Avocado-Brote", stellt mein Dad fest.

Ich blicke auf meinen Teller. Tatsächlich hat sich meine Einstellung zum Essen in den letzten Jahren verändert. Früher hatte ich oft Junkfood in mich hineingestopft, aber seit ich weiß, dass ich nur mit Sport und Gesundheit meinen Traum erreichen kann, hat sich das geändert.

Heute habe ich unterbewusst wieder zu einem gesunden Frühstück gegriffen, statt die Reste von Mums Kuchen zu essen. Es sollte mir zu denken geben. Genauso wie sich mir die ganze Zeit das Gefühl aufdrängt, dass ich nicht mehr weiß, was mich eigentlich hier hält. Ich fühle mich verraten und im Stich gelassen. Als wäre mein Leben plötzlich um einige Längen langweiliger geworden. In einer langen Nacht mit wenig Schlaf ist mir bewusst geworden, dass es an Romy liegt.

Vielleicht sollte ich mein Leben wieder weiterleben. Das Leben, das ich hatte, bevor ich zurückgekehrt bin. Der Gedanke, zurück auf die Rennstrecke zu gehen, wirkt nach den Geschehnissen des letzten Tages nicht mehr so beängstigend. Zumindest ist es besser, als hier festzusitzen und einem meiner ehemaligen besten Freunde zuzusehen, wie er mir das einzige Mädchen vor der Nase wegschnappt, das seit langer Zeit überhaupt etwas Positives in mir auslöst.

„Lass ihn", tadelt meine Mutter. Manchmal werde ich das Gefühl nicht los, dass sie meine Gedanken lesen kann und mich immer noch in Schutz nehmen möchte, obwohl ich nicht mehr ihr kleiner Junge bin. Wobei, vermutlich werde ich genau das für immer bleiben.

Gerade will ich in mein Brot beißen, da spüre ich das Vibrieren meines Handys in der Hosentasche. Kurz überlege ich, ob ich es ignorieren soll, aber Anrufe am frühen Morgen sind meistens wichtig. Räuspernd hebe ich ab. „Ja?", frage ich in den Hörer. Zeitgleich schiebe ich den Stuhl zurück, schaue meine Familie entschuldigend an und entferne mich ein paar Schritte von ihnen, um ungestört zu sein.

„Spreche ich mit Ryan Baker?", will eine Frauenstimme wissen. Sie klingt freundlich, aber aufgesetzt. Sofort werde ich misstrauisch.

„Wer will das wissen?", gebe ich die Frage zurück.

„Caroline Todds. Ich bin vom *Sport's Cub Magazine* und wollte gerne mit Ihnen über Ihren Unfall sprechen. Vorausgesetzt, ich bin wirklich bei unserem Formel-1-Sternchen gelandet und man hat mir keine falsche Nummer gegeben."

Ein glockenhelles Lachen, das so falsch wirkt wie Schnee im Sommer, ertönt. *Formel-1-Sternchen?* Merkt sie, wie lächerlich sie sich macht? Und wie kann man so dreist sein und direkt zugeben, dass es nur um den Unfall und nicht etwa um meine Karriere gehen soll.

„Ich bin im Moment nicht für Interviews verfügbar", gebe ich knapp zurück. Ich weiß nicht, warum ich nicht direkt auflege und die Nummer blockiere. Vielleicht hat es damit zu tun, dass ich heute Morgen das erste Mal daran gedacht habe, schon bald wieder auf die Rennstrecke zurückzukehren. Irgendwann muss ich mich alldem stellen. Aber nicht heute. Nicht mit dieser Frau.

„Das ist äußerst schade, Ryan, denn ich bin sicher, das würde unsere Auflage sehr steigern."

„Dann müssen Sie sich wohl etwas anderes einfallen lassen, um Ihr Magazin wieder zu Ruhm zu führen. Ich werde nicht mit Ihnen sprechen, Caroline."

Ich betone ihren Namen auf die gleiche Art und Weise, auf die sie es eben bei meinem getan hat. Dann lege ich doch auf und wähle im gleichen Atemzug die Nummer meines Managers. Nach dem zweiten Läuten hebt er ab.

„Ryan, wie geht es dir?", meldet sich Marc.

Ich falle sofort mit der Tür ins Haus. „Bis vor ungefähr drei Minuten ging es mir noch gut. Hast du meine Nummer weitergegeben?"

„Was ist passiert?", will er wissen. Eine seiner vielen Qualitäten ist, dass er sofort in den Arbeitsmodus schalten kann.

„Eine Dame vom *Sport's Club Magazine* hat angerufen und wollte ein Interview über den Unfall führen."

Es ist still am anderen Ende der Leitung. So still, dass ich mich vergewissere, ob mein Handy noch an ist.

„Hieß sie zufälligerweise Caroline?", fragt Marc resigniert.

Nun bin ich derjenige, der lange schweigt, bevor er erneut ein Wort hervorbringt. „Ja. Wieso weißt du das? Hast du ihr meine Nummer gegeben?"

Wut prickelt in meiner Magengegend. Dass Marc einfach meine Handynummer an Journalisten herausgibt, würde ich ihm so schnell nicht verzeihen. Er sagt wieder nichts und in mir explodiert etwas. Gedanken, die ich nicht einmal ganz zu Ende gedacht habe und Gefühle, die ich mir bisher nicht eingestehen wollte. „Ich wollte dich eigentlich bald anrufen, um dir zu sagen, dass ich wieder zurückkommen will. Ich bin auf einem guten Weg. Aber das wäre ein ziemlicher Vertrauensbruch, den du da-"

„Ich würde eher behaupten, sie hat sich die Nummer selbst gegeben", unterbricht Marc meine Worte. Ich merke erst jetzt, dass ich laut geworden bin.

„Was soll das bedeuten?", rudere ich zurück.

Marc seufzt. „Ich hatte gestern eine Verabredung. Die Dame hieß Caroline. Wir waren Essen und als ich von der Toilette zurückkam, habe ich gesehen, wie sie an meinem Handy war. Ich war erst wütend, aber dann hat sie gesagt, sie habe nur ihre Nummer eingespeichert, damit wir uns nicht aus den Augen verlieren. Das war keine Lüge, aber wahrscheinlich hat sie dabei auch deine Handynummer herausgefunden."

Ich schnaube. „Dann hoffe ich, dass du dich nicht schon längst in dieses Biest verliebt hast." Die Worte sind heraus, bevor ich merke, wie unsanft sie sind. Glücklicherweise lässt Marc ein leises Lachen verlauten. Er jetzt merke ich, wie sehr dieser Satz auch auf mein eigenes Leben passt. Nun ja, das mit dem Biest wird Romy nicht gerecht. Aber das mit dem Verlieben passt leider nur allzu gut.

„Es wäre wahrscheinlich nichts geworden zwischen uns. Sie ist zu anstrengend."

„Wenn du sie in den Wind schießt, dann sag ihr liebe Grüße von mir. Soll sie ruhig wissen, dass wir herausgefunden haben, was sie gemacht hat."

„Das werde ich", sagt Marc. Innerlich nimmt ihn die Sache viel mehr mit, als er zugeben will, denn er fügt ein leises „Sorry" hinzu.

Während ich Kreise durch die Küche laufe, merke ich, dass meine Nervosität steigt. Es hängt all das Ungesagte zwischen uns, über das ich eben Andeutungen gemacht habe. Dass ich daran denke, zurückzukommen. Das Fahren ist ein Teil von mir, für den ich so viele Jahre gekämpft habe. Ich vermisse es.

Marc würde mich am liebsten über all das ausfragen, hat aber genauso Angst, dass ich doch wieder einen Rückzieher mache, wenn ich mich zu sehr gedrängt fühle. Ich ergreife zuerst das Wort. „Ich kann nicht vor dem davonlaufen, was passiert ist. Ich bin lange nicht bereit, darüber in einem Interview zu sprechen, aber mir juckt es schon wieder in den Fingern, in den Rennwagen zu steigen."

„Gönn dir noch ein bisschen Ruhe, Ryan." Die Worte erstaunen mich. Bevor ich nachfragen kann, wie Marc sie meint, erklärt er sich aus eigenen Stücken. „Die Vorbereitung auf die neue Saison laufen erst ganz langsam an. Auch die anderen Fahrer sind noch nicht wieder zurück. Dir kommt die Pause wahrscheinlich wie eine Ewigkeit vor, weil du die Saison früher abbrechen musstest. Aber wir haben noch ein wenig Zeit."

„Ich bin vollkommen aus der Form geraten", wende ich ein. Marc lacht.

„Das wage ich zu bezweifeln. Ich kann mir beim besten Willen nicht vorstellen, dass du überhaupt jemals aus der Form kommst. Was du brauchst, ist mentale Unterstützung, damit du vollkommen im Reinen mit dir selbst bist. Und mit dem, was passiert ist. Soll ich dir einen Kontakt schicken von einem Psychologen, mit dem wir schon länger in solchen Fällen zusammenarbeiten? Er ist in New York, aber es spricht auch nichts gegen einen Videotermin."

Ich zögere kurz. Will ich dieses Angebot wirklich annehmen? „Ich bin auf einem guten Weg, Marc. Meinst du nicht, ich schaffe es auch so?"

„Vielleicht. Vielleicht nicht. Es kann dir nicht schaden, es zu probieren."

Ich stimme ihm zu. Was soll passieren? Ich nicke langsam, dann immer kräftiger. „Okay, schick mir den Kontakt. Dann bin ich bald schon wieder der Alte und ihr könnt mich in meinen Rennanzug stecken."

„Dann gehen wir ihn ab sofort wieder gemeinsam?"

„Ja", sage ich. Es fühlt sich an, als wäre mein Schicksal besiegelt.

Aber entgegen all meiner Befürchtungen, fühlt es sich richtig an.

Romy

Als ich am späten Nachmittag die Tür der Eisdiele hinter mir zuschließe, fühle ich mich ausgelaugt. Es war ein anstrengender Tag, an dem nichts klappen wollte. Der Elektriker hat zwei Leitungen erneuert und wir mussten währenddessen die Beine stillhalten. Etwas, worin ich schon immer hundsmiserabel bin und woran mein Onkel fast verzweifelt wäre. Ich bin mir nicht sicher, ob der Elektriker, sein alter Freund, nun noch immer mit ihm befreundet sein will. Die meiste Zeit des Tages habe ich Löcher in die Luft gestarrt und Kaffee getrunken, was meiner innerlichen Unruhe nicht ansatzweise Abhilfe geschaffen hat. Immerhin habe ich es heute geschafft, ein paar Dutzend Seiten zu lesen und damit Hanna stolz gemacht. Ich habe es mir nicht nehmen lassen, ihr ein sinnbildliches Bild von der ersten Seite von „Stolz und Vorurteil" zu schicken und wurde prompt mit ein paar Smileys mit Herzchenaugen belohnt. Auf der Fahrt zurück nach Hause drehe ich die Musik so weit auf, bis der Lautstärkeregler am Anschlag ist, und ich singe mit. Es ist befreiend, beim Singen alle Emotionen herauszulassen, auch wenn ich selbst am besten weiß, dass ich keinen Ton treffe.

Auch heute habe ich Ryan nicht getroffen. Sein Dad ist stattdessen zu uns gekommen und hat verkündet, dass er die finale Abnahme machen wird und das Dach damit fast fertig sei. Kurz bin ich davor gewesen, ihn zu fragen, warum er Ryan nicht mitgebracht hat. Doch warum hätte er das tun sollen? Außerdem wäre es damit zu offensichtlich gewesen. Ich hätte ihm damit offenbart, dass ich ihn vermisse.

Ich biege in die Kennedy Lane ab und erkenne einen Sportwagen vor meinem Wohnhaus. Chads Sportwagen, den man unter Millionen immer erkennen würde.

Er ist protzig und in einer seltenen gelben Farbe. Ich kenne die Marke nicht, aber alles daran wirkt teuer. Und schnell. Und ein bisschen unbequem.

Ich hasse es, dass ich sofort wieder an Ryan denke und schüttle den Kopf. Eine Geste, die überhaupt nichts bringt, bei der ich mich aber immer wieder ertappe.

Chad lehnt an seinem Wagen und als ich neben ihm parke, schmunzle ich. Unsere Autos sind so unterschiedlich wie Himmel und Hölle.

„Da soll ich einsteigen?", frage ich zweifelnd.

„Klar. Wer weiß, wer dein altes Auto immer repariert und ob man dem trauen kann." Wir lachen beide über seinen Witz.

„Musst du dich noch umziehen?"

„Ist das hier zu unelegant für ein Restaurant?", stelle ich die Gegenfrage. Chad mustert mich. Ich trage eine schwarze Jeans und eine weiße Bluse, darüber eine dicke gefütterte Jacke. Er selbst hat immerhin ein Hemd an, was seiner Figur schmeichelt. „Ich finde, wir eignen uns prima für ein italienisches Restaurant."

„Ich werde den Rest des Monats Nudeln mit Ketchup essen bei den Preisen."

Ein Schatten huscht über Chads Gesicht. „Sollen wir lieber nicht gehen? Daran habe ich gar nicht gedacht."

„Nein, hör auf. Mittlerweile freue ich mich. Das wird bestimmt gut. Ich war schon viel zu lange nicht mehr aus zum Essen und ein bisschen was habe sogar ich gespart. Zum Glück bin ich mit dem, der mein Auto repariert, befreundet, und bekomme immer gute Preise." Ich greife seinen Spruch damit auf. Die Stimmung lockert sich merklich.

„Was für ein Glück", entgegnet Chad auf seine ironisch-ernste Weise, dann öffnet er mir die Beifahrertür. Ich falle wenig elegant auf den harten Sitz. Chad schlüpft neben mir ins Auto und startet mit viel Lärm den Motor.

Es sind nur zehn Minuten Fahrt, in denen wir uns über die Renovierungsarbeiten im *Sues* unterhalten, ehe Chad sein Auto auf den Parkplatz des italienischen Restaurants lenkt.

„Da wären wir", kommentiert Chad das Offensichtliche. Meine Antwort bekommt er nicht mehr mit, weil er bereits ausgestiegen ist und auf meine Seite kommt, um die Tür zu öffnen. Er weiß immerhin, wie er seine guten Manieren zu nutzen hat.

„Sollen wir jetzt so tun, als wären wir ein Paar?"

„Himmel, nein. Wie kommst du darauf?" Entsetzt schaut Chad zu mir.

„Ich sehe mich schon zwischen ganz vielen händchenhaltenden Menschen sitzen, die darauf warten, dass du mir einen Antrag machst oder so."

Die Vorstellung lässt uns beide in Gelächter ausbrechen. „Ich will dir nicht zu nahe treten, aber das brauchst du nun wirklich nicht befürchten."

„Ich will dir auch nicht zu nahe treten, aber das erleichtert mich sehr."

Mein Herz gehört längst einem anderen, füge ich in Gedanken hinzu, dann gehen wir hinein.

Kapitel 15

Ryan

Mein Leben macht einen Salto. Heute Morgen bin ich mir nicht sicher gewesen, was ich genau will. Nun sitze ich mit meinem Teamchef am Tisch und wir starren beide auf die Teller vor uns, die eben von einer Bedienung gebracht wurden. Die Portionen sind viel zu klein, um ansatzweise davon satt zu werden.

Marc hat zwar behauptet, wir würden es langsam angehen lassen, aber ich hätte ahnen können, dass das nicht funktionieren würde. Er ist, ohne lange zu fackeln, in den nächstbesten Flieger gestiegen. Ein Smart am Flughafen ist der einzige Mietwagen gewesen, den er bekommen hat. Dennoch ist er hergekommen – in einer atemberaubenden Geschwindigkeit. Mein Leben nimmt wieder an Fahrt auf. Ich weiß noch nicht genau, was ich davon halten soll. Wenigstens mit dem Boss sollte ich ehrlich reden. Denn Marc ist so etwas wie eine Koryphäe im Rennsport und oberster Chef unseres Teams, das aus Dutzenden Mechanikern und Angestellten sowie zwei Rennfahrern besteht. Eine fünfköpfige Gruppe kümmert sich alleine um den Social-

Media-Auftritt, weitere vier Menschen um die Sponsoren.

Der Rennsport ist vor allem mit Geld verbunden. Als ich die vergangene Saison frühzeitig abgebrochen habe, waren einige der Geldgeber kurz davor, ihre Zahlungen einzustellen. Die Diskussionen darüber habe ich nur am Rande mitbekommen, viel zu beschäftigt war ich mit mir selbst. Der Druck, der von allen Seiten auf mir lastete, war schließlich der ausschlaggebende Grund dafür, dass ich zu meinen Eltern geflüchtet bin.

Sofort wandern meine Gedanken zu Romy und ich zwinge mich, sie zurückzudrängen. Stattdessen denke ich daran, wie das letzte Treffen mit Marc war. Fünf Monate ist es her. Der zehnte Mai hat sich in mein Gedächtnis gebrannt. Der tagelange Krankenhausaufenthalt, bei dem wie durch ein Wunder festgestellt wurde, dass mir kaum etwas fehlt. Außer einer leichten Gehirnerschütterung und einigen Prellungen sowie einem Haufen blauer Flecken war ich gesund. Ich kann mich nicht erinnern, wie ich aus dem Wrack gestiegen bin, das einmal mein Wagen war. Ich kann mich nicht erinnern, dass meine Eltern noch am selben Abend zu mir geflogen sind, wie sie an meinem Bett saßen. Marcs Gesicht in der sterilen Umgebung des Zimmers. Seine besorgte Mine, auf die ich eine ungerechte Wut verspürt habe. Über all dem liegt ein schwarzer Schleier. Wenn ich mir Bilder vom Unfall ansehe, dann kommt es mir so vor, als sähe ich etwas, was einem Fremden passiert ist. Meine Verdrängungstaktik funktioniert einwandfrei.

Heute geht es zum ersten Mal wieder darum, die kommenden Wochen gemeinsam mit Marc zu planen. Zu schauen, wie ich da hinkomme, wo ich vor dem Unfall war. Das wird ein hartes Stück Arbeit, aber ich merke, wie die Flamme in mir langsam wieder zu lodern beginnt.

Zwischen meinem Teamchef und mir steht eine einzelne Kerze, die besser passen würde, wenn es sich bei unserem Treffen um ein Date handeln würde. Es ist komisch, meinen Boss über die kleine Flamme hinweg anzusehen. Ihm scheint es ähnlich zu gehen. Seine penibel gestutzten Augenbrauen und das frisch glatt rasierte Gesicht mit den hellblauen Augen lassen ihn eitel wirken. Man sieht ihm an, dass er auf einem Berg Geld sitzt. Designerkleidung und seine teuren Sportwagen sind nur zwei Indizien dafür. Wobei Letzteres wohl kaum wegzudenken ist, wenn man bedenkt, was sein Job ist.

„Es wird viel zu tun geben", setzt Marc das Gespräch fort, das bei der Ankunft unseres Essens kurz gestockt hat. In mir rumort es. Marc und ich sind immer gut und auf einer freundschaftlichen Ebene miteinander ausgekommen, aber nun graut es mir davor, dass er überhaupt kein Verständnis für meine Situation hat.

„Mehr als sonst. Die Leute sind hungrig nach deiner Geschichte. Ich bekomme tagtäglich Mails von Reportern, Anrufe von Journalisten. Sogar die anderen Fahrer schreiben mir Nachrichten, weil sie wissen wollen, wie es dir geht. Es ist verrückt."

„Das sind ungefähr die Worte, die auch ich gewählt hätte, ja."

Unsicher pikse ich etwas mit meiner Gabel auf, das aussieht wie eine Zucchini. Es schmeckt nach nichts, weshalb ich nicht beurteilen kann, ob ich mit meinem

Gemüseraten richtig liege, aber vielleicht ist mein Körper auch nur zu sehr mit allen anderen Sinnen beschäftigt, um Geschmäcker zuzuordnen.

„Machst du Sport?"

„Jede Menge. Vor allem Joggen. Und hin und wieder verziehe ich mich in den kleinen Fitnessraum, den mein Dad vor Jahren einmal im Keller eingerichtet hat." Die Arbeit auf der Baustelle verschweige ich, dabei hat sie einen wesentlichen Teil dazu beigetragen, dass ich nicht eingerostet bin.

„Das ist gut. Du siehst noch immer fit aus."

„Es wäre ja auch eine Schande, wenn die vielen Jahre Training innerhalb eines halben Sommers zunichtegemacht worden wären", witzle ich. Mittlerweile bin ich dazu übergegangen, die Soße mit ein paar kleinen Fleischstücken aufzusammeln. Ich bin nicht ansatzweise satt. Der Gedanke an eine fettige Pizza schleicht sich in meinen Kopf und ich beschließe, nachher irgendwo zu halten, mir eine mit viel Käse zu kaufen und auf meinem Bett zu essen.

„Du könntest wieder zurück nach Los Angeles kommen", sagt Marc. Er muss es nicht aussprechen, ich weiß auch ohne weitere Erklärung, dass er auf die sündhaft teuren Fitnessgeräte anspielt, die einer unserer Sponsoren für mich in meiner Wohnung aufgebaut hat.

„Nein", sage ich und ernte einen erstaunten Blick. „Ich möchte hierbleiben. Ich möchte weitermachen, aber im Moment ist das hier mein Zuhause."

Marc schaut mich mit einem unsteten Blick an. Ich spüre, dass meine Worte ihn überrascht haben, aber er kann es gut hinter seiner professionellen Fassade verbergen.

„Wenn es das ist, was du möchtest, dann ist es okay. Allerdings ist der Weg von hier aus etwas beschwerlich.“

„Du meinst die anderthalb Stunden bis zum nächsten Flughafen?“

Marc nickt und faltet dabei seine Serviette ordentlich zusammen, um sie im Anschluss auf der anderen Seite seines Tellers zu platzieren. Er bettet sein Besteck darauf und schaut skeptisch auf die letzten Reste seiner Nudeln. Seinen Geschmack scheint das Essen hier genauso wenig zu treffen.

„Meinst du, das Tiramisu taugt etwas?“, wechselt er dann abrupt das Thema. Ich zucke die Schultern.

„Es gehört viel dazu, ein Tiramisu nicht ordentlich hinzubekommen, wenn man ein italienisches Restaurant ist“, gebe ich zu. Im nächsten Moment hat Marc die Hand gehoben und eine der Kellnerinnen zu uns gerufen, um das Dessert zu bestellen. Diese schaut pikiert auf unsere halb vollen Teller und räumt ohne ein weiteres Wort ab. Wir schweigen, bis neues filigranes Geschirr auf dem Tisch steht.

„Nun, Ryan, ich kann mich nicht von dir verabschieden, ohne vorher eine Sache angesprochen zu haben“, ergreift Marc erneut das Wort. Er wirkt verunsichert, was mich einen Moment lang aus dem Konzept bringt.

„Schieß los“, sage ich mit vollem Mund.

Marc knetet seine Hände, ehe er fortfährt. „Du willst hierbleiben. Das ist okay. Es ist uns egal, wo du deine Zelte aufschlägst. Und nach unserem Telefonat hatte ich das Gefühl, dass du immerhin darüber nachdenkst, wieder zurück auf die Strecke zu kommen. Aber der Rennsport ist ein hartes Geschäft, das wissen wir beide. Und bei harten Geschäften braucht es manchmal klare Antworten. Meinst du, du kannst mir schon so eine klare Antwort geben?"

Ich habe die Luft angehalten, ohne es zu merken. Als mein Teamchef mich fragend ansieht, stoße ich sie angestrengt wieder aus. Ich merke Marc an, dass er seine nächsten Worte mit Bedacht wählt.

„Kommst du zurück auf die Strecke?"

Eine Frage, die so simpel klingt. Eine, von der ich niemals dachte, dass ich über sie ernsthaft nachdenken würde. Doch nun schweben die beiden einzigen Antwortmöglichkeiten wie Geister vor meinem inneren Auge.

Ja oder Nein?

Ja zum Rennsport, für den ich so viele Jahre meines Lebens alles gegeben habe und für den ich über alle Grenzen gegangen bin? Oder Nein zu diesem Traum und stattdessen Ja zu einem beschaulichen Leben in Melmoth Lakes?

Wahrscheinlich gibt es noch viel mehr Möglichkeiten, doch ich habe das Gefühl, dass ich mich genau zwischen diesen beiden Optionen entscheiden muss. Ich kann nicht auf mein Herz hören, weil es an beidem hängt. Romy schleicht sich in meine Gedanken. Meine Eltern, mein Bruder. Die Arbeit auf der Baustelle. Meine alten Freunde. Wieso kann ich nicht beides haben? Wer sagt das?

„Du sagst, ich kann trotzdem in Melmoth Lakes bleiben?", hake ich nach. Marc nickt. Und bekräftigt damit meine Entscheidung.

„Dann komme ich zurück."

Marc springt auf und zieht mich in eine Umarmung, die so unerwartet kommt, dass ich sie für einige Augenblicke nicht erwidere.

„Du hast noch genug Feuer in dir, Junge", sagt er dicht an meinem Ohr.

„Bedank dich bei dieser Stadt und den Menschen, die hier leben", gebe ich zurück. „Denn die sind es, die es wieder entfacht haben."

„Ich würde sie alle umarmen, wenn der Tag mehr als 24 Stunden hätte, glaub mir", antwortet er und lacht. Die Erleichterung steht ihm gut. Als wir uns wieder setzen, bin ich mir sicher, dass mein Teamchef um mehrere Zentimeter gewachsen ist. Augenscheinlich ist eine große Last von seinen Schultern gefallen.

„Ich rufe dich in den nächsten Tagen noch einmal an. Dann können wir alle Einzelheiten klären, wann es mit der Vorbereitung losgeht. Die ersten Testfahrten stehen an, wir schießen neue Fotos von dir in der Teamkleidung für die neue Saison. Und wir sollten dringend eine Pressekonferenz abhalten. Aber wir machen es in deinem Tempo. Keine Angst, wir bekommen das hin."

Marc spricht weiter, doch eine unsichtbare Kraft lenkt meinen Blick plötzlich auf etwas ganz anderes und lässt mich seine Worte nur als Hintergrundrauschen wahrnehmen. Habe ich eben wirklich gedacht, dass Marcs Frage dazu in der Lage ist, mich aus dem Konzept zu bringen? Wenn ja, habe ich wohl kaum mit den widersprüchlichen Gefühlen gerechnet, die nun auf mich zukommen.

Mein Herz stockt einen Moment. Es erzittert unter einer Kraft, die ich kaum für möglich gehalten habe und die ich schon lange nicht mehr gespürt habe. Es gleicht dem Gefühl, das ich vor zwei Tagen schon einmal gehabt habe. In dem Moment, als mich die Befürchtung beschlichen hat, dass ich eines meiner wichtigsten Rennen verloren habe.

Jetzt ist es Gewissheit, dass ein anderer die Ziellinie vor mir erreicht hat.

Als Chad und Romy das Restaurant betreten, steht die Welt nicht nur auf dem Kopf, sie ist vor allem mit einem Schlag ganz still geworden.

Romy

Chad lässt mich in der Nähe des Restauranteingangs stehen. Ich fühle mich unwohl, habe das Gefühl, dass unzählige Blicke auf mich gerichtet sind, weshalb ich dazu übergehe, lieber die Spitzen meiner Schuhe zu begutachten.

Chads genervte Worte dringen an mein Ohr. „Die haben meine Reservierung gelöscht. Jemand hat angerufen und sie rausnehmen lassen. Das wird Stacey gewesen sein."

„Oh", gebe ich zurück und schaue Chad an. „Stacey, im Sinne von: Dein Date, das dich versetzt hat?" Er nickt, wirkt abwesend und verärgert. Tatsächlich sieht alles danach aus, als wäre das Restaurant bis zum letzten Platz besetzt. Bevor ich den Raum einmal komplett gescannt habe, stellt Chad sich einen Schritt näher zu mir. Statt der Tische hinter ihm sehe ich nur seine breiten Schultern und das hellblaue Hemd, das ihm außerordentlich gut steht.

Chad sieht tatsächlich so gut aus, dass ich mir neben ihm wie ein graues Mäuschen vorkomme.

„Lass uns gehen. Wir machen irgendetwas anderes", sagt er.

Bevor ich etwas erwidern kann, fasst Chad mich am Arm und schiebt mich sanft rückwärts. Die Berührung ist nicht grob und auch nicht unangenehm, aber sie fühlt sich dennoch nicht richtig an. Ich stolpere fast über meine eigenen Füße. Chads Ärger färbt ein wenig auf mich ab. Ich habe mich in erster Linie auf einen schönen Abend gefreut und bin in der Tat schon zu lange nicht mehr zum Essen aus gewesen. Etwas, was ich sträflich vernachlässigt habe, seitdem ich selbst den lieben langen Tag andere Menschen bediene.

„Hast du einen Plan B?", frage ich und versuche fröhlich zu klingen. Ich erhalte keine Antwort, stattdessen legt Chad einen Arm um meine Schultern. Ich erwarte, dass ich irgendetwas spüre, doch mich überkommt nur eine seltsame Art von Gleichgültigkeit. Seine Berührung fühlt sich weder falsch noch richtig an und wenn ich nicht wüsste, dass sich genau diese Situation mit einem gewissen anderen Mann wie pure Magie anfühlen müsste ...

„Du musst dich nur entscheiden", höre ich Chad neben mir. Da wird mir bewusst, dass ich den Großteil seiner Antwort nicht mitbekommen habe. Den Teil, in dem er unseren Plan B beschrieben hat.

Prima.

„Also eigentlich ... ist es mir ... egal", druckse ich herum, um meine Unwissenheit zu kaschieren. Es ist mir überhaupt nicht egal, denn ich hasse es, wenn ich

Situationen nicht einschätzen kann. Alternativ müsste ich zugeben, ihm nicht zugehört zu haben.

Weil ich ständig nur an Ryan denke.

Nein, Möglichkeit zwei kommt so was von überhaupt nicht infrage.

Wir gelangen an Chads Wagen an und kurz erwarte ich, dass er mich zur Beifahrerseite begleitet und mir die Tür öffnet, doch stattdessen lehnt er sich an die Fahrertür.

„Na, dann, lass uns Kart fahren gehen!", entscheidet Chad und steigt in seinen Wagen, der vermutlich seine ganz persönliche Erwachsenen-Version eines Karts ist. Schnell, sportlich, teuer. In meinen Ohren setzt ein Rauschen ein. Kart fahren? Das ist sein Vorschlag?

„Ich bringe mich noch selbst ins Grab", raune ich verzweifelt und öffne ebenfalls die Tür. Ich könnte Nein sagen. Oder eine plötzliche Übelkeit vortäuschen. Ich könnte mich herausreden. Zugeben, dass ich nicht zugehört habe, kommt unter keinen Umständen infrage.

„Wie bitte?", fragt Chad aus dem Fahrerraum heraus.

„Ach, nichts", gebe ich zurück.

Ziemlich viele Unwahrheiten, denke ich, dann ergebe ich mich meinem Schicksal und steige ein.

***

Der Duft nach Gummi und Abgasen vermischt sich mit meiner Angst. Was zum Henker tue ich hier?

Chad und ich stehen in einer Halle, aus der aus allen Ecken lautes Quietschen ertönt. Bevor ich mich sammeln kann, habe ich einen Helm in der Hand und befinde mich neben einem korpulenten Mann, dessen

Namensschild ihn als Jimmy ausweist. In schnellen Worten erklärt er, wie das winzige Kart vor uns funktioniert. Wo Bremse und Gas sind, dass sich jede Bewegung mit dem Lenkrad direkt auf die Reifen auswirkt, wie man mit möglichst viel Schwung in eine Kurve fährt, um danach wieder optimal Gas geben zu können. Er schaut dabei kein einziges Mal mich an, sondern hat seine Augen auf Chad fixiert. Beinahe so, als wäre ihm klar, dass ich ohnehin einen Rückzieher machen würde.

Er weiß gar nicht, wie recht er hat. Denn tatsächlich liegt mir eine Ausrede auf der Zunge.

Auf der halbstündigen Fahrt hierher habe ich zwar pausenlos nach einem Ausweg gesucht, doch nun traue ich mich erneut nicht auszusprechen, was mir bis eben so plausibel erschien. Wegen des jungenhaften Grinsens in Chads Gesicht, wegen des skeptischen Blicks des Mannes vor uns. Und ein bisschen, weil ich es mir selbst beweisen will.

Ich wäre gerne ein spontanerer Mensch. Einer, der sich in ein Abenteuer stürzt, anstatt sich zu verkrümeln, sobald eine neue Situation aufkommt.

„Habt ihr alles verstanden?“

„Müsste easy sein“, sagt Chad, dann wandert sein Blick zu mir. Er strahlt so viel Gelassenheit aus. Alles an ihm wirkt so, als sei das, was vor uns liegt, überhaupt kein Problem.

Anstelle einer Antwort ziehe ich mir den Helm an. Sofort fühle ich mich beengt, aber auch sicher und ein wenig unantastbarer. Wir geben ein amüsantes Bild ab in unseren Klamotten, die gedacht waren für einen Abend im Restaurant. Chads Hemd hat bereits einen schwarzen Streifen auf dem Rücken und meine weiße Bluse könnte kaum unpassender für diese Umgebung sein. Wenigstens sind meine Stiefel mit so wenig Absatz versehen, dass ich damit dennoch das Kart fahren kann.

Fahren könnte.

Als ich mich in den schmalen Sitz quetsche, schlägt mein Herz ein wenig schneller. Ist das schon das Adrenalin, das angeblich so normal ist in diesen Situationen? Weil, wenn es so ist, dann könnte ich genauso gut darauf verzichten. Auf das Pochen, das bis in die Rippengegend geht. Auf die Hitze in meinen Wangen. Was um alles in der Welt bewegt Ryan dazu, sich Woche um Woche in ein Rennauto zu setzen, das größer, schneller und gefährlicher als dieses hier ist? Man muss größenwahnsinnig sein, um diesen Beruf auszuüben.

Bilder von seinem Unfall erscheinen vor meinem geistigen Auge und mir bricht kalter Schweiß aus. *Ihm geht es gut*, versuche ich mir einzureden. *Ihm ist nichts passiert.*

Bis auf die Erinnerung daran, die ihn vermutlich sein gesamtes Leben lang verfolgen wird. Ich spüre, wie der Wunsch in mir wächst, mit ihm darüber zu sprechen. Als wir gemeinsam im Schulflur gesessen haben, hat er Andeutungen gemacht, was den Unfall angeht. Ich habe ihm nicht folgen können. Wie auch, ich wusste bis wenige Minuten zuvor ja nicht einmal, wer er ist. Als ich die Nacht über so viel wie möglich über ihn herauszufinden versucht habe, wäre der logische nächste Schritt gewesen, ihn darauf anzusprechen. Reinen Tisch zu machen. Doch bisher haben wir dazu keine Gelegenheit gehabt.

Und dann denke ich doch an das, was ich so erfolgreich zu verdrängen versucht habe. Meinen Dad. Wie ich ihn das erste Mal nach seinem Unfall gesehen habe. In mir baut sich genau das gleiche Gefühl auf, das ich hatte, als mir bewusst wurde, dass ich der Grund war. Der Grund für sein Leiden. Dafür, dass sein Leben für immer ein anderes geworden ist.

Schuldgefühle prasseln mit einer solchen Heftigkeit auf mich ein, dass mir die Luft wegbleibt.

Nur am Rande bekomme ich mit, wie Chad neben mir losfährt. Ich weiß, dass ich meinen Fuß bewegen muss, um es ihm gleichzutun. Stattdessen starre ich ihm hinterher und bin wie gelähmt. Meine Brust wird so eng, dass ich zitternd einatme, um mich zu vergewissern, dass ich es noch kann. Ich bin mir sicher, dass Tausende kleine Ameisen auf meiner Haut herumkrabbeln und für den Bruchteil einige Sekunden bin ich fest davon überzeugt, dass das hier die letzten Momente meines Lebens sind.

Ohne nachzudenken, will ich mir den Helm vom Kopf reißen und verpasse mir mit dieser unüberlegten Aktion einen blutigen Kratzer mit dem Gurt, der unter meinem Kinn zusammenläuft. Der Mann stürzt auf mich zu. Hieß er Jonas oder Jimmy? Er hilft mir aus dem Kart, sagt etwas Unverständliches zu mir. Erst leise, dann laut. Ich höre ihn neben mir schreien, aber verstehe doch keines seiner Worte. Sie kommen nicht bei mir an, schweben wie leere Hülsen an mir vorbei und zerplatzen dann wie Seifenblasen.

Ich muss hier raus.

Kein Wort kommt über meine Lippen, ich stolpere in die Richtung, in der ich den Ausgang vermute. Mir ist alles egal. Chad und meine Handtasche, meine Jacke, Jimmy, die herumfahrenden Karts. Geistesabwesend renne ich über die Fahrbahn und höre es erneut hinter mir rufen, aber da bin ich schon weg. Ganz weit weg, fort von diesem Ort, den Gerüchen, der Gefahr.

Die frische Luft auf meiner Haut beruhigt mich wenigstens so weit, dass ich in der Lage bin, die Umgebung klarer wahrzunehmen. Wieder zu begreifen, wo ich mich befinde.

Wir sind außerhalb von Melmoth Lakes, am Rande der nächstgrößeren Ortschaft. In dem Gebiet befinden sich neben der Kartbahn einige Clubs, weshalb nicht wenige Taxis in der Gegend herumfahren, die Betrunkene aufsammeln.

Ich mag nicht betrunken sein, aber Glück habe ich trotzdem. Ich sehe gerade, wie ein Taxi vom Parkplatz fahren will. Geistesabwesend rufe ich dem Auto hinterher, renne wild gestikulierend über den Asphalt. „Hey, hier!", mache ich auf mich aufmerksam. Für einen Moment denke ich, dass der Fahrer mich zwar gesehen hat und dennoch weiterfahren will, doch dann wendet er und kommt auf mich zu.

Alles in mir sträubt sich dagegen, überhaupt in etwas zu steigen, was vier Räder und ein Gaspedal hat, doch die Alternative wäre hierzubleiben.

„Können Sie mich nach Hause fahren?", frage ich und der Fahrer nickt.

Erst als ich zusammengesunken auf der Rückbank sitze, merke ich, wie mir Tränen über die Wangen laufen.

Kapitel 16

Ryan

Dutzende Male hat sich die Szene in meinen Kopf abgespielt, wie Chad Romy sanft aus dem Restaurant geschoben hat. Zu sanft, wenn es nach mir geht. Hat er mich gesehen? Ist er deswegen wieder gegangen? Jeder im Umkreis weiß, dass man in diesem Restaurant keinen Tisch bekommt, wenn man nicht Wochen im Voraus reserviert hat. Marc hat Glück gehabt, weil kurz vor seinem Anruf einen Tag zuvor jemand abgesagt hat. Vielleicht ist es auch sein Name gewesen, der ihm den Platz gesichert hat.

Bewundernswert, was mein Gehirn da hinbekommt, sobald ich an Chad und Romy denke. Mit jeder erneuten Erinnerung an das Gesehene scheine ich mehr Einzelheiten wahrzunehmen. Oder dazuzudichten.

Das, woran ich mich am deutlichsten erinnere, ist die Tatsache, wie unheimlich gut Romy ausgesehen hat. Es mag daran liegen, dass sie zwischen all den von Kopf bis Fuß perfekt gestylten Frauen die pure Natürlichkeit ausgestrahlt hat. Oder daran, dass ich schon längst begriffen habe, was für eine hübsche Frau sie ist. So oder so: Es fällt mir schwer, anzunehmen, dass Chad sich an

Romy mit ihrer Schönheit und allen voran mit ihrer unkomplizierten, lustigen und hilfsbereiten Art erfreut, während ich langsam nicht mehr weiß, wie ich mich möglichst bequem in diesem Flugzeugsitz positionieren soll.

Mein Blick schweift nach rechts, wo ich an der spitzen Nase meines Sitznachbars vorbei in den Himmel schaue. Wir sind in einer großen Wolke gefangen, ich sehe einzig und allein vorbeiziehende Nebelschwaden.

Ein freundlicher Flugbegleiter taucht neben mir auf.

„Brauchen Sie noch etwas, Mr. Baker?", raunt er mir mit leiser Stimme zu. Gleich vier verschiedene Leute haben mir ans Herz gelegt, dass in der Businessclass noch freie Plätze wären und man mich ohne Probleme umbuchen könnte. Und vier Mal habe ich mich vehement dagegen entschieden. Für ein Fotoshooting nach Deutschland zu fliegen ist schon absurd genug. Je länger ich sitze und dabei versuche, meine langen Beine in eine Position zu bringen, die mir keine Rückenschmerzen macht, desto mehr bereue ich meine Entscheidung.

„Fragen Sie die restlichen Passagiere auch so häufig, ob alles in Ordnung ist?", will ich vom Flugbegleiter wissen, anstatt ihm eine einsilbige Antwort zu geben. Leichte Röte kriecht seine Wangen hinauf und er beginnt zu stammeln. „Also, ähm, nein, aber Sie –"

„Ich bin genauso ein stinknormaler Mensch wie alle hier", unterbreche ich ihn flüsternd. Ich habe wenig Lust darauf, dass ich in dieser fliegenden Blechkiste zum Gesprächsthema Nummer eins werde. Bisher hat mich niemand erkannt, worüber ich heilfroh bin. Das kann gerne so bleiben.

Ich bekomme kaum mit, wie der Mann sich entfernt, weil ich mich wieder dem kleinen Bildschirm zuwende und zum dritten Mal die Filme durchgehe, die angeboten werden. Der Flug dauert noch drei Stunden. Was reicht, um sich in die Welt der Superhelden zu begeben, denke ich mir und starte einen Marvel-Film, den ich mit Cole bereits vor Jahren angesehen habe.

***

Ich bin es gewohnt, über lange Zeit in einem engen und unbequemen Rennauto zu sitzen, aber der Zehn-Stunden-Flug, der hinter mir liegt, hat mir den Rest gegeben. Als meine Füße endlich den Boden des Frankfurter Flughafens berühren, atme ich erleichtert auf. Als erste Amtshandlung scanne ich die Umgebung nach einem Geschäft, in dem man möglichst große Becher voll dampfenden Kaffees bekommt.

Mit fast einem halben Liter Cappuccino bewaffnet, nehme ich erst meinen winzigen Koffer entgegen und kämpfe mich dann durch die unübersichtlichen Gänge des Flughafens. Ich lasse mich anstecken von der Hektik um mich herum.

Ich ertappe mich dabei, wie ich das entspannte Leben der letzten Wochen bereits zu vermissen beginne, und schmunzele kurz über mich selbst. Was hat Melmoth Lakes nur mit mir angestellt?

Oder liegt es nicht eher an Romy?

Ich bekomme keine Gelegenheit, weiter darüber nachzudenken, denn der Tag fliegt an mir vorbei.

Nachdem ich von Marc höchstpersönlich am überfüllten Terminal abgeholt wurde, stecken wir im Stadtverkehr fest und brauchen statt der vom Navi angegebenen zwanzig Minuten eine ganze Stunde, ehe wir bei der Location ankommen. Ein altes, umgebautes Industriegebäude, in dem sich eine Marketingagentur und ein Café befinden. In Letzterem soll das Shooting stattfinden und es wurde extra einen halben Tag geschlossen, damit wir in Ruhe arbeiten können. Ich bekomme nur am Rande mit, dass die hier ansässige Marketingagentur mit einem unserer Sponsoren zusammenarbeitet, weshalb die Wahl schnell auf diesen Ort gefallen ist. Es sieht schick aus. Man hat sich mächtig ins Zeug gelegt, um das Gebäude hip und modern zu machen. Aus großen Fenstern fällt Tageslicht in das Café und lässt es hell wirken, obwohl die Einrichtung eher dunkel gewählt ist. Sie besteht aus vielen massiven Holzmöbeln. Unterschiedliche Brauntöne finden sich überall wieder, der Boden wirkt gewollt abgenutzt. Geschäftiges Treiben herrscht um mich herum. Stylisten und ein aufgeregter Fotograf, der mich aus unzähligen Positionen heraus fotografiert. Dazwischen Milena, eine unserer Social-Media-Beauftragten. Ich sehe viele bekannte Gesichter und sie alle haben eines gemeinsam: Sie strahlen mich an, als würde ich ihnen mit diesem Fotoshooting einen großen Gefallen erweisen.

Der Vormittag ist eine Mischung aus Anstrengung und Unwirklichkeit. Es fühlt sich seltsam an, hier zu sitzen und Fotos zu produzieren, die in den nächsten Tagen irgendein Interview von mir begleiten werden. Eines, das meine Mum sich wieder ausdrucken wird.

Eines, von dem mein Dad vorgibt, es nie gelesen zu haben. Und eines, das vielleicht auch Romy lesen wird?

Ich merke, wie mein Kopf langsam zu schmerzen beginnt, als der Fotograf endlich etwas in den Raum ruft, das wie: „Wir sind fertig" klingt. Der anstrengende Teil ist geschafft. Ich ziehe mich um, schlüpfe wieder in meine eigene bequeme Kleidung.

Die restlichen beiden Stunden produzieren wir Content für Social Media, der aus einer persönlichen Botschaft von mir an die Follower und einem kurzen Entweder-oder-Video besteht. Mit Milena zu arbeiten ist einfach und unkompliziert.

Am Abend landen wir dann mit dem gesamten Team in einem asiatischen Restaurant. Die Stimmung ist ausgelassen. In keiner Sekunde steht die Möglichkeit im Raum, dass ich meine Karriere hätte an den Nagel hängen können. Niemand fragt mich mit dieser unangenehmen Sensationslust in der Stimme, wie es mir *wirklich* gehen würde. Ein Umstand, für den ich dankbar bin. Geht dieses Detail auf Marcs Kappe oder ist mein Team so sensibel?

Milena beginnt mit vollem Mund ein Gespräch mit mir, fragt mich, wie es in Melmoth Lakes ist. Ich denke nur kurz nach. „Klein und leise und voller bekannter Gesichter", sage ich und fasse damit gut zusammen, was man in meiner neuen alten Heimat zu erwarten hat.

Marc verdreht die Augen. „Meine Frau war ganz neidisch, als ich ihr davon erzählt habe. Sie meinte, dass das bestimmt so ist wie in dieser einen Serie, die sie ungefähr schon zwanzig Mal von vorne bis hinten geschaut hat. Irgendeine Stadt, jeder kennt jeden, es fließt eine Menge Kaffee …"

„Gilmore Girls?", wirft Milena ein.

„Du kennst das auch?", fragt Marc ungläubig.

„Ich bitte dich! Willst du mir unterstellen, ich sei ein Alien?", fährt Milena aus der Haut und ihre schüttelt den Kopf, sodass ihr blonder geflochtener Zopf heftig wackelt. „Jede Frau kennt Gilmore Girls! Und fast jede liebt es! Gib mir einen Luke und ich bin glücklich."

Marc und ich sehen uns kurz an. Sein Blick verrät, dass er genauso wenig weiß, wer oder was ein Luke ist. Ohne Worte einigen wir uns darauf, das Thema sein zu lassen und uns besser nicht die Blöße zu geben, unsere Unwissenheit zuzugeben.

Der Rest des Abends verläuft erstaunlich schnell und angenehm, meine Kopfschmerzen verziehen sich zu einem dumpfen Pochen. Die Aussicht auf einen weiteren 10-Stunden-Flug drückt meine Laune jedoch gewaltig. Innerlich kreiere ich einen Plan, was ich in den kommenden fünf Tagen, in denen ich ohne jegliche Termine bin, machen werde. Romys Gesicht taucht vor meinem geistigen Auge auf. Dann das von Chad. Genervt schüttle ich den Kopf. Die beiden – was auch immer zwischen ihnen passiert ist und noch passieren wird – sollten nicht mein erster Gedankengang sein, wenn ich an Melmoth Lakes denke. Ich sollte mich an die guten Dinge klammern, die auf mich warten. Mums Kuchen, Dads blöde Witze. Die Freiheit, im Wald joggen zu gehen. Die albernen Spiele mit meinem Bruder. Die Ruhe, wenn ich morgens aufwache und die sich lohnenden Rückenschmerzen kurz darauf, weil ich schon wieder in meinem alten Jugendbett mit der durchgelegenen Matratze geschlafen habe. An dieses hübsche Lächeln, umgeben von roten Haaren ...

Wieso zum Teufel fällt es mir so schwer, Romy aus meinen Gedanken auszusparen? Wieso zieht sich in meiner Magengegend immer alles auf diese verräterische Art und Weise zusammen, wenn ich ihr Gesicht vor Augen habe?

Ich atme tief durch. Das ist nur eine Phase. Vielleicht schwärme ich gerade ein bisschen für sie, weil sie die erste Frau seit einer Ewigkeit ist, die mich nicht nur als Rennfahrer gesehen hat. Anscheinend lässt diese Tatsache bei mir jede Logik aussetzen.

Oder liegt es daran, dass ich seit unserem ersten richtigen Gespräch damals bei der Party das Gefühl habe, dass sie irgendetwas verbirgt? Vor mir? Oder vor allen? Ich habe den unweigerlichen Wunsch, diese Frau besser kennenlernen zu wollen. Ich könnte so tun, als wüsste ich nichts von Chad und ihr. Auf alle Fälle bin ich ihr noch eine Entschuldigung schuldig. Verdammt, das zwischen uns ist unfassbar blöd gelaufen. Erst der Kuss, dann lasse ich sie Ewigkeiten im Dunkeln darüber, wer ich bin und weshalb ich in ihrer gemütlichen Welt auftauche. Und dann erfährt sie es und ich bin nicht mehr greifbar. Sicherlich kommt sie sich dumm vor. Ich reibe mir die Augen. Vor Müdigkeit und Verzweiflung. Ich wollte einfach nicht mit mir selbst prahlen.

Morgen statte ich ihr einen Besuch ab, schwöre ich mir, dann wird mein Flug aufgerufen.

Kapitel 17

Romy

Chaos in meinem Kopf.

Das ist alles, woran ich denken kann.

„Das war eine Panikattacke, Schatz", hallt Sues Stimme in mir nach. Die Erkenntnis schlägt wie ein Flummi in meinen Eingeweiden herum. Auch heute, vier Tage danach.

Eine Panikattacke. Etwas, was ich nur aus Filmen kannte. Etwas, wovon ich wusste, dass es existiert. Aber doch nicht bei mir.

Ich habe mich bei Ron und Sue einquartiert. Mal wieder. Habe Harry Potter gelesen. Genauso wie damals, als ich das erste Mal meine Periode hatte und dachte, dass mein Leben für immer gelaufen wäre. Ich hatte bittersüße Stunden in der Welt des Zauberers verbracht und mich so darin verloren, dass die Gegenwart kurz in Vergessenheit geraten war. Sue und Ron hatten es sich nicht nehmen lassen, mir Essen zu bringen, das ich dann doch nicht angerührt habe. Hanna schien sich ihr Handy ans Ohr geklebt zu haben, so oft, wie wir telefoniert hatten. Sie war besorgt und hat in all den Tagen nicht ein Wort über Bücher verloren. Als Sue mich fragte, ob sie mich zu einem Arzt begleiten soll, habe ich vehement verneint. Meine Antwort war so heftig ausgefallen, dass sie kein zweites Mal nachgefragt hat.

Ich fühle mich so leer. Sicher ist rein gar nichts mehr von mir übrig, wenn ich das nächste Mal in einen Spiegel schaue. Nur noch eine blasse Hülle, vollgestopft mit Tränen. Meine Augen fühlen sich rau an vom vielen Weinen.

Zu allem Überfluss hatte ich in den letzten Tagen dramatisch oft am Fenster gestanden und darauf gewartet, dass ich sehe, wie Ryan davor herumläuft. Zu meinem Leidwesen – oder zu meinem Glück – ist das Dach inzwischen fertig. Keine Bauarbeiter, die mich von dem Chaos in mir ablenken können. Nicht einmal für ein paar Momente. Stattdessen bin ich alleine mit all den Erinnerungen an kurze Gesprächsfetzen und an intensive Blicke in Ryans dunkle Augen.

Wie konnte ich jemals denken, *Kartfahren* sei eine Ablenkung? Ich fühle mich miserabel. Als hätte ich Chad enttäuscht. All diese Gefühle gesellen sich zu der Erschöpfung nach dieser dubiosen Panikattacke hinzu. Ich habe keine Ahnung, was ich überhaupt noch denken soll. Erst konnte ich nicht erwarten, dass das *Sues* endlich wieder öffnet. Nun bin ich nicht nur traurig, dass ich keine Chance mehr habe, Ryan über den Weg zu laufen, sondern weiß obendrein nicht einmal mehr, ob ich überhaupt wie früher weitermachen kann. Was, wenn mich eine dieser Attacken erneut heimsucht?

Ich höre, wie sich die Tür leise öffnet.

„Mäuschen?", fragt Sue in den Raum hinein. Ich blicke vom Tablet auf, auf dem die neuste Staffel New

Amsterdam läuft, die ich innerhalb zweier Tage das zweite Mal ansehe.

„Du hast Besuch", sagt meine Tante vage.

„Hanna?", rate ich mit belegter Stimme. Ich habe so lange nicht mehr gesprochen, dass ich mich nach einer ordentlichen Grippe anhöre. Sue schüttelt den Kopf. „Chad ist noch mal hier."

Noch mal. Das dritte Mal in vier Tagen versucht er es persönlich. Abgesehen von den unzähligen Textnachrichten, die er mir geschickt hat. Er hat alleine für diese Aufdringlichkeit Dutzende Male um Verzeihung gebeten. Nur über unseren Abend hat er noch mehr entschuldigende Worte verloren.

Ich habe nicht auf eine einzige der rund dreißig Nachrichten geantwortet. Weil ich feige bin und weil ich das Gefühl habe, unsere Freundschaft eine tiefe Kerbe zugefügt zu haben. Er wird denken, dass ich ihm nicht genug vertraue, um einfach ehrlich zu sein. Ihm zu sagen, was mich belastet oder was ich nicht möchte.

Am Tag nach meinem Abgang hatte er mir mein Handy und meine Handtasche vorbeigebracht. Beides hatte ich neben der Kartbahn im Eifer des Gefechts einfach liegenlassen. Während einer waschechten Panikattacke.

Ich bin die weibliche Version eines riesigen Macho-Arschlochs. Er will sich entschuldigen und ich blocke total ab. Ich sollte mich bei *ihm* entschuldigen, denn er hat es nur gut gemeint. Stattdessen verstecke ich mich vor ihm.

Was noch mehr schmerzt als mein schlechtes Gewissen, ist jedoch die Erkenntnis, dass es zwischen Ryan und mir niemals funktionieren kann. Ich sollte ihn mit aller Kraft aus meinem Leben streichen. Sein Leben und meines passen nicht zueinander. Werden niemals zusammenpassen können. Er ist das personifizierte Trauma.

Das Problem ist nur, dass ich es nicht kann. Mein Herz protestiert jedes Mal, wenn ich daran denke, ihn einfach zu ignorieren. Und ein Teil von mir weiß es besser. Weiß, dass unsere Leben sehr wohl Überschneidungen haben.

„Willst du mit ihm sprechen?" Sue reißt mich zurück in die Gegenwart.

„Nein", sage ich knapp.

„Mäuschen", setzt Sue an und kommt einen Schritt weiter in den Raum hinein. „Es tut ihm leid."

„Ich schicke ihm gleich eine Nachricht, dass es mir gut geht. Und dass es mir leidtut, wie das alles gelaufen ist."

Sue sieht aus, als wolle sie etwas erwidern. Kurz öffnet sie den Mund, überlegt es sich dann aber anders und senkt den Blick. „Ich sage es ihm", flüstert sie. Nur eine Sekunde später ist die Tür zu meinem provisorischen Rückzugsort wieder verschlossen.

Ich drehe mich auf die andere Seite und werfe mein Tablet hinter mich. Mir ist die Lust an Serien vergangen. Ein schlechtes Gewissen meldet sich leise in meinem Kopf zu Wort. Es ist nicht fair, Chad hängen zu lassen. Ich hätte zugeben können, mich mit seiner Idee unwohl zu fühlen. Ich hätte einfach nur meinen Mund aufmachen müssen. Doch stattdessen hatte ich nicht auf mein Inneres gehört und bin direkt in den Vorort der Hölle geschlittert.

Es ist erstaunlich schwer, sich davon wieder zu erholen. Dazu kommt die Angst vor einer weiteren dieser Attacken.

Damit Sue nicht umsonst lügt, beschließe ich, mich zum Schlafen zu zwingen. Hinter meinen geschlossenen Lidern flackert es, als würden meine Gedanken sich erneut bemerkbar machen wollen und mich zur Unruhe anstiften.

Doch es ist, wie es immer ist, wenn man etwas erzwingen will: Es funktioniert nicht. So sehr ich es auch versuche, meine Atmung unter Kontrolle und meinen Geist zur Ruhe zu bringen, es mag mir nicht gelingen. Die ernüchternden Möglichkeiten der menschlichen Ablenkung kommen mir in den Sinn. Netflix, Musik oder ein Buch. Nachdem ich jeden Podcast, den ich abonniert habe, schon gehört habe, fällt mittlerweile auch das weg.

Ich greife nach dem Handy und öffne Instagram. Auf die Gefahr hin, dass meine Laune weiter im Sturzflug sinkt, weil ich sehe, was meine Freunde alles Wunderbares in ihrem Leben veranstalten, scrolle ich durch die Bilder und Videos. Ein paar unwitzige Memes und Urlaubsbilder später wandert mein Finger zu der Suchfunktion.

Es wird mir nicht guttun, aber ich mache es dennoch. Ich suche nach Ryans Profil.

Kurz hoffe ich, dass die Suche erfolglos bleibt. Vielleicht nutzt er überhaupt kein Instagram. Doch mit einer Mischung aus Aufregung und Verzweiflung wird mir eine Liste aus Ergebnissen angezeigt. Das Erste davon lautet „ryanbaker" und ist mit dem typischen kleinen blauen Haken versehen, der das Profil als offiziell einstuft.

Hitze schießt mir ins Gesicht und ich öffne es. Es fühlt sich an, als täte ich etwas Verbotenes. Im nächsten Augenblick schlucke ich.

3 Millionen Abonnenten.

„Heilige Kanonenkugel", flüstere ich.

Bürgermeisterin Martha hat mit dem Detail des bekannten Rennfahrers nicht übertrieben. Nur ein *bisschen* bekannt, stelle ich voller Ironie fest. Mehrfach blickt mir Ryans hübsches Gesicht entgegen. Die dunklen Locken, die Grübchen. Die vielen Fotos, auf denen er ausgelassen lacht oder lächelt. Ich stelle schnell fest, dass diese es sind, die die meisten Likes bekommen haben.

Wen wundert das?

Das letzte Bild wurde vor knapp 2 Monaten hochgeladen. Ich klicke es an, vorsichtig darauf bedacht, kein Like zu hinterlassen.

Er würde es nicht einmal wahrnehmen.

Die Bildunterschrift in Verbindung mit den Kommentaren lässt mich erneut schlucken.

Race Day, Leute! Ich werde wie immer alles geben!

Darunter Hunderte, nein, Tausende Kommentare. Fast alle davon besorgt.

Bin in Gedanken bei dir, Kumpel.

Hoffe, du bist okay.

Scheiße, was war das für ein Unfall. Ich bete für dich.

Geräuschvoll atme ich aus und bin im gleichen Moment glücklich, dass ich mehr weiß als die Verfasser dieser Kommentare. Dass ich vier Monate in der Zukunft bin und Ryan wohlauf ist. Zumindest äußerlich. Es erschüttert mich, wie sehr mich dieses fröhliche Bild und die dazu völlig unpassend wirkenden kleinen Texte in der Kommentarspalte durcheinanderbringen.

Ich schließe die App und öffne das Suchfeld in meinem Browser. Erneut gebe ich Ryans Namen ein, suche aber nun nach den neusten Artikeln über ihn. Wurde seitdem etwas über ihn geschrieben? Ich überfliege die Sätze, die mir entgegenspringen, vor allem die reißerischen der Klatschpresse.

Formel-1-Fahrer ist untergetaucht. Das Team schweigt über seinen Aufenthaltsort.

Tritt Ryan Baker zurück?

Fans machen sich Sorgen.

Dieser Rennfahrer ist wie vom Erdboden verschluckt.

Es klopft an der Tür. Ich zucke zusammen und lasse mein Handy instinktiv fallen.

„Nein", rufe ich, aber das scheint dem Eindringling völlig egal zu sein. Ich bin sicher, gleich Chad im Zimmer stehen zu sehen, weshalb ich schnell das Handy unter meine Bettdecke stecke und mir ein Kissen vor den Oberkörper halte.

Chad brauche ich nicht zu beeindrucken, aber das heißt lange nicht, dass er mich in meinem Schlafanzug sehen muss.

Ohne BH.

Die Tür öffnet sich langsam. „Chad, ich möchte nicht mit dir sprechen", sage ich. Meine Stimme klingt hysterisch. Wieso hat Sue ihn doch hereingelassen? Ist er womöglich einfach durch die Tür hindurchspaziert? Sue hätte gegen Chad keine Chance, er ist viel zu groß und breit gebaut, das würde niemals …

„Du verwechselst da etwas, Süße."

„Was machst du denn hier?", rutscht es mir heraus, ehe ich gänzlich begreife, dass nicht Chad vor mir steht. Es ist Hanna.

„Wow, deine Freude ist ja wirklich so groß wie noch nie", sagt meine beste Freundin. Sie lässt sich auf mein Bett fallen. „Kannst das Kissen wegnehmen, ich weiß, dass du unter deinem Disney-Schlafanzug rein gar nichts trägst." Hanna macht eine kurze Pause, ehe sie weiterspricht. Dabei mustert sie die Unordnung im Zimmer. Die leere Schokoladenverpackung auf dem Tisch neben dem Bett, genauso wie die Bücher, die darauf liegen.

„Immerhin hast du Bücher hier. Das lässt mich über den Rest hinwegsehen."

„Ich weiß eben, wie ich dich manipulieren kann."

Hanna lächelt kurz, dann klatscht sie in die Hände.

„Okay, Süße. Du hast jetzt zwanzig Minuten, um dich in Ordnung zu bringen. Haare waschen, anziehen. Es ist kühl draußen, nimm eine Jacke mit."

Ungestüm kommt meine beste Freundin auf mich zu, greift nach meinen Händen und zieht mich unsanft aus dem Bett. Dabei stoße ich mir einen Fußzeh an und fluche laut.

„Stell dich nicht so an", sagt Hanna, ohne Mitleid zu haben.

„Ich habe keine Klamotten mehr hier", entgegne ich jammernd. Was wie eine Ausrede klingt, ist die Wahrheit. Ich habe immer einen kleinen Kleidungsvorrat bei Ron und Sue, doch der ist mittlerweile aufgebraucht.

„Du gehst ins Bad, ich kümmere mich um den Rest."

Völlig perplex greife ich nach Unterwäsche, ehe Hanna mich allen Ernstes aus dem Raum schiebt. Ich habe nicht die geringste Chance gegen ihren Aktionismus.

„Was soll denn das?", beschwere ich mich. „Was zum Geier ist in dich gefahren?"

"Was ist in *dich* gefahren, dich so gehen zu lassen?", schießt Hanna zurück. Ihre Worte treffen mich, aber ich komme nicht umhin, ihnen auch einen Funken Wahrheit beizumessen.

Ich habe mich in der Tat etwas gehen lassen.

„Und was wird das, wenn es fertig ist?", versuche ich mit dem letzten bisschen Widerstand in der Stimme vorzubringen.

„Wir gehen aus. Auf einen Antiquitätenmarkt. Die Vergangenheits-Romy von vor einer Woche hat mich noch dazu genötigt, mit ihr dorthin zu gehen. Ich habe alle Wochenendpläne abgesagt wegen diesem Markt, also bleibt dir nichts anderes übrig, als mitzukommen."

Ich glaube Hanna keine Sekunde lang, dass sie wirklich Pläne hatte, doch sie hat mit ihren Worten den richtigen Nerv bei mir getroffen. In der Tat war ich es, die sie zwingen wollte, den Antiquitätenmarkt zu besuchen. Zu einer Zeit, in der mein größtes Problem die Inneneinrichtung der Eisdiele war. Dunkel erinnere ich mich daran, dass ich Ron versprochen hatte, mich umzusehen. Ich schulde diesen Tag nicht nur Hanna, sondern auch meinem Onkel. Ron würde es mir nie zum Vorwurf machen, wenn ich nicht nach neuen Möbeln Ausschau halte. Hanna anscheinend schon. Sie schiebt mich ins Badezimmer. „Bin gleich zurück und bringe dir Klamotten."

Dann fällt die Tür hinter mir ins Schloss und ich kann nur mein blasses Abbild im Badezimmerspiegel anstarren.

***

Das Strickkleid, das meine beste Freundin mir durch die Badezimmertür geworfen hat, sitzt ein bisschen zu eng.

Viel zu eng für meine Bedürfnisse. „Ich bin eigentlich eher der Typ Rollkragenpullover", sage ich in diesem Moment zu Hanna. Seit einer gefühlten Ewigkeit bin ich wieder draußen an der frischen Luft, atme die Herbstkühle ein, spüre den Wind an meiner Nasenspitze. Ich klammere mich an dem kleinen Geländer fest, als ich die drei Stufen der Veranda heruntergehe.

Ich will mich zwingen, nicht zur Seite zu blicken, doch ich tue es vollkommen automatisch. Statt geschäftigem Treiben in der Eisdiele sehe ich nichts. Weder Bauarbeiten noch Kundschaft. Ein Zwischendelirium, das mir überhaupt nicht gefällt. Aber so bin ich auch vor einem Zusammentreffen mit Ryan sicher.

„War das Einzige, was Sue auf die Schnelle in ihrem Schrank finden konnte.“

„Sicherlich hat Sue mehr als ein Kleid im Schrank“, erwidere ich mit gerunzelter Stirn.

Hanna steht an meinen Pick-up gelehnt und mustert mich ausgiebig. „Steht dir noch besser, als ich dachte“, sagt sie dann, was meine Vermutung nur bestätigt.

„Du hast es mit voller Absicht ausgesucht!“, rufe ich aus. Mein böser Blick prallt an ihr ab und sie zuckt mit den Schultern. „Du brauchst ein bisschen Selbstvertrauen. Und wer in diesem Kleid keines entwickelt, dem ist nicht mehr zu helfen.“

„Es ist viel zu eng“, murmle ich, gebe ihr aber insgeheim recht. Das Kleid *ist* fantastisch. Es geht bis zu den Knien und wurde von Hanna gepimpt mit einer nicht ganz blickdichten Strumpfhose. Dazu Stiefeletten in dunklem Grün, die ich vor Jahren gekauft hatte.

Der Blick in den Spiegel ist gar nicht so übel gewesen. Ein Umstand, den ich nicht laut zugeben werde.

Bevor ich mich weiter beschweren kann, wirft Hanna mir meinen Autoschlüssel zu.

„Was soll das?“, frage ich. Sofort droht mein Herz mir aus der Brust zu springen.

„Schocktherapie“, meint Hanna. Sie klingt allerdings so, als sei sie selbst nicht besonders überzeugt von ihrer Idee.

Mit aufgerissenen Augen starre ich abwechselnd Hanna und dann den Schlüssel in meiner Hand an. „Ich soll fahren?“

Hanna macht eine abwehrende Geste, die alles und nichts bedeuten kann.

„Ich fahre nicht mit diesem Auto. Ich kann nicht gut fahren, ich hasse es. Das weißt du. Und um Möbel zu kaufen, braucht man einen Pick-up. Oder möchtest du die Sachen im Bus transportieren?“

Ihre Argumentationskette ist schlüssig – aber dennoch graut es mir davor. Vor einer neuen Panikattacke hinter einem Steuer.

„Ich weiß nicht –“, setze ich an, aber weit komme ich nicht. Statt mich ausreden zu lassen, fängt Hanna an, mich zu bearbeiten.

„Schau mal, Süße. Ich weiß, dass das schwierig ist. Und dass du Angst hast. Aber du musst es machen wie … Harry Potter? Der gibt auch nicht auf. Und immerhin ist diese Blechkiste hier kein Bösewicht ohne Nase. Nur ein Auto. Und du wirst damit auch nicht gegen die Peitschende Weide knallen. Es wird alles ganz locker laufen. Du setzt dich rein und es ist, als wäre nie etwas gewesen. Dann fahren wir die Strecke bis zum Antiquitätenmarkt, hören deine Lieblingsmusik und finden ein paar ganz wundervolle Möbel. Die werden von einem gut aussehenden jungen Mann auf die Ladefläche deines Pick-ups gehievt, ihr tauscht Nummern aus, du verliebst dich, ihr heiratet und bekommt Kinder.“

„Stopp“, rufe ich dazwischen. „Ich dachte schon bei deinem Harry-Potter-Vergleich, dass du den Verstand verloren hast. Hörst du dir überhaupt selbst zu?“

Hanna tut so, als müsse sie kurz nachdenken. „Mache ich zugegebenermaßen eher selten.“

„Besser ist es", sage ich. Es tut so gut, diese Wärme im Bauch zu spüren, die sich mit meinem Lachen zusammen ausbreitet. Für ein paar Augenblicke vergesse ich meine Angst. Hanna schaut mich ermutigend, aber fragend an. Sie würde mir keine Vorwürfe machen, wenn meine Reaktion aus einem Rückzug bestünde. Sie steht hinter mir. *Jeder braucht eine Freundin, die so sehr hinter einem steht*, denke ich zufrieden.

Ich atme einmal tief ein, dann hebe ich den Autoschlüssel in die Höhe, als wäre er ein Zepter, mit dem ich die Weltherrschaft an mich reißen könnte.

„Na, dann lass uns die Peitschende Weide bezwingen!"

Ryan

„Das ist so abgefahren!", ruft Cole. Im nächsten Moment ist er losgerannt. Meine Mum will ihm etwas hinterherrufen, doch da ist er bereits außer Hörweite und stattdessen zu dem Kettenkarussell gerannt, das so nahe an der Fassade des Rathauses steht, dass man bei jeder Umdrehung denkt, man würde dagegen knallen.

Die Art von Adrenalin, die ich als Kind geliebt habe, weswegen meine Eltern immer mit mir auf den Markt gehen mussten, wenn er einmal im Jahr stattfand. Als Antiquitätenmarkt begonnen, wurde er immer wieder um kleine Fahrgeschäfte erweitert. Und schließlich wurde aus dem Trödelmarkt ein Erlebnis für die ganze Familie. Heute bin ich wieder hier, allerdings mit einer Kappe tief in die Stirn gezogen. Arbortown ist so ländlich gelegen, dass ich kaum einen Formel-1-Fan hier erwarte, aber ich will auf Nummer sicher gehen. Diesen Tag will ich mit Mum und Cole genießen, ohne erkannt zu werden.

„Ich kann es kaum glauben, dass Cole das erste Mal hier ist", sage ich zu Mum, die dicht neben mir läuft.

„Irgendwie waren wir nie hier", sagt sie und ihre Stimme klingt entschuldigend.

Ich lege meinen Arm um ihre Schultern. „Das war kein Vorwurf, Mum", beschwichtige ich sie. Sie neigt dazu, sich viel zu schnell selbst etwas vorzuwerfen, weshalb ich lieber gleich klarmachen will, dass es dazu keinen Grund gibt.

„Mit dir waren wir jedes Jahr hier", ergänzt sie nachdenklich und knüpft damit an meine eigenen Erinnerungen an, während wir uns einen Weg zum Kettenkarussell bahnen, an dem Cole aufgeregt auf und ab hüpft.

„Weißt du noch, wie wir immer gebrannte Mandeln gekauft haben und sie auf der Autofahrt zurück nach Hause schon alle gegessen hatten?"

„Dein Dad und du habt das gemacht, während ich gefahren bin!", ruft Mum empört aus. Lachend drücke ich sie ein wenig fester an mich. Meine Mutter ist zierlich, dünn und einen Kopf kleiner als ich. Ich habe bei ihr immer ein wenig das Gefühl, dass sie zerbrechlich ist, dabei ist sie bei Weitem die stärkste Person, die ich kenne. Sie hält meinem Dad jederzeit den Rücken frei. Und für Cole und mich würde sie ausnahmslos alles aufgeben, ohne mit der Wimper zu zucken. Wie oft habe ich sie hoffend und zitternd in der Box gesehen, wie sie mit weit aufgerissenen Augen eines meiner

Rennen verfolgt hat. Wie sie die Hände vor dem Gesicht zusammengefaltet hatte, weil sie so sehr hoffte, dass ich gewinne. Das sind die Aufnahmen, die ich mir in der Wiederholung eines Rennens wieder und wieder anschauen könnte. Sie werden niemals langweilig.

Leider hat sich in letzter Zeit viel zu oft eine ganz andere Wiederholung vor meinem inneren Auge abgespielt. Wieder und wieder.

„Fährst du mit?"

Cole reißt mich aus meinen Gedanken und weiß gar nicht, wie seine Worte zu denen in meinem Kopf gepasst haben.

„Vergiss es", sage ich lauter als beabsichtigt. Cole zieht ein enttäuschtes Gesicht, doch ich bleibe standhaft.

„Frag Mum", fordere ich ihn auf.

Meine Mutter schüttelt vehement den Kopf. "Vergesst es, Jungs. Ich bin hier für den Antiquitätenmarkt. Nicht, um meine Beine gegen das Rathaus schleudern zu lassen."

„Mama, das passiert doch gar nicht. In Physik haben wir gelernt, dass –"

„Mir egal."

Ich lache erneut. Die Szene ist zu herrlich, um sie unkommentiert zu lassen. „Lass deinen Sohn doch wenigstens beweisen, was für wunderbare Physikkenntnisse er hat!"

„Das weiß ich auch, ohne dass er mir erklärt, wie dieses Ungetüm funktioniert", bemerkt sie und deutet auf das Karussell. Sie sagt es so liebevoll und streicht Cole währenddessen durch die blonden Locken, sodass jeder sofort merkt, wie stolz sie auf ihn ist.

Entgegen all der Interessen, die in unserer Familie jemals aufgekommen sind, scheint sich mein Bruder besonders für Physik zu interessieren. Etwas, was ich niemals verstehen werde. Aber er macht uns schon mit seinen elf Jahren stolz. Jeder große Bruder denkt vermutlich, dass der eigene Spross der Familie intelligent ist, aber bei Cole trifft es tatsächlich zu. Während andere noch Gregs Tagebuch lesen, blättert er bereits in Schulbüchern für die kommenden Klassenstufen.

„Dann gehen wir halt erst auf den blöden Markt", sagt er in diesem Moment und kommt mir mit seiner enttäuschten Miene plötzlich wieder wie das Kind vor, das er immer noch ist. Meine Mum grinst, als habe sie eine heimliche Schlacht gewonnen.

Langsam schlendern wir über den Platz. Nur wenige Menschen haben bisher den Weg hierher gefunden, was ich sehr genieße. Ich schöpfe aus dem Tag mit meiner Familie, da ich weiß, dass mich der stressige Rennfahrer-Alltag bald wieder hat, umso mehr Energie. Außerdem steckt mir der lange Flug noch immer in den Knochen. Das ist es, was ich wollte. Nach der Arbeit zurück nach Hause zu kommen. Zu meiner Familie.

Nach Hause. Diese Worte in Verbindung mit Melmoth Lakes zu bringen, war vor wenigen Wochen undenkbar für mich.

Wir steuern die erste Reihe des Antiquitätenmarktes an und schon am zweiten Stand bleibt Mum eine Ewigkeit vor einem Teeservice stehen. Ich befürchte, dass sie hier die ersten Dinge kaufen wird, dann wendet sie sich aber glücklicherweise dem nächsten Stand zu.

Ich überfliege die Umgebung. Fünf überschaubare Reihen, die dafür aber in die Länge gezogen sind, warten darauf, von uns abgegangen zu werden. Mum wird nicht von hier verschwinden, ehe sie nicht jedes einzelne kaufbare Stück genau betrachtet hat. Cole und ich lassen sie ein wenig davonziehen und laufen ihr mit etwas Abstand nach.

„Meinst du, es gibt hier auch Xbox-Spiele?", will mein Bruder gelangweilt wissen.

Ich schmunzle. „Ich fürchte eher nicht. Hier gibt es nur alte Dinge. Vielleicht findest du ein Spielzeugauto von 1920."

„Wie öde", kommentiert mein Bruder und hat im nächsten Moment sein Handy gezückt. Er macht seiner Generation alle Ehre. Schweigend gehen wir nebeneinander her. Cole tippt in atemberaubender Geschwindigkeit Nachrichten, also bleibt mir nichts anderes übrig, als die Umgebung fortan zu inspizieren.

Es gibt allerhand Kleinigkeiten, bei denen ich mich frage, warum zum Teufel jemand sie kaufen wollen würde. Zwischendrin aber finden sich wie immer einige Schätze. Ich erkenne uralte Schallplatten, massenhaft Geschirr. An einem Stand werden alte Spielzeuge verkauft, die tatsächlich höchstens etwas für Sammler sind. An einem anderen Tisch preist ein alter Mann mit breitem Strohhut, der so gar nicht zu herbstlichem Wetter passen will, alte Kaffeemaschinen und Zubehör an. Eine Kaffeemühle in Gold glänzt in der frühen Herbstsonne. Mich würde es nicht wundern, wenn Mum genau dieses Exemplar mitnimmt und es später voller Stolz meinem Dad präsentiert, der gespieltes Interesse zeigen und sich dann wieder etwas anderem zuwenden wird.

Weil ich meine Mum nicht sehe, versuche ich ihre Gestalt irgendwo in der Menge auszumachen, doch ich bleibe erfolglos mit meinem Vorhaben.

Stattdessen fällt mein Blick auf rote, lockige Haare. Und auf ein mir nur allzu bekanntes Gesicht, das strahlend auf eine der Maschinen blickt, die der Strohhut-Mann verkauft.

„Funktioniert die noch?", höre ich Romy sagen. Ich verstehe die Antwort des Verkäufers nicht, denn ich bin zu beschäftigt damit, Romy anzusehen.

Anzustarren.

Himmel, sie sieht unfassbar gut aus.

Ich stehe wie festgefroren dort, nur zwei Armlängen von ihr entfernt. Insgeheim hoffe ich, dass sie mich entdeckt. Dass sie etwas zu mir sagt.

„Na, hast du was gefunden?", höre ich die Stimme meiner Mum direkt neben mir. Widerwillig wende ich den Blick von Romy ab und schaue sie an.

„Ich nicht, du aber anscheinend schon", entgegne ich und schaue auf das Buch in ihrer Hand.

„Eine alte Ausgabe von Dracula!", sagt sie euphorisch. Ich kann ihre Begeisterung nicht ganz teilen, setze aber ein Lächeln auf.

„Mum, die Tassen hier passen zu denen, die Dad letztens kaputtgemacht hat, als er die Spülmaschine ausgeräumt hat", dringt Coles rufende Stimme zu uns, bevor ich etwas erwidern kann. Seine Worte sorgen für verhaltenes Lachen und einige Blicke in unsere Richtung.

Normalerweise wäre mir das völlig gleichgültig gewesen, doch in diesem Fall hat Cole nicht nur eine Handvoll Fremde auf uns aufmerksam gemacht, sondern auch diejenige, von der ich wollte, dass sie mich entdeckt. Romys Blick landet auf mir. Und bei allen Göttern, ich bin mir sicher, dass für einen Moment die Welt um uns herum stehenbleibt, als unsere Blicke sich treffen.

Kapitel 18

Romy

Ich bin mir absolut sicher, dass meine Panikattacke wiederkehrt. Aus dem Nichts. Mitten auf diesem Markt. Vor dem Mann, mit dem ich über die alte Kaffeemaschine verhandeln wollte, die perfekter als perfekt in die Eisdiele passen würde.

Das kurze Aussetzen meines Herzens und die stockende Atmung kommen allerdings nicht von Panik oder Angst. Sie trägt den Namen Ryan Baker und schaut mir mit diesen unergründlichen Augen direkt in die Seele.

Verdammt.

„Lady, was ist jetzt mit der Maschine?"

Ich erschrecke mich vor der Stimme neben mir und drehe mich zu ihr herum. Vielleicht ist Ryan weg, wenn ich ihn ignoriere. Vielleicht läuft er einfach weiter und ignoriert mich, wie er es so gut kann.

Verdammte Kleinstädte.

„Also ich würde sie wirklich unheimlich gerne mitnehmen. Für 100 Dollar?"

„120."

„110?"

„Meinetwegen", grummelt der Mann. Sein Sonnenhut rutscht ihm ein Stück tiefer ins Gesicht und lässt ihn noch eine Spur mürrischer wirken. Er zieht ein altes, ledernes Portemonnaie aus einer Kiste unter dem Tisch und erinnert mich so daran, dass auch ich meinen Geldbeutel herauskramen sollte. Zum Glück habe ich in letzter Sekunde daran gedacht, Bargeld mitzunehmen.

Wir tauschen das Geld gegen seine antike Kaffeemaschine und kurz bereue ich, dass ich Hanna erlaubt habe, bei den Büchern zu stöbern, denn so kann sie mir nicht helfen. Und mir genauso wenig bei meinem Ryan-Dilemma beistehen.

Ich ziehe das Kaffee-Ungetüm näher zu mir heran und will versuchen, es anzuheben, da spüre ich, wie jemand neben mich tritt.

„Lass mich dir helfen", sagt Ryan. Beim Klang seiner Stimme habe ich sofort das Gefühl, dass ein Puzzleteil an die richtige Stelle rutscht. Eines, von dem ich dachte, es sei verloren gegangen. Unter das Sofa gefallen oder einfach nicht mitgeliefert.

„Ich sollte Nein sagen und behaupten, dass ich das schon alleine schaffe, oder?", werfe ich ein.

„Damit ich so etwas sagen kann wie: O doch, holde Maid, ich bin gekommen, um zu helfen"?

„Holde Maid? Was für einen Klassiker hast du denn verschluckt?"

Nun mischt sich eine weitere Stimme in unser Geplänkel mit ein. Eine weibliche.

„Das ist die gute Erziehung, die er von seiner Mutter genossen hat."

Vor mir steht eine zierliche Frau mit langen, lockigen Haaren. Und sie hat beinahe genau die gleichen Grübchen wie Ryan.

„Eigenlob stinkt, Mum", höre ich Ryan meinen Verdacht bestätigen.

„Nicht, wenn es die Wahrheit ist", kommentiert sie. Ihre Stimme klingt trocken, aber dennoch liebevoll. Als wäre dieses Geplänkel zwischen den beiden an der Tagesordnung. Die Situation ist schon verwirrend genug, doch es taucht zwischen Ryan und seiner Mum nun auch noch ein drittes Gesicht auf. Eines, das ich kenne.

„Hey, du bist doch die Freundin von Ryan, die zum Kuchenessen vorbeikommen wollte!"

Ryans Bruder schaut mich aus seinen großen, blauen Augen an. Seine Haare sind noch verwuschelter als damals, als ich ihn im Schulkorridor kennengelernt habe. Drei Augenpaare sind erwartungsvoll auf mich gerichtet. Und ich stehe dort, eine Hand auf der eben erworbenen Kaffeemaschine, und bringe kein Wort mehr heraus. Ich fühle mich nicht unwohl, aber beobachtet und etwas verunsichert. Fieberhaft überlege ich, wie ich diese Situation weiter behandeln soll. Soll ich mich vorstellen oder lieber schweigen? Oder einen Witz machen? Ich könnte mich an einem Witz versuchen. Ich bin so versunken in die möglichen Szenarien, dass ich kaum merke, dass Ryans Bruder einen zaghaften Schritt auf mich zugekommen ist. Ich erinnere mich daran, dass er mir damals in der Schule gesagt hat, sein Name sei Cole. Froh über mein gutes Namensgedächtnis wende ich mich ihm zu.

„Mum hat Pflaumenkuchen gemacht. Das ist mein Lieblingskuchen. Du solltest gleich mit uns nach Hause kommen."

Mir liegt etwas auf den Lippen, das nicht direkt eine Ausrede, aber eben auch keine Zusage ist. Denn erstaunlicherweise klingt die Aussicht auf ein Stück Kuchen mit Ryan am gleichen Tisch verlockend. Sollte ich nicht lieber aufhören, seine Gegenwart zu genießen?

Mir wird überdeutlich bewusst, dass es bei Chad nicht eine Sekunde so intensiv war. Freundschaftlich ja, aber nie so, dass mein Herz anders schlug oder meine Nackenhaare sich aufgestellt haben, nur weil ein kleines Detail an ihm meine Aufmerksamkeit einfordert. Auf Ryans Unterarmen zeichnen sich Muskeln ab, als er seinem Bruder durch die Haare wuschelt. Eine Geste, die er häufig, aber unbewusst macht, wie mir scheint.

„Du bist herzlich eingeladen", sagt Ryans Mum. Dann hält sie mir ihre Hand hin. „Ich bin Angela und wohl zu einem großen Teil für diese beiden Jungs verantwortlich. Auch wenn sie es beide nicht gerne hören."

Ich ergreife ihre Hand und schüttle sie. Die Geste könnte gezwungen wirken, doch bei Angela habe ich das Gefühl, dass sie alles in ihrem Leben auf eine sympathische Art tut.

„Romy", stelle ich mich knapp vor. „Und danke für die Einladung."

„Juhu, sie isst mit uns Kuchen", ruft Ryans Bruder aus.

Angela wirft ihrem jüngsten Sohn ein beschwichtigendes Lächeln zu. „Spatz, das kann Romy immer noch selbst entscheiden. Und wenn es heute nicht passt, dann vielleicht an einem anderen Tag."

Cole lässt nicht locker. „Aber es wäre echt cool."

Angela lächelt mich an. Und Ryan ... Es fällt mir schwer, ihn anzusehen. Es ist, als würde mir mit jedem weiteren Mal, bei dem mein Blick auf ihn fällt, eine neue Sache an ihm auffallen, die mich durcheinanderbringt.

„Es wäre wirklich ... verdammt cool", sagt er dann. Bilde ich es mir ein oder klingt seine Stimme kratzig?

Oh, Himmel. Kratzig bedeutet in diesem Fall emotional. Fast ein bisschen sexy.

Gedanken, die ich nicht denken sollte, wenn seine Mum in der Nähe ist.

„Ich ... habe meinem Onkel versprochen, dass ich mich nach Möbeln für die Eisdiele umschaue. Der Sturm hat doch alles zerstört und ..." Ich unterbreche mich selbst, weil es vollkommen klar ist, dass die ganze Familie diese Geschichte längst kennt. Immerhin war die Hälfte von ihnen in die Reparaturarbeiten eingespannt.

„Dann geht Ryan mit dir schnell nach den öden Möbeln schauen und Mum und ich gehen zum Karussell."

Woher nimmt dieses Kind diese Ideen, frage ich mich. Gleichzeitig füllt sich mein Bauch mit Dankbarkeit. Denn erst jetzt, als gemeinsame Zeit mit Ryan zum Greifen nahe ist, wird mir bewusst, wie gerne ich genau das hätte. Ein Gespräch mit ihm. Ihn verstohlen von der Seite anblicken, wenn mir danach ist.

Romy, du wolltest *vorsichtig* sein.

„Die Idee ist nicht schlecht", gebe ich zu, bevor ich doch noch umschwenke. Ein Teil von mir will diese Harmonie zwischen uns unbedingt. Ein großer Teil. Mir entgeht nicht, dass Ryan und seine Mutter einen bedeutungsschweren Blick tauschen. Ryan grinst, Angela verdreht die Augen. Ich bin mir ziemlich sicher, dass sie etwas sagt wie: „Dieses verdammte Kettenkarussell", aber ich könnte mich täuschen, denn meine Ohren rauschen ungewohnt laut.

Auf einmal fällt mir Hanna wieder siedend heiß ein. Wie habe ich meine beste Freundin nur so außen vor lassen können? Erneut!

„Ich bin nicht alleine hier", beginne ich zaghaft. Ryans Mine verfinstert sich kaum merklich, aber mir fällt es dennoch auf.

„Hanna", ergänze ich. „Ich bin mit meiner besten Freundin hergekommen."

Atmet Ryan gerade wirklich erleichtert aus? Was hat er denn gedacht, mit wem ich hier bin? George Clooney?

„Dann lerne ich wohl auch endlich mal Hanna kennen. Ist das nicht die, die dachte, ich wäre ein böser Clown?"

Ich kichere, obwohl ich mir doch fest vorgenommen habe, nicht so auf seine Witze zu reagieren. Dann nicke ich. „Genau die."

„Oh, es wird mir eine Ehre sein!", sagt Ryan und verbeugt sich in einer vollkommen übertriebenen Weise.

Ich kann nichts daran ändern, dass seine Leichtigkeit auf mich überspringt.

***

„Zwanzig Bücher in einem Monat lesen? Das ist vollkommen übertrieben!"

„Das ist gar nicht übertrieben!", sagt Hanna. Sie lässt sich normalerweise nur schwer zu lauten Worten hinreißen, doch wenn es um ihre geliebten Bücher geht, kommt sie mehr denn je aus sich heraus.

Die beiden sitzen auf der Rückbank meines Pick-ups. Neben mir auf dem Beifahrersitz steht ein Karton voller Geschirr und die Kaffeemaschine ist im Fußraum eingequetscht, sodass sie nicht umfallen kann. Auf der Ladefläche meines Wagens stapeln sich Stühle und alte Weinkisten. Ein kleiner Schrank und zwei weitere Kartons mit Vasen, Dekoration, Bildern.

Ron und Sue ahnen nichts von ihrem Glück und der neuen Einrichtung für die Eisdiele. Ich bin nicht zu bremsen gewesen. Und das Beste daran ist, dass es nicht einmal teuer gewesen ist.

„Wann schläfst du, wenn du so viel liest?"

„Ich lese einfach sehr schnell. Wie ein ... Scanner quasi."

Ryan lacht laut auf. „Ein Buchscanner", wiederholt er amüsiert. „Das ist der beste Spitzname, den ich seit langer Zeit gehört habe."

„Das ist nicht witzig", sagt Hanna, doch an der Tonlage in ihrer Stimme erkenne ich, dass ihr die Komik der Situation sehr wohl bewusst ist. Sie klingt, als würde sie breit grinsen und ein Blick in den Rückspiegel bestätigt das.

Ich halte an der letzten Kreuzung, bevor es links auf die Hauptstraße geht. Das große Schild, das unsere Kleinstadt ankündigt, liegt schon hinter uns. Samt dem Gefühl, wieder nach Hause zu kommen.

Die Main Street ist eine Allee aus unterschiedlichen Bäumen. Zu dieser Jahreszeit sieht sie gefühlt stündlich anders aus, weil die Blätter sich so schnell verfärben. Auf den Gehwegen haben sich die ersten kleinen Blätterhaufen gesammelt. Antonia würde nichts lieber tun als hineinzuspringen.

Ryan und Hanna sind dazu übergegangen, über Kinderbücher zu sprechen. Es stellt sich heraus, dass Cole nur wenige ungelesene Bücher in seinem Schrank hat, weshalb Hanna verspricht, eine Liste von Büchern für Elfjährige zu erstellen und sie Ryan schnellstmöglich zukommen zu lassen.

Ich habe die gesamte Fahrt über geschwiegen. Das mag zum einen daran liegen, dass ich mich mit dem voll beladenen Pick-up ganz besonders konzentriere, aber auch daran, dass ich meine Panikattacke auf der Kartbahn noch nicht ganz abgeschüttelt habe. Ich habe nicht direkt Angst vor dem Gaspedal, aber es fühlt sich dennoch so an, als hätte ich mit ihm einen deftigen Streit gehabt. Und wir beide sind nachtragend.

„Er wird dich für diese Liste sicherlich lieben", wirft Ryan lachend ein. O Himmel, wie ich diesen Klang liebe. Vor allem in meinem Auto. Können wir einen Moment innehalten, um zu notieren, dass ich gerade einen Rennfahrer durch die Gegend kutschiere?

Kneift mich mal jemand?

Die Stille, die auf diesen Gedanken folgt, wundert mich. Mein Blick kriecht von der Fahrbahn hinauf zum Rückspiegel, wo ich Hannas fragendes Gesicht erkenne. „Warum sollen wir dich kneifen?", fragt sie mit gerunzelter Stirn.

„Oh, ich ... das waren eigentlich Worte, die nur meinem äußerst intelligenten Geist vorbehalten waren", versuche ich, mich herauszureden. Anstatt Sprüche zu klopfen, würde ich lieber eine Mütze über mein Gesicht ziehen, damit niemand sieht, wie ich erröte. Oder am besten gleich eine Papiertüte mit einem kleinen Loch zum Atmen. Das würde der Sache gerecht werden.

„Ah, deine berühmten Selbstgespräche?", setzt Hanna eine Schippe drauf, als würde ich mich nicht selbst schon peinlich genug verhalten. Ihr gemeines Grinsen sehe ich, obwohl sie sich dem Fenster zugewandt hat.

„Du hast es erfasst", gebe ich zurück. „Schade, dass Ryan es auf diese Art erfahren musste."

Ich bin mir sicher, dass wir auf einem guten Weg sind, ihn zu vergraulen, doch Ryan lacht erneut. Ich kann ihn nicht sehen, aber ihn zu hören, reicht aus, um mir eine massive Gänsehaut zu bescheren. Ich fühle mich noch immer ganz beschwingt von seiner Anwesenheit, als ich schließlich in die Einfahrt der Eisdiele einfahre. Sue steht in einem Blaumann, der ihr mindestens zwei Nummern zu groß ist, an der Tür. Antonia neben ihr hat einen kleinen Eimer mit Sandkastenspielzeug in der Hand und sieht in ihrer ebenfalls blauen Matschhose fast aus wie das exakte Abbild ihrer Mutter. Als die beiden uns einbiegen sehen, fängt meine Cousine wie wild an zu winken.

Plötzlich kommt es mir seltsam vor, mit Ryan zusammen hier aufzutauchen. Cole hat mit seiner kindlichen Ehrlichkeit dafür gesorgt, dass die Stimmung gut wurde. Doch Antonia ist zu jung dafür. Stattdessen sehe ich den fragenden Blick meiner Tante. Kein Wunder, als sie mich das letzte Mal gesehen hat, bin ich ungeschminkt und vollgepumpt mit schlechter Laune in meinem Bett gelegen und habe mich selbst bemitleidet.

„Hi!“, rufe ich und steige mit einem kleinen Sprung aus. „Hier kommt die neue Einrichtung.“

„Wow“, sagt Sue und ihr Blick wandert von der Ladefläche meines Autos über mich und mein Outfit und schließlich zu Ryan, der um das Auto herum kommt.

„Hi, Mrs. Luck“, sagt er.

„Wow“, sagt Sue erneut. Ich möchte nicht genau darüber nachdenken, zu was genau sie diesen Kommentar abgegeben hat.

Auf alle Fälle ist es schwer, Ryan mit etwas anderem als *Wow* zu begrüßen, da gebe ich ihr Recht. Sein orangener Hoodie und die graue Jeans sehen zu gut an ihm aus, um es nicht zu bemerken. Genauso wie die Locken, die in alle Himmelsrichtungen abstehen und doch gewollt wirken. Im Auto hat er endlich seine Kappe abgesetzt. Und sein Lächeln aufgelegt. Wenn es an Ryan Baker etwas gibt, was vollkommen magisch ist, dann dieses mit Grübchen versetzte Lächeln, das alles um ihn herum verblassen lässt.

„Sag Sue zu mir, sonst fühle ich mich alt.“

Sie begrüßt Hanna und zieht mich dann in eine liebevolle Umarmung. Ich spüre, wie Antonia sich zeitgleich an mein Bein klammert. Sie ist in einem Alter, in dem sie alles nachmacht, was ihre Mum tut.

Aus Sues Richtung höre ich das dritte Mal ein *Wow*, als sie unsere Ausbeute auf der Ladefläche betrachtet.

„Wir räumen das alles ein und ab morgen helfe ich, die Möbel aufzubauen.“

Ich starre Ryan an. Sind diese Worte gerade wirklich aus seinem Mund gekommen? Darüber haben wir nicht gesprochen.

„Das ist … wirklich lieb von dir“, sagt Sue. Nicht allerdings, ohne mir zuvor einen unsicheren Blick zuzuwerfen. Hat sie Angst, dass meine nächste Männerbekanntschaft mich erneut aus der Bahn werfen wird? Oder ist es einfach ihre typische Sorge, die sie sich als Mutter und Tante angeeignet hat? Ich blicke auf den Boden, weil ich kurz befürchte, dass ich erröte, doch Ryan meistert die Situation mit seiner unfassbaren Sympathie, die jeden in den Bann zu ziehen scheint. „Es fällt leicht, sich in euer Eiscafé zu verlieben. Es würde mich freuen, wenn ich euch unterstützen könnte, es wieder aufzubauen.“

„Du hast uns schon so viel geholfen“, wirft Sue ein. Das Strahlen auf ihrem Gesicht zeigt, wie sehr sie sich über Ryans Worte freut.

„Das habe ich gerne gemacht“, sagt er. Und dann legt er einen Arm um mich. Einfach so. Aus dem Nichts.

Mein Herz platzt gleich, denke ich. Ich kann mich nicht daran hindern, Ryan direkt ins Gesicht zu schauen. Er ist mir so nahe. Ich spüre seine Wärme. Und vor allem rieche ich ihn. Ein Geruch, den ich niemals im Leben beschreiben könnte und den ich genauso nie wieder vergessen werde.

„Wow“, imitiere ich Sue mehr ungewollt als absichtlich und merke erst im nächsten Moment, dass Ryan das auf alle Fälle gehört hat. Er schaut mir in die Augen.

„So was von Wow“, flüstert er mir zu.

Es ist der Augenblick, in dem ich weiß, dass ich hoffnungslos verloren bin.

Ryan

Es ist nicht das erste Mal in den letzten drei Stunden, dass ich mich frage, ob das hier gerade wirklich passiert. Ob diese Verbundenheit, die ich fühle, echt sein kann. Romy bewegt sich selbstverständlich inmitten meiner Familie. Als würde sie hierher gehören.

Nachdem wir ihre Errungenschaften vom Antiquitätenmarkt in die Eisdiele gestellt haben, hat sich Hanna in atemberaubender Geschwindigkeit von uns verabschiedet. Nicht aber, ohne ihrer besten Freundin noch ins Ohr zu flüstern, dass sie alle Details wissen will. Und zwar so laut geflüstert, dass ich jedes ihrer Worte verstanden habe, aber das behalte ich für mich.

Romy hat sich Gott sei Dank etwas anderes angezogen. Sonst hätte ich vermutlich gar nicht mehr aufgehört, sie anzustarren. Wobei die helle Jeans und die weiße Bluse, die sie trägt, genauso gut an ihr aussehen wie das Strickkleid von vorhin.

„Schmeckt himmlisch", spricht Romy das aus, was alle am Tisch denken. Es ist das zweite Stück Kuchen, das sie verputzt. Sie hat einen Krümel am Mundwinkel und ... Hilfe, sie sieht bezaubernd aus.

„Ich hoffe, du bringst deinen Söhnen bei, wie man so gut backen kann, Angela."

„Die interessiert das nicht", sagt meine Mum und blickt mit einem so wehleidigen Gesicht drein, dass ich beinahe Mitleid mit ihr habe. Aber nur beinahe.

„Wir räumen danach die Küche auf, stimmt's Cole?"

„Voll wahr", sagt mein Bruder. Er schlürft lautstark seinen Kakao, wofür er prompt einen bösen Blick von meinem Dad erntet. Entweder für das Schlürfen oder wegen der Jugendsprache, gegen die mein Vater eindeutig etwas hat. So oder so, es zaubert ein verschmitztes Lächeln in Romys Gesicht.

Wir sprechen noch ein bisschen über Coles letzte Mathearbeit und darüber, dass das Kettenkarussell total öde gewesen ist. Romy erzählt von der Wette, die sie mit ihrer Tante laufen hat und von den seltsamen Eiskreationen, die sie bei einem Gewinn entwerfen darf. Sobald das *Sues* wieder offen hat, geht das Thema Wette sofort weiter, schärft sie uns allen ein. Ich sehe an den Gesichtern meiner Familie, dass sie ihr eindeutig zu diesem Sieg verhelfen werden. Auch wenn es bedeutet, tagelang Bauchschmerzen von zu viel Eis zu haben. Der Nachmittag geht in den frühen Abend über und nach dem Kuchenessen folgt ein Kartenspiel, bei dem Cole uns gnadenlos abzockt. Sicherlich hat er geschummelt, aber ich kann es nicht beweisen, weshalb ich den Mund halte.

Während wir lachen und es sich so anfühlt, als wäre diese Konstellation zusammen mit Romy das Normalste der Welt, wächst in mir immer mehr der Wunsch, Zeit mit ihr alleine zu verbringen. Ich habe das Gefühl, dass auf dieses zaghafte Kennenlernen im Kreise meiner Familie eine ganze Palette von Informationen ausgetauscht werden müssen. Das letzte Gespräch von uns war geprägt von Neuigkeiten, die ich liebend gerne schonender erklärt hätte und nicht mit diesem großen Knall. Am meisten interessiert mich, was da mit Chad läuft.

Es ist, als würde die Wahrheit mit aller Kraft gegen meine Stimmbänder drücken, weil sie endlich raus will. Ich will Romy erzählen, dass ich bald wieder in meinem Rennauto sitzen werde. Will ihr von all den kleinen Details berichten, die mein Leben ausmachen. Und gleichzeitig sind da so viele Fragen, die ich ihr stellen will. Ob sie lieber Lasagne oder Spaghetti Bolognese isst. Oder ob sie gerne Football schaut. Was ihr Lieblingsfach in der Schule war.

Als Cole und meine Eltern schließlich aufstehen und in einem auffällig langsamen Tempo aufzuräumen beginnen, nutze ich meine Chance.

„Was hast du heute noch vor?" Ich beuge mich ein Stück zu ihr und atme ihren Duft ein.

„Nichts", sagt sie. Klingt ihre Stimme dünner als sonst? Ist sie nervös?

„Dann hast du jetzt was vor."

„Und was?", will sie wissen.

„Überraschung." Ich zwinkere ihr zu und stehe auf. Romy wirkt für einen Moment verunsichert. „Das letzte Mal, als ich mich auf einen solchen Abend eingelassen habe, hat das nicht besonders gut für mich geendet", gibt sie zu. Zu gerne wüsste ich, was genau sie damit meint, aber Cole kommt auf uns zugestürmt und drückt Romy eine Dose mit Kuchen in die Hand.

„Das ist für dich", sagt er, und schon ist er wieder weg.

Romy blickt meinem Bruder nach. „Ist er immer so wirbelwindmäßig?"

Ich zucke die Schultern. Heute ist er noch ziemlich ruhig, wenn ich ehrlich sein soll."

„Woher nimmt er die Energie?"

„Die kommt aus den fünf Kilo Cornflakes, die er jede Woche isst", gebe ich zurück. „Probier es mal aus."

„Werde ich mir merken", beteuert Romy.

Wir schauen uns an. Eine Sekunde. Zwei. Fünf.

„Bitte vertrau mir. Ich mache nichts, was du nicht willst."

Ich sehe, wie Romys letzter Widerstand bröckelt. „Ich vertraue dir", haucht sie.

***

Das Knistern des Lagerfeuers vor uns übertönt die Geräusche der Natur. Vereinzelt höre ich einen Vogel oder das Rascheln des Windes in den Baumkronen über uns.

Als Romy gesehen hat, dass ich ihren Pick-up mitten in den Wald steuere, hat sie sich für einen Moment versteift. „Ich bin nicht Pennywise", habe ich mit amüsierter Stimme erklärt. Es hat nicht lange gedauert, sie dazu zu überreden, dass ich ihren Wagen fahren und sie im Anschluss nach Hause bringen darf. Vielleicht wegen meiner Anspielung auf den Stephen-King-Clown, der ihr klar gemacht hat, dass das Buch unserer gemeinsamen Vergangenheit zwar noch dünn ist, es aber immerhin einen Anfang gibt.

Nun, zwanzig Minuten später, habe ich auf der kleinen Lichtung ein kleines Feuer entzündet und eine der Decken um Romys Schultern gelegt, die ich mitgebracht habe. Diese Stelle im Wald mit dem Platz für ein Lagerfeuer, den irgendjemand einmal auserkoren hat, habe ich in meiner Jugend entdeckt und schon Dutzende Male mit meinen Freunden genutzt. Aber kein einziges Mal war es so schön wie jetzt.

Die Dunkelheit kriecht langsam über uns. In einer der bunten Stofftaschen, die meine Mum im Vorratsschrank aufbewahrt, habe ich Getränkedosen und

Schokolade eingepackt. Zwischen uns auf der Picknickdecke, die ich unter uns ausgebreitet habe, liegt eine geöffnete Packung Chips. Vielleicht ist dieser Abend gerade deswegen so perfekt, weil er so spartanisch erscheint. Im Gegensatz zu den letzten Jahren meines Lebens wirkt das Leben hier in Melmoth Lakes ohnehin unendlich einfach und unbeschwert auf mich.

„An was denkst du?" Romy spricht leise, hat ihre Stimme dem Wald und der Natur angepasst. Sie sitzt gerade so nah bei mir, dass sie mich zwar noch nicht berührt, zwischen uns aber kaum mehr als ein Blatt passt. Ein Umstand, an den ich mich gewöhnen kann. Sie schaut mich an. Die Gedanken in meinem Kopf überschlagen sich. Sie ist so hübsch. Und so nah bei mir. „Daran, wie schön es hier ist", antworte ich.

„Hier im Speziellen? Da hast du recht. Ich lebe schon mein ganzes Leben hier, aber diese Stadt schafft es immer wieder, mich zu überraschen. Na ja, in dem Fall hast wohl eher du mich überrascht." Sie lacht leise.

„Ich habe nicht gedacht, dass ich hierher zurückkomme. Meine Vorstellung vom Leben war immer, möglichst weit weg zu gehen. Viel von der Welt zu sehen. Neue Zelte aufzuschlagen."

„Aber das hast du doch auch, oder?"

„Ja. Und dann habe ich gemerkt, dass das nicht immer die beste Methode ist. Manchmal fällt man in ein Loch und nur die Familie kann einem helfen, dort herauszukommen."

Kurz schweigt Romy. Ich weiß, welche Frage die nächste ist. Normalerweise ist das der Moment, an dem ich beginne, abzublocken. Doch diesmal ist es anders. „Das war nach deinem ... Unfall, richtig?"

„Ja."

Romy sagt nichts. Vielleicht, weil sie nicht weiß, was sie erwidern soll. Weil sie Angst hat, mir zu nahe zu treten. Wie viel weiß sie? Hat sie mich gegoogelt? Plötzlich hoffe ich inständig, dass sie nicht irgendein Video gesehen hat.

„Romy, ich hätte dir das alles gesagt, ich –" Weiter komme ich nicht.

„Hör auf. Das trage ich dir nicht nach."

„Das klingt, als würde es etwas anderes geben, was du mir nachträgst."

„Nein. Ich versuche bloß, vorsichtig zu sein."

„Weshalb?", will ich von ihr wissen.

Kurz zögert Romy. „Als du nach dem Buchverkauf nicht mehr in der Eisdiele aufgetaucht bist, war ich enttäuscht. Dein Dad hat erzählt, dass du deinem Nachbarn hilfst. Es ist so wahnsinnig egoistisch, aber ich habe mir sofort gewünscht, dass es nicht so wäre. Dabei unterstreicht es doch nur, was für ein feiner Kerl du bist." Bei den letzten Worten schleicht sich ein Lächeln auf ihre Lippen. „Na ja, wie auch immer. Ich habe mich gefreut, dich zu sehen. Aber dann ... warst du nicht da." Die Art, wie sie spricht, beweist, wie emotional sie ist. Dieser verdammte Tag. Es wäre der Wendepunkt in unserer Geschichte gewesen.

„Mir ging es ähnlich. Glaubst du mir, wenn ich dir sage, dass ich mich genauso auf dich gefreut habe? Aber Peter ist gestürzt und lebt alleine in einem Haus, das jedes Mal, wenn ich ihn besuche, mehr Zimmer zu haben scheint. Es hat ihn also stundenlang niemand gehört oder bemerkt, bis meine Mum zufällig dort war, um ihm Kuchen zu bringen."

„O wie schrecklich", sagt Romy, die Hand vor den Mund gepresst. Sofort ist sie erfüllt mit Sorge. „Geht es ihm wieder gut?"

„Peter ist wieder so fit wie vorher. Wir waren stundenlang im Krankenhaus und dann wollte er mich nicht gehen lassen."

„Peter Prince?", wiederholt sie nachdenklich. Ich nicke und frage: „Woher kennst du ihn?"

„Du meinst abgesehen von der Tatsache, dass ich durch die Eisdiele viele Menschen kenne, die hier leben? Er war der beste Freund von meinem Grandpa. Ich frage mich gerade, warum ich ihn nie besuche."

Ich erkenne das schlechte Gewissen in Romys Zügen. „Hör auf, dir Vorwürfe zu machen."

„Gott sei Dank rettet der Kuchen deiner Mum nicht nur Beziehungen, sondern auch Leben." Als Romy bewusst wird, was genau sie da eben gesagt hat, errötet sie. Ich sehe es trotz des flackernden Lichtes des Feuers vor uns. Sie senkt ein wenig den Kopf, als könnte sie so verhindern, dass ich es wahrnehme. Bevor ich mich bremsen kann, hebe ich meine Hand an ihr Kinn. Nur ganz sanft, die Berührung gleicht dem Flügelschlag eines Schmetterlings, doch das altbekannte Knistern in mir spüre ich überdeutlich. Ich hebe ihr Kinn an, sodass sie mich anblickt, dann lasse ich meine Hand in meinen Schoß sinken. Die Decke rutscht ein wenig von Romys Schulter und ich unterdrücke sofort den Drang, sie wieder an Ort und Stelle zu bringen.

„Möchtest du mir verraten, warum du der Meinung bist, dass du vorsichtig sein müsstest? Das mit Peter war kein gutes Timing, aber ich würde jederzeit wieder stundenlang mit ihm im Krankenhaus sitzen. Die besten Kindheitserinnerungen haben etwas mit ihm zu tun. Und als ich dann zu dir gehen wollte, war jemand anderes bereits da."

Romy schluckt. „Chad?"

Ich nicke, was ein leises, verzweifeltes Schnauben von Romy hervorruft. „Wie dumm kann es eigentlich laufen?", fragt sie in die flackernde Dunkelheit zwischen uns.

„Ich habe nur gehört, dass er dich abholen wollte und bin zu feige gewesen, um dich direkt anzusprechen. Also bin ich wieder gegangen. Und dann habe ich euch im Restaurant gesehen. Die Art, wie Chad dich wieder aus der Tür geschoben hat, nachdem er mich dort sitzen sah. Als hätte er Angst davor, dass du mich bemerkst. Da wusste ich nicht, ob du ihm irgendwas erzählt hast oder ob er bereits so sehr in dich verliebt ist und dich unbedingt für sich behalten will."

„Du warst in diesem Restaurant?", fragt Romy kopfschüttelnd. „Wow. Was ist das für ein komischer Film, der sich hier abgespielt hat?" Sie zieht ganz leicht die Augenbrauen zusammen, nur ein Stück, und beißt sich nachdenklich auf die Unterlippe. Jetzt ist es an mir, einen Kloß in meinem Hals herunterzuschlucken.

Himmel, wenn sie dieses Unterlippen-Ding macht ...

„Chad hat mich nicht nach einem Date gefragt. Das ist nicht der Grund, weshalb ich sage, dass ich vorsichtig sein sollte. Wir sind Freunde, Ryan. Wirklich. Nur Freunde. Er wurde versetzt, weshalb er mich gefragt hat, ob ich mit ihm in dieses furchtbar teure Restaurant gehen will. Weil man dort schon Monate im Voraus reservieren muss. Nur hat sein ursprüngliches Date die Reservierung löschen lassen."

„Und ich habe mich gewundert, wie mein Manager innerhalb so kurzer Zeit einen Tisch bekommen konnte. Schätze, das war dann eurer." Ich starre ins Feuer. Romy hat das, was passiert ist, einen *komischen Film* genannt und verdammt, sie hat recht damit. „Aber es erklärt noch immer nicht, weshalb du vorsichtig sein musst", lasse ich nicht locker.

Romy schluckt. „Nein, der Grund ist mir erst später bewusst geworden. Chad und ich sind im Anschluss an unsere verpatzte Reservierung in einer Kartbahn gelandet und ich hatte die erste Panikattacke meines Lebens. Deswegen bin ich eine Woche in meinem Bett geblieben. Wäre Hanna heute Morgen nicht gewesen, die mich gezwungen hat, auf diesen Markt zu gehen, hätte ich heute schon zwei Packungen Eis und einen weiteren Rewatch von New Amsterdam hinter mir und würde trotzdem noch in Selbstmitleid versinken."

„Ich bin froh, langsam die gesamte Geschichte zu verstehen. Aber du verschweigst mir doch noch immer etwas, Romy."

In ihrem Gesicht spielen sich mehrere Emotionen ab. Ich erkenne Hoffnung und Sorge gleichermaßen. Erleichterung darüber, dass wir uns endlich ausgesprochen haben, aber auch etwas, was auf mich wirkt wie Angst. Dann rückt sie mit der Sprache heraus. „Ich habe mich gefragt, warum es ausgerechnet ein Rennfahrer sein muss. Ich kann nicht einmal in ein bescheuertes Kart steigen, ohne vor Panik beinahe umzukommen.

Und da stolziert ausgerechnet ein Formel-1-Fahrer in mein Leben."

Meine Mundwinkel wandern nach oben. „Ich bin also in dein Leben stolziert", kommentiere ich.

„Klingt das blöd?"

„Überhaupt nicht. Aber ich kann dich nun ein bisschen besser verstehen. Und ich habe nicht mehr das Gefühl, nur die zweite Wahl zu sein. Das fühlt sich ziemlich gut an."

Sie ist allerdings in Gedanken schon wieder ganz woanders. „Deswegen hat Sue so komisch geschaut, als du vorhin da warst. Erst treffe ich mich mit Chad und versinke danach in Selbstmitleid. Und dann kommst du. Als wärst du ..." Sie unterbricht sich selbst und beendet den Satz dann abrupt. „Egal."

„Als wäre ich nur deine Ablenkung?", versuche ich den Satz stellvertretend für sie zu beenden, was dafür sorgt, dass Romy ein bisschen verunsicherter aussieht. Dann nickt sie.

„Ich finde, für eine Ablenkung bin ich ganz gelungen."

„Du bist keine Ablenkung, Ryan."

„Für dich wäre ich es gerne."

„Bist du nicht."

Und dann macht sie es schon wieder. Sie beißt sich auf die Unterlippe. Nur ein klein wenig. Zieht dabei die Augenbrauen zusammen. „Hör lieber auf damit", flüstere ich. Sogar im Flüsterton klingt meine Stimme heiser.

„Mit was?"

„Das mit deiner Unterlippe."

Romys Mund öffnet sich, als würde gleich die nächste Frage herauspurzeln. Und dann tue ich es einfach. Ich weiß nicht, ob es richtig ist oder ob sie mich hassen wird. Weiß nicht, ob es angebracht ist. Ich weiß lediglich, dass ich nichts dringlicher will, als diese Lippen noch einmal mit meinen zu berühren.

Ich beuge mich vor und dann, als ich einen Hauch von ihr entfernt bin, als ich regelrecht hören kann, wie sie den Atem anhält, frage ich leise: „Darf ich?"

Ich muss nicht spezifizieren, was ich meine. Alles an dieser Situation schreit nach einem Kuss. Wir hatten das hier schon einmal, aber das ist lange kein Freifahrtschein für mich. Und als Romy nickt, nur ganz leicht, fast unmerklich, überwinde ich auch die letzten wenigen Zentimeter.

Habe ich vorher gedacht, dass es zwischen uns knistern würde, dann ist das hier ein Feuerwerk. Unsere Lippen berühren sich ganz sanft und doch mit aller Kraft der Welt. Warm und süß. Wie der erste warme Sonnenstrahl im Frühling und der erste Schnee im Winter, das erste gefallene Blatt im Herbst und ein Sprung in das salzige Meer im Sommer. Dieser Kuss ist alles in einem winzigen Moment.

Als wir uns sanft voneinander lösen, weiß ich, dass ich einen Teil von mir an Romy verloren habe. „Du hattest recht vorhin", flüstere ich.

„Mit was?", fragt sie, scheinbar genauso wie ich in einer ganz anderen Welt gefangen, fernab der Realität.

„Wow."

„Das ... das ist das Wort des Tages", flüstert sie. Wir schauen uns in die Augen. Zwischen uns hat sich gerade absolut alles verändert. Unsere Herzen haben sich miteinander verbunden.

„Komm her", sage ich und breite die Arme aus. Ich muss nicht erklären, was ich meine. Im nächsten Moment rutscht Romy noch näher zu mir, dann ziehe ich sie erst auf meinen Schoß und schließlich vor mich, sodass sie mit dem Rücken an mich lehnt. Gemeinsam blicken wir auf das Lagerfeuer vor uns. Ich nehme die Decke von ihren Schultern herunter und lege sie über ihre Beine, bevor ich ihre Taille mit meinem rechten Arm umschlinge. So sitzen wir eine Weile dort, spüren die Wärme des jeweils anderen. Berauscht von der Magie, die dieser Kuss zwischen uns entfacht hat.

„Wie schön kann ein Moment eigentlich sein?", fragt Romy irgendwann. Ihr Kopf ist an meine Brust gelehnt. Sie ist ein Stück kleiner als ich und ich komme mit meinem Mund genau an ihren Hinterkopf, den ich mit einem liebevollen Kuss versehe.

„Das weiß nur das Universum", gebe ich zurück.

„Danke Universum."

„Ja, von mir auch danke, Universum", ergänze ich. „Ich dachte nach der Party bei John eigentlich, dass ich es für immer bei dir vermasselt hätte. Gott sei Dank ist es anders gekommen."

„Verwechsle das Universum nicht mit Gott", scherzt Romy. „Die beiden vertreten sich nur."

„Oh, das wusste ich nicht", gebe ich gespielt empört zu.

„Deswegen bin ich ja hier. Um es dir zu erklären."

„Wenn du jemals wieder irgendwelche Zweifel haben solltest oder denkst, wegen mir vorsichtig sein zu müssen, dann sprich mit mir. Ich kann es verstehen, dass dich das beschäftigt. Ich bin ein ziemlich guter Zuhörer.

Ich kann auch wahnsinnig gut küssen, aber zuhören kommt gleich danach."

„Oh, Ryan", flüstert Romy. Klingt es nur so, als müsse sie Tränen zurückhalten? Ich ziehe sie ein Stück näher an mich heran. „Können wir, wann anders noch einmal darüber sprechen?" Ich spüre, dass Romy mir einen Teil der Wahrheit in diesem Augenblick verschweigt. Kurz überlege ich, ob ich es dabei beruhen lassen oder ob ich sie direkt danach fragen soll. Dann entscheide ich mich für einen Mittelweg. „Jederzeit." Ich flüstere gegen ihr Ohr. „Ich bin bereit, wenn du es bist."

„Okay", sagt sie und holt Luft für den zweiten Teil ihrer Antwort, die sie dann aber doch nicht hervorbringt.

„Frag, was du fragen willst", wage ich einen Vorstoß.

„Ich will dir nicht auf die Füße treten. Du hast so viel Verständnis für mich und meine Verschwiegenheit, also werde ich das auch für dich haben."

Ich sage für eine lange Zeit nichts. Ich weiß, worauf sie hinauswill. Dafür brauche ich weder Gedanken lesen können noch besonders einfallsreich sein. „Die Antwort lautet ja." Romy dreht sich so weit zu mir um, wie es ihr aus dieser Position heraus möglich ist. Ihre Augen sind direkt auf meine gerichtet. „Ja?", hakt sie nach.

„Ja. Ich werde wieder fahren. Aber ich werde hierbleiben, in Melmoth Lakes. Das Fahren ist mein Traum und ich bin noch nicht bereit, ihn aufzugeben. Im März geht die Saison wieder los. Wir haben also noch viel Zeit bis dahin."

„Du bleibst hier?", wiederholt sie strahlend.

„Ja", schmunzle ich. „Und es freut mich mehr, als es sollte, dass das der Teil ist, der bei dir so viel Freude auslöst."

Romy lächelt ebenfalls. Und mein Gott, das gehört zu den schönsten Dingen auf dieser Welt.

„Melmoth Lakes ist eben doch besser, als ich dachte", versuche ich zu scherzen. „Man hat mir sogar gesagt, hier sei es so wie bei dieser Serie, bei der viel Kaffee getrunken wird."

„Gilmore Girls?" Romy sagt diese beiden Worte in genau dem gleichen Tonfall wie Milena. Und erneut bin ich erstaunt, wie schnell sie diese Verknüpfung zustande gebracht hat. „Du kennst Gilmore Girls?", präzisiert Romy, die Augen weit aufgerissen.

„Nein, kenne ich nicht. Aber anscheinend gibt es Menschen, die unsere Stadt damit in Verbindung bringen." Ich zucke mit den Schultern und will gerade einen Blick auf das immer kleiner werdende Feuer vor uns werfen. Zum Glück bleibt er aber eine Weile länger auf Romys Gesichtszügen haften, sonst hätte ich ihren verschmitzten Gesichtsausdruck verpasst.

„Pech für dich, dass du Gilmore Girls nicht kennst. Sonst hätte es sein können, dass ich dich noch heute Nacht geheiratet hätte." Wir lachen beide. Und gleichzeitig wissen wir, dass all das, was hinter diesem salopp daher gebrachten Spruch steckt, eine höhere Bedeutung hat.

Zwischen Romy und mir ist mehr als nur ein schöner Abend am Lagerfeuer. Mehr als ein Kuss. Mehr als die Berührungen.

Das zwischen uns ist eine neue Welt, die wir von nun an gemeinsam betreten werden.

Kapitel 19

Romy

Ich weiß jetzt, wie es sich anfühlt, wenn man beflügelt ist. Wenn man mit seinem Kaffee durch die Wohnung tanzt, weil das Glück einem durch alle Glieder strömt, das Herz wie wild vor Freude schlägt. Pippa hat sich auf der Couch zusammengerollt und schaut mich mit einem skeptischen Katzenblick an, der meine gute Laune aber kein Stück weit trüben kann.

Ich spüre noch immer Ryans Lippen an meinen. Und jedes Mal, wenn ich an all die liebevollen Worte denke, die er gesagt hat, geht mir das Herz ein Stück weiter auf. Wie eine Blume in der Mittagssonne.

Gemeinsam mit Jason Derulo, dessen Stimme aus dem Radio in meiner Küche kommt, singe ich seinen Song mit. Pippas Raubtieraugen werden noch eine Spur skeptischer und – da bin ich mir ganz sicher – abwertend.

Ich beschmiere ein Toastbrot mit Marmelade und esse es durch die Wohnung hüpfend. Auf Jason Derulo folgt ein alter Britney-Spears-Song, den ich – sofern es denn möglich ist – noch etwas schräger und noch etwas lauter mit gröle als den vorherigen. Weil ich die Erinnerungen an den wunderschönen Abend vollkommen auskosten wollte, habe ich gerade einmal vier Stunden geschlafen. Ich habe unser Gespräch immer wieder im Geiste abgespielt. Jedenfalls bis zu dem Kuss, denn ab da ist alles andere nebensächlich.

Wir haben uns wieder *geküsst*.

Bei der Erinnerung daran, wie meine Haut am ganzen Körper geprickelt hat, als ich Ryans Lippen gespürt habe, grinse ich schon wieder wie doof. Ich tänzle zu Pippa, die zusammengerollt auf dem Sofa liegt, und nehme sie kurzerhand in die Arme. Kurz sträubt sie sich und ich fürchte bereits, dass sie wegen meines Überfalls abhaut und sich monatelang nicht mehr bei mir blicken lässt. Doch dann tut sie etwas, was einem Anschmiegen recht nahekommt.

„Hey, du kleine Kratzbürste, warum bist du so lieb?", frage ich und drücke ihr einen Kuss auf den kleinen, weichen Kopf. Sie antwortet mit einem Miauen, springt dann doch aus meinem Arm und flüchtet zum Fenster, wo sie in atemberaubender Geschwindigkeit durch den geöffneten Spalt huscht und von dannen zieht.

„So viel dazu", sage ich in meine leere Wohnung hinein und lache.

Es ist zwar erst kurz vor acht, aber ich beschließe dennoch, dass ich schon zur Eisdiele fahre. Es wird den gesamten Tag in Anspruch nehmen, alle Möbel vom Antiquitätenmarkt aufzustellen und zu dekorieren, weshalb ich mir einen weiteren Kaffee in meinen Thermobecher fülle und mich auf den Weg mache. Ich bin mir sicher, dass sich Ryans Duft im Inneren meines Autos verfangen hat, dazu gesellt sich der leichte Geruch von verbranntem Holz, den wir gestern Abend in unseren Kleidern gehabt haben.

Ich singe weitere Lieder mit. Erst als ich Hanna im morgendlichen Halbdunkel vor der Eisdiele sitzen sehe, natürlicherweise ein Buch auf dem Schoß, fällt mir siedend heiß ein, was ich gestern vergessen habe. Ich sollte Hanna anrufen. Die Scheinwerfer meines Wagens tauchen sie in grelles Licht, als ich vorfahre. Sie schirmt die Augen ab und schaut erst überrascht, dann vorwurfsvoll.

Für meinen Geschmack sind es etwas zu viele vorwurfsvolle Augenpaare an diesem Montagmorgen, denke ich, aber meiner guten Laune anhaben kann diese Erkenntnis nichts.

„Ich hoffe, du hast entweder eine gute Ausrede, oder du überlegst dir in den nächsten Sekunden eine so dermaßen gute Geschichte, dass ich sie dir glaube", sagt Hanna, klappt das Buch zu und steht auf. Sie klopft sich ein bisschen Baustellenstaub von ihrer Hose.

„Es tut mir echt leid", sage ich und meine es ernst. „Ich habe gegen den Beste-Freundinnen-Kodex verstoßen."

„Korrekt."

„Aber warum hast du mich nicht einfach angerufen, anstatt dich hier hinzusetzen?", will ich wissen.

„Ich wollte mit eigenen Augen sehen, ob du durchgevö-"

„Hanna!", rufe ich. Dieser Ausruf kann gar nicht laut genug sein. Meine Freundin lacht. „Was? Tu doch nicht so, als würde man nicht schon aus dem Augenwinkel erkennen, wie heiß er ist!"

„Das ist trotzdem nicht der richtige Ort für solche Gespräche“, zische ich mit Blick auf die Wohnung von Sue und Ron schräg über uns. Sicherlich schlafen die beiden noch oder sind so sehr mit Antonia beschäftigt, dass sie unser Gespräch nicht hören können. Den Teufel muss man deswegen noch lange nicht an die Wand malen.

„Dann schließ halt endlich die verdammte Tür auf und hör auf, mich auf die Folter zu spannen.“ Hanna zeigt hinter sich in den Verkaufsraum. Schnell folge ich ihrer Bitte und kaum dass wir drinnen sind und unser Zeug abgelegt haben, schieben wir die Sachen, die wir gestern einfach hineingestellt haben, an einen Rand des Ladens. Dann mache ich Hanna einen Kaffee und wir setzen uns auf den Boden. Mitten in diesem Eiscafé, das so lange der Mittelpunkt meiner Welt war und das noch immer nicht ganz wiederaufgebaut ist. Im Halbdunkel sehen die Kisten und Schrankteile aus wie kleine Monster, die uns aus den Augenwinkeln auflauern. Im Schneidersitz sitze ich Hanna gegenüber, unsere Knie berühren sich.

Und dann erzähle ich ihr von dem gestrigen Abend, von dem Nachmittag bei Ryans Eltern, von unserem Gespräch am Lagerfeuer. Und ganz am Ende von dem Kuss, der meine Welt für einen Moment aus den Angeln gehoben und dann alles neu zusammengesetzt hat.

„Wusste ich es doch“, flüstert Hanna, sichtlich gefesselt von meinen Erzählungen. „Meine beste Freundin hat sich tatsächlich einen der begehrtesten Junggesellen geschnappt. Nicht nur ein Party-Kuss, jetzt auch ein echter!“

„Wie kommst du denn darauf, dass er ein beliebter Junggeselle ist?"

„Hast du mal bei Insta geschaut? Wie viele Fanseiten er hat? Wie viele Frauen schmachtende Kommentare unter seinen Bildern hinterlassen?"

Es erstaunt mich, dass Hanna so viel Zeit abseits von einer Buchseite verbracht hat, um zu dieser Erkenntnis zu kommen.

„Ich wusste nicht, dass du so investigativ unterwegs bist", ziehe ich meine Freundin auf. Ich lasse mich nach hinten sinken, bis ich mit dem Rücken auf dem kühlen Boden liege. Ein paar Sekunden später hat Hanna es mir gleichgetan. „Vielleicht eröffne ich noch eine Privatdetektei."

„Und wie willst du die nennen?"

„Melmoth Marple?"

Ich breche in schallendes Gelächter aus. „Das ist gut."

„Privatdetektei Poirot? Oder Hanna Holmes?"

„Das Letzte gefällt mir am besten."

„Dann soll es so sein", erwidert sie bitterernst. Unsere Köpfe liegen so nah beieinander, dass die Spitzen ihrer blonden Haare mich im Gesicht kitzeln, wenn sie sich bewegt. Und Hanna bewegt sich beinahe immer, es sei denn, sie hält ein Buch in den Händen. Nur dann scheint sie den aufgedrehten Teil ihrer Persönlichkeit, der immer in Aktion sein muss, ablegen zu können.

„Hanna Holmes startet ihre Befragung. Los geht es mit Chad Kingsley! 1,90 groß, schwarze Haare, braune Augen. Süßes Lächeln."

„Hanna?"

„Was?"

„Warum betonst du das mit dem süßen Lächeln so sehr?"

„Was?"

„Stell dich doch nicht so blöd."

„Was?"

„Hanna!", rufe ich. Mein Kopf rutscht ein bisschen weg, damit ich sie ansehen kann.

„Kein Grund, gleich in Panik auszubrechen", sagt sie betont nüchtern. „Er hat ein süßes Lächeln. Punkt. Ist er Single?"

„Wenn du diese Frage anschließt, wirkt es nicht mehr ganz so als wäre es eine bloße Feststellung."

„Reines Interesse."

„Aha", merke ich an. Ich spüre, dass sie lügt. Hanna und Chad? Wirklich? Was habe ich verpasst?

„Kommen wir zum gestrigen Abend, Miss Wilson", reißt Hanna mich aus meinen Gedanken.

„Darf ich für deine Befragung liegen bleiben?"

„Kannst du dich auf dem Rücken liegend besser in den Abend hineinversetzen, oder wie?"

Ich schnelle aus meiner Position hoch und versuche Hanna auf den Arm zu schlagen, doch sie dreht sich laut lachend und im genau richtigen Moment zur Seite.

„Hör doch auf damit", rüge ich sie, empört über ihre Anspielungen. Insgeheim aber liebe ich es, dass wir diesen lockeren Umgangston hegen. Liebe meine beste Freundin, weil sie so ist, wie sie ist. Wir können über alle Themen reden.

„Wir haben nicht ... nicht in dieser Position Zeit miteinander verbracht."

„Aber geküsst habt ihr euch?"

„Habe ich doch schon längst zugegeben."

„Wie war es?“

Mein Kopf sucht vergeblich nach Worten, die diesen Kuss ausreichend beschreiben könnten. Einzigartig? Wunderschön? Fantastisch? Liebevoll?

„Magisch“, erkläre ich und weiß im gleichen Moment, dass ich damit den Nagel auf den Kopf getroffen habe.

„Bist du verliebt?“, forscht Hanna weiter.

Die Antwort kommt nicht aus meinem Mund. Stattdessen zerdenke ich sie erst gründlich. Ist das schon Verliebtsein? Oder ist das noch dieses spannende und aufregende Gefühl kurz davor. „Ich weiß es nicht“, gebe ich zu. Meine Stimme klingt selbst in meinen eigenen Ohren zu jammernd. Weinerlich. Fragend sieht Hanna mich an. Den scherzhaften Umgang mit mir hat sie abgelegt, weil sie weiß, dass es jetzt ernsthaft wird. „Du willst es aber noch herausfinden, oder?“

„Ja“, gebe ich mit belegter Stimme zurück. Ich räuspere mich, bevor ich die nächsten Worte ausspreche, deren Bedeutung mir ein Schaudern durch den ganzen Körper jagt.

„Vielleicht zerstört es mich am Ende, aber ich werde es herausfinden.“

***

Hanna und ich haben einen weiteren Kaffee gemeinsam getrunken, ehe sie zur Arbeit aufgebrochen ist. Sie ist nicht einmal zehn Minuten weg, da öffnet sich die Tür zur Eisdiele erneut.

„Dad?“, frage ich erschrocken und der Schraubendreher in meiner Hand fällt laut scheppernd auf den Boden.

„Mein Engelchen", begrüßt er mich mit dem typischen Kosenamen. Im nächsten Moment treten Tränen in meine Augen. Ich stürze auf ihn zu und beuge mich für eine stürmische Umarmung zu ihm herunter. Beinahe falle ich auf ihn, weil ich an dem Rad seines Rollstuhls hängen bleibe, doch es ist mir egal. Alles ist mir egal, als ich die vertraute Berührung meines Vaters spüre. Seine großen Hände umfassen mein Gesicht, dann drückt er mir einen Kuss auf die Stirn.

„Deine Mutter wartet draußen auf dich", flüstert er geheimnisvoll und ich stürme weiter an ihm vorbei, voller Vorfreude.

Das letzte Mal, dass ich meine Eltern in die Arme geschlossen habe, liegt gefühlte Jahrzehnte zurück. Das ist einer der Gründe, weshalb mir die Tränen beim Anblick meiner Mum nur so über das Gesicht rinnen.

„O Schatz", flüstert sie ähnlich ergriffen an mein Ohr. „Wie schön, dich zu sehen."

„Wie schön, euch zu sehen. Was macht ihr hier?"

„Wir dachten, wir überraschen dich."

Ihre Antwort ist Balsam für meine Seele und gleichzeitig nagt ein schlechtes Gewissen an mir. Nun sind meine Eltern wieder an dem Ort, der mit so vielen negativen Erinnerungen behaftet ist. Ein Ort, an dem sie zeitweise dachten, dass sie nie wieder glücklich werden können.

Wir alle dachten das.

„Wissen Ron und Sue Bescheid?"

„Nein", antworte Mum und schmunzelt. Es sieht ihr ähnlich, dass sie nicht einmal ihre eigene Schwester eingeweiht hat. Vermutlich, weil ihr bewusst ist, dass Sue sonst tagelang aufgeräumt und umgeräumt hätte, bis alle einen bequemen Platz zum Schlafen haben. Dabei ist unsere Familie bekannt dafür, bis spät in die Nacht miteinander zu reden und den Schlaf so lange vor uns herzuschieben, bis einer von uns fast vor Müdigkeit vom Stuhl kippt.

Ich kichere. „Sue wird dir Vorwürfe machen, weil du nichts gesagt hast."

„Ich weiß. Aber nur kurz. Und dann wird sie sich freuen und mir so viele Kekse anbieten, bis ich platze. Und Antonia wird mir all ihre Puppen zeigen. Und Ron … Ron wird über jeden schlechten Witz lachen, den dein Vater macht. Es wird innerhalb weniger Minuten alles so sein, wie es immer war."

„Das wird es", sage ich mit völliger Überzeugung in der Stimme. Denn das ist es, was ich mir erhoffe. Es soll so sein wie früher. Ohne schlechtes Gewissen und ohne dass wir alle daran denken müssen, dass es nur die Kraft von Tausenden Schutzengeln war, dass Dad noch mit uns am Tisch sitzt.

Ich wische mir meine restlichen Tränen von den Wangen, als ich meinen Vater hinter mir rufen höre. „Warum habt ihr alles umgebaut? Ist das nicht ein denkbar schlechter Zeitpunkt dafür, das Eiscafé zu schließen?"

Bewundernd schaue ich ihm dabei zu, wie er geübt, seinen Rollstuhl direkt zwischen mir und meiner Mum platziert. Wenn ich daran denke, wie schwer er sich anfangs damit getan hat, schwillt Stolz in meiner Brust. Dad hat niemals aufgegeben – entgegen den Befürchtungen von allen. Ich erzähle den beiden die Kurzfassung dessen, was geschehen ist und erwähne dabei auch, wie viele Menschen uns bereitwillig geholfen haben.

„In Melmoth Lakes hat sich also nichts geändert“, stellt Dad fest. Wir alle blicken auf, denn ein großer Wagen stellt sich hinter meinen Pick-up. Das Logo der hiesigen Dachdeckerfirma prangt auf der Fahrertür, die sich nur wenige Augenblicke, nachdem der Motor abgestellt wurde, öffnet.

Mein Herz macht einen kleinen Sprung. Ryan. Die Köpfe meiner Eltern wenden sich synchron zu ihm um. Den Gesichtsausdruck meiner Mum kann ich nicht sehen, in Dads Züge mischt sich allerdings rasch ein Ausdruck des Erstaunens.

„Das ist doch …“, murmelt er, bricht dann aber ab, als sei er sich doch nicht sicher. Doch es ist klar, dass er Ryan erkannt hat.

„Guten Morgen“, ruft dieser. Anscheinend weiß er nicht, zu wem er zuerst schauen soll, denn seine Augen huschen zwischen uns dreien hin und her. Letztlich bleibt sein Blick fragend auf mir haften und es ist, als könnte ich seine Gedanken lesen. Fast unmerklich nicke ich. „Sie sind Romys Eltern?“ Die Frage klingt nicht wie eine solche, sondern eher wie eine Feststellung. In der Tat ist es kaum zu leugnen, denn ich bin ohne Zweifel die genaue Mischung der beiden. Ich habe Mums rote Haare und ihr freundliches Lächeln. Dads Augen und seine Lachfältchen um die Augen. Die Vorstellung, von der ich kurz dachte, dass sie unangenehm werden könnte, gestaltet sich vollkommen unproblematisch. Ryan und meine Eltern schütteln sich die Hände, tauschen ihre Namen und die üblichen Floskeln aus. Und dann tritt er direkt vor mich und wir wissen beide nicht recht, wie wir uns begrüßen sollen. Ich stelle mir die Frage, ob wir uns umarmen oder nur so tun, als seien wir flüchtige Bekannte, da nimmt Ryan mir die Entscheidung ab und drückt mir einen langen Kuss auf die Stirn.

Ich würde gerne schmelzen, denke ich ergriffen. Aus dem Augenwinkel sehe ich, dass meine Mum die Augenbrauen ein paar Millimeter nach oben zieht. Sie und Dad wechseln einen Blick, den man nur als bedeutungsvoll beschreiben kann.

„Hi, Romy", flüstert Ryan. Ob ich mich je an dieses wunderschöne Lächeln gewöhnen werde? Oder wird es mich für den Rest meines Lebens mitten ins Herz treffen?

„Hey", gebe ich zurück und klinge angespannt, aber trotzdem glücklicher denn je.

„Bereit zum Möbelaufbau?" Ryan spricht in einem lockeren Ton, der kein bisschen aufgezwungen wirkt. „Kommt noch jemand vorbei?"

„Ron wollte kommen, aber wenn er es tut, werde ich ihn eigenständig wieder zurück in die Wohnung schieben." Mein Blick fällt auf Mum und Dad. Ryan fängt ihn auf und springt mir sofort an die Seite. „Wir schaffen das auch alleine. Ist ja nicht mehr viel".

„Na dann", beginnt Mum zögernd. Sie kann kaum aufhören, Ryan anzustarren. Da sind wir schon zwei, denke ich amüsiert.

„Wir wollen euch nicht abhalten. Immerhin sind wir unangekündigt vorbeigekommen und ... hätten wir gewusst, dass ihr voll mit Arbeit seid, hätten wir ... also wir wären später gekommen."

Meine Eltern waren das letzte Mal vor einem halben Jahr hier. Dass sie die fünfstündige Autofahrt auf sich genommen haben, ohne sich anzukündigen, ist sicherlich dem spontanen Geist meiner Mum entsprungen.

„Es ist nicht mehr viel. Heute Nachmittag bin ich da und werde euch so sehr belagern, dass ihr euch wünscht, ich wäre noch ein bisschen länger weggeblieben." Ich spüre Mums schlechtes Gewissen, weil sie in diesen Tag hineingeplatzt ist. Dabei gibt es dafür nicht den kleinsten Grund. „Ihr habt diesen Tag zum besten Tag seit langer Zeit gemacht."

„Charlotte?" Sues Stimme peitscht über den Hof. Sie steht im Bademantel in der Eingangstür und starrt mit der Hand vor dem Mund meine Mutter an, die nicht lange fackelt und ihr fröhlich zuwinkt. „Überraschung!", ruft sie, dann schaut sie mich für einige Sekunden wissend an. „Wir gehen besser mal rüber. Ich möchte nur ungern, dass sie in Ohnmacht fällt." Mum schiebt Dad energisch vorwärts. „Bis später, Liebes", sagt dieser, dann entfernen sie sich von uns. Ich schaue ihnen nach. Wortfetzen dringen an mein Ohr. „Ein Formel-1-Fahrer an der Seite *meiner* Tochter? Wie haben die beiden sich überhaupt kennengelernt? Mir fällt nichts ein, was ich weniger erwartet hätte", höre ich Dad sagen, dann übertönen Sues Rufe nach dem Rest der Familie alles Weitere.

Ich schaue zu Ryan, um mich zu vergewissern, ob er diesen letzten Satz genauso gehört hat wie ich. Sein Grinsen verrät mir die Antwort, bevor ich die Frage ausgesprochen habe.

„Die Vorstellungsrunde bei unseren Eltern hätten wir damit abgeschlossen, oder?", fragt er in die aufkommende Stille hinein. Dann berührt er meine Hand.

„War das nicht ein bisschen zu inoffiziell?", frage ich schüchtern. Ryan zuckt nur mit den Schultern. „Der Formel-1-Fahrer an deiner Seite? Ich sehe außer mir keinen. Also ist die Sache klar." Dann küsst er mich erneut auf die Stirn und verschwindet durch die Eingangstür der Eisdiele.

Ich frage mich, wie es sein kann, dass sich schon nach so wenigen gemeinsamen Stunden alles so unfassbar richtig anfühlt.

Kapitel 20

Ryan

Meine Mum steckt eine DVD in den Player, der sich in der hintersten Ecke des Schrankes unter dem Fernseher verborgen hat. Ich habe erst das Stromkabel suchen und ihn anschließen müssen, bevor wir überhaupt irgendetwas machen können. Sekunden, nachdem Mum die Disc eingelegt hat, erscheint auf dem Fernseher das Menü, in dem sie kurzerhand die erste Folge auswählt. Dann lässt sie sich neben mich auf das Sofa fallen.

„Warum zum Teufel will mein Sohn mit mir Gilmore Girls schauen?"

„Das frage ich mich auch", gebe ich zu. Das Intro beginnt und ich runzle die Stirn. „Das sieht nicht nach dem aus, was sonst meinem Geschmack entspricht."

„Das ist so weit entfernt von deinem Geschmack, dass es dir körperliche Schmerzen bereiten wird, mein Lieber. Aber du entkommst mir nicht mehr." Mum lehnt sich an mich und sieht so zufrieden aus. Nicht einmal die Tatsache, dass das Format zu keinem der neuen Geräte mehr passt, scheint Mum zu stören.

„Gab es das nicht auf Netflix?", will ich wissen.

„Doch, aber das ist nicht stilecht. Man muss zwischendrin die Disc wechseln, dann macht es mehr Spaß. Außerdem macht man sonst nie eine Pause und geht auch nie auf Toilette, obwohl man schon die ganze Zeit mal dringend müsste.“

Die folgenden anderthalb Stunden verbringe ich mit meiner Mum auf der Couch und starre den Fernseher an. Ich würde es niemals laut zugeben, aber es ist nicht so schlimm wie befürchtet. Hier und da muss ich vielleicht sogar lächeln, aber ich verberge es gekonnt vor Mum. Dabei schweifen meine Gedanken immer wieder zum vergangenen Tag. Wir sind weit gekommen. Bis auf zwei Möbelstücke steht mittlerweile alles wieder an seinem Platz. Nur die Kisten voller Dekoration und Lampen warten auf ihren Einsatz. Das ist etwas, was Romy lieber gemeinsam mit ihrer Tante erledigen will.

In der Mitte der dritten Folge spüre ich, dass mein Handy neben mir auf der Couch mehrmals kurz hintereinander vibriert. Ich werfe einen verstohlenen Blick darauf und sehe Milenas Namen. Unsere Social-Media-Beauftragte scheint besonders gerne abends zu arbeiten. Wobei, vermutlich hat sie nie wirklich Feierabend.

Ich öffne ihre Nachricht, die nur wenig Text, dafür aber einen Link beinhaltet.

Hi Ryan, wir haben eben verkündet, dass du zurückkehrst. Der Post geht durch die Decke. Schau selbst!

Ich klicke den Link zum Instagram-Profil meines Teams an. Der drei Minuten alte Post hat eine halbe Million Likes. Eine Menge, die selbst mich kurz verunsichert. So viele Menschen, die sich darüber freuen?

Über diese simple Nachricht? Um mich herum dreht sich für einige Sekunden alles. Meine Welt wankt. Erwartungen schlagen mir entgegen. Erwartungen von all diesen mir unbekannten Menschen, die den alten Ryan Baker zu Gesicht bekommen wollen. Für die ich ein Vorbild bin, ein Star.

Meine Mum, die bemerkt hat, dass ich mich habe ablenken lassen, schaut zu mir herüber. „Alles in Ordnung?", will sie wissen und taxiert mich mit ihrem besorgten Mum-Blick.

„Ich fürchte, ich muss noch einmal losfahren."

„Wohin?"

„Zu Romy", sage ich.

Zu der Person, die mir Halt gibt, wenn meine Welt wankt, füge ich in Gedanken hinzu.

***

Romy öffnet mir in einer Schlafanzughose, auf dem kleine Superhelden abgebildet sind. Darüber trägt sie einen Hoodie, der mindestens zwei Nummern zu groß ist, der aber exakt die gleiche Farbe wie ihre Augen hat.

„Ryan?", sagt sie. Ihre Stimme klingt verschlafen.

„Habe ich dich geweckt?"

„Erwartest du eine kitschige Film-Antwort oder die Wahrheit?"

„Die Wahrheit", sage ich schmunzelnd.

Romy seufzt. „Du hast mich geweckt." Ihr Tonfall soll genervt klingen. Es gelingt ihr nicht. Ein Strahlen tritt statt Verärgerung in ihre Augen. „Aber ich freue mich trotzdem, dich zu sehen."

„Nichts anderes habe ich erwartet“, erwidere ich selbstsicher. Kurz habe ich befürchtet, sie sei gar nicht hier, sondern noch bei ihrer Familie. Schließlich wollte ich es einfach probieren, sie zu überraschen. Wenn sie nicht geöffnet hätte, hätte ich immer noch zurückfahren können.

„Es wundert mich, dass du nicht schon längst die Flucht ergriffen hast.“ Überrascht zeigt Romy auf ihre Kleidung. „Ich sehe aus wie ein Loser.“

„Nein, das tust du ganz sicher nicht“, erwidere ich. Dann küsse ich sie auf die Stirn. Heute Morgen habe ich bemerkt, dass sie jedes Mal ein wenig erschaudert, wenn ich das tue. Und dass sie mich danach jedes Mal kurz so ansieht, als sei ich alles, was sie in der Welt braucht.

„Magst du reinkommen?“ Ihre Unsicherheit ist greifbar, aber ich gehe darüber hinweg.

„Dachte schon, du würdest niemals fragen.“ Sie tritt einen Schritt zurück und ich gehe an ihr vorbei. In ihrer kleinen Wohnung herrscht die Art von Chaos, die einen sympathisch wirken lässt. Hier und da ein vergessener Kassenzettel. Eine benutzte Kaffeetasse, ein kleiner Haufen verschiedener Ladekabel. Ein Kissen, das vom Sofa auf den Boden gerutscht ist. Und inmitten all dieser Dinge sitzt eine Katze auf dem Couchtisch und beäugt mich zweifelnd.

„Oh“, sage ich und bleibe abrupt stehen. „Guten Tag, Majestät.“ Ich verbeuge mich vor dem Tier. Romy fängt lauthals an zu lachen. „Hast du aus Pippa gerade eine Königin gemacht?“

„Eher eine Kaiserin“, korrigiere ich und zwinge mich, meine Stimme ernst klingen zu lassen.

„Das würde ihr gefallen. Dann wären wir alle ihre Sklaven, oder?“

„Absolut.“ Ich sinke auf die Couch. „Aber das denkt sie vermutlich sowieso, ungeachtet der Anrede.“

Romy setzt sich neben mich. Ich verunsichere sie mit meinem Auftauchen, was einer der Gründe dafür ist, dass ich ein Stück näher zu ihr heranrücke. Ein weiterer Grund ist mein unerklärliches Verlangen danach, sie zu berühren. Wenigstens ein bisschen. „Ich wollte einfach bei dir sein.“ Ich spreche leise und versuche, mit meiner Erklärung ein wenig ihre aufkeimenden sorgenvollen Gedanken zu stoppen.

Romy atmet hörbar aus. „Okay.“

„Du wartest immer darauf, dass es schlechte Neuigkeiten gibt, oder?“

Für einen Moment denkt sie über meine Worte nach, dann nickt sie langsam. „Ja. Das beschreibt mich ganz gut. Ich will lieber vom Schlimmsten ausgehen, dann tut es am Ende nicht so weh.“

„Ist das wirklich so? Tut es am Ende nicht sowieso weh, egal, wie sehr man sich darauf eingestellt hat?“

Diesmal hält Romys Schweigen länger an. Fast denke ich, dass sie nichts mehr dazu sagen wird. Dann kommen da aber doch noch leise gehauchte Worte aus ihrem Mund. „Du hast recht.“ Erst jetzt bemerke ich, dass Romy zu weinen begonnen hat. Der Schmerz in meiner Brust ist so heftig und ungewohnt und lässt mich sofort die Hand nach Romy ausstrecken. „Tut mir leid“, sage ich. Mit meinem Daumen wische ich ihre Tränen weg. Irgendwann kommen sie jedoch so schnell, dass ich mit dieser Taktik nicht hinterherkomme. Kurzerhand stehe ich auf, stelle mich direkt vor Romy und hieve sie auf die Beine. Ich habe erwartet, dass sie sich wehrt, erstaunt ist und sich wieder von mir wegstößt. Doch stattdessen erwidert sie meine Berührung und wir stehen in einer festen Umarmung mitten in ihrem Wohnzimmer. Wir verharren eine Ewigkeit genau so. Ihr Atem beruhigt sich langsam, die Schluchzer verebben.

„Mir tut es leid", wiederholt Romy meine Worte von eben und geht einen halben Schritt zurück, sodass wir uns ansehen können.

„Was soll dir leidtun?"

„Dass ich einfach zu weinen beginne. Außerdem habe ich dir dein Shirt ruiniert."

Ein Blick herunter genügt, um zu sehen, dass dort, wo ihr Kopf auf meiner Brust lag, ein schwarzer Fleck auf meinem hellbraunen Shirt prangt.

„Das ist nicht ruiniert", flüstere ich. „Du hast mich mit deinem Mascara markiert, damit jede andere Frau weiß, dass ich zu dir gehöre."

Romy lacht leise und senkt den Blick auf den Boden. „Da war kein Mascara mehr, Ryan. Ich war längst abgeschminkt." Romy überprüft, ob sie recht hat, indem sie ihre Finger an ihre Augen führt und kurz darüber reibt. „Na gut, vielleicht war ich nicht ganz so perfekt abgeschminkt, wie ich dachte", bemerkt sie und starrt die Überreste ihrer Wimperntusche an, die auf ihrer Fingerkuppe prangen. „Und außerdem ... wie schaffst du es, aus jeder Situation eine zu machen, in der mein Herz nicht mehr weiß, wie schnell es noch schlagen soll?"

„Das liegt ganz alleine daran, dass du so bist, wie du bist." Ich hebe ihr sanft das Gesicht an, bis unsere Augen miteinander verschmelzen. Ich weiß nicht, wie lange wir so dort stehen. Abwartend, was passiert. Küssen wir uns? Oder bewundern wir uns weiterhin? Irgendwann geht ein Ruck durch Romy und sie findet ihre Worte wieder. „Warum bist du wirklich hier?"

„Weil ich dich gebraucht habe." Es ist nichts als die Wahrheit und doch klingt es höchstens nach einer Floskel. Wir setzen uns wieder auf die Couch. Diesmal wenden wir uns einander zu.

„Wieso? Ist etwas passiert?"

„Eigentlich nicht. Es ist …" Ich stocke, suche nach einer Erklärung. „Manchmal werde ich ein wenig überrumpelt von dem, was um mich herum passiert. Vor dem Unfall war das nicht so. Ich war so sehr damit beschäftigt, immer alles zu geben und ich wurde mit Erfolg belohnt. Deswegen habe ich nie so richtig darüber nachgedacht, dass ich ein riesiges Glück habe. Ich durfte an diesem Punkt ankommen. Das ist doch schon mehr, als ich zu erwarten hatte." Tief atme ich durch. „Klingt verwirrend, oder?"

„Nein. Das klingt nach einem Ryan, der schon früh mit der Aufmerksamkeit der Öffentlichkeit klarkommen musste. Seit wann machst du das?"

„Du meinst das Fahren?"

Romy nickt.

„Ich habe als kleiner Junge erst begonnen, Kart zu fahren. Mit sechzehn bin ich von zu Hause weggegangen, um meinem Traum hinterherzujagen. Ich wollte um jeden Preis in die Formel 1. Also habe ich in einer unteren Klasse gestartet und habe dort meine erste Meisterschaft geholt. Und dann wurde ich von meinem Team gefragt, ob ich nicht einer der Hauptfahrer werden will. Ich habe ja gesagt und seitdem lief es immer bergauf." Die Worte bis zu meinem Unfall hängen in der Luft. Ich bin froh, dass Romy sie nicht anspricht. Noch nicht.

„Und warst du ... gut?"

Ich grinse. Die Art, wie sie diese Frage stellt, ist unheimlich niedlich. Man merkt, dass sie mit dem Rennsport nichts am Hut hat.

„Ich war ziemlich gut", gebe ich zu. Ich kann nichts daran ändern, dass sich Stolz in meine Antwort mischt. „Zwei Meisterschaften hintereinander habe ich gewonnen. Und ich hätte es vielleicht wieder geschafft, hätte ich nicht diese notgedrungene Pause eingelegt und die Saison frühzeitig beendet."

„Wow. Ich habe keine Ahnung von dem, was du da machst, aber Meisterschaften gewinnen? Das ist schon eine Hausnummer, egal in welchem Sport."

„Irgendwann kommst du mit. Dann gewinne ich nur für dich."

Romys Mund öffnet sich ein wenig. „Oh", haucht sie. „Ich weiß nicht, ob eine Rennstrecke der richtige Ort für mich ist."

„Wegen deines miserablen Abends auf der Kartbahn?"

„Ja. Und wegen Dad." Romy erstarrt. Sie wollte diese Worte nicht laut aussprechen, sie sind ihr ganz offensichtlich herausgerutscht.

„Möchtest du darüber sprechen?", frage ich zaghaft. Es scheint das sensible Thema zu sein, das letztens schon zwischen uns schwebte. Ich wollte ihr die Zeit geben, die sie braucht, weshalb ich sie auf keinen Fall drängen möchte. Sie hat immer mal wieder durchblitzen lassen, dass da etwas im Argen liegt, aber ich wäre nie auf die Idee gekommen, es selbst anzusprechen.

Romy weicht aus. „Ich dachte, wir sprechen endlich einmal über dich."

„Dann frag mich, was auch immer du wissen willst."

„Hast du nicht jedes Mal Angst, wenn du in dieses Auto steigst?"

„Ich weiß nicht, wie es jetzt sein wird, aber früher war es nicht so. Es ist seltsam, weil man zu jeder Zeit weiß, dass es gefährlich ist. Aber das Adrenalin und dieser Wunsch, der Beste von allen zu sein, lässt das irgendwie in den Hintergrund rücken."

„Das ist schon ein bisschen verrückt", sagt Romy. Ich pflichte ihr bei. „Nicht nur ein bisschen. Aber so ist es. Ich wusste schon immer, dass ich genau das machen will."

„Nicht alle Menschen kommen dazu, ihren Traum zu leben", sagt Romy leise.

„Stimmt. Deswegen bin ich dankbar dafür. Aber die letzten Wochen waren ... hart."

„Ich kann mir nicht einmal ansatzweise vorstellen, wie es sein muss, in diesem Auto gesessen zu haben." Romy klingt aufgelöst, ihre Stimme zittert. „Ich habe mir die Bilder angeschaut. Dich hier auf meiner Couch sitzen zu haben, ist ohnehin ein kleines Wunder, einfach, weil es meine Couch ist. Aber dass du diesen Unfall überhaupt überlebt hast ..." Das Ende des Satzes lässt sie offen. Ich verstehe auch so.

„Ich weiß", flüstere ich. Nun ist es an mir, mit belegter Stimme zu sprechen. „Aber ich bin hier. Ich lebe. Seitdem ich dich kenne, lebe ich sogar noch besser als zuvor."

Romy errötet. Es ist zu niedlich, wenn das passiert, um es unkommentiert zu lassen. „Süß, deine Verlegenheit."

„Nervig von dir, es so zu betonen", kontert sie, doch ich merke, dass sie es nicht so meint.

Ich will sie näher bei mir haben. Verdammt, ich *muss* sie näher bei mir haben. „Komm her", fordere ich sie auf und öffne die Arme. Romy rutscht zu mir und kuschelt sich an mich.

O Götter. Ich habe geahnt, dass das erneut alles in mir aufwirbeln würde, aber mit diesem Sturm an Gefühlen habe ich nicht gerechnet. Ich atme ihren Duft ein, spüre das Heben und Senken ihres Brustkorbes. *Dieser Moment der vollkommenen Perfektion wird sich für immer in mein Gedächtnis brennen*, denke ich, da fängt Romy plötzlich an zu sprechen.

„Mein Dad sitzt wegen mir im Rollstuhl", beginnt sie. Die Worte treffen mich mit voller Wucht. Meine erste Reaktion ist, alles an diesem Satz infrage zu stellen. Wie kann sie daran schuld sein? Ich komme nicht dazu, nachzuhaken, denn sie spricht weiter. Schnell, als würde sie es gerne hinter sich bringen. Als würden die Worte dann weniger schmerzen. „Ich war jung und der festen Überzeugung, dass ich auf ein Festival gehen müsste, um dazuzugehören. Ich war erst sechzehn. Eine Freundin hat mich mitgenommen. Und kurz nach Mitternacht war ich zu betrunken, um den Weg nach

Hause alleine anzutreten. Lass uns nicht darüber reden, dass ich eigentlich viel zu jung für diese Art von Wochenendbeschäftigung war. Jedenfalls hatte ich keine Ahnung, wie ich in diesem Zustand wieder nach Hause kommen sollte. Meine Freundin hat längst mit ein paar Jungs zusammengesessen und Wahrheit oder Pflicht gespielt. Deswegen habe ich Dad angerufen, damit er mich abholt. Er und Mum waren von Anfang an dagegen, dass ich da überhaupt hingehe, aber ich habe ihnen so oft versichert, dass es ganz entspannt werden würde. Was nicht stimmte." Romy stockt, schluckt merklich. Sie schaut mich nicht an, aber ich merke dennoch, wie sie erneut mit den Tränen kämpft. „Auf dem Weg hatte er einen Unfall. Alles sah danach aus, als würde er keine einzige Nacht überleben. Die Ärzte im Krankenhaus haben versucht, ihn zusammenzuflicken, aber keiner hat uns Hoffnung machen können. Niemand wusste, ob wirklich alles wieder gut wird. Ich erinnere mich nicht mehr an vieles von dieser Nacht, aber ich weiß, dass ich mitten in der Notaufnahme schreiend zusammengebrochen bin, als ich erfahren habe, was passiert ist. Meine Mum hingegen war die ganze Zeit ruhig. Ich habe keine Ahnung, wie sie das geschafft hat. Das ist vermutlich das, was alle meinen, wenn sie sagen, dass man einfach nur noch funktioniert. Oder aber sie wusste, dass Dad es schaffen würde. Dass er durchkommt. Sie hatten schon immer diese besondere Verbindung zueinander, die man von außen nur schwer begreifen kann. Ich war sicher, dass sie stinksauer ist, weil ich alle Regeln gebrochen habe." Kurz wartet Romy ab. Ich selbst bin zu ergriffen von dieser Wahrheit. Kann rein gar nichts sagen. „Nun ja, du hast meinen Dad heute kennengelernt“, fährt Romy mit brüchiger Stimme fort. „Das heißt, du weißt schon, wie die Geschichte ausgeht. Wir haben allerdings wochenlang gehofft, dass er überhaupt wieder aus dem künstlichen Koma aufwacht, in das man ihn versetzt hat. Und in dieser Zeit habe ich gemerkt, was es heißt, ein wirklich schlechtes Gewissen zu haben. Keines, was man bekommt, weil man zu spät zu einer Verabredung kommt. Nicht die Art von schlechtem Gewissen, weil man seine Hausaufgaben nicht gemacht hat oder weil man sich mit jemandem gestritten hat. Das, was ich in dieser Zeit gefühlt habe, war die Hölle. Ich wäre an manchen Tagen lieber selbst gestorben, als noch eine Minute länger mit der Last zu leben, dass ich das Leben meiner Eltern ruiniert habe. Dass ich der Grund bin, weshalb mein Dad vermutlich nicht überlebt.“

„Aber er *hat* überlebt“, wende ich bei Romys nächster Erzählpause ein.

„Das stimmt. Aber das schlechte Gewissen ist lange geblieben. Manchmal ist es immer noch da. Und es gesellt sich zu meiner Angst vor Autounfällen und schnellen Geschwindigkeiten und Situationen, in denen man sein Leben einer Maschine anvertraut. Oder einem Motor.“

Ich schlucke hart. „Und dann kommt plötzlich ein Rennfahrer in dein Leben.“

Romy schaut mich an, so tief und liebevoll, wie sie es noch nie zuvorgetan hat. Wie sie es vermutlich nie wieder tun wird. Dann spricht sie die wunderschönsten Worte aus, die ich jemals gehört habe.

„Und entgegen aller Logik habe ich mich in diesen Rennfahrer verliebt.“

Romy

Wieso liege ich auf der Couch? Und weshalb habe ich so wenig Platz? Erst kurze Zeit später wird mir klar, was der Grund dafür ist. *Wer* der Grund dafür ist.

Ich liege auf Ryans Brust gebettet, er hat seinen Arm um meine Taille geschlungen. Ich weiß nicht, wie genau wir es geschafft haben, hier einzuschlafen, aber ich erinnere mich, dass es davor eine Menge Küsse gegeben hat. Küsse und Berührungen, die so liebevoll und wunderbar sind, dass ich es niemals in Worte fassen könnte.

Mein Herz droht zu platzen.

Ich denke darüber nach, wie ich so viel Glück verdient habe, da höre ich es neben mir miauen. Oder vielmehr über mir. Ein lautes Lachen bricht aus mir hervor. Pippa hat sich neben Ryans Kopf zusammengerollt und ihr Gesicht an seine Stirn angeschmiegt. Es ist ein Bild für die Götter.

„Ryan?", flüstere ich. Ich kann nicht aufstehen, ohne ihn zu wecken, weshalb ich mich lieber erst bemerkbar mache. Er lässt keine Reaktion vernehmen, also versuche ich es etwas lauter. „Ryan?" Seine Lider bewegen sich zuerst, dann seine Lippen. „Romy?"

Ich lächle wie blöd. So wie ich es immer tue, wenn er meinen Namen auf diese Art ausspricht. Leise und ein bisschen geheimnisvoll und vor allem so, dass mir ein Kribbeln die Wirbelsäule entlangfährt. Ryan öffnet die Augen und ist für einen Moment überrascht. „Und ... Pippa?"

Erneut lache ich und die Katze erwidert seine erstaunte Frage mit einem zweiten Miauen.

„Mit zwei Ladys im Bett, wer kann das schon von sich behaupten?", witzelt er. Dann bewegt er sich langsam, womit er Pippa verscheucht. Sanft löse auch ich mich von ihm. Spielerisch haue ich ihm auf die Schulter. „Gewöhn dich nicht dran", warne ich. Ich bin ungewohnt wacklig auf den Beinen, als ich in die Küche gehe. „Kaffee?"

„O ja. Und bitte viel davon!", ruft Ryan mir hinterher. Ich gebe ihm ein wenig Freiraum, damit er in Ruhe aufstehen kann. Weil ... nun ja.

Hitze schießt mir in die Wangen. Auch mit 19 benehme ich mich gerne noch wie ein Teenager, stelle ich fest, als ich die Kaffeemaschine zum Laufen bringe.

Ich spüre, dass Ryan hinter mich tritt. „Es ist nicht empfehlenswert, in Jeans zu schlafen", sagt er, dann umarmt er mich. „Aber es ist äußerst empfehlenswert, dich die ganze Nacht im Arm zu halten."

„Ich fand es auch ganz angenehm", sage ich und versuche dabei so beiläufig wie möglich zu klingen.

„Ganz angenehm?", echauffiert sich Ryan. Ich merke, ohne sein Gesicht zu sehen, dass er dabei lächelt.

„Ja", gebe ich knapp zurück. Ryan umfasst meine Taille und dreht mich zu sich, bis ich mit der Nasenspitze seine Brust berühre. Er beugt den Kopf zu mir runter und wir sind uns so nah wie gestern Abend.

„Dann sollte ich wohl versuchen, das noch zu optimieren", flüstert er, streicht mir eine Strähne aus dem Gesicht und küsst mich auf die Stirn, wie er es so gerne tut. Kurz schließe ich die Augen, doch leider ist der Moment viel zu schnell vorbei.

„Was steht heute an?“, wirft Ryan in den Raum und geht mit diesen Worten so erschreckend eilig zurück in den Alltag, dass ich einen Moment brauche, um mich zu sammeln. „Wie lange bleiben deine Eltern in der Stadt?“

„Nur bis Freitag. Sie haben aber versprochen, bald wieder zu kommen.“

Ich löffle Kaffeepulver in die Filtermaschine und drücke den Knopf an der Seite. Ich starre die Maschine an, bis sie zu gurgeln anfängt, dann drehe ich mich um und ziehe mich auf die Arbeitsplatte, bis ich einigermaßen bequem darauf sitze.

„Ich werde sie später besuchen. Ich habe nicht die geringste Ahnung, ob meine Eltern Pläne gemacht haben. Wie ich Dad kenne, wird er vor allem möglichst wenig in Melmoth Lakes unterwegs sein wollen, damit ihn auch nur niemand auf den Unfall anspricht. Die Leute meinen es gut, aber es nervt ihn abartig.“

„Da kann ich deinen Dad gut verstehen“, entgegnet Ryan und nickt. Schon wieder habe ich kurz vergessen, wer da eigentlich vor mir steht und meinen kleinen Küchentisch deckt. Er öffnet nach und nach alle Schränke und bringt Tassen, Gläser, Teller und Besteck zum Vorschein.

„Sorry, das war irgendwie dumm von mir“, sage ich betrübt. Ryan schüttelt den Kopf. „Was hat das mit dumm zu tun? Ich habe dich etwas gefragt, du hast geantwortet. Du sollst keine Rücksicht auf meine Situation nehmen müssen, Romy. Du bist noch an meiner Seite und das ist mehr, als ich zu hoffen gewagt habe. Den Rest mache ich mit mir selbst aus.“

„Das ist aber nicht Sinn der Sache. Wenn ich dich will, dann will ich dich mit jedem Teil von dir. Auch mit den dunklen und denen, die dir manchmal schon morgens den Tag vermiesen.“

Ryan hält in seiner Bewegung inne und schweigt so lange, dass ich schon befürchte, etwas Falsches gesagt zu haben. Doch dann bewegen sich seine Lippen erneut. Die Worte brauchen einen Moment länger, um mit all ihren Facetten bei mir anzukommen.

„Ich weiß nicht, ob ich es schon gefragt habe, aber kann man dich zufälligerweise noch heiraten?“

Wir lachen gemeinsam über seinen Spruch, wohlwissend jedoch, dass er in uns beiden mehr auslöst als nur einen Moment der Belustigung.

„Dieses Thema sollten wir auf nach dem Frühstück verschieben“, sage ich knapp, springe vom Küchentresen und beginne, den Inhalt meines Kühlschranks auf dem Tisch auszubreiten. Es ist in der Tat nicht viel. Eine begonnene Packung Frischkäse, eine Packung Gouda und ein Glas Pflaumenmarmelade. Außerdem finde ich ein Glas Honig im hintersten Teil meines Wandschranks und tische das Toastbrot auf, das ich noch habe.

„Ich war nicht auf einen Frühstücksgast vorbereitet“, kommentiere ich die etwas schmächtige Auswahl, ziehe mir meinen Stuhl heran und setze mich direkt gegenüber von Ryan, der – wie sollte es anders sein – dennoch lächelt. „Mit dir ist es immer perfekt“, sagt er und bringt mein Herz ein weiteres Mal innerhalb von wenigen Stunden völlig zum Schmelzen.

„Was machst du heute?“, will ich genauso neugierig wissen wie er zuvor von mir.

„Telefoninterview“, sagt er und verdreht die Augen.

Ich starre auf die Scheibe Toastbrot auf meinem Teller. „Ich vergesse immer wieder, dass solche Dinge Teil deines Lebens sind.“

„Das ist alles nichts Wildes.“

„Für dich nicht mehr“, sage ich verunsichert. Ryan scheint diese Spannung in mir augenblicklich zu spüren und greift mit der Hand über den Tisch, direkt zu meiner Hand. „Was ist los?“

„Mir wird bloß immer wieder bewusst, dass wir so wahnsinnig verschieden sind.“

„Das stimmt nicht, Romy“, besänftigt Ryan mich und ich kann nicht anders, als ihn anzustarren. „Wir sind nicht verschieden. Unsere Leben haben sich bloß in komplett verschiedene Richtungen entwickelt. Aber du und ich als Person, wir sind gar nicht so unterschiedlich. Und vor allem ist diese Stadt hier für uns beide der Anker in der schwierigsten Zeit unseres Lebens gewesen. Meinst du nicht, es ist Schicksal, dass wir uns genau hier kennengelernt haben?“

Darüber habe ich noch nie nachgedacht, denke ich erstaunt und bin gleichzeitig dankbar für Ryans Worte. Und ja, er hat recht. Von außen mag es ein wenig verrückt wirken. Man wird sich fragen, wie zwei so grundverschieden wirkende Menschen zueinandergefunden haben. Vielleicht liegt es an Melmoth Lakes, vielleicht ist es Schicksal. Vielleicht ist es auch nur Glück oder die Tatsache, dass wir zwei zur richtigen Zeit am richtigen Ort waren. Es können so viele Dinge darüber entscheiden, wie das Leben läuft und nur in seltenen Fällen hat man selbst Einfluss darauf.

„Alles gut, Romy?“, werde ich aus meinen Überlegungen gerissen. „Oder machst du dir noch immer Gedanken darüber, wie unterschiedlich wir sind?“

Ich schüttle den Kopf. „Nur ein bisschen, aber ich glaube, du hast recht. Das ist schon alles richtig so, wie es ist.“

„Du solltest dich langsam an den Gedanken gewöhnen, dass Ryan Baker immer recht hat“, witzelt er. Sofort löst sich die Verkrampfung in mir ein wenig und ich falle in seine Ablenkungstaktik ein. „Mit diesem Gedanken werde ich mich niemals anfreunden. Dann würde ich ja an eine Lüge glauben!“

„Du bist ziemlich frech dafür, dass du jünger bist als ich.“

Mit gespieltem Erstaunen reiße ich die Augen auf. „Bist du schon so alt? Zählt das Argument: Respekt gegenüber dem Alter schon?“

„Hey, immerhin bin ich 21!“

„Wäre ich Hanna, würde ich dich jetzt fragen, wie lange du schon 21 bist.“

Ryan runzelt die Stirn. „Muss ich das verstehen?“

Ich grinse ihn an. „Wir können auch Freunde bleiben, wenn du keine Vampirroman-Anspielungen verstehst, das ist kein Problem.“

„Und wenn ich mehr als Freundschaft will?“

„Wäre genau nach meinem Geschmack“, gebe ich zurück. Einen Augenaufschlag später ist Ryan aufgestanden, hat meinen Küchentisch umrundet und mir einen Kuss gegeben. „Wunderbar“, sagt er, küsst mich ein zweites Mal. Wir sehen uns lange in die Augen. Tief in mir wächst eine Spannung an, die ich noch nie so gefühlt habe wie bei ihm.

„Meinst du“, haucht er dann an meine Lippen, „wir können Pippa aussperren und anstatt auf die Couch in dein Schlafzimmer gehen?“

Meine Haut kribbelt. „Und das Frühstück?“, frage ich, als würde ich es nicht auch wollen.

„Danach wirst du noch hungriger sein.“ In seinen Augen liegt ein stummes Versprechen. Ich komme nur noch dazu, zu nicken, dann zieht er mich auf die Füße. Ryan umfasst meine Hüfte und hebt mich hoch. So wie bei unserem ersten Kuss scheint es eine Leichtigkeit für ihn zu sein. Er trägt mich durch die Wohnung. „Hier rein?“, raunt er an mein Ohr, als wir vor der einzigen verschlossenen Tür in meiner Wohnung stehen.

„Ja“, bringe ich hervor. Mit dem Ellenbogen öffnet Ryan die Tür und trägt mich zum Bett, wo er mich sanft ablegt.

„Ich will dich“, sagt er. „Nur dich und das für immer.“ Er überhäuft meinen Hals mit Küssen, wandert dann tiefer. Mein Schlafanzug ist kein großes Hindernis für ihn. Liebevoll zieht er mich aus. Er strahlt eine Leichtigkeit aus, die sich sofort auf mich überträgt. Das hier ist so absolut richtig. Ich bin nicht nervös. Bin nicht aufgeregt. Ich bin nur erfüllt von grenzenloser Liebe und einem Verlangen, das jede Faser meines Körpers einnimmt. Es ist genau das, was ich will. Was wir beide wollen.

Wir haben uns mit Haut und Haaren ineinander verliebt.

Als er beginnt, mich überall zu berühren, erschaudere ich wohlig seufzend. Die nächste halbe Stunde ist die wohl intensivste in meinem bisherigen Leben und ich wünsche mir so sehr, dass viele weitere dieser Momente folgen.

Kapitel 21

Romy

„Es sieht wunderschön aus." Sues Worte kommen einem Ritterschlag gleich. Aus dem Augenwinkel sehe ich, wie auch Ron stolz die Brust schwillt. Langsam dreht er sich einmal um die eigene Achse, saugt wie ein Schwamm alles in sich auf. Antonia rennt im Kreis um die verschiedenen Tische und Stühle, hin und wieder hält sie sich dabei an einem Hocker oder einem Tischbein fest und ein fieses Kratzen ertönt. Wir sind zu sehr damit beschäftigt, Erwachsenendinge zu tun, um das Geräusch als nervig einzuordnen.

„Der Boden ist so wie früher", stellt meine Tante anerkennend fest. „Und, du hast überall diese roten Akzente gesetzt. So wie ich."

„Das hast du alles selbst dekoriert?" Es ist die Stimme meines Vaters, die mich endlich aus meiner Trance reißt. Direkt neben mir hat er angehalten und strahlt mich stolz an. Die letzten beiden Tage habe ich damit verbracht, der Eisdiele den finalen Schliff zu verpassen. Im Internet habe ich Lampen gefunden, die wie Eiswaffeln geformt sind. Ich habe dafür gute drei Stunden auf der Interstate verbracht und dann bei einer äußerst mürrischen Frau an der Tür geklingelt. Sie hat mich beim Übergeben der Lampen nicht einmal angesehen, aber diese kleine Strapaze hat sich gelohnt. Überall stehen Topfpflanzen in Betonübertöpfen, die Utensilien auf der Theke sind nicht nur neu angeordnet, sondern wurden in neue Gefäße verpackt. Es ist der Mix aus verschiedenen Materialien, der der Eisdiele ein besonders bequemes Ambiente verleiht. An den Wänden hängen kleine Tafeln mit den angebotenen Eissorten oder Kaffeekreationen. Decken und Kissen in bunten Farben und Formen zieren die Stühle, Bänke und Hocker, die ich mir nicht nur vom Antiquitätenmarkt, sondern ebenfalls über das Internet zusammengesucht habe.

Der Tresen ist zwar noch nicht befüllt, aber es stehen Keksdosen aus Glas bereit. Genauso wie verschiedene Teller und Tassen aus Steingut und buntem Keramik. Direkt neben dem Verkaufstresen habe ich gemeinsam mit Ryan eine kleine Kommode aufgestellt, in der Hanna ein paar ihrer liebsten Bücher platziert hat. Die Idee dieses kleinen Bücherschranks, aus dem die Kunden sich Bücher herausnehmen und ihre eigenen wieder hineinstellen können, ist mir kurz nach meinem Frühstück mit Ryan gekommen. Wie zu erwarten, ist Hanna bei meinem Vorschlag freudig auf und ab gesprungen. Sie hat irgendetwas von einem Eisdielen-Buchclub geflüstert, dem ich nicht ganz folgen konnte, weil sie da bereits wieder mit anderen Dingen beschäftigt gewesen ist.

„Du hast das wirklich ganz wunderbar gemacht“, höre ich Ron zur Bestätigung sagen.

„Ihr tut alle gerade so, als wäre das ganz alleine meine Leistung. Wir haben alle geschuftet, damit es hier nicht mehr so nach Baum in der Eisdiele aussieht.“

Mein Spruch ruft leises Gelächter hervor. Jetzt, wo wir diese schreckliche Episode hinter uns gebracht haben, können wir wieder darüber scherzen. Die beste Taktik, um die schlechten Dinge im Leben wie eine zweite Haut abzustreifen.

„Wo steckt eigentlich Ryan?“, wirft Ron ein. Mein Blick wandert langsam zu ihm. Und nicht nur zu ihm. Bis ich meinem Onkel ins Gesicht schaue, bemerke ich weitere drei Augenpaare, die sich gespannt auf mich gerichtet haben. Hitze kriecht mir über die Wangen und ich weiß genau, dass man mir meine Gefühle ansieht.

„In New York“, gebe ich wahrheitsgemäß zurück.

Liebevoll schaltet sich Sue ein. „Er kommt hoffentlich zurück?“

„Er hat es mir immerhin versprochen“, gebe ich zu und sage damit alles, was meine Familie wissen muss, um zu verstehen, was da eigentlich läuft.

Ich sehe die Blicke, die sie sich zuwerfen und im gleichen Augenblick ist mir klar, dass sie über diese Situation hier längst gesprochen haben. „Kommt jetzt so ein seltsames, aufklärendes Gespräch? Oder wollt ihr mich warnen? Mir ins Gewissen reden? Beglückwünschen? Egal, was es ist, ich warne euch. Ich kann ganz schnell verschwinden.

„O Süße, wir wollen gar nichts dergleichen. So weit ich mich erinnere, bist du keine zwölf Jahre mehr alt.“

„Bist du dir da sicher, Charlotte? Nicht, dass wir uns verrechnet haben.“ Mein Dad tut so, als würde er seine

Finger zum Rechnen zur Hilfe nehmen. Ein Grinsen überlagert mein Gesicht und lässt die Röte in meinen Wangen ein bisschen weichen.

„Hör auf, Dad", schimpfe ich im Spaß mit ihm. „Mum war schon immer besser in Mathe als du."

„Absolut korrekt", sagt Dad anerkennend. „Und sie hat dir das ganz hervorragend beigebracht. Sie hat dir ohnehin alles ganz fabelhaft beigebracht. Deinen Sinn für Humor und dass du so ein Händchen für die schönen Dinge im Leben hast. Wie man sich geschickt ausdrückt und wie man professionell ist in Situationen, die es erfordern. Aber wie man einen berühmten Rennfahrer dazu bringt, sich in einen zu verlieben, das hast du ganz alleine hinbekommen."

„Schau sie dir doch an. Sie ist ein so wunderschönes Mädchen."

„Eine junge Frau."

„Er kommt ursprünglich aus Melmoth Lakes. Es muss Schicksal sein, dass er gerade auf unsere Romy gestoßen ist."

„Und das, obwohl sie nicht einmal gleich alt sind. Das ist wirklich Schicksal."

„Er ist hübsch."

„Sue!"

„Meine Schwester sagt die Wahrheit."

„Charlotte!"

„Ist doch so."

Erschrocken verfolge ich den Schlagabtausch meiner Familie und reiße die verwirrten Augen mit jedem neuen Satz ein bisschen weiter auf. Sie reden so schnell, dass ich nicht einmal mehr wahrnehme, von wem welche Aussage kommt.

„Und er lacht so schön, findest du nicht, Charlotte? Er hat diese Grübchen.“

„Ich finde seine Haare toll.“

„Erfolgreich ist er auch. Er hat ohne Probleme die Meisterschaft gewonnen.“

„Das ist wahr. Zwei sogar. Hintereinander! Ich schaue die Rennen immer im Fernsehen. Ein sympathischer Kerl.“

Mein eigenes lautes Lachen erfüllt den Raum und alle sehen mich an. „Ist das gerade euer Ernst? Wisst ihr, dass ich mich im gleichen Raum befinde?“

„Sind wir dir etwa peinlich?“ Die Ironie in der Stimme meiner Mum ist kaum zu überhören.

„Ja!“, rufe ich aus und lache dabei noch immer. „Aber ehrlich gesagt“, erkläre ich und blicke jeden nacheinander an. Meine Mum, Sue, Dad und Ron. Sogar Antonia, die kurz innegehalten hat und uns fragend ansieht, weil sie natürlich nicht versteht, weshalb wir alle lachen. Dann grinse ich, wie ich es so oft in den letzten Tagen getan habe. „Irgendwie habt ihr mit allem recht.“

Ryan

Ryan: Ich wurde eben das neunundsiebzigste Mal nach einem Autogramm gefragt. Ich sollte auf einem Plüschtier unterschreiben. Das ist gar nicht mal so einfach.

Romy: Klingt romantisch.

Ryan: Hast du schon mal versucht, mit einem schwarzen Stift auf einem dunkelbraunen Teddybären zu SCHREIBEN?

Romy: Klingt trotzdem romantisch.

Ryan: Romy, es war ein Kind, das mit seinem Dad zufällig vorbeigekommen ist!

Romy: Dann ist es eben süß. Ich weiß nicht, weshalb du dich beschwerst.

Den Spaß, die Autogrammwünsche mitzuzählen, habe ich begonnen, als ich das dritte Mal innerhalb weniger Stunden an eine Location gebracht wurde, in der unzählige Menschen durch die Gegend wuselnd auf mich gewartet haben. Etwas, an das ich mich niemals im Leben gewöhnen werde. Vielleicht ist es eine gute Taktik, Romy deswegen Nachrichten zu schicken. Sie zu einem Teil davon zu machen.

Romy: Was steht heute noch an?

Ryan: Wir drehen gleich ein YouTube-Video für den Kanal unseres Teams. Man hat mir bloß gesagt, dass es ein lustiges Interview werden soll.

Romy: Ich werde mich davon überzeugen müssen, ob es wirklich lustig ist. Wann geht es online?

Ryan: Am Sonntag, wahrscheinlich um 12.

Romy: Wecker ist gestellt.

Ryan: Hör auf. Meine Freundin sollte mich an einem Sonntagmittag nicht auf YouTube, sondern in echt sehen.

Romy: Heißt das, wir haben Sonntag ein Date?

Ryan: Ich denke mir etwas aus.

Romy: Ich freue mich. Aber bitte nicht zur Kartbahn. Bis dahin stöbere ich ein bisschen auf eurem YouTube-Kanal. ;-)

Danach schickt sie mir ein rotes Herz, was mich kurz innerlich strahlen lässt, ehe Milena auf mich zukommt. Sie reißt mich schmerzhaft zurück in die Realität, in der mein Teamkollege bereits auf einem breiten Sofa sitzt, das allem Anschein nach aus rotem Samt ist. „Es ist leider genauso unbequem, wie's aussieht", witzelt Fred. Er ist so häufig mit der Hand durch seine blonden Haare gefahren, dass sie liegen, als seien sie mit Gel in Form gebracht. Fred, der eigentlich Frederic heißt, ist zwei Jahre jünger, aber voller Tatendrang und Willen, einer der Besten zu werden. An manchen Stellen steht ihm seine Jugendlichkeit im Weg und er lässt sich auf der Rennstrecke gerne zu waghalsigen Manövern hinreißen, doch er ist vor allem ein Mensch mit dem Herz am rechten Fleck. Ich erinnere mich häufig daran, wie er damals als einer der Ersten in mein Krankenhauszimmer geplatzt war. Er hatte mich nicht eine Sekunde lang angelogen. Nicht so wie die meisten anderen in meinem Umfeld. Seine ersten Worte zu mir waren:

„Scheiße, ich dachte, das war es mit dir." Keine Worte des Trostes. Keine versuchten Versprechungen, dass ich das alles schon wieder geradebiegen könnte. Fred wusste, was in mir vorgegangen war. Er wusste es aus Sicht eines Rennfahrers, der immer alles gibt. Aber er wusste es auch aus Sicht eines Freundes, mit dem man vielleicht keine große gemeinsame Vergangenheit teilt, aber doch einige ziemlich private Momente. Fred und mich verbindet unsere Leidenschaft, für die wir so viel aufgegeben haben.

„Scheiße", fluche ich und falle auf das Sofa. Ich sinke ein, rudere ein bisschen mit den Armen und werde von mehreren Seiten mit Gelächter bedacht. Ich spüre die Erleichterung, dass es mir augenscheinlich besser zu gehen scheint. Jeder im Team, der mich bis dato noch nicht wieder zu Gesicht bekommen hat, weiß spätestens jetzt, dass ich keinesfalls meine humorvolle Seite bei diesem Unfall verloren habe. Sie wissen nicht, wem ich das zu verdanken habe.

Die nächste Stunde müssen wir immer wieder Teile des Interviews neu drehen, weil einer von uns beiden in unpassenden Momenten lacht oder einen blöden Witz reißt, den man unmöglich hochladen kann.

„Vielleicht gibt es am Ende einen Einspieler mit Outtakes", schlage ich vor, als wir endlich fertig sind und Milena erleichtert dem Kameramann zunickt, ehe sie ein Foto von uns beiden auf dem unmöglichen Sofa macht, das sie für ihren Ankündigungspost verwenden kann.

Den Abend verbringen wir in einem mexikanischen Restaurant, lachen genauso viel wie auch schon während des Interviews und planen die weitere Vorbereitung. Es stehen noch ein paar Shootings mit Sponsoren an, außerdem wird bereits in wenigen Wochen das neue Auto für die kommende Saison vorgestellt. Als Marc vorschlägt, dass ich bei der offiziellen Saisoneröffnung den Rennwagen vorfahren könnte, wird es kurz still am Tisch. Ich spüre regelrecht den Druck der vielen Blicke auf mir, weshalb ich es mir nicht nehmen lassen kann, einen Augenblick länger zu zögern.

„Darf ich meine Freundin mitbringen?"

„Natürlich! Du darfst meinetwegen deine ganze Heimatstadt mitbringen!", ruft Marc erfreut und hebt das Glas. „Auf eine erfolgreiche neue Saison!"

***

Ich habe nicht einmal die Tür des Taxis zugeknallt, da wähle ich bereits Romys Namen aus meiner Anrufliste an.

„Hallo YouTube-Star", werde ich begrüßt. „Ich wusste gar nicht, dass du Segeln und Reese's nicht ausstehen kannst. Es ist eine Schande."

„Was davon?"

„Na, das mit den Reese's. Das sind die besten Süßigkeiten der Welt!"

„Ich dachte schon, du findest Segeln öde."

„Das auch, aber der Teil mit den nicht übereinstimmenden Süßigkeiten-Vorlieben könnte noch ein Problem werden." Romy lacht kurz, aber auf eine wunderschöne Art. „Spaß beiseite", wird sie wieder ernster, „wie war dein Tag?"

Ich gebe ihr im Schnelldurchlauf einen Überblick, beschreibe ihr den Teil von New York, der gerade am

Fenster meines Taxis vorbeizieht. Selbst als der Fahrer mich vor meinem Hotel aussteigen lässt, telefonieren wir weiter.

„Wie viele Autogramme sind es bis jetzt?"

„Wir sind bei fünfundachtzig."

„Okay, die letzte Location schien nicht besonders gut öffentlich zugänglich gewesen zu sein."

„Nein, wir waren nach dem Dreh noch was essen. Die Autogramme habe ich an nette mexikanische Kellner verteilt. Leider wollte niemand davon seinen Teddybären signiert haben, ich hätte echt noch ein bisschen Übung gebrauchen können."

Kurz überlege ich, ob ich Romy von der Saisoneröffnung und meinem Plan, sie mitzunehmen, erzählen soll. Ich beschließe allerdings schnell, dass das eine Information ist, die ich ihr gerne von Angesicht zu Angesicht sagen würde.

Ich selbst kann diese Art, vor vollendete Tatsachen gestellt zu werden, nur schwer verdauen. In den letzten Jahren meiner Karriere habe ich unweigerlich lernen müssen, damit umzugehen, weil es oft alles andere als planbar ist, wenn man in der Öffentlichkeit steht. Aber irgendetwas in mir sträubt sich dagegen, Romy ebenfalls so zu behandeln.

Ich merke, wie sich ein nervöses Grummeln in meinem Magen bildet. Haben wir überhaupt schon einmal darüber gesprochen, wie es ist, wenn man auf der Straße ständig erkannt wird? Mit einem Mal erscheint diese Welt absolut falsch für Romy. Die Romy, die nur ihre Heimatstadt kennt. Die in ihrem eigenen kleinen Rahmen lebt. Sie war es, die davon überzeugt ist, dass unsere Leben grundverschieden sind. Und aus einem

Impuls heraus hatte ich beweisen wollen, dass das keine Rolle spielt. Doch tut es das wirklich?

„Wie war dein Tag?", frage ich. Ich biege in eine weniger belebte Seitenstraße ab, wobei man in New York niemals wirklich einen ruhigen Platz findet. Erst recht nicht, wenn man sich in Reichweite des Empire-State-Buildings befindet.

„Gut. Anstrengend. Emotional. Alles in einem. Ich liege schon auf dem Bett und mag dich wohl echt gerne. Ich ziehe dich sogar meinen Schlaf vor."

Auf dem Bett. Erinnerungsfetzen überkommen mich und ein schönes Schaudern überläuft meinen Rücken.

„Ich wüsste nicht, wie man mir ein besseres Kompliment machen könnte", scherze ich mit ihr, bevor ich wieder ernst werde. „Warum anstrengend und emotional? Sind deine Eltern noch da?"

„Ja. Wir haben uns ausgesprochen. Also, na ja. Ausgesprochen klingt ja so, als hätte es zwischen uns einen Streit gegeben. Aber wir haben über den Unfall gesprochen. Ich glaube, mein Dad und ich haben das gebraucht. Einfach mal von dem anderen zu hören, wie es zu diesem Unfall kam. Wie man sich gefühlt hat. Ich fühle mich tatsächlich so, als hätte man mir eine Ladung Backsteine von den Schultern genommen."

„Das ist gut, Romy. Wirklich. Ich bin stolz auf dich."

„Und ich bin stolz auf dich. Es muss auch für dich anstrengend gewesen sein, oder?"

„Ich hasse es, weil ständig jemand an einem rumwerkelt, man immer von irgendeinem Licht geblendet wird und viel schneller schwitzt als sonst. Und ich frage mich, weshalb man die unbequemste Couch von ganz New York für uns aufgetrieben hat. Aber sobald ich erst einmal hier war und alle bekannten Gesichter gesehen habe, war es wie früher. Ich habe den Unfall komplett verdrängt."

Und es stimmt. Bis auf diesen einen kleinen Moment zu Beginn, als man mich noch unsicher beäugt hat und ich die ungestellten Fragen im Raum regelrecht gespürt habe, war alles wie immer.

Erst jetzt im Nachhinein merke ich, wie unfassbar gut das tut. Romy scheint mich durch das Handy hindurch anzulächeln. Ich kann sie mir genau vorstellen. „Vielleicht sind diese drei Tage, die du weg bist, ja doch für etwas gut."

„Vermisst du mich etwa schon?", will ich neckend wissen.

„So, wie du es sagst, könnte man fast meinen, dass das verwerflich wäre."

„Tust du es oder tust du es nicht?"

Romy wird leise, fast ein wenig bedauernd. „Ja. Sehr."

„Ich vermisse dich auch. Aber auf diese gute Art, bei der man merkt, was man an dem anderen hat."

„Glücklicherweise haben wir schon bald ein Date. Wir müssen nur noch bis Sonntag durchhalten. Bis dahin hätte ich gerne noch ein paar Fotos, Ryan Baker. Sie haben mir versprochen, mich mit Fotos aus New York zu versorgen und bisher haben Sie diese Aufgabe sträflich vernachlässigt."

„Warte kurz", sage ich, nehme das Handy vom Ohr und öffne meine Kamera. Ohne nach einem geeigneten Motiv hinter mir zu suchen, mache ich ein Selfie und schicke es im gleichen Atemzug bereits an Romy.

„Sie haben Post", melde ich mich zurück.

Bilde ich es mir ein oder höre ich gerade, wie Romy heftig schluckt? „Wow. Ist das der typische New-York-Mann? Die sehen ja echt gut aus da."

Ich lache leise. „Wenn du lieb bist, bringe ich dir einen mit."

„Das wäre prima. So einer würde sich bestimmt gut als Deko in der Eisdiele machen!"

„Dann halte ich die Augen offen für dich. Und ich gelobe Besserung und schicke dir Bilder, versprochen."

„Wunderbar. Telefonieren wir morgen wieder?"

„Auf alle Fälle. Wir sind den halben Tag in der Zentrale von unserem Team und haben Besprechungen, müssen Kaffee trinken, Pressefotos machen, all so ein Zeug. Aber ich melde mich, sobald ich fertig bin."

„Ich freue mich auf dich."

„Und ich mich auf dich. Schlaf gut, Süße."

„Schlaf du auch gut. Ich denke an dich."

Und mit diesen Worten hat sie aufgelegt und einen Mann mit wild klopfendem Herzen mitten in New Yorks belebten Straßen zurückgelassen.

Kapitel 22

Romy

„Was tun wir hier?" Meine Stimme klingt ein wenig erstickt. „Schon wieder eine Überraschung", sagt Ryan. Es hört sich wie eine Frage an und für einige Sekunden huscht Verunsicherung über seine Züge. Dann jedoch nimmt er meine Hand und führt mich zum Rand des Sees, an dem wir eben geparkt haben. Nach und nach kommt ein Boot in Sicht, in dem unzählige weiche Decken, mehrere Kissen und Dutzende Packungen Reese's liegen.

„Oh", hauche ich, als ich seine Vorbereitungen sehe. Damit habe ich zuletzt gerechnet. Mit wie viel Mühe er das hier vorbereitet hat, obwohl er erst vor wenigen Stunden aus dem Flieger gestiegen ist und vermutlich so müde ist, dass er die Augen kaum aufhalten kann.

„Wenn es dir nicht gefällt ..."

„Machst du Witze? Es ist wunderschön." Ich falle Ryan um den Hals. „Danke", hauche ich ihm ans Ohr und er umarmt mich ein Stück fester. Besitzergreifender. Liebevoller.

Gekonnt hilft er mir auf das wacklige Boot und lässt erst los, als ich eingewickelt in zwei Fleecedecken und mit einer geöffneten Packung cremiger Erdnussschokolade dasitze.

Ich weiß zwar, dass man mit vollem Mund nicht sprechen sollte, aber ich tue es dennoch. Ryan startet das Boot und lenkt es mit wenigen Handgriffen behutsam auf den See hinaus. „Du scheinst alles zu können, was irgendwie mit Motoren zu tun hat, schätze ich?"

„Mein Dad hat mir das beigebracht. Es ist auch sein Boot. Er hat mich früher immer mit zum Angeln genommen. Das Angeln fand ich schrecklich, aber das Boot war cool. Also hab ich irgendwann meinen Bootsführerschein gemacht."

„Du steckst voller Überraschungen, Ryan. Manchmal frage ich mich, wann zum Teufel du das alles gemacht hast? In der Zeit, in der ich immer noch nicht viel mehr geschafft habe, außer mich in den Familienbetrieb von Sue und Ron einzuschleusen."

„Hör auf, es so negativ klingen zu lassen. Es macht dir doch Spaß, oder nicht?"

„Ich liebe es."

„Aber?", hakt Ryan nach. „Was ist dann das *aber*, wenn du es doch liebst?"

„Manchmal denke ich, dass ich noch mehr machen müsste in meinem Leben. Mehr erleben, mehr lernen. Ich weiß auch nicht, woher das kommt. Ich liebe das *Sues*, aber manchmal würde ich auch einfach gerne … raus hier. Die Welt ist mir zu groß, um sie komplett zu erkunden. Sogar unser eigenes Land ist mir schon zu groß. Ich würde gerne hin und wieder mal einen Abstecher machen und etwas anderes sehen, dann aber wieder nach Melmoth Lakes kommen." Ich mache eine kurze Pause, in der ich nur das Rauschen der Wellen um uns herum wahrnehme. „Ich klinge wirr, oder?“

„Finde ich nicht. Ich glaube, jeder hat mal diesen Gedankengang. Ich hatte das auch. Der Unterschied ist nur, dass ich damals dachte, ich müsste unbedingt ein neues Zuhause finden. Das hat nur nie geklappt. Los Angeles war nie ein Zuhause für mich. Nicht so, wie diese alberne Stadt es ist.“

„Hey“, rufe ich aus. „Das ist keine alberne Stadt! Du verletzt meine Gefühle. Wenn das hier kein Reese’s in meiner Hand wäre und damit viel zu schade, um es zu verschwenden, würde ich es glatt nach dir werfen.“

„Siehst du“, erwidert Ryan und lacht. „Genau das meine ich. Du bist so stolz auf deine Heimat, und merkst nicht einmal, dass ich einen Spaß mache. Und du kannst auch stolz sein. Hier lebt ein ganzer Haufen wunderbarer Menschen.“

Ryan verlässt seine Position am Steuer des Bootes. Ich habe kaum wahrgenommen, wie wir auf eine kleine Insel mitten im See zugesteuert sind.

„Ich habe gestern mit Chad telefoniert. Kurz nach der Begrüßung hat er mich gefragt, ob wir endlich zusammen sind.“ Erstaunt sehe ich Ryan an. Er fährt fort: „Er hat wohl schon von Anfang an geahnt, dass da was zwischen uns läuft. Das erklärt seinen erstaunten Blick, den er uns geschenkt hat, als er die Tür bei der Party geöffnet hat. Ich habe ihn gefragt, warum er dich unter diesen Umständen zum Essen eingeladen hat.“ Ryan lacht. Er ist nicht eifersüchtig. Er weiß, dass Chad ein Kumpel ist, den ich schon seit der Schulzeit kenne. Genauso, wie er auch für ihn ein guter Freund ist.

„Hanna hat letztens fallen gelassen, dass sie sein Lächeln süß findet.“

„Ist das nicht so?“

„Es ist aus Hannas Mund einfach sehr seltsam!“ Bei meinen Worten gestikuliere ich wild.

„Vielleicht solltest du die beiden verkuppeln.“

Ryan macht das Boot an einem massiv aussehenden Holzpfahl fest. „Lass uns nicht über Hanna und Chad reden“, beschließe ich staunend ob des Anblicks, der sich mir bietet. Kühle Luft streicht um meine Haut, verwirbelt meine Haare. In einiger Entfernung senkt sich Nebel auf den See, der mitten im Wald rund um Melmoth Lakes wie ein unerschütterlicher Parameter entlanggeht. Die Natur ist immer da, egal was auch passiert. Es ist ihr egal, ob wir Liebeskummer haben oder vor Verliebtheit am liebsten den ganzen Tag tanzen würden. Der Natur ist Streit egal, sie kennt keine Tränen, keine Verzweiflung. Sie ist immer konstant, was einer der Gründe ist, weshalb ich sie so liebe. Es ist immer, als würde man sich wieder zurücksetzen können. Für einen Moment freier atmen und erkennen, dass man nur ein kleiner Teil von diesem großen Ganzen ist.

„Du bist schon wieder in Gedanken versunken“, bemerkt Ryan und lässt sich neben mich sinken. Das Boot schaukelt sanft in den wenigen Wellen, die dieser fast windstille Tag mit sich bringt.

„Das kann ich gut“, gebe ich leise zurück. Von dem Moment an, in dem Ryan neben mir ist, wird es innerlich wie äußerlich warm. Ein Gefühl, dass ich nicht kannte und das so wunderbar ist. Es kommt mir noch immer wie ein Traum vor. „Ich fürchte, ich stelle gerade fest, was die Leute meinen, wenn sie davon sprechen, dass sie mit Haut und Haaren verliebt sind.“

Anstelle einer Antwort schließt Ryan mich in seine Arme, schnappt sich zwei weitere Decken und verteilt sie in einer fließenden Bewegung über uns. Ich bin nicht sicher, wie lange wir so dort sitzen und bloß das ansehen, was sich direkt vor uns abspielt.

„Ich habe dich vermisst“, sagt Ryan wie aus dem Nichts. „Wer hätte gedacht, dass ich dich schon so sehr vermisse. Bevor die Saison wirklich begonnen hat.“

„Du wirst noch viel häufiger und länger weg sein, stimmt’s?“, will ich wissen. „Ich habe keine Ahnung, wie ich das überstehen soll.“

„Indem du nicht vergisst, dass ich jedes einzelne Mal zu dir zurückkomme.“

„Und du bist wirklich jedes Wochenende woanders?“

„Nicht ganz. Es gibt 23 Rennen, die auf verschiedene Städte und Rennstrecken auf der Welt verteilt sind. Unsere Saison fängt im März an und geht bis November. Wir haben also auch mal freie Wochenenden zwischendurch.“

Wir sitzen eng aneinandergeschmiegt auf dem schaukelnden Boot und starren den weiten Himmel über uns an.

„Mein Rennwochenende geht aber schon freitags los. Wir testen ein bisschen, haben Training. Besprechungen und Pressekonferenzen und Interviews, bis du nicht mehr weißt, wo dir der Kopf steht.“

„Klingt anstrengend.“

„Ist es. Aber meistens bin ich schon so fokussiert auf das Rennen, dass das alles an mir vorbeifliegt. Und dann ist samstags das Qualifying und sonntags das Rennen.“

„Und je nach Platzierung bekommt ihr Punkte?“

„Ich dachte, du hast keine Ahnung?“

„Ich besitze ein Handy mit Internetzugang, Ryan Baker.“

„Und anscheinend kannst du es auch bedienen. Ich bin schwer beeindruckt.“

Ich knuffe ihn sanft in die Seite, was dazu führt, dass er sich zu mir dreht und mich in eine dieser liebevollen Umarmungen zieht, denen ich von Kopf bis Fuß ausgeliefert bin.

„Kommst du zur Saisoneröffnung?“

„Das sind noch einige Wochen bis dahin, oder?“

„Genau“, antwortet er und gibt mir einen Kuss.

„Ryan, ich plane nicht einmal weit genug, um zu wissen, was ich am Wochenende essen soll.“

„Ich möchte doch bloß ein *Ja* von dir hören. Das ist ganz einfach. Schau, ich mache es dir vor. Jaaaaa. Und jetzt du.“

„Hat man irgendwas an deinem Gehirn verändert, während du weg warst?“

„Kein Grund, gleich ausfallend zu werden, Misses.“

Unser Lachen erfüllt die Umgebung.

„Ja. Ich komme vorbei. Muss ich etwas beachten? Brauche ich einen Minirock?“

„Ein Cocktailkleid reicht“, sagt Ryan so ernst, dass ich kurz versucht bin, ihm zu glauben. Jedenfalls, bis er mich neckend ansieht. „Nein, Süße. Du trägst einfach das, in was du dich wohlfühlst.“

„Gibt es Fanartikel von dir? Dann kann ich es so machen wie die Mädels in der Highschool, die immer die Trikots vom Quarterback getragen haben."

Ryans Antwort fällt leise aus. „Gibt es."

„Wow. Verrückt. Ich date einen Mann, der eigene Fanartikel hat." Mit gespielter Theatralik verziehe ich erschrocken das Gesicht, was Ryan herzhaft zum Lachen bringt.

„Wenn es für dich schon verrückt ist, dann kannst du dir ja in etwa vorstellen, wie es mir mit Merchandising geht."

„Ich bin gespannt, den Rennstrecken-Ryan kennenzulernen. Ist er anders als der Ryan, den ich kenne?" Ich lehne mich ein bisschen mehr an ihn, wenn das denn überhaupt möglich ist. „Oder warte", ergänze ich dann, „ich möchte es lieber selbst herausfinden."

Keiner sagt etwas. Stattdessen genießen wir die Aussicht und die Berührung zwischen uns. Es ist einer dieser Momente im Leben, wo man weiß, dass er perfekt war, wenn man an ihn zurückdenken wird. Der Unterschied zwischen normalen Momenten und Ryan-Momenten ist allerdings, dass ich bei ihm direkt weiß, dass sie als perfekte Erinnerungen abgespeichert werden und es nicht erst viel später herausfinde.

Neben dem Boot gluckern in unregelmäßigen Abständen kleine Wellen, ansonsten ist es so ruhig wie sonst nirgendwo auf der Welt. Außer dem Wellengeräusch gibt es nur das unseres Atems. Es ist so magisch, ich möchte nicht einmal blinzeln.

„Du hast ein Händchen für besondere Orte."

„Schon, oder? Eine Party, eine Schule, eine Eisdiele."

Ich lache. „Das meine ich nicht. Ich rede von diesem Abend im Wald. Der war genauso toll wie das hier gerade." *Der war vor allem toll, weil wir uns geküsst haben,* füge ich in Gedanken hinzu.

Ryan scheint mich wie so oft lesen zu können, zieht mich auf seinen Schoß und ist mir mit einem Mal ganz nah. „Achtung, es wird schnulzig", flüstert er dann. „Wenn du das nicht verkraften kannst, dann gib mir ein Zeichen."

Ich schweige, damit er bloß nichts als eines dieser Zeichen werten kann. Er lächelt als Hinweis darauf, dass er verstanden hat, dann fährt er fort. „Mit dir ist so ziemlich alles besonders, Romy. Du bist einfach ein wundervoller Mensch. Ich ... habe dich wirklich vermisst. Ich liebe dich."

Verräterische Tränen drohen sich in meinen Augen zu sammeln, noch bevor ich antworten kann. „O Ryan. Ich liebe dich auch."

Sein Lächeln ist wahrhaftig alles, was ich zum Leben brauche, denke ich. Dann küssen wir uns. Dieser Moment, der eigentlich schon perfekt ist, wird noch perfekter. Unvergesslicher. Mein kleines Herz tanzt vor Glück.

„Ich glaube, bei der Saisoneröffnung wird nicht nur mein neues Auto, sondern auch meine Freundin der ganzen Welt vorgestellt."

Kapitel 23

Ryan

Hinter der Eingangstür erwartet mich Hanna, die übertrieben mit den Hüften wackelt. Erst kurze Zeit später bemerke ich den alten Shakira-Song, den die diskreten Musikboxen in den Ecken des *Sues* wiedergeben und kann mir ein Stück weit erklären, weshalb Hanna diese Art der Bewegungen macht. Ganz werde ich Hanna und ihre einzigartige Ader vermutlich niemals verstehen können.

Die beiden bemerken mich und fangen im exakt gleichen Moment zu kichern an. Zwei Tage ist unser Ausflug an den See her, aber ich habe Romy bereits wieder zu vermissen begonnen.

„Das ist wirklich überhaupt nicht peinlich", kommentiert Hanna, als sie wieder zu Luft kommt.

„Ich wollte eure Mini-Disco nicht stören", schmunzle ich. Bilde ich es mir ein oder wird Hanna ein bisschen rot? Sie stellt sich mit verschränkten Armen neben Romy und tut so, als würde sie flüstern, dabei ist ihr bewusst, dass ich jedes ihrer Worte verstehe. „Sag deinem Freund, dass wir schon zu alt für eine Mini-Disco sind. Wir sind mindestens schon die Midi-Disco." Romy prustet erneut, während Hanna mit eiserner Beherrschung versucht, das Lachen zu unterdrücken.

Ich bin das erste Mal seit der endgültigen Fertigstellung der Eisdiele wieder hier. Nachdem ich Romy so oft es ging geholfen, und mit ihr gemeinsam Möbel aufgebaut habe. Gestrichen, geputzt und kleine Schäden ausgebessert. Nicht zu vergessen natürlich das Dach, das ich gemeinsam mit Dad und seinen Mitarbeitern repariert habe und von dem aus ich immer einen ziemlich guten Blick auf das hatte, was unter mir passiert ist. Auf die Menschen, die im *Sues* ein- und ausgegangen sind. *Als hätte ich überhaupt jemand anderen angesehen außer Romy.* Ich werde von Hannas Stimme aus meinen Gedanken gerissen. Sie zieht sich lautstark einen Stuhl heran. Auf dem Tisch vor ihr liegen lose Notizzettel und Stifte, Textmarker, ein Tablet und zwei Handys. Flyer und Karten, ein Portemonnaie und drei Tassen, die mittlerweile leer sind. Gefährlich nahe an einer Kante liegt ein zerlesenes Buch. Auf diesem halben Quadratmeter entsteht der Eindruck, eine Bombe sei eingeschlagen und habe alles verwüstet.

„Wir sind gerade dabei, die Eröffnungsfeier zu planen."

Das erklärt die ungewöhnliche Unordnung. „Kann ich euch helfen?" Statt eine Antwort abzuwarten, ziehe auch ich mir einen Stuhl heran. Bevor ich mich setze, küsse ich Romy auf die Stirn, wofür ich mit einem verlegenen Blick belohnt werde.

„Aber hallo", antwortet Hanna und ich lasse mir von ihr erklären, was die beiden bereits geplant haben, während Romy mir einen Kaffee macht.

„Wir wollen auf jeden Fall eine Art Tombola machen. Man kauft quasi Gutscheine für Produkte aus der Eisdiele. Die sind nummeriert und es gibt am Ende für ein paar der Nummern noch einmal Sonderpreise. Wir wissen nur noch nicht genau, wie diese Preise aussehen sollen. Es soll einen Hauptgewinn geben, aber wir wollen auch nicht so viel Geld ausgeben."

„Ich könnte zwei Karten für das erste Saisonrennen organisieren. Das kostet euch schon einmal nichts und wäre bestimmt ein guter Hauptgewinn", schlage ich vor.

Romy stellt mir eine dampfende Tasse Kaffee hin und bekommt große Augen. „Das wäre fantastisch!"

„Und ich frage mal meinen Dad. Er kennt bestimmt noch ein paar Menschen in der Umgebung, die auch eine eigene Firma haben und die etwas beisteuern könnten."

„Du bist unser Held", freut sich Hanna überschwänglich. „Wir waren echt ziemlich ratlos, was wir noch als Preise anbieten könnten."

Die nächsten beiden Stunden verbringen wir planend, lachend und voller Motivation auf die Eröffnung der Eisdiele, die in drei Wochen stattfinden soll. Zwischendurch kommt Sue vorbei und bringt uns frisch gebackene Zimtschnecken, die teuflisch gut sind und ziemlich nahe an das herankommen, was meine Mum backt. Ich komme nicht umhin, Romy verliebte Blicke zuzuwerfen. Ich weiß, dass es auffällig ist. Hanna verdreht die Augen, als sie denkt, ich würde sie nicht sehen. Es könnte mir kaum gleichgültiger sein.

Ich spüre in jeder Minute, dass zwischen Hanna und Romy kein Blatt passt. Manchmal habe ich sogar den

Eindruck, dass sie komplett ohne Worte kommunizieren, denn sie scheinen sich auch zu verstehen, wenn ich selbst nicht einmal begriffen habe, worum es überhaupt geht. Es ist ähnlich wie bei meinem Bruder und mir, wenn wir nach Ausreden suchen, die wir unserer Mum erzählen können. Einmal mehr bin ich dankbar dafür, dass auch ich meinen Platz im Romys Leben gefunden habe.

Hanna verabschiedet sich schließlich und nimmt eine Tasche voller Bücher mit, was sofort für ein bisschen mehr Ordnung auf dem Tisch sorgt. Ich kann es kaum erwarten, endlich mit dem wahren Grund meines Besuches herauszuplatzen. „Ich habe ein kleines Haus gefunden", teile ich Romy freudestrahlend mit, noch bevor sich die Tür der Eisdiele komplett geschlossen hat. Meine Freundin reißt die Augen auf. „Ehrlich? Wo?"

„In der Tulip Street."

Ich hätte es nicht für möglich gehalten, aber Romys Augen werden noch ein Stück größer. „Hier in Melmoth Lakes?"

Schockiert ziehe ich die Augenbrauen nach oben. „Natürlich hier. Was hast du gedacht?"

„Dass du doch lieber woanders wohnen willst. Nicht in dieser ... albernen Stadt?"

„Ich möchte da wohnen, wo du bist", gebe ich zurück und kann es nicht ändern, dass meine Stimme dabei ein wenig entrüstet klingt. Wie konnte Romy denken, dass ich mein Versprechen nicht halte? Sie beißt sich auf die Unterlippe und springt mir im nächsten Moment in die Arme. Ich fange sie auf und verliere dabei um ein Haar das Gleichgewicht.

„In letzter Zeit geht in meinem Leben so viel bergauf, dass ich es richtig mit der Angst zu tun bekomme", sagt sie, dicht an mein Ohr. Wenn sie gedacht hat, dass ich sie nach diesem Gefühlsausbruch loslassen würde, hat sie falsch gedacht. Eine Weile stehen wir so dort und vergessen die Welt um uns herum. Ich rieche den Duft ihrer Haare, die ihr lockig über den Rücken fallen. Sie duftet nach Kaffee und ein bisschen nach Karamell und der Zimtschnecke, die wir vorhin gegessen haben. Sie duftet nach der besten gemeinsamen Zukunft, die ich mir vorstellen kann.

„Wann kannst du einziehen?", fragt sie. Widerwillig löse ich mich aus der liebevollen Umarmung. Aber nur so viel, wie nötig ist, um uns in die Augen sehen zu können.

„Ab sofort. Ich habe das Haus schon gekauft." Aus meiner Hosentasche ziehe ich den Schlüssel und halte ihn ihr vor das Gesicht, das augenblicklich von einem noch breiteren Grinsen geschmückt wird.

„Magst du es mir zeigen?"

„So was von", sage ich, nehme Romy huckepack, was sie mit einem leisen Quietschen quittiert, und trage sie hinaus zu meinem Auto.

***

„Steht dir ausgezeichnet", sage ich und lache über Romys aus Zeitungspapier gebastelten Malerhut, mit dem sie ins Zimmer kommt. Anstatt auf direktem Weg zu meinem neuen Haus zu fahren, haben wir einen Stopp beim Baumarkt eingelegt und Farbe, Pinsel und Abdeckfolie gekauft. Eine der Wohnzimmerwände erstrahlt nach zwei Stunden Arbeit in einem hellen Beige, eine Wand meines Schlafzimmers in einem dunklen Grün. Obwohl ich zuerst skeptisch über die Farben gewesen bin, hat Romy bewiesen, dass sie einen ausgezeichneten Sinn für Ästhetik hat. Und dass sie entgegen ihrer Selbsteinschätzung sehr wohl zu spontanen Aktionen fähig ist, hat sie damit auch ein weiteres Mal unter Beweis gestellt. Obendrein ist es ziemlich hübsch anzusehen gewesen, wie sie bei jeder Bewegung mit der Farbrolle gleichzeitig auch ihren Hintern bewegt hat.

„Die Idee mit dem Hut ist mir vielleicht etwas sehr spät eingefallen", kommentiert sie mein Lob trocken. In der Tat haben ihre Haare schon einige verräterische Farbspritzer abbekommen.

„Für die letzten Meter ist es trotzdem gut." Prompt zieht Romy einen weiteren Hut hinter ihrem Rücken hervor und setzt ihn mir auf. „Perfekt."

Ich stimme ihr zu. „Sitzt wie angegossen."

Wir streichen die restlichen Wohnzimmerwände in der Farbe Weiß und hören eine Playlist, die den Namen „Songs to sing in the shower" trägt. Allerdings hat es bisher noch keinen einzigen Song gegeben, den ich unter der Dusche tatsächlich lauthals mitgesungen hätte. Damit scheint es uns beiden gleich zu gehen.

Ich habe mich schon in den ersten Minuten der Besichtigung in dieses Haus verliebt. Es ist klein, hat nur vier Zimmer, aber es ist perfekt. Umgeben von einem kleinen Garten auf der einen und dem Wald auf der anderen Seite. Es liegt abgelegen, aber auch nicht allzu weit weg vom Schuss. Mit seiner dunklen Fassade und dem vielen Holz wirkt es alt, trifft aber genau meinen

Geschmack. Breite Fensterfronten in jedem Zimmer geben dem Haus die nötige Prise Modernität. Es sieht von außen definitiv aus wie aus einem Katalog. Ich habe die Küche mit übernommen. In ferner Zukunft werde ich sie sicherlich einmal renovieren, aber momentan reicht sie völlig aus für mich. Zu allem Überfluss gibt es eine kleine angebaute Garage, die der Vormieter zu seinem Hobbyraum auserkoren hat. Ich bin unschlüssig, was ich damit machen soll. Vielleicht baue ich sie in der nächsten Sommerpause um oder ich stelle am Ende doch nur mein Auto unter, sobald ich dieses irgendwie von Los Angeles hier herbekommen habe. Nachdem ich Hals über Kopf zu meinen Eltern geflohen bin, habe ich an meinen Wagen am allerwenigsten gedacht.

Vor den großen Fenstern, die den Blick auf den Wald und eine wenig befahrene Seitenstraße freigeben, geht langsam die Sonne unter und verschwindet hinter Baumkronen, die in den tiefsten Orangetönen schimmern. Es wird nicht mehr lange dauern, bis die Bäume all ihre Blätter abgeworfen haben. Der Winter wird langsam nach Melmoth Lakes kommen, aber im Gegensatz zu all den anderen Jahren davor freue ich mich darauf. Denn es werden wunderbare Monate, die ich zusammen mit Romy verbringen kann, ehe im Frühling die neue Saison losgeht.

Mittlerweile bin ich mir mehr denn je sicher, dass uns diese temporäre Trennung nichts ausmachen wird, aber der Gedanke stimmt mich dennoch etwas traurig. Er duelliert sich mit der Vorfreude, die ich immer dann spüre, wenn ich daran denke, wieder in mein Rennauto zu steigen. Etwas, was ich vor wenigen Wochen noch nicht für möglich gehalten hätte. Ich bin nicht nur an dem Punkt, an dem ich vor meinem Unfall war, sondern darüber hinaus. Weil ich mehr zu schätzen weiß, was sich abseits des Rennkalenders abspielt. Weil ich zwar noch immer für meinen Traum lebe und kämpfe, aber eben auch für andere Dinge genau das gleiche leidenschaftliche Gefühl empfinde. Die innere Leere nach meinem Unfall wurde wieder mit Hoffnung aufgefüllt.

Es ist dunkel, als Romy die Farbrolle in ihren Händen hinlegt und sich mit einem tiefen Seufzen auf den Boden gleiten lässt. „Fertig. Ich mag mich keinen Zentimeter mehr bewegen.“

Ich sage nichts, verlasse den Raum und gehe in den Flur. Dort steht ein einsamer Umzugskarton, der erste und einzige, den ich hergebracht habe. Bis vor Kurzem stand er noch im Auto meiner Mum, das ich mir phasenweise leihe, weil ich damit das Boot meines Dads für unseren Ausflug ausgestattet habe. Der große Karton sieht schwer und ausgebeult aus, aber der Inhalt ist nicht schwer. Es befinden sich darin nur Decken und Kissen.

Mit dem Karton bewaffnet kehre ich zurück ins Wohnzimmer. Romy zuckt und will mir helfen, doch ich winke ab. „Bleib sitzen. Du hast gesagt, dass du dich keinen Zentimeter rühren willst.“

Meiner Worte zum Trotz erhebt sie sich dennoch und verzieht dabei keine Miene. „Das war, bevor ich wusste, dass du anscheinend schon ans Auspacken deiner Habseligkeiten übergehen willst.“

Kurzerhand kippe ich den Karton um, sodass gefaltete und gerollte Decken zum Vorschein kommen und sich auf dem Boden verteilen. Romys Lippen formen etwas, das nach einem „Oh“ aussieht, dann grinst sie.

„Hast du immer eine Armee von Decken in Reichweite?“

„Glücklicher Zufall und der Tatsache geschuldet, dass kein Platz im Kofferraum ist, wenn all das länger darin liegt.“

„Ich finde das super. Deine Freundin ist eine Frostbeule.“ Sie nimmt sich eine der Decken und hält dann kurz darauf inne, als habe sie sich daran verbrannt.

„Was ist?“, will ich wissen und knie mich zu ihr. Die Verwirrung in ihrem Blick ist so eindeutig, dass ich die Stirn runzle. „Was ist passiert?“

„Du meinst, außer dass du der fürsorglichste Mensch auf der Welt bist, ich mich mit dir sogar in diesem komplett leeren Zimmer, das nach frischer Farbe stinkt, wohlfühle und mich gerade ohne mit der Wimper zu zucken als deine Freundin bezeichnet habe?“

Erleichterung zwickt an meinen Eingeweiden. „Ach das“, sage ich lapidar, als hätte sie mich mit diesen Worten nicht gerade noch ein Stückchen glücklicher gemacht. Bewusst wähle ich genau den Satz, den auch sie eben verwendet hat. „Ich finde das super.“

Ich breite drei Decken auf dem Boden aus und lege mich darauf. „Weicher als die meisten Hotelbetten“, scherze ich und spüre, wie Romy sich neben mich legt. Gemeinsam schauen wir die Decke an, schmucklos und ohne eine richtige Lampe. Bloß eine Glühbirne baumelt von oben herab und taucht das Zimmer in ein Licht, das nicht richtig hell und nicht dunkel ist, sondern irgendwas dazwischen.

„Ich liebe dich, Ryan.“ Romys Worte sind nur ein Flüstern, aber es kommt mir vor, als habe sie es soeben der ganzen Welt mitgeteilt. Als habe sie es geschrien, hätte ein Megafon benutzt. Ich spüre, wie sie sich zu mir dreht, ihren Kopf an meine Schulter bettet und sich mit der Hand sanft in meinen Pullover krallt. Ihre Haare kitzeln mich am Schlüsselbein und ich spüre überall dort, wo ihr Körper auf meinen trifft, eine unnachgiebige und wohlige Wärme. Umständlich, um diese Position nicht zu verändern, greife ich nach einer weiteren Decke und breite sie über uns aus. Romy so nah bei mir zu haben ist alles, was ich nach einem langen Tag brauche. Es ist, als würden ihre ruhigen Atemzüge mich erden.

„Ich liebe dich auch, Süße." Mein Arm legt sich wie von selbst um ihre Taille. In sanften Bewegungen male ich Muster auf ihren Rücken und spüre dabei, wie ihre Atmung immer gleichmäßiger wird.

„Versprich mir, dass du immer auf dich aufpasst", sagt sie. Ihre Worte klingen schwer und sickern wie Honig durch mich hindurch. Ich spüre ihre Sorge und die Angst. Deswegen ist meine Antwort nur ein Flüstern, aber eines, das ich aus tiefstem Herzen genau so meine. „Ich verspreche es. Du bist es so was von wert, dass ich mehr denn je auf mich aufpasse."

„Danke." Romy umarmt mich noch ein bisschen fester. „Deine Schulter ist zu bequem. Ich gebe dich nicht mehr her."

Ich lache leise. Mein Brustkorb hebt und senkt sich dabei sanft. Dann wandert meine Hand von Romys Rücken hinauf zu ihrem Gesicht, aus dem ich ihr ein paar Strähnen streiche, bevor ich sie auf den Scheitel küsse. „Dann bleib eben für immer bei mir", lasse ich verlauten. Romys gleichmäßige Atemzüge zeugen jedoch davon, dass sie eingeschlafen ist.

Meine Arme sind verkrampft. Der Karton mit den Flyern für die Wiedereröffnung des *Sues* ist um einiges unhandlicher, als ich gedacht habe. Obendrauf habe ich zwei Sandwiches und zwei große Becher mit Cappuccino gestellt. Es sieht lustig aus, wie ich versuche, alles zu balancieren. Ausnahmsweise bin ich nicht hier, um meinen Pick-up reparieren zu lassen. Heute bin ich hier, weil ich mich für Chads Mittagspause angekündigt habe. Wir haben den ersten Schwung Flyer produziert und verteilen diese nun in den Geschäften ringsherum.

Seitdem ich Chad nach meiner Panikattacke nicht sehen wollte, hatten wir immerhin losen Kontakt. Es war ungerecht, ihn so auszuschließen, und ich habe ihm schon mehrfach versichert, dass es mir schrecklich leidtut, wie ich mich verhalten habe. Ein Glück gehört Chad zu den Menschen, die schlichtweg nicht nachtragend sein können. Ich konnte ihm begreiflich machen, dass der Abend auf der Kartbahn keinen Keil zwischen uns getrieben hat. Unsere Freundschaft ist mir viel zu wichtig, um sie wegzuwerfen.

Ich kann Chad auf dem Gelände nicht sehen, weshalb ich kurzerhand in das kleine Büro gehe, in dem ich schon so oft gestanden habe. Wie zu erwarten, sitzt Chad hinter einem Stapel Papiere. Drei aufgeklappte Aktenordner liegen neben ihm. Er bemerkt mich nicht sofort, weil er so vertieft ist. Erst als ich mich leise räuspere, schießt sein Kopf nach oben. Man kann deutlich erkennen, wie die Erkenntnis, dass ich plötzlich hier stehe, langsam in seine Gedanken sickert.

„Der Kaffee-und-Sandwich-Express ist da.“

„Mega. Gibt es auch welche mit Truthahn?“

„Sues Spezial-Sandwich mit Truthahn für dich, Käse-Schinken für mich. Und jeder den größten Cappuccino, den die Maschine hergeben konnte.“ Ich stelle den Karton auf einer Ecke des Schreibtisches ab. „Und ein paar Flyer habe ich auch dabei.“

„Wow, wie viele sind das?“, will Chad stirnrunzelnd wissen. „Etwa 500. Einen Stapel lasse ich dir hier, den Rest verteile ich später noch.“ Ich nehme eines der in Alufolie verpackten Sandwiches und reiche es Chad.

„Ich war noch nie so froh, dass wir befreundet sind“, sagt dieser seufzend.

„Wovon lenke ich dich denn ab?“, will ich wissen und ziehe mir einen Stuhl heran, der in der Ecke des Büros steht.

„Schon wieder diese bescheuerten Steuerunterlagen. Immer fehlt etwas anderes. Ich werde noch verrückt.“

„Dann schließ wenigstens kurz die Augen und lass dich in den Truthahn-Himmel befördern“, befehle ich ihm und beiße demonstrativ in mein eigenes Mittagessen. „Lecker“, ergänze ich mit vollem Mund. Einige Krümel fallen herunter.

„In der nächsten Mittagspause kannst du dann auch gerne durchwischen“, bemerkt Chad mit Blick auf den Boden unter mir.

„Das ist doch nichts!“

„Das sind super viele Krümel“, echauffiert Chad sich. Ich lache und verschlucke mich beinahe an meinem Essen. „Mein Gott, du bist der ordentlichste Mensch der Welt!“

„Im Gegensatz zu dir.“

„Ich stehe dazu. Ein bisschen Chaos hat noch niemandem geschadet.“

Chad gibt nur noch einen entrüsteten Laut von sich, dann klappt er endlich den Ordner vor sich zu und widmet sich auch seinem Sandwich.

„Du und Ryan also?“, fragt er nach kurzem Schweigen.

Sofort stiehlt sich ein Grinsen auf mein Gesicht. „Sieht wohl so aus.“

„Ich hatte es im Gefühl.“

„Was?“

„Na, das mit euch beiden. Irgendwie hat man es gemerkt. Als wäre plötzlich mehr Spannung im Raum, sobald ihr beide darin seid.“

„Und du bist sicher, dass du dir das nicht einfach eingebildet hast?“

„Vielleicht sollte ich das hier alles an den Nagel hängen und stattdessen Detektiv werden.“

Ich kaue schneller, damit ich loswerden kann, was mir auf der Zunge liegt. „Kannst dich mit Hanna zusammentun. Sie hatte genau die gleiche Idee. Was hältst du von *Detektei Melmoth Marple?*“

Entgeistert schaut Chad mich einige Sekunden an. Dann lacht er dröhnend. „So viel Einfallsreichtum hätte ich dir gar nicht zugetraut.“

„Hey, nicht so frech, Bürschchen“, rufe ich. Kurzerhand pfriemele ich ein Stück der Alufolie ab, zerknülle es zu einer kleinen Kugel und bewerfe Chad damit. Er weicht gekonnt aus.

„Es war nicht einmal meine Idee", gebe ich zu, als wir uns wieder beruhigt haben. „Hanna hat den Namen vorgeschlagen."

Plötzlich fällt mir die Situation wieder ein, in der sie auf das Thema kam. Es war kurz nachdem sie beteuert hat, Chad habe ein süßes Lächeln.

„Vielleicht solltet ihr euch mal darüber unterhalten", sage ich nicht ganz ohne Hintergedanken.

„Ich glaube nicht, dass das eine gute Idee ist." Chads Worte verwundern mich. Ich lege die Stirn in Falten. „Weshalb?"

Er zögert kurz, rückt dann aber doch mit der Erklärung heraus. „Wir haben uns vor dem Eiscafé getroffen, als du nicht mit mir sprechen wolltest. Irgendwann dachte ich, dass ich persönlich nach dir schaue, aber du wolltest deine Ruhe haben. Ich bin gerade gegangen, da kam Hanna mir entgegen. Sie war ... eisig."

„Eisig?"

„Ja. So, als würde sie bloß nichts mit mir zu tun haben wollen."

„Aber Hanna ist die Freundlichkeit in Person."

„Vielleicht dachte sie zu dem Zeitpunkt noch, ich hätte etwas Falsches getan. Oder sie mag mich einfach nicht. Das soll vorkommen."

„Das soll vorkommen", wiederhole ich Chads Worte geistesabwesend. Gerade will ich erwidern, dass er das sicherlich bloß falsch verstanden hat, da bimmelt mein Handy.

Es ist der Klingelton, der einen Anruf von Hanna ankündigt. Irgendein Song von den Backstreet Boys, der mir jedes Mal so peinlich ist, dass ich gezwungen bin, ranzugehen. Auch jetzt erröte ich und fische das Gerät schnell aus der Tasche.

„Wenn man vom Teufel spricht", sage ich leise und zeige Chad Hannas Namen auf dem Display.

Ich nehme den Anruf mit entschuldigendem Blick an.

Es dauert nur zwei Atemzüge, bis meine Welt ein Stück aus den Angeln gerissen wird.

„Romy?", meldet sich Hanna. Ihre Stimme zittert, ich höre, wie sie weint. Sofort weiß ich, dass etwas nicht stimmt. „Ich wurde überfallen."

***

Von allen Dingen im Leben habe ich am wenigsten erwartet, jemals erneut mit Chad in seinem Sportwagen zu sitzen. Ich weiß nicht, warum sich in letzter Zeit alles auf Autos reduziert. Vielleicht wurde ich im Schlaf verflucht.

Wir fahren – nein, wir rasen – durch Melmoth Lakes. Von der Werkstatt bis zu Romys Wohnung brauche ich im Normalfall etwas über sieben Minuten. Chad und ich sind in weniger als drei dort. Ich habe die gesamte Zeit über meine Augen geschlossen und konzentriere mich auf das Lied, das im Radio läuft. Um keinen Preis will ich schon wieder eine Panikattacke bekommen. Dafür bin ich aber wahrscheinlich ohnehin zu sehr in einem Notfallmodus.

„Ich fahre", hat Chad nur knapp gesagt, nachdem ich aufgelegt habe. Die angefangenen Sandwiches liegen noch auf seinem Schreibtisch, der Kaffee ist nicht einmal zu einem Drittel getrunken. Der Tonfall seiner

Stimme hat mich daran erinnert, dass es manchmal besser ist, nicht zu widersprechen.

„Welches Haus ist es?", fragt Chad, da renne ich schon zu dem lila angestrichenen Haus. Die Tür steht offen, was alles andere als ein gutes Zeichen ist. Chad folgt mir, bewegt sich bei Weitem nicht so hektisch und angstvoll. Während mein Atem nur stoßweise und abgehackt geht und meine Hände so sehr zittern, dass ich ein paar Mal beinahe hinfalle, weil ich es nicht schaffe, mich am Geländer festzuhalten. Die Tür im dritten Stock, die direkt in Hannas Penthousewohnung führt, ist ebenfalls geöffnet. Und nicht nur das. Sie ist regelrecht aus der Verankerung gerissen, hängt schief in den Scharnieren. Doch es ist nicht dieses Bild der Zerstörung, das ich nie wieder vergessen werde. Es ist das Bild von Hanna, wie sie inmitten ihres Wohnzimmers sitzt. Die Beine an den Körper gezogen. Sich versucht, so klein wie möglich zu machen, als sei das die einzige Chance, nicht von der Welt um sie herum angegriffen zu werden. Als wolle sie versinken. Stumme Tränen laufen über ihr Gesicht, das unzählige kleine blutige Kratzer hat. Um sie herum liegen aufgeschlagene Bücher, ihr Esstisch ist umgekippt und hat die kläglichen Überreste eines Frühstücks auf dem Holzboden verteilt. Überall sind Scherben verteilt, von denen ich keine Ahnung habe, woher sie stammen könnten.

Der Schreck sitzt so tief, dass ich mich eine Ewigkeit nicht rühren kann. Wie gelähmt stehe ich im Türrahmen. Chad quetscht sich neben mir in die Wohnung. Bevor ich blinzeln kann, sitzt er neben Hanna am Boden und seine Stimme klingt dumpf zu mir herüber.

Ruhig und voll mit dem Wissen darüber, dass alles wieder gut werden wird.

Dieses Bild hat sich für immer in mein Gedächtnis eingebrannt.

Langsam schlängle ich mir einen Weg durch die vielen Dinge auf dem Boden. Bücher, eine Vase mit Trockenblumen. Eine Kerze. Die Scherben ergeben langsam doch Sinn. Sie sind ein trauriges Mosaik von Hannas liebevoller Einrichtung.

„Kannst du aufstehen?", will Chad sanft von meiner besten Freundin wissen. Endlich bin ich bei ihnen. Ich knie mich hin, spüre den Schmerz einer Scherbe an meinem Knie. Merke, wie sie sich einen Weg durch meine Jeans bahnt und wie ich blute, doch es könnte mir nicht mehr egal sein.

„Ich denke schon", sagt Hanna. „Aber ich kann meinen Arm nicht bewegen. Es tut so weh." Ich habe meine lebenslustige Freundin nie so gebrochen erlebt. Eine Träne bahnt sich ihren Weg über meine Wange und ich wische sie wütend weg. Das ist nicht der richtige Moment für Schwäche. Doch je häufiger ich die Tränen wegwische, desto eher scheint mein Körper zu denken, er müsse Neue produzieren.

Ich beobachte, wie Chad Hanna langsam auf die Beine hilft, während ich mich immer nutzloser fühle. Die gesamte Szene kommt mir vor, als wäre ich gar nicht wirklich dabei.

Hannas Beine knicken ein. Chad fängt sie auf und stützt sie, flüstert ihr weiterhin beruhigende Worte ins Ohr, die ich nicht verstehen kann. Die Frage, was überhaupt passiert ist, hängt unbeantwortet in der Luft zwischen uns und wird schließlich von Chads nächsten Worten an mich zerrissen.

„Kannst du die Polizei rufen? Sie sollen einen Krankenwagen schicken." Dann sagt er an Hanna gewandt: „Dich bringe ich erst einmal hier raus. Müssen wir jemandem Bescheid sagen? Deine Eltern?"

Hanna antwortet leise. „Niemandem."

Ich möchte ihr nicht widersprechen. Möchte nicht fragen, ob sie mir nicht bitte die Telefonnummer ihrer Mum oder ihres Stiefvaters geben will. Vielleicht liegt es daran, dass ich ihrem schwach ausgesprochenen Wunsch nachkommen will, viel eher aber liegt es an meiner eigenen Feigheit. Ich möchte keine Überbringerin von schlechten Nachrichten sein. Nicht, wenn es um Hanna geht. Meine Hanna. Die beste Freundin, die ich je hatte.

„Ich packe gleich ein paar Sachen für dich ein, Hanna." Ich klinge weinerlich, angstvoll. Ob mein Herz jemals aufhören wird, so wild zu schlagen? Dann trete ich so nah an Hanna heran, wie Chads Griff es mir erlaubt. Ich streiche ihr eine Strähne aus dem verweinten Gesicht. Einen Moment lang schauen wir uns in die Augen, beide rot geschwollen von den salzigen Tränen. „Es wird wieder gut."

„Danke", flüstert Hanna. Ich sehe, wie sie versucht zu lächeln, aber es gelingt ihr nicht. Ihre abschließenden Worte reißen mir beinahe das Herz aus der Brust.

„Ich weiß allerdings nicht, wie es jemals wieder gut werden soll."

***

Ich kann nicht reingehen. Seit diesen Worten sind zwei Stunden vergangen.

Ich kann nicht. Nicht schon wieder.

Die Sorge um meine beste Freundin hat mich fest im Griff. Ich sitze auf einer Bank neben dem Eingang vom Krankenhaus und beobachte die Menschen, die an mir vorbeigehen. Manche sehen genauso erschöpft aus wie ich, andere sind vollkommen erstarrt vor Angst. Es ist ein Ort, an dem keiner wirklich glücklich wirkt. Wenigstens ist es noch hell und erstaunlich mild für einen Tag im Herbst, doch trotzdem fallen mir auf Anhieb Hunderte Orte ein, an denen ich gerade lieber wäre. Mein Handyakku hält nicht mehr lange, der Balken zeigt nur noch zehn Prozent an. Nach dem dritten Anruf erreiche ich endlich Ryan und gebe ihm einen knappen Abriss dessen, was passiert ist. Ich verspreche, dass Chad, der die Zeit im Warteraum der Station verbringt, ihm Updates gibt, wenn mein Handy den Geist aufgeben sollte. Nach nicht einmal fünf Minuten verabschieden wir uns wieder voneinander und es schmerzt, nicht einmal mehr Ryans Stimme hören zu können.

Erinnerungen an die Zeit, als mein Dad in diesem Gebäude lag, überkommen mich. Es war die schlimmste Nacht meines Lebens und zu meiner Sorge um Hanna gesellen sich all die Gefühle von damals. Es ist, als würde ich alles erneut durchleben.

Nachdem Chad die Polizei gerufen hat, hat es nur etwa fünf Minuten gedauert, bis das Blaulicht durch die Fenster zu sehen gewesen sind. Das kurze Gespräch, das die beiden Ordnungshüter mit Hanna geführt haben, ist mit einem unangenehmen Rauschen einhergegangen. Was passiert sei, haben sie gefragt.

Hannas Stimme klingt selbst in meiner Erinnerung blechern:

„Es hat geklingelt und ich habe geöffnet. Ich dachte, es sei ein Nachbar. Oder jemand, den ich kenne. Doch dann ist ein Mann in meine Wohnung gestürmt und hat mich attackiert. Er wollte mein Geld, aber ich habe nichts da.“

Auf die Frage, ob Hanna den Mann erkannt hat, hat sie nur dem Kopf geschüttelt. Die Polizisten haben ihr noch einige Fragen zum Aussehen gestellt, die meine Freundin allesamt nicht beantworten konnte. Unter einer Sturmhaube versteckt habe sie das Gesicht nicht erkennen können. Die Augen waren grau, an mehr könne sie sich nicht erinnern.

Ich hasse es, dass ich so hilflos bin. Dass ich Hanna nicht helfen, ihr ihren Schmerz und die Angst nicht nehmen kann.

Es dauert drei Stunden, ehe Chad schließlich mit gesenktem Kopf aus der Eingangstür des Krankenhauses kommt. Im Gegensatz zu mir hat er im Wartebereich Platz genommen. Ich rechne ihm hoch an, dass er dortgeblieben ist. Dass er das getan hat, wozu ich nicht in der Lage bin, weil die Erinnerungen an meinen Dad zu präsent sind.

Chad setzt zu einer Erklärung an, ehe ich überhaupt den Mund öffne. „Sie schläft. Es geht ihr den Umständen entsprechend gut. Eine Schulter ist ausgekugelt, aber abgesehen davon hat sie wohl nur oberflächliche Schürfwunden und Hämatome. Trotzdem wollen sie sie mindestens eine Nacht zur Kontrolle hierbehalten.“

„Sie wird nie wieder die Alte werden. Oder?“

„Das weißt du nicht. Vielleicht wird sie stärker.“

Wir beiden wissen nichts mehr auf diesen Satz zu erwidern. Chad könnte recht haben oder so falschliegen wie nie zuvor in seinem Leben.

Ich wünsche mir so sehr, Ryan wäre da.

„Ich bringe dich nach Hause", bietet Chad an. Ich kann bloß erschöpft nicken und ihm zu seinem Auto folgen.

Kapitel 24

Ryan

Ein dunkler, alles aufsaugender Schatten schwebt über Romy. Bei all dem, was sie tut, weiß ich, dass sie in Gedanken bei ihrer Freundin ist. Hanna ist mit einem großen Schrecken und viele Schürfwunden davongekommen. Ihr Arm war ausgerenkt, aber wie durch ein kleines Wunder war nichts gebrochen oder anderes schlimmeres passiert.

Die Wunden in ihrer Erinnerung jedoch schmerzen vermutlich am meisten. Ich weiß, wie sie sich damit fühlt. Habe das alles selbst schon durchgemacht.

Bevor Hanna entlassen wurde, hatten Romy und ich gemeinsam ihre Wohnung aufgeräumt. Die Scherben und zerstörten Gegenstände entsorgt und das gerettet, was noch zu retten war. Danach war Hanna eine ganze Woche bei Romy. Schließlich hatte sie jedoch so oft davon gesprochen, nach Hause zu wollen, dass Romy nicht mehr widersprach. Hanna lässt nun, da sie daheim ist, trotzdem nur Romy herein. Was ich gut verstehen kann. Romy hat mir mehrmals alles haarklein erzählt. Wie sie zu Chad ging, um ihm ein paar Flyer zu bringen. Wie sie gemeinsam zu Hanna gefahren waren. Wie er sich gekümmert hatte.

Ich würde gerne behaupten, dass ich in all diesen Tagen der starke Teil in unserer Beziehung war. Der, der Romy unterstützt hatte. Doch die verzweifelten Gesichter und die vielen Tränen haben mich entgegen allen Erwartungen heftiger zurück zu meinen eigenen Dämonen geführt, als ich dachte. Und als wüsste die Welt, dass Hanna durch ihre persönliche Hölle geht, regnet es seit Tagen ununterbrochen. Tiefe Pfützen belagern die Straße und die Scheibenwischer arbeiten auf höchster Stufe, was allerdings selbst bei meinem niedrigen Tempo nichts nützt. Die wenigen Meter, die ich zwischen dem Auto und Romys Wohnungstür hinter mich bringe, reichen aus, dass ich klatschnass bin.

In den letzten Tagen bin ich so oft ein- und ausgegangen bei ihr. Es fühlt sich fast an, als wäre ich hier eingezogen. Sie hatte mir ihren Ersatzschlüssel gegeben, nachdem ich am Morgen nach Hannas Unfall eine knappe Stunde vor ihrer Haustür gestanden war und sie selbst von meinem penetranten Klingeln und den unzähligen Anrufen nicht wach wurde. Sie ist in einen derart erschöpften Schlaf gefallen und hat davon nichts mehr mitbekommen.

Romy hatte mich vom Krankenhaus aus angerufen, um mir zu sagen, was passiert war. Da war ich gerade mitten in einem Gespräch mit meinem Renningenieur, der mir die Besonderheiten unseres neuen Autos erklärt hat, weshalb ich erst beim dritten Anruf drangegangen bin. Ich hatte im Gefühl, dass etwas faul ist.

Normalerweise ruft Romy nicht mehrmals hintereinander an. Sonst rufe ich zurück, sobald es passt. Das weiß sie.

Romys verzweifelte Stimme zu hören, hat mir den Boden unter den Füßen weggerissen und ich bin die halbe Nacht zurück nach Hause gefahren, um möglichst schnell bei ihr zu sein. Es war einer dieser Momente, in denen ich es gehasst habe, dass mein Job, das viele unterwegs sein, mit sich bringt. Dass man nicht innerhalb von zehn Minuten da sein kann, wenn man gebraucht wird. Stattdessen war ich erst am nächsten Morgen übermüdet und unterkühlt vor Ort.

Jetzt höre ich Hannas blecherne Stimme aus Romys Wohnzimmer. Wir sind zu einem gemeinsamen Skype-Treffen verabredet, um die Eröffnungsfeier der Eisdiele zu planen. Es mag ein lächerliches Thema sein, wenn man gerade aus dem Krankenhaus entlassen wurde, doch es scheint sowohl Hanna als auch Romy wenigstens für eine kurze Zeit vergessen zu lassen, was ihre Leben so durcheinandergewirbelt hat.

Die beiden unterhalten sich und ich höre nur die Stimmen, ohne die Worte wahrzunehmen. Ich koche stattdessen Kaffee und stoße dann ein wenig später dazu. Das Sofa ist mit Abstand das Gemütlichste in Romys Wohnung und ich genieße es jedes Mal, wie mühelos man darin einsinkt.

Ich war schon so oft bei ihr, dass man es nicht mehr an einer Hand abzählen kann und es gibt nicht vieles, was so fantastisch ist, als Romy zu jeder Tageszeit sehen zu können. Bis zur Saisoneröffnung sind es noch vier Wochen. Vier Wochen, in denen es Hanna viel-

leicht schon so gut geht, dass wir sie mitnehmen können. Bis dahin werde ich ein Wochenende komplett
weg sein, aber ausnahmsweise nicht wegen der Arbeit,
sondern um meine Wohnung in Los Angeles leer zu
räumen. Immerhin war es nicht schwer, einen Käufer
für das Apartment zu finden, denn Fred hat in einem
Nebensatz aufgeschnappt, dass ich umziehe, und sofort
nachgefragt. Also wird mein Teamkollege meine Wohnung kaufen. Er hat sich sogar schon mit dem Makler
geeinigt und wird kurz nach meinem Auszug bereits
einziehen. Ich scheine nicht der einzige Rennfahrer zu
sein, bei dem sich in dieser Off-Season viel verändert
hat.

Neben dieser Aktion wird es außerdem den Dreh eines neuen TV-Einspielers geben. Früher hätte ich vermutlich wochenlang davor keinen Kuchen gegessen,
damit ich nicht urplötzlich einen fiesen Pickel auf der
Stirn habe, aber seitdem meine Mum in unmittelbarer
Nähe ist, wird jedes Argument, was ihren Kuchen dis-
kreditieren könnte, in der Luft zerschlagen.

Das, was darüber hinaus in Großbuchstaben und in
einer besonders grellen Farbe in meinem Kalender auf
dem Smartphone prangt, ist die Eröffnungsfeier der
Eisdiele. Ich beobachte Romy, wie sie ihrer Freundin
aufmerksam zuhört und sich dabei Notizen macht. In
einem kleinen Notizbuch, das nicht einmal größer ist
als meine Handfläche, schreibt sie wahnsinnig schnell.
Im Akkord blättert sie um.

„Hi, Hanna", werfe ich in einer entstandenen Pause
ein und nutze sie gleichzeitig dafür, Romy die heiße
Tasse mit frischem Kaffee vor ihr hübsches Gesicht zu
halten. Sie ist derart fokussiert, dass sie alles um sich

herum vergessen kann. Wenn sie in zwei Stunden noch nichts gegessen hat, sollte ich sie vielleicht auch daran erinnern.

„Warte kurz", nuschelt sie unverständlich, den Deckel ihres Stiftes im Mundwinkel.

„Du kannst doch deine Freundin nicht unterbrechen, wenn sie gerade den Dupin macht", kommentiert Hanna. Sie sieht reichlich mitgenommen aus, auf ihrem Gesicht prangen Kratzer und Wunden, ihr linkes Auge schimmert bläulich. Und doch ist es dieser Satz, der mir urplötzlich Hoffnung gibt. Auch Romy hält inne und schaut auf. Ich sehe, wie sich Tränen in ihren Augen bilden. „Hast du gerade einen Buchvergleich gemacht, den niemand außer dir versteht, Hanna Skye?"

Hanna verzieht kurz das Gesicht. Man hätte es kaum gemerkt, wenn man im falschen Moment geblinzelt hätte. Dann nickt sie langsam. „Scheint so." Ein ganz zaghaftes Lächeln liegt auf ihrem Gesicht.

„Ich habe mich noch nie so sehr darüber gefreut, glaube ich. Jetzt ist es mir auch egal, ob du mich mit einem schrumpeligen alten Mann oder mit einem Serienkiller vergleichst."

„Oder mit einem Horrorclown", kommentiere ich zaghaft und mit hochgezogenen Augenbrauen, doch außer einem weiteren Lächeln sagen die Mädels nichts zu meinem Namen, den ich als erstes von ihnen verpasst bekommen habe.

„Dupin ist ein Polizist. Und er hat immer ein kleines Clairefontaine Notizheft bei sich", erklärt Hanna mit diesem Gesichtsausdruck, der besagt, dass es vollkommen überflüssig ist, das erklären zu müssen. Romy und ich tauschen einen kurzen Blick, der mehr ausdrückt, als ich je für möglich gehalten hätte. Eine Spur Hoffnung, ein bisschen Traurigkeit, Verwirrung und Liebe, weil jeder unserer Blicke genau das aussagt. „Ich habe allerdings schon bessere Vergleiche gemacht. Lass uns lieber weitermachen mit der Planung."

Die kleine Anzeige über die Dauer des Videocalls springt auf eine Stunde. Ich reiße erstaunt die Augen auf, weil ich kaum glauben kann, dass wir so lange in der Planung der Feier versunken waren, ohne zu merken, wie die Zeit rast. Romy hat sich als wahres Naturtalent entpuppt, was die Organisation solcher Dinge angeht. Sie hat Themen zur Diskussion gebracht, an die ich nicht einmal im Traum gedacht hätte. Wir haben über Tischdecken gesprochen, über Blumen, die Höhe von Stehtischen und ob es nicht Sinn macht, eine Kinderecke aufzubauen. Romy und Hanna konnten noch ein paar Partner für die Tombola auftreiben und auch ich habe eingeworfen, dass mein Dad zwei Freunde hat, die etwas beisteuern. Der eine betreibt einen kleinen Shop für Sportartikel und würde gerne Gutscheine verlosen. Der andere ist der Mann der Besitzerin einer Kaffeerösterei, zwei Orte weiter. Etwas, was geradezu nach einer längeren Zusammenarbeit schreit, weshalb ich Romy gleich den Link zur Webseite geschickt habe.

Nach etwas über anderthalb Stunden sieht man Hanna ihre Müdigkeit deutlich an, aber Romy sagt schließlich die Worte, auf die wir alle gewartet haben. „Dann sind wir, glaube ich, fertig."

Hanna lächelt kurz. Es ist beinahe so, als habe sie in der gesamten Zeit vergessen, was passiert ist. Als hätte diese neue Aufgabe sie von ihren Schmerzen und vor allem von ihren Erinnerungen abgelenkt.

Romy wendet sich direkt an Hanna. „Brauchst du noch etwas? Wir können dir etwas zu Essen vorbeibringen oder deine Kissen aufschütteln?"

„Ich bin immer noch in der Lage zu laufen, Romy. Du warst schon lange genug hier." Hanna klingt verletzt und ein bisschen bissig.

Romy schluckt. „Sorry, Süße. Ich will dir nur helfen."

In Hannas Ausdruck tritt etwas, was man wohl am besten als Verständnis bezeichnen könnte. „Das weiß ich. Aber ich möchte nicht behandelt werden, als sei ich todkrank. Das hilft mir überhaupt nicht."

Es entsteht eine unangenehme Stille, die ich sanft unterbreche. „Du sagst uns Bescheid, wenn wir etwas tun können, was dir hilft. Okay?"

„Okay", flüstert Hanna. Man sieht ihr ihre widersprüchlichen Gefühle an. Ich kenne sie nicht besonders lange und nicht einmal gut, aber auch ein Fremder würde erkennen, dass sie die Situation, in der sie sich gerade befindet, regelrecht verabscheut.

„Ich komme klar, Leute. Macht euch nur halb so viel Sorgen um mich und es reicht dennoch für ein ganzes Jahr. Ich bestelle mir eine Pizza. Und so lange ich nicht arbeite, habe ich immerhin noch mehr Zeit zum Lesen."

„Du bist eine unerschütterliche Optimistin", bemerkt Romy.

Hannas Lächeln erreicht ihre Augen nicht. „Ich gebe mir Mühe."

Sie kann sagen, was sie will, aber ihr geht es schlecht. Etwas verbirgt sie. Zumindest dann, wenn sie nicht abgelenkt ist. Als wir uns verabschieden, kämpft sie mit den Tränen. Romy klappt ihren Laptop zu und starrt eine Weile in die Leere vor sich.

„Wie viele schnulzige Liebesfilme hast du auf DVD?",
frage ich in die Stille hinein.

„Etwa … keinen einzigen. Warum?" Romy schaut
mich regelrecht erschrocken an. Kein Wunder. Vermutlich denkt sie, dass ich einen Filmabend mit ihr
plane, doch in Wahrheit will ich sie zu etwas anderem
überreden.

„Dann fahren wir jetzt bei meiner Mum aka der
Queen-of-Liebesfilme vorbei, du nimmst dir so viele
DVDs, wie du tragen kannst und ich bringe dich zu
Hanna."

„Ja. Du hast recht. Sie braucht mich", stellt Romy fest.
„Auch wenn sie es nicht zugeben will."

„So ist es. Deswegen gehst du zu ihr. Wir haben noch
Tausende gemeinsame Abende, die wir zusammen verbringen können."

Erneut tritt ein verräterischer Glanz in Romys Augen.
„Womit habe ich dich eigentlich verdient? Kann mir
das mal jemand sagen?"

Statt zu antworten, küsse ich sie leidenschaftlich. Es
scheint ihr auszureichen, zumindest für den Moment.

Romy

Ich habe gedacht, Hanna sei auf einem guten Weg. Dass
sie das, was passiert ist, besser wegsteckt, als es jeder
von uns für möglich gehalten hatte. Doch heute ist der
Überfall genau elf Tage her und mich beschleicht immer mehr das Gefühl, dass sie mir etwas verschweigt.
Vielleicht weiß sie eben doch mehr als das, was sie der
Polizei erzählt hatte. Sie musste nach dem Überfall

noch einmal auf die Wache und eine offizielle Aussage machen. Ich durfte sie nur bis in den Vorraum begleiten, wo man mich mit billigem Kaffee hatte warten lassen. Nach einer halben Stunde war sie herausgekommen, das Gesicht blass und die Augen rot von zu wenig Schlaf und zu vielen geweinten Tränen.

Als ich heute Morgen mit Croissants vor ihrer Haustür gestanden bin, habe ich ihr Schluchzen durch das dicke Holz gehört. Da ist mir bewusst geworden, wie fürchterlich man sich in ein paar Lächeln, ein paar Sprüchen und Witzen täuschen kann. Ich bin ihre beste Freundin und es ihr gleich aus mehreren Gründen schuldig, dass ich jetzt bei ihr bin. An ihrer Seite stehe, bis wir wieder unbeschwert gemeinsam lachen können. So hat sie es seit Tag eins für mich gemacht. Damals schon, als mein Dad im Krankenhaus lag. Sie hatte mich mit Pumpkin-Spice-Latte vollgepumpt und mir so viel Schokolade gebracht, bis mir übel war. Sie hatte mir vorgelesen, bis ich erschöpft und beruhigt von ihrer Stimme eingeschlafen war, den Kopf auf ihrem Schoß gebettet. Wir hatten meine Situation gemeinsam ausgesessen, zusammen geweint und gewartet, bis es endlich besser wurde.

Man will es nicht wahrhaben, aber irgendwann wird es immer besser. Es dauert mitunter so lange, dass man schon aufgeben mag, aber es *wird* besser. Jetzt ist es meine Aufgabe, die kleinen Schritte in Richtung Besserung mit Hanna gemeinsam zu gehen.

Sie hat ihr verweintes Gesicht beim Öffnen der Tür nicht vor mir verborgen. Statt der Liebesfilme haben wir eine Dokumentation über einen Serienmörder begonnen, um sie auf andere Gedanken zu bringen. Wir haben Nudeln gekocht, die zu weich waren, sie allerdings in so viel Parmesan getunkt, dass wir kaum mehr etwas anderes geschmeckt haben. Danach ist sie irgendwann eingeschlafen, ein dickes Buch auf der Brust, in dem sie nicht einmal zehn Seiten gelesen hat, bis die Erschöpfung sie eingeholt hat. Wenigstens die Bücher scheinen ihr ein wenig Trost zu geben. Das beruhigt mich und macht mich gleichzeitig auf eine irrationale Art wütend. Deswegen bringe ich den Rest ihres Apartments auf Vordermann, während sie schläft. Ich putze jede Armatur im Bad doppelt, schüttle die Teppiche und Kissen aus. Räume die Spülmaschine ein und starte das Programm, obwohl sie nicht ganz voll ist. Der Drang, alles in einen Normalzustand zu versetzen, ist so übermächtig, dass ich mich völlig darin vergesse. Erst als meine Freundin in ihrer ausgewaschenen Jogginghose und einem viel zu großen Hoodie neben mir in der Küche erscheint, werde ich aus meiner Trance gerissen.

„Was tust du?"

„Aufräumen", benenne ich das Offensichtliche.

Hanna schweigt einen Moment. „Du bist nicht meine Mum." Sie klingt kühl. Nein. Sie klingt geradezu eisig.

„Das stimmt, aber ich möchte –"

„Ich kann das alles selbst tun, Romy. Ich habe vielleicht einen Schlag auf den Kopf bekommen, aber ich bin noch derselbe Mensch wie davor. Und ich brauche niemanden, der mich bevormundet. Das hat mein Stiefvater lange genug getan."

Ihr Stiefvater. Hanna spricht fast niemals über ihn. Seitdem ihre Mutter vor fünf Jahren an Krebs gestorben ist, hat sie keinen Kontakt mehr zu ihm, aber das

Verhältnis war schon davor bestenfalls als kompliziert zu bezeichnen. Sie lässt fast nie ein Wort über ihn fallen. Ihren leiblichen Vater hat sie nicht kennengelernt.

„Ich bevormunde dich nicht", rede ich mich heraus, aber Zweifel nagen an mir. Hat sie vielleicht sogar recht? Benehme ich mich wie eine Glucke? „Willst du mir nicht erzählen, was du mir verschweigst?"

Hannas Gesicht friert ein. „Ich verschweige dir nichts." Ich identifiziere ihre Worte eindeutig als Lüge.

„Du kannst mir vertrauen, Hanna. Bitte." Ich habe mir geschworen, sie nicht zu drängen, aber ich kann nicht anders, als sie anzuflehen. „Kanntest du den Mann, der dich überfallen hat?"

In diesem Moment merke ich, dass Hanna sich komplett vor mir verschließt. „Hast du nicht noch etwas vor heute?", fragt sie und reibt sich die Stirn. Betreten schaue ich sie an und verneine. Sie lässt nicht locker. „Hat Ryan keine Zeit?"

„Hätte er, aber ich möchte bei dir sein."

Hanna schnaubt. Jedes meiner Worte ist falsch für sie. „Sicher? Oder willst du bloß über mich bestimmen, bis ich selbst nicht mehr weiß, was gut für mich ist?"

Ihre Worte treffen mich da, wo es am meisten schmerzt. Mein erster Impuls ist es, mich herauszureden, mich zu entschuldigen, mich zu unterwerfen. Sie soll aufhören, diese fürchterlichen Dinge zu sagen. Doch aus meinem Mund kommt etwas anders. „Niemand bestimmt über dich. Ich mache mir Sorgen, auch wenn du das vielleicht nicht verstehen magst. Oder kannst. Ich weiß, wie du dich fühlst."

„Einen Scheiß weißt du. Du bist nicht immer die Vorreiterin von allem Schlechten. Du bist nicht der einzige

Mensch auf der Welt, der weiß, wie man mit Schmerz umgeht. Ehrlich gesagt bist du gar nicht mit deinem Schmerz umgegangen, du bist einfach darin versunken." Den nächsten Satz sagt sie so leise, dass ich Schwierigkeiten habe, sie zu verstehen. „So wie du möchte ich nicht werden."

Meine Hände zittern. Erst nur ein wenig, dann immer heftiger. Ich lasse das Tuch fallen, mit dem ich die Arbeitsplatte geputzt habe. „Das ist es also, was du über mich denkst?" So ruhig wie in diesem Moment klang meine Stimme ihr gegenüber bisher nie und es ist genau dieser Umstand, der mir Angst macht. Es ist die Ruhe vor dem Sturm. Die Sekunde vor dem Knall, der mein Herz zum Zerbersten bringt. „Ja. Und ich denke, dass es besser wäre, wenn du gehst."

Und das ist es, was ich tue. Bittere Tränen beißen mir in den Augen, aber mein Stolz hält sie davon ab, über meine Wangen zu laufen. Ich verlasse Hannas Wohnung und an mir zupfen genau die Gefühle, die ich schon hatte, als ich von der Kartbahn geflohen war. Ich bin nur Millimeter von einer Panikattacke entfernt. Nicht einmal die kühle Luft, die mich draußen empfängt, kann mich beruhigen. Ich stapfe fort von Hannas Wohnung, vorbei an den Blumenrabatten, in denen die Pflanzen längst dem Herbst zum Opfer gefallen sind. Alles wirkt hässlich und grau. Ich will so gerne laut weinen, aber es geht nicht. Nicht jetzt, nicht hier.

Es lief zu gut in den letzten Wochen. Erst Ryan, dann der Besuch meiner Eltern. Der Aufbau der Eisdiele. Es hat alles so gut geklappt, hat sich so schön angefühlt, dass ich geglaubt habe, es ginge bergauf. Wie konnte ich diesem Trugschluss bloß so lange aufsitzen?

Es fühlt sich an, als hätte ich Hanna verloren. Als sei mir meine beste Freundin einfach so durch die Finger geglitten, als wäre unsere Freundschaft auf dem Boden aufgeschlagen und in Tausende kleine Splitter zerfallen.

Die Leere in mir mag nicht verschwinden. Ich steige in mein Auto und parke aus, betäubt vor Schmerz. Ich schlage die Straße nach Hause ein, überlege es mir dann anders und fahre doch weiter. Ich fahre, bis die Anzeige auf meinem Tacho mir sagt, dass das Benzin bald leer ist, erst dann kehre ich um. Allerdings nicht nach Hause, sondern wie auf Autopilot in die Tulip Street. Zu Ryan. Dem einzigen Menschen, den ich überhaupt noch sehen möchte.

Kapitel 25

Ryan

„Sie hasst mich." Romy sitzt zusammengekauert auf einem der leeren Eimer mit Wandfarbe.

„Für mich hört sich das nach einer Überreaktion von Hanna an. Nicht mehr und nicht weniger."

„Ich kenne sie seit über zehn Jahren. Hanna reagiert nicht über. Das passt einfach nicht zu ihrer Persönlichkeit. Sie verschweigt mir etwas. Ich bin mir sicher, dass sie mehr weiß, als sie mir und der Polizei gegenüber zugibt."

Ich falte den nächsten geleerten Umzugskarton zusammen und lehne ihn zu den anderen an die Wand. Mittlerweile ist es bereits ziemlich wohnlich bei mir geworden. Meine Mum war hellauf begeistert, mit mir Möbel kaufen zu gehen. Ich wollte weder die Einrichtung aus meinem alten Kinderzimmer noch die Designerstücke aus der Wohnung in Los Angeles mitnehmen. Beides passt nicht mehr zu dem Leben, was ich gewonnen habe. Gerade fühlt es sich alles andere als perfekt an, aber das ist nur eine Phase.

Blumen brauchen Regen, um zu wachsen. Sagt man nicht so?

„Du kannst die Hanna, die jetzt einen Streit mit dir beginnt, doch nicht mit der Hanna von vor dem Unfall vergleichen. Und vielleicht reagierst du etwas übervorsichtig. Ich bin mir ziemlich sicher, dass sie dir sagen würde, wenn sie wüsste, wer für das alles verantwortlich ist. Du machst dir zu viele Gedanken."

„Das war kein Unfall, es war ein Überfall", betont Romy harsch und funkelt mich an. „Könntet ihr alle aufhören, es herunterzuspielen? Immerhin habe ich sie gefunden, ich weiß genau, wie sie dort lag!"

„Das weiß ich. Hanna weiß sicherlich zu schätzen, dass du ihr helfen wolltest, aber manchmal will man einfach aus einem komischen Impuls heraus seine Ruhe haben. Bei mir war das auch so. Und heute tut es mir leid, wie vielen Menschen ich damit vor den Kopf gestoßen habe."

Romy seufzt genervt. „Du tust so, als wärst du der einzige Mensch, der jemals einen Schicksalsschlag erlitten hat. Bei mir war das nicht so."

Erstaunt ziehe ich die Augenbrauen hoch. Zum Teil, weil ihre Worte mich treffen, zum anderen, weil ich sie nur als Halbwahrheit enttarne, denn der zweite Satz passt definitiv nicht zu der Romy, die ich kennengelernt habe. „Wie ich mitbekommen habe", setze ich an und merke dabei selbst, dass meine Stimme abwehrend wird, „hast du dich nach deiner Panikattacke auf der Kartbahn ziemlich lange in eurem Gästezimmer eingeschlossen."

Was als Erklärung dienen sollte, bringt in Romy nur noch mehr Wut hervor. „Es war klar, dass du mir das irgendwann vorwirfst. Was kommt als Nächstes? Willst du mir sagen, dass du enttäuscht warst, weil ich mich mit Chad getroffen habe? Oder willst du mir vorwerfen, dass ich viel zu lange in meinem Schmerz versunken bin? Das brauchst du nicht, das hat Hanna schon getan. Aber prima, anscheinend habt ihr euch alle abgesprochen, um diesen Tag zum Mach-Romy-nieder-Feiertag zu erklären.“

„Ich habe dir keinen Vorwurf gemacht“, erkläre ich. Ich stehe die ganze Zeit über erstarrt da. Den Akkuschrauber und die Schrauben vom Regal neben mir in der Hand. „Und niemand macht dich nieder. Hör auf, diese Dinge zu behaupten, wenn sie nicht stimmen.“

Romy kneift ihre Augen zusammen, gerade so wenig, dass sie wütender aussieht als je zuvor. „Hör auf, mir Vorwürfe zu machen.“

Ich atme tief durch, lege den Akkuschrauber und die Schrauben zur Seite und gehe zu ihr, wo ich mich vor ihr in die Hocke setze, damit wir uns in die Augen sehen können. Bevor ich zu Wort komme, verzieht Romy schmerzerfüllt das Gesicht. „Tut mir leid. Mist, es tut mir leid. Ich bin das Problem.“

„Süße“, beschwichtige ich und nehme ihre Hand, die sich kühl und verloren anfühlt, „was erzählst du denn da? Du bist kein Problem, du bist einfach emotional.“

„Ich fange schon an, dich anzubrüllen.“

„Wenn das schon dein Brüllen war, habe ich ja nichts zu befürchten“, versuche ich zu scherzen, obwohl ich nicht sicher bin, ob die Situation geeignet dafür ist. Wenn ich in den letzten Wochen eines gemerkt habe, dann, dass ich immer auf den richtigen Nerv treffe, wenn ich ich selbst bin. Der Blick, mit dem sie mich ansieht, ist traurig und bedauernd zugleich. „Sei mir nicht böse. Es tut mir wirklich leid. Ich habe ziemlich viele

Worte gesagt, die ich nicht so meine", flüstert sie, dann schiebt sich ihre Unterlippe vor. Bevor sie zu weinen anfangen kann, küsse ich sie. Die Ablenkung scheint zu funktionieren.

„Ich bin nicht böse", beteuere ich und meine es so. Ich bin kein Mensch, der bei der kleinsten Auseinandersetzung nachtragend ist. Ich kann unterscheiden zwischen einem echten Wortgefecht und einem, das aus Emotionen heraus entstanden ist und das überhaupt nicht so gemeint ist.

Bei Romy ist es definitiv Zweiteres.

„Es war fies, deinen Unfall ins Spiel zu bringen. Das ist wirklich unter der Gürtellinie gewesen. Tut mir leid."

„Ich wiederhole mich, wenn ich sage, dass ich nicht böse bin. Es ist okay, Romy. Wir sagen alle manchmal Dinge, die wir nicht so meinen."

„Ich wollte nicht, dass wir uns jemals streiten."

Erstaunt schaue ich sie an. „Dann wäre unsere Beziehung ziemlich verkorkst, findest du nicht?"

Romy zuckt mit den Schultern. Sie ist enttäuscht von der Situation, von sich selbst. „Verkorkst, aber perfekt."

„Es ist auch mit einem kleinen Streit perfekt, Romy", sage ich. Kaum hörbar für die Welt, aber gut verständlich für sie.

„Das liegt daran, dass du perfekt bist", betont sie, nimmt mein Gesicht in die Hände und küsst mich ein weiteres Mal. Wie immer schlagen unsere Herzen im gleichen Takt.

„Du ehrst mich", bedanke ich mich bei ihr, kann dem nächsten Scherz dann aber doch nicht widerstehen. „Aber wenn ich länger in dieser Position bleibe, habe ich womöglich gleich einen Hexenschuss. Das würde auf der Perfektheits-Skala einige Minuspunkte geben."

„Ups", flüstert Romy und drückt mich im nächsten Moment sanft an den Schultern nach hinten, sodass ich das Gleichgewicht verliere. Ich rolle mich ab und mache eine Drehung, die von außen sicherlich albern aussieht, dann stehe ich wieder auf den Beinen. Romy lacht. „Was war denn das für ein Move?"

Gespielt empört stemme ich die Hände in die Seiten. So wie meine Mum es früher immer getan hat, wenn sie mit mir schimpfen wollte. „Das könnte ich dich wohl auch fragen."

„Bau lieber wieder deine Möbel auf", neckt Romy mich und macht es sich demonstrativ auf ihrem Farbeimer gemütlich. Jedenfalls so gemütlich, wie ein Farbeimer eben sein kann.

Ich will sie wissen lassen, dass sie sich ebenfalls beim Möbelaufbau nützlich machen kann, das klingelt mein Handy. Laut schallt der Klingelton in dem unfertigen Zimmer, hallt von den Wänden wider und hört sich bedrohlich an. Auf dem Display erscheint Milenas Name. Ich werde stutzig, zögere so lange, dass das Klingeln verstummt. Nur für einige Sekunden jedoch, dann geht es wieder von vorne los. Ich kann nicht ändern, mein Herz klopft ein klein wenig schneller. Wenn der zweite Anruf direkt auf den ersten folgt, dann bedeutet das niemals etwas Gutes.

„Unsere Social-Media-Kollegin", werfe ich Romy eine Erklärung wie einen Krümmel hin.

„Hi, Milena, was gibts?"

„Ryan! Gut, dass ich dich erreiche." Hörbar atmet sie aus. „Hör mal, kann es sein, dass ich unter Umständen vielleicht ... also ... möglicherweise ..."

„Was ist passiert?"

„Na ja, also ... kann es sein, dass ich dir vielleicht nicht gesagt habe, dass ein Kamerateam zu dir kommen will?" Ihre Stimme klingt kratzig. Als Milena hustet, meine ich den Grund dafür zu kennen.

„Was genau will dieses Kamerateam bei mir?"

Erneutes Husten. „Es gibt eine Sendung, die bekannte Sportler besucht und zeigt, wo sie wohnen, wie ihr Alltag außerhalb von Sportplätzen und Rennstrecken ist."

„Und ich bin für diese außerordentlich neuartige Form der Unterhaltung ausgesucht worden?", vollende ich ihren Satz.

„Ja", krächzt Milena. Sie hört sich nicht gut an. „Ryan, es tut mir echt leid. Ich wollte dir die Mail weiterleiten und dich anrufen, aber ich habe die übelste Grippe meines Lebens und konnte nicht klar denken. Ich habe sogar Salami auf mein Marmeladenbrot gelegt, weil ich so matschig im Kopf bin. Es tut mir unendlich leid."

Unwillkürlich muss ich ein bisschen grinsen bei dem Gedanken, wie diese besondere Kreation eines Marmeladenbrotes aussehen und schmecken mag. Dann besinne ich mich aber meiner guten Manieren. „Klingt schlecht. Ich hoffe, du bist langsam auf dem Weg der Besserung."

„Es wird besser, ja. Danke." Sie klingt allerdings noch immer geknickt.

„Du hast ja doch noch dran gedacht, mir Bescheid zu geben, es ist ja nichts passiert. Wann will dieses Kamerateam denn kommen?"

Es ist lange still in der Leitung. Zu lange.
Verdächtig lange.

„Milena?", frage ich nach, weil ihre Schweigsamkeit Übles befürchten lässt.

„Heute", flüstert sie mit einem erstickten Laut. Fünf Sekunden passiert nichts, dann sprudelt es aus ihr heraus. „Sie kommen um 15 Uhr. Treffpunkt Stadtmitte. Zieh an, was du willst, solange es ordentlich aussieht. Ein Teampullover wäre vielleicht cool. Aber deine Entscheidung. Ach, und keine Details über unser neues Auto. Du schaffst das Ryan, das sind ganz nette Menschen. Die wollen dich einfach begleiten, du kannst das machen, was du ohnehin heute gemacht hättest. Keine Einschränkung, alles cool. Okay? Okay. Danke, Ryan, bis bald."

Dann legt sie auf. Ihre aufgekratzte Art hinterlässt ein angespanntes Brummen in meiner Magengegend.

Auf meinem Display sehe ich die aktuelle Uhrzeit.

14.34 Uhr.

„Scheiße", fluche ich, dann wende ich mich an Romy. „Wir müssen los. Ich erkläre dir alles unterwegs."

Kapitel 26

Romy

Wir amüsieren uns köstlich, als wir sehen, dass auf Ryans Stirn während der gesamten Aufzeichnung ein unübersehbarer weißer Farbfleck prangt.

„Ich wollte doch bloß die letzten schlecht gestrichenen Stellen ausbessern", hat er verzweifelt gestöhnt, als es auch ihm aufgefallen ist.

Gemeinsam mit seinen Eltern und Cole sitzen wir auf der Couch im Haus der Bakers. Auf dem großen Flachbildfernseher schauen wir uns selbst dabei zu, wie wir Flyer für die Eröffnung der Eisdiele verteilen, während Ryan interviewt wird. Eigentlich haben wir die Flyer längst verteilt, aber so haben wir noch ein bisschen Werbung für das *Sues* machen können.

Es ist Ryans Idee gewesen, das Nützliche mit der Pflicht zu verbinden. Als er kurz nach der Aufzeichnung gesagt hat, dass es vielleicht an der Zeit wäre, dem Eiscafé einen eigenen Instagram-Account zu machen, habe ich nur trocken gelacht und mich geweigert.

„Dann nimm wenigstens deinen privaten Account und mach Werbung für die Eisdiele. Glaub deinem Freund wenigstens dieses eine Mal."

Kurzerhand habe ich meinen Namen in *romy-fromsues* umbenannt. Dass Ryan mich seitdem mehrmals in seinen Beiträgen und Storys erwähnt hat, hat meine Followerzahl innerhalb kürzester Zeit rasant in die Höhe schnellen lassen. Und auch während der halben Stunde, in der die Sendung nun ausgestrahlt wurde, vibriert mein Handy in einer Tour wegen den neuen Mitteilungen, die über die App eingehen.

Es ist verrückt. Und wahrscheinlich nur ein Vorgeschmack dessen, was Ryan tagtäglich erlebt.

Zwischen all den fremden Namen und Accounts, die neuerdings meinem Leben folgen wollen, suche ich jedoch schon die ganze Zeit nach Neuigkeiten von einer ganz bestimmten Person. Doch Hanna hat sich seit unserem Streit nicht mehr gemeldet. Ich habe sie angerufen und ihr Nachrichten geschickt, aber sie ignoriert mich so gut, als hätte sie es ihr ganzes Leben lang trainiert. Dass sie mir die Tür nicht öffnet, wenn ich bei ihr zu Hause klingle, muss ich gar nicht erst betonen.

Ich komme nicht an meine beste Freundin heran und so aufgeregt ich sein mag wegen der Eröffnungsfeier des *Sues* morgen, so traurig bin ich auch. Die Niedergeschlagenheit und das schlechte Gewissen über mein Verhalten möchten nicht verschwinden, egal was ich tue. Einzig der Glaube daran, dass es irgendwann wieder so werden kann wie zuvor, gibt mir Mut und lässt mich nicht vollkommen durchdrehen.

Eines Tages wird Hanna wieder die Alte sein. Was auch immer da passiert ist.

Das ist das Mantra, was ich mir seit Tagen einzureden versuche. Und es funktioniert immerhin insofern, als dass ich die letzten Vorbereitungen für die Party umsetzen konnte. Ron und ich haben Stehtische organisiert mit meinem Pick-up abgeholt, Sue hat Blumengestecke bestellt und mich mindestens eine Stunde lang immer wieder gefragt, ob ein anderer Platz für sie nicht doch besser wäre. Kurzum: Die ganze Familie ist aufgeregt. Die Gelassenheit, die Ryans Familie im Gegensatz ausstrahlt, tut mir gut. Vielleicht liegt es auch am Käsekuchen, den Angela gebacken hat und von dem ich möglicherweise schon drei Stücke gegessen habe. Die jugendliche Romy hätte genervt mit den Augen gerollt, wenn sie gewusst hätte, dass sie eines Tages mit ihrem Freund auf der Couch seiner Eltern sitzt, den Kopf an seine Schulter gelehnt, und sich eine Sportreportage ansieht. Das klingt so dermaßen spießig, doch wenn ich in mich hineinhöre, ist es gerade ziemlich perfekt.

„Es ist wirklich … amüsant", kommentiert Ryans Dad ein weiteres Mal, als Ryan in Großaufnahme gezeigt wird. Dieser hingegen jammert. „Weshalb hat denn niemand was gesagt?"

Es ist Cole, der mit seiner kindlichen Auffassung die einzige richtige Erklärung liefert. „Weil man den Fleck ohne den Wind, der deine Haare durcheinander bringt, gar nicht gesehen hätte."

„Das ist irgendwie kein richtiger Trost", gibt Ryan zu, klingt aber immerhin ein bisschen besänftigt. „Ich spüre schon, wie gerade in irgendeinem dunklen Zimmer aus mir ein Meme gemacht wird."

„Das hänge ich mir dann auf jeden Fall in mein Zimmer", scherzt Cole und wir müssen alle lachen. Ryans Familie ist einfach wunderbar.

***

Zu den Dingen, die man definitiv nicht erwartet, wenn man morgens aus dem Haus geht, gehört ein riesiger Blumenstrauß vor der Haustür. Pippa faucht den Strauß an, macht einen Buckel, und verschwindet dann in den Nebel vor der Haustür.

Es ist der Tag der großen Wiedereröffnung des *Sues.* Mit einem seligen Lächeln auf dem Gesicht suche ich nach einem Brief oder eine Karte, irgendeinem Hinweis, der bestätigt, was ich längst weiß: Dass Ryan es sogar noch geschafft hat, mir einen Blumenstrauß vor die Tür zu stellen, obwohl wir uns erst mitten in der Nacht voneinander verabschiedet haben.

Ich bin dank dieser kleinen Überraschung spät dran, aber dennoch fülle ich in der Küche schnell eine große Vase mit frischem Wasser und stelle den Strauß hinein. Er wird den Tag über auf meiner Küchenzeile vorliebnehmen müssen. Wenigstens ist keine störrische Katze mehr da, die ihn mitsamt der hübschen bunten Vase umschmeißen kann.

Vielleicht hätte ich weniger Zeit darauf verwenden sollen, das passende Outfit für heute zu finden und stattdessen pünktlich loszufahren, denn wir üblich ist der Verkehr an diesem Samstagmorgen etwas mehr als sonst in Melmoth Lakes. Entweder gehen die Leute zu irgendeiner Veranstaltung oder schnell etwas einkaufen an diesem freien Tag der Woche. Am Ende komme ich nur fünf Minuten nach der vereinbarten Zeit auf dem Parkplatz an. Die viele Arbeit hat sich ausgezahlt. Eine Girlande hängt über dem Eingangsbereich. Sogar ein kleines Zelt, in dem Heizpilze aufgestellt sind, hat

Ron organisiert. Sues bestellte Blumengestecke passen perfekt in das Farbkonzept aus holzig-warmen Farben, die sich im gesamten Eiscafé zeigen. Mein Onkel steht am Eingang und tritt von einem auf den andern Fuß. Um ihn herum läuft Antonia aufgeregte Kreise und trägt damit nicht gerade zu seiner Beruhigung bei. Im Inneren des Cafés erkenne ich den Schatten von Sue.

Wir alle sind auf diese gute und freudige Art nervös, die man nur selten im Leben hat. Das Eiscafé war zu lange geschlossen und es fehlt mir, dort die vielen glücklichen Gesichter zu sehen, die auch bei Schnee und Regen nicht auf ihre Eisbecher, die Waffeln und den Kaffee verzichten möchten.

„Hallo", rufe ich, als ich aus dem Pick-up springe und meinem Onkel entgegenlaufe. Er begrüßt mich mit einer festen Umarmung, dann scheucht er mich hinein, wo ich von Sue mit der gleichen liebevollen Geste bedacht werde.

„Und, ist alles so weit?", will ich erwartungsvoll wissen.

„Es sieht so aus", lacht Sue und macht eine ausladende Geste. „Komm mal mit."

Sie führt mich zur Theke, die endlich wieder mit Eissorten bestückt ist. Neben den zehn klassischen Sorten erkenne ich einen Behälter, der sofort ins Auge sticht.

Romys Kaffee-Maronen-Eis steht auf dem kleinen Schild davor. Ich grinse breit. Diese Überraschung, an der ich in der letzten Woche gefeilt habe und von der ich nicht einmal Ryan etwas erzählt habe. „Dass das mit der Wette nicht klappen konnte, ist ja nicht deine Schuld", hat Sue mir den Freifahrtschein für eine meiner besonderen Eiskreationen gegeben und war ab diesem Zeitpunkt meine einzige Verbündete, was diese kleine Überraschung anging.

„Das wird super", freue ich mich und klatsche wie ein Kind in die Hände. Es sind noch etwa zwanzig Minuten, bis die Feier offiziell startet. Ich drehe eine Runde durch den Raum, verrücke hier und da eine Blume oder staple Tassen neu, damit meine Hände etwas zu tun haben. Schließlich ist Ryan der erste unserer Gäste, der durch die Tür kommt, dicht gefolgt von seinen Eltern und Cole. Ryans Umarmung ist wie immer alles, was ich brauche, um mich auf das Hier und Jetzt zu fokussieren. „Danke für die Blumen", flüstere ich ihm ins Ohr, bevor ich mich von ihm löse. In diesem Moment kommt Ryans Mum auf mich zu und überschüttet mich mit Lob zur neuen Einrichtung, dicht gefolgt von ihrem Mann, bei dessen Lob ich besonders breit lächle. „Es ist auch dir zu verdanken, dass wir heute hier stehen können", sage ich. Ein Anflug von Stolz huscht über sein Gesicht, doch er winkt bescheiden ab. „Das ist mein Job. Du bist die, die ihr Herzblut hier hineingesteckt hat."

Und Ryans Dad hat recht. Bei jedem Menschen, der sich erstaunt im Eiscafé umschaut oder glücklich seufzt, als er den ersten Schluck Kaffee trinkt, flackert ebendieses Herzblut in mir auf. Ich bin stolz, sobald jemand meine neue Eiskreation probieren will oder wenn ich das Rattern des Glücksrades höre, vor dem sich eine Schlange Kinder mit ihren Eltern gebildet hat. Der Verkauf der Lose für die Tombola läuft gut. Schon zwei Stunden nach der Eröffnung gibt es keine Lose mehr und Ron gibt seinen Posten an der Gewinnausgabe auf. Sue ist permanent damit beschäftigt, neues Eis in die Theke zu bringen und den Kuchen aufzufüllen, während ich wie am Fließband unsere Kundschaft bediene.

Es ist voller, als wir alle erwartet haben. Ich sehe nicht nur bekannte Gesichter aus Melmoth Lakes, sondern auch viele fremde. Manche sind spontan vorbeigekommen, andere haben von unseren Flyern oder über Instagram von der Eröffnung mitbekommen. Aber ich brauche mir auch nichts vormachen, denn ich sehe das Tuscheln hinter vorgehaltener Hand, sehe die Finger, die auf Ryan zeigen. Das etwas beschämte Lächeln, wenn er alle mit seinem eigenen Strahlen begrüßt. Die Menschen sind zu einem großen Teil wegen ihm gekommen.

Zugegeben, es fühlt sich seltsam an, dass die Menschen ihn anstarren. Den Mann, der sich innerhalb kürzester Zeit zum wichtigsten Anker meines Lebens entwickelt hat. Der mich mit seiner sympathischen und offenen Art zu Anfang genauso für sich eingenommen hat. Diese Wirkung hat er auf alle hier im Raum Anwesenden.

In einem der seltenen Momente, in denen ich keinen Kunden bediene, erwische ich mich dabei, wie ich Ryan anstarre. Ich kann mich beim besten Willen nicht erinnern, ob er jemals nicht gut aussah in seinen Klamotten. Ich bin so vertieft in seinen Anblick, dass ich selbst nicht merke, wie sich plötzlich alle um mich herum zur Tür drehen. Erst als Ryan erstaunt die Augen aufreißt und zum Eingang blickt, lasse ich von ihm ab und wende mein Gesicht zur Tür.

In der Hanna steht.

Verunsichert und mit gerunzelter Stirn scheint sie etwas zu suchen. Ihre Augen scannen den Raum. Sie landen bei mir und sie erstarrt. Eine Ewigkeit schauen wir uns an, aus dieser Distanz, die dieses Mal nicht nur räumlich ist. Sie beißt sich auf die Unterlippe, bewegt sich keinen Zentimeter vor oder zurück. Dann aber bekommt sie einen sanften Anstoß von hinter ihr, der sie regelrecht zwingt, in den Raum hineinzugehen. Da wird mir bewusst, dass es Chad ist, der für diese Geste verantwortlich ist und hinter ihr steht. Sie schaut sich verunsichert zu ihm um, er nickt. Dann sagt er etwas zu ihr, was ich nicht verstehe, aber die Lippenbewegung sieht deutlich nach einem *alles wird gut aus.*

Alles wird gut? Wieso ist es Chad, der diese Worte zu ihr sagt? Sollte ich das nicht sein? Wieso er?

Dann wird mir klar, dass Hanna und ich schon so lange keines dieser Gespräche mehr geführt haben, dass ich nicht weiß, ob sie am Ende nicht sogar etwas für den Werkstattbesitzer übrig hat.

Kann das sein? Wie viel habe ich in dieser kurzen Zeit verpasst? Hat sie den Spruch mit dem süßen Lächeln wirklich so ernst genommen?

Sanft werde ich von Sue zur Seite genommen. „Ich mache dir nicht oft in deinem Leben eine Anweisung. Aber wenn du deinen Hintern jetzt nicht augenblicklich zu Hanna bewegst und mich in der Zwischenzeit die Kunden bedienen lässt, dann haben wir ein echtes Problem."

„Es hätte gar nicht so viel Überzeugungsarbeit gebraucht", erkläre ich, winde mich aus ihrem Griff und durchquere den Raum.

Es wäre übertrieben, wenn ich behaupten würde, dass meine Bewegungen in Zeitlupe oder mit dramatischer Musik untermalt worden wären, aber es fühlt sich dennoch an wie eine persönliche Offenbarung. Die Art und Weise, wie Hanna mich über die vielen Meter, die uns trennen, ansieht, macht mir klar, dass zwischen uns eigentlich immer das unausgesprochene Versprechen war, wieder zueinander zurückzufinden.

Und hier sind wir.

„Es gibt nichts, was diesen Tag perfekter machen könnte", sind die ersten Worte, die ich zu ihr sage. Dann schließen wir uns in die Arme. Fest, als hätten wir uns in der Weite des Ozeans verloren und wie durch ein Wunder wiedergefunden.

„Ich dachte, meine Blumen hätten den Tag schon auf ein ganz neues Level gehoben", sagt Hanna scherzhaft. Da wird mir alles klar. Sie hat sich mal wieder selbst übertroffen. Ich komme nicht dazu, mein Missverständnis aufzuklären, denn sie fährt sofort fort: „Es tut mir leid. Aus ganzem Herzen tut es mir leid", flüstert Hanna. Ich weiß, dass sie hier an sich halten und keine Träne vergießen wird, doch ich spüre ihre Emotionen durch die Worte hindurch, als würden sie sie mir auf einem Silbertablett servieren.

„Mir auch. Mir tut es auch so sehr leid. Ich kann es nicht einmal beschreiben."

Um uns herum sind die Stimmen all dieser fremden Menschen und all derer, die uns schon seit unserer Kindheit in Melmoth Lakes begleiten. Die bekannten Gesichter schwirren in diesem kleinen Universum um uns herum. Wir sind mittendrin und doch nur auf uns fixiert.

„Kann ich dich für fünf Minuten nach draußen ent-
führen?", fragt Hanna. Eifrig nicke ich. Mein Herz klopf
eine Spur schneller.

„Du bist mein Samweis", sagt Hanna nur. Ich begreife
sofort.

„Und du mein Frodo."

Ryan

Irgendwo dort auf der Tribüne ist sie.

Dieser Gedanke ist es, der mir das letzte bisschen Mut
gibt, das ich brauche, um das Gaspedal zu treten. Sofort
brummt mein ganzer Körper.

Es klingt immer ein wenig seltsam, wenn jemand behauptet, dass er eins wird mit seiner Leidenschaft, doch
genau das ist es für mich. Als ich wieder in meinen Rennanzug gestiegen bin, bin ich kurz davor gewesen, alles
abzublasen. Es hat nicht viel gefehlt und ich wäre gegangen, obwohl ich weiß, dass das hier noch kein richtiges Rennen ist. Nur die Saisoneröffnung, bei der ich
eine einzige Runde über die Rennstrecke fahre, um danach vor der Tribüne zu halten, wieder auszusteigen
und mich und mein Team feiern zu lassen.

Etwa fünftausend Menschen sind gekommen, um
sich unser neues Auto anzusehen. Unzählige Augenpaare, die darauf warten, dass Ryan Baker wieder zurück ist. Erwartungen, die ich unmöglich alle erfüllen
kann. Fans, die Plakate gemalt haben, auf denen prophezeit wird, ich werde die nächste Meisterschaft ge-

winnen. Kinder, die Autogramme von mir haben wollen und mich mit strahlenden Gesichtern ansehen und anfeuern. Menschen, die meinen Namen rufen.

Ich habe gewusst, dass das alles auf mich zukommt und bin trotzdem überfordert. Bis ich Romys Nachricht gesehen habe, die sie mir von ihrem Platz aus geschickt hat.

Ich bin stolz auf dich.

Fünf Worte, die meine Panik in die Flucht geschlagen haben. Denn zum Teufel, ja! Ich will, dass sie stolz ist. Sie und meine Eltern und Cole. Ich will, dass mein Bruder zu mir aufschaut und mich als echtes Vorbild sieht. Weil ich nicht aufgebe. Ich will, dass er an mich denkt, wenn das Schicksal es auch einmal mit ihm nicht gut meint.

Deswegen fahre ich.

Und verdammt, es fühlt sich gut an. Schon in der ersten Kurve weiß ich, dass es richtig ist. Ich mag schon viele Entscheidungen in meinem Leben getroffen haben. Manche davon waren gut, viele schlecht. Aber diese hier, die ist goldrichtig.

Diese eine Runde erscheint mir viel zu kurz. Ich will wieder richtige Rennen fahren, will wieder loslegen. Ich will *gewinnen.*

Bis dahin tröste ich mich mit dem Gedanken, unzählige wunderbare Momente gemeinsam mit Romy sammeln zu können, bis genau das wieder möglich ist.

Es dauert ein paar Monate bis zum ersten Saisonrennen. Vermutlich werde ich bis dahin erneut zweifeln, doch daran kann und will ich im Augenblick keinen Gedanken verschwenden.

Ich werde immer langsamer, weil gleich die letzte Kurve kommt. Vor der Tribüne gebe ich noch einmal Gas und spüre den Jubel der Fans in den Knochen, ehe ich mit einer scharfen Bremsung stehen bleibe.

Innerlich zähle ich bis zehn, dann klettere ich aus dem Auto. Mit vor Adrenalin zitternden Fingern öffne ich die Schnalle meines Helmes und nehme ihn ab. Das Jubeln wird noch eine Spur lauter, die Menschen klatschen und schreien und freuen sich so sehr, dass mir beinahe erneut ein wenig mulmig wird.

Sie ist dort irgendwo. Romy ist bei mir.

Das schönste Mantra, das ich mir vorstellen kann. Kurz darauf huscht Milena um mich herum, schießt Fotos mit ihrem Handy, wittert die nächste Story für Instagram. Marc erscheint wie aus dem nichts mit zwei Mikrofonen, von denen er eines mir reicht. Wir haben zuvor darüber gesprochen, was für Fragen er mir stellen wird, aber ich habe mich dennoch nicht darauf vorbereitet. Ich möchte wieder der spontane Ryan sein, der ich früher immer war.

Marc spricht ein paar Floskeln aus, denen ich nur mit halben Ohr folge. Und dann kommt sie, die Frage aller Fragen. Die, vor der ich mich so lange gefürchtet habe.

„Du gehörst zu den besten Rennfahrern, die dieses Land hervorgebracht hat. Erzähl uns, wie es ist, wieder im Auto zu sitzen, Ryan."

„Schnell", spreche ich das erste Wort aus, das mir in den Sinn kommt, und ernte dafür Gelächter vom Publikum. „Und ziemlich gut."

„War es schwer, wieder hier zu sein?"

Ich nehme mir einen Moment Zeit für meine Antwort. Spüre, wie die Menschen auf der Tribüne den Atem ein wenig anhalten. Ich werde nun unweigerlich von meinen Gefühlen nach dem Unfall berichten. Etwas, worauf viele so lange gewartet haben.

„Weißt du, Marc", setze ich an, „es gab vor einigen Wochen eine ähnliche Situation. Da hat mich schon einmal jemand auf eine Bühne geholt und mich als einen der besten Rennfahrer des Landes betitelt. Und das hat all das in Gang gesetzt, weswegen ich heute hier bin." Ich mache eine Pause, spüre die Erwartung, die ich geschürt habe, körperlich.

Und ich bin mir sicher, dass Romy lächelt.

„Alles im Leben ist ein Prozess. Wir sind als Menschen niemals ganz fertig, niemals perfekt. Ich dachte damals, ich sei es. Und dann kam der Unfall. Ich denke, alle hier haben die Bilder gesehen. Ihr könnt euch sicher sein, dass ich selbst sie häufiger als ihr alle zusammen gesehen habe, denn sie sind immer noch fast jeden Tag in meinem Kopf."

Erstauntes Raunen, Mitgefühl und Spannung wabern durch die Luft.

„Aber ich habe Menschen um mich herum, die mich komplett machen. Diese Menschen habe ich gebraucht, um heute wieder hier zu stehen. Indem ich gelernt habe, was es heißt, zu lieben, habe ich auch wieder zu mir selbst gefunden."

Erneute Pause, in der ich Marc ansehe. Auch ihm ist anzumerken, wie ergriffen er ist. Wir haben ein unheimlich gutes Verhältnis zueinander, aber hierüber haben wir schlichtweg nie gesprochen. Vielleicht, weil er mich schützen wollte oder weil man mir angemerkt hat, dass ich unter keinen Umständen darüber reden will. Jetzt, da ich mich öffne, fällt erneut eine Last von meinen Schultern.

„Das sind sehr schöne Worte, Ryan. Ich bin wahrscheinlich nicht der Einzige, der gerade einen Kloß im Hals hat. Deswegen möchte ich noch eine Sache von dir wissen, bevor wir uns thematisch dem neuen Auto und der kommenden Saison widmen." Marc tritt von einem Bein auf das andere, scheint sich die Frage im Kopf zurechtzulegen. Ich lasse in dieser Zeit erneut meinen Blick schweifen. Die Menschen schauen uns gebannt zu. Obwohl heute der erste Tag des Jahres ist, in dem man definitiv seine Winterjacke gebraucht hat, haben sie alle es sich nicht nehmen lassen, hier zu sein. Dankbarkeit erfüllt mich bei den vielen glücklichen Gesichtern, die ich von hier aus sehen kann.

„Sag uns", fährt Marc fort, „was der eine perfekte Satz für all diejenigen ist, die gerade durch eine schwere Zeit gehen."

Ich überlege nicht lange. „Viele erwarten jetzt vermutlich so etwas wie: „Das geht wieder vorüber" oder „Du bist nicht alleine", und das stimmt auch. Aber das interessiert einen in dieser Situation meistens überhaupt nicht. Zum Leben gehören gute und schlechte Phasen. Aber das ist okay. Es ist okay, sich mies zu fühlen. Okay, das Gleichgewicht zu verlieren. Und vor allem ist es okay, wenn man es alleine nicht schafft. Man muss nur fest daran glauben, dass man eines Tages wieder dazu in der Lage sein wird, Vollgas zu geben."

„Das Qualifying war spitze, Ryan. Sag uns doch kurz, was du meinst, was am Ende heute hier drin sein kann."

Milena nimmt ein kurzes Video-Interview für Instagram auf. Um uns herum wuseln Kamerateams, überall stehen kleine Gruppen mit Mikrofonen. Das Brummen von Motoren. Wagen mit Reifen werden durch die Gegend geschoben.

Es herrscht ein Gedränge, in dem es mir schwerfällt, mich zu fokussieren. Ich habe Kopfhörer um den Hals hängen, durch die ich den Funk von Ryans Team mit anhören kann. Ich merke, wie mit jeder Minute, die der Rennstart näher rückt, alle nervöser und zeitgleich fokussierter werden.

„Es müssten Punkte drin sein", hält Ryan sich knapp und lächelt dabei dieses wahnsinnig schöne Lächeln.

Das Lächeln, in das ich mich verliebt habe.

Milenas nächste Frage kann ich nicht verstehen, weil ich zu sehr damit beschäftigt bin, die Atmosphäre rings herum in mich aufzusaugen. So wahnsinnig viele Menschen stehen und sitzen auf den Rängen, tragen Teamkleidung. Sie jubeln und rufen Anfeuerungen. Auf dem Weg hierher, der aus dem aufregendsten Flug meines bisherigen Lebens bestand, habe ich versucht, mir Gesichter und Namen der übrigen Fahrer einzuprägen. Ich wollte mich unter keinen Umständen blamieren, indem ich jemanden nicht erkenne. Aber ich habe schnell feststellen müssen, dass diese Welt des Rennsports zu komplex und neu für mich ist, um innerhalb weniger Stunden alles zu begreifen.

Irgendwann hat Ryan mich auf den engen Sitzen im Flugzeug umarmt, mir mein Handy aus der Hand genommen und mir geradezu aufgezwungen, das Wochenende auf mich zukommen zu lassen. Das erste Rennwochenende der Saison, das zugleich das wichtigste in Ryans Karriere ist. Und er hat es noch getoppt, als er mich nach einigem Zögern auf eine frei gewordene Stelle im Team angesprochen hat.

„Eine unserer Team-Betreuerinnen ist schwanger", hat er begonnen. Unsicher, was diese Information mir bringen soll, habe ich ihn bloß unsicher angesehen.

„Glückwunsch?", habe ich gesagt und es wie eine Frage klingen lassen.

„Ja, das ist wohl tatsächlich ein Grund zum Beglückwünschen", sagt er amüsiert. „Aber ich würde es dir nicht erzählen, wenn es nicht die Vorgeschichte zu meiner nächsten Frage wäre."

Angespannt und verunsichert hat er mich angesehen, ehe er die darauffolgenden Worte ausgesprochen hat. „Ich wollte dich fragen, ob du dir vorstellen könntest, ihren Platz einzunehmen."

„Als Team-Betreuerin?"

Ryan hat bloß genickt und mich abwartend angesehen, doch mein Mund ist wie zugeschnürt gewesen. Irgendwann hat Ryan leise gelacht und meine Hand genommen. „Es ist keine Entscheidung, die du heute treffen musst. Und auch nicht morgen. Denk bloß darüber nach."

Seitdem wabert der Gedanke in meinem Kopf herum und lässt mir kaum Ruhe, doch die vielen neuen Eindrücke haben mich gekonnt abgelenkt und die Überlegung immer weiter in den Hintergrund gedrängt.

Noch eine Viertelstunde bis zum Start. Er wird noch eine Spur hektischer um mich herum. Milena kommt zu mir, berührt mich sanft am Arm.

„Süße, wir müssen langsam runter vom Grid. Kommst du gleich rüber zu uns in die Box?“

„Mache ich“, sage ich. Milena hat mich so herzlich empfangen und mir alles gezeigt, während Ryan bei seinen Renningenieuren gewesen ist. Sie hat mir den Tipp gegeben, wo ich den besten Kaffee finde, hat mir erklärt, wie die Kopfhörer funktionieren. Und zwischendrin hat sie immer wieder in atemberaubender Geschwindigkeit auf ihrem Smartphone herumgetippt.

Milena ist wirklich eine beeindruckende junge Frau und es macht mich ein bisschen stolz, dass ich sie wohl zu meinem Freundeskreis zählen darf.

Ich sehe ihr zu, wie sie in der Menge verschwindet, sich einen Weg durch die vielen Menschen bahnt und kurz darauf von ihnen verschluckt wird. Nur kurz danach steht Ryan vor mir.

Hätte man mir gesagt, dass ich einen Mann in Rennanzug eines Tages derart attraktiv finden würde, hätte ich bloß müde gelächelt. Aber hier und jetzt bin ich mir sicher, dass ich nie etwas Besseres gesehen habe.

„Ich würde zu gerne gerade deine Gedanken lesen können“, sagt Ryan, nimmt mein Gesicht in seine Hände und küsst mich.

„Du könntest mich auch einfach danach fragen“, gebe ich zurück.

Ryan tut, als müsste er über meinen Vorschlag nachdenken. „Wäre das dann nicht langweilig?“

„Das ist wohl deine Entscheidung“, lache ich. Ryan knickt ein. „Okay, okay. Also: Was denkst du gerade?“

„Wie viel Zeit haben wir?", will ich wissen und gebe damit zu, was alles in meinen Gedanken los ist. Allen voran die Frage nach der Stelle im Team, die es neu zu besetzen gilt. Zumindest vorübergehend. Ryan blickt auf einen Punkt hinter mir. „Nur noch eine Minute, bis du hier weg sein musst. Ich brauche also den Schnelldurchlauf."

„Du musst nur wissen, dass ich stolz auf dich bin. Und dass ich dich liebe."

„Ich liebe dich auch, Romy."

„Pass auf dich auf", bitte ich Ryan und ziehe ihn in eine stürmische Umarmung, in die ich alle meine Gefühle lege, die im Inneren toben. Es wäre gelogen, wenn ich behaupten würde, ich würde mich nicht sorgen. Mir ist bewusst, dass das hier gefährlich sein kann.

„Ich schaue dir zu und feuere dich an", verspreche ich noch, dann löse ich mich von ihm. Winke ihm zu und schaue ihm nach, wie er sich langsam zu seinem Auto entfernt, dann gehe ich Milena in der Menge suchen. Ich werde in der Box fündig, in der so viel los ist, dass man mich kaum wahrnimmt. Meine Wahl fällt auf einen freien Hocker in der Ecke, wo ich niemandem im Weg bin und zeitgleich einen guten Blick auf die vielen bunten Bildschirme habe, auf denen in wenigen Momenten das Rennen übertragen wird. Die Mechaniker nehmen ihre Plätze ein und kurz danach höre ich die Nationalhymne über die Lautsprecher.

Als die Fahrer die Startaufstellung einnehmen, wächst meine Nervosität ins Unermessliche. Ryan steht in der zweiten Reihe auf Platz drei und wird immer wieder eingeblendet, was meinen Gemütszustand mehr und mehr durcheinanderwirbelt. Stolz wechselt sich mit Besorgnis ab, Aufregung mit Vorfreude.

Die nächsten anderthalb Stunden bange ich so sehr mit wie selten in meinem Leben. Ich bin erschrocken, als ich auf den Bildschirmen sehe, dass es nur noch vier Runden sind. Ryan ist auf dem zweiten Platz und nur wenige Zehntelsekunden von seinem Vordermann getrennt, was meinen Fingernägeln nicht besonders guttut. Völlig versunken knabbere ich daran wie zuletzt in der Schule, wenn ich eine schwere Mathearbeit nicht lösen konnte. In der letzten Runde hat Ryan die perfekte Chance zum Überholen, kommt aber am Ende doch nicht an seinem Gegner vorbei und landet auf dem zweiten Platz. Als die Streckenhelfer die Zielflagge durch die Luft schwenken, lasse ich mich von meiner Euphorie treiben und springe auf, jubelnd und klatschend.

Er hat es geschafft. Das erste Rennen der Saison auf dem zweiten Platz beendet. Plötzlich ist Milena wieder neben mir und nimmt mich an die Hand. „Wir gehen zur Tribüne", ruft sie mir zu und ich lasse mich mitziehen, vorbei am sichtlich erleichterten Team.

Die Siegerehrung fliegt wie in einem Traum an mir vorbei und ich kann meinen Blick nicht von Ryan abwenden. Wie er den Pokal in die Höhe hält und sich feiern lässt für das, was er geschafft hat. Er kann mich unmöglich sehen in der Menge. Weder mich noch die Freudentränen, die in meinen Augen schimmern.

Dieser Tag gehört zu den besten in meinem Leben. Alles in mir schreit danach, Ryan endlich in den Arm nehmen zu können, ihm zu gratulieren, doch bevor ich das endlich tun kann, werden noch Dutzende andere Menschen genau das machen. Erst als ich wieder zurück in der Teamzentrale bin und zwischen Milena und einem der Mechaniker sitze und mich an einer kalten Cola festhalte, sehe ich, wie Ryan den Raum betritt. Immer noch im Rennanzug, seinen Helm in der Hand haltend und verschwitzt, aber glücklich. Seine Augen suchen und finden mich und er steuert direkt auf mich zu. Ich springe auf und überquere die letzten Meter zwischen uns lachend. „Du hast es geschafft", rufe ich und falle ihm in die Arme. Seine Berührung ist sanft und liebevoll, er hebt mich hoch und wirbelt mich in der Luft herum. Als ich wieder auf den Beinen stehe, schauen wir uns tief in die Augen.

„Danke", sagt Ryan. „Danke, dass du nie aufgehört hast, an mich zu glauben. Ohne dich wäre ich nicht hier."

„Und ich würde ohne dich vermutlich nicht ja sagen zu der Stelle, die du mir vorhin angeboten hast."

Ryan öffnet den Mund, schließt ihn wieder. Öffnet ihn. „Im Ernst?", will er dann wissen.

Ich nicke. „Ja. Denn ich liebe dich", sage ich zum gefühlt hundertsten Mal an diesem Tag. „Und deine Welt ist auch meine, also wäre es mir eine Ehre, Teil dieses Teams zu sein. Aber nur, wenn du mir versprichst, dass du mir hilfst, dass ich mich nicht komplett blamieren werde."

„Das verspreche ich dir. Und ich liebe dich auch. Wer hätte gedacht, dass du mit Vollgas in mein Herz fahren würdest?" Ryan küsst mich. Es ist der schönste Kuss, der mir mehr bedeutet, als ich jemals in Worte fassen könnte.

Es ist der Moment, in dem ich weiß, dass die Zukunft uns gehört.

Danksagung

Ein Buch zu schreiben ist immer eine Reise. Die Reise dieses Buches hat während meiner Elternzeit begonnen. Jetzt, mit meinem Hund auf dem Schoß, der nach Leckerlis bettelt, und der dritten Tasse Kaffee neben mir, erscheint mir das ein ziemlich verrückter Zeitpunkt, um ein neues Buch zu beginnen. Vor einem Jahr konnte ich noch nicht ahnen, dass diese Geschichte ein derart wunderbarer Reisepartner werden wird. Aber sie wäre nicht das, was sie heute ist, wenn da nicht noch so viele andere tolle Menschen wären, die mich begleitet haben und immer noch begleiten.

Sandro, Giulia, Mama und Papa – danke. Einfach danke. Ihr kommt immer an erster Stelle und das wisst ihr. Ohne euch wäre das hier nicht möglich. Ohne eure Unterstützung, das Mitfiebern, die Liebe, die netten Worte, die Mit-Verzweiflung, das offene Ohr, die Freiräume, die Geduld und die Umarmungen, wenn ich zweifle. Mario, du bist das beste Autorenhündchen, was man sich nur wünschen kann. Du wärmst einem manchmal die Füße, manchmal die Beine und immer das Herz. Und dein Schnarchen ist ein echter Soundtrack dieses Buches geworden!

Natalie, danke auch an dich. Du bist eine wunderbare In-den-Popo-Treterin und mit dir entstehen einfach die witzigsten Chats. Du bist ein prima Mensch und ich bin SO FROH, dass wir uns kennengelernt haben!

Ina und das gesamte Team vom dp Verlag: Danke, dass ihr an mich geglaubt habt. An diese Geschichte und an meinen Traum. Ich bin so froh, ein Teil von euch sein zu dürfen!

Und natürlich danke ich dir. Weil du dieses Buch gelesen hast, weil du damit ein Teil meiner Reise bist. Der wohl wichtigste Teil überhaupt! Du bist der Flug, den man nicht verpassen darf und der Reisepass, den man bloß nirgends liegen lassen sollte. DANKE! Danke, dass ich Bücher für euch schreiben darf!